LE PARFUM DES EMBRUNS

LAURENCE PINATEL

LE PARFUM DES EMBRUNS

roman

ALBIN MICHEL

« La mode n'est pas quelque chose qui existe uniquement dans les vêtements. La mode est dans l'air, portée par le vent. On la devine. La mode est dans le ciel, dans la rue. »

Coco Chanel

PREMIÈRE PARTIE

1

15 juin 1910

La place de la Liberté regorgeait de touristes espagnols venus profiter du calme d'avant-saison. Les dames flânaient à l'abri de leurs ombrelles, parées de riches toilettes où froufrous, rubans, plumes et dentelles abondaient. Un défilé qu'Éléonore observa avec attention du haut des marches de la gare. Pour la jeune couturière, connaître sur le bout des doigts chaque tendance comme chaque mode renfermait la clé du succès de sa boutique. Elle descendit l'escalier en pierre en balayant d'un regard appréciateur la place et ses façades en pierre de Bidache illuminées par les couleurs ocre du soleil couchant. Son sourire s'agrandit quand l'air marin lui chatouilla les narines. Les effluves iodés enveloppaient la ville de ce parfum inimitable. Le parfum de Biarritz. Sa ville natale, si belle et si agréable qu'elle ne l'aurait échangée pour aucun autre endroit au monde.

Après avoir passé la journée à Bayonne auprès de drapiers, elle rêvait d'une longue marche le long de la côte, mais avant, elle devait annoncer la bonne nouvelle à ses couturières. Si le talent premier d'Éléonore était avant tout la couture, elle avait dû, pour le bien de son entreprise, apprendre l'art de la négociation. Malheureusement, comme son amie Joséphine le lui avait si justement fait remarquer quelques années plus tôt, être une femme dans un monde d'hommes était une inépuisable source de frustration. En affaires, le sexe faible demeurait, aux yeux de tous, aussi ignorant qu'incapable. Lorsqu'elle s'occupa pour la première fois d'un achat d'étoffe, son interlocuteur fut si grossier et médisant qu'elle faillit fondre en larmes devant lui.

Alors elle demanda conseil à son amie Joséphine Lacombe, dont les idées révolutionnaires s'étaient heurtées au conservatisme bourgeois dans lequel elle avait longtemps évolué. Elle était partie vivre à Paris deux ans plus tôt, au grand dam de sa mère qui espérait la marier à l'illustre famille d'Arcangues. Loin de se plier aux désirs matrimoniaux de ses parents, Joséphine entra à la rédaction du journal féministe *La Française*, créé en 1906 par la célèbre journaliste activiste Jane Misme. Joséphine ne pouvait compter que sur le soutien de son père. Sa mère lui avait fait entendre qu'elle ne souhaitait plus la voir et la jeune femme s'en satisfaisait amplement, elle n'avait rien à lui dire. Ce choix de vie s'accompagnait de son lot de désillusions, une fois privée du cocon protecteur de sa famille. Ses premiers mois à Paris furent rudes, et ses premiers pas en tant que féministe, plus douloureux que gratifiants, mais elle finit par être acceptée. Depuis, elle s'épanouissait dans son métier et profitait de chaque opportunité que lui offrait le tumulte des mondanités parisiennes pour s'affirmer. Elle avait livré le secret à Éléonore : la patience était le maître mot, l'audace se pratiquait avec parcimonie, la flatterie et la manipulation n'intervenaient que si toute autre tactique avait échoué auparavant. Après l'avoir écoutée, Éléonore ne se laissa plus jamais abattre et gagna en assurance et en finesse lors de ses rencontres avec les négociants.

Cette laborieuse journée lui avait permis de mettre la main sur un stock important de gaze, de taffetas et de satin dans les couleurs les plus en vue, allant du rose à toutes les déclinaisons de rouge. Revigorée par l'adrénaline de la victoire, elle pressa le pas. Arrivée devant la façade de sa boutique, elle ne put réprimer un sourire de satisfaction, fière du chemin parcouru depuis l'ouverture de Leonora. Un jour, l'homme qu'elle considérait comme son oncle, Jean Fourneau dit « Jeanty », l'avait amenée devant cette maison, située au beau milieu de la rue commerçante, et lui avait annoncé qu'elle en était désormais l'heureuse propriétaire.

– Pourquoi as-tu fait cela, Jeanty ? avait-elle demandé, déconcertée.

– Parce que l'occasion était bien trop belle pour être négligée. Ainsi tu pourras ouvrir ta boutique et habiter au-dessus quelque temps. Tu auras un vrai chez-toi, avait répondu le vieil homme aux cheveux blancs et aux yeux pétillants de bienveillance.

– Je te rembourserai.

– C'est un cadeau, ma petite…

– J'y tiens. Tu as tant fait pour moi !

– Et j'en ferais plus encore si tu n'étais pas aussi têtue. Mais si je peux te rassurer, placé où il est, ton magasin ne désemplira pas.

Jeanty avait vu juste. À peine ouverte pour la saison hivernale 1909-1910, Leonora attira tant de curieuses qu'Éléonore dut embaucher quatre couturières supplémentaires et se procurer en hâte les matières premières manquantes. Désormais aidée de dix paires de mains, Éléonore préparait avec soin la saison estivale. Elle avait en tête une vingtaine de modèles mêlant robes d'après-midi, de course, de casino, du soir et tenues de plage. Elle proposerait aussi une dizaine de chapeaux différents, personnalisables selon les envies des clientes.

Elle avait profité du mois de mai pour aménager un nouvel espace où exposer ses modèles et ses étoffes, une réserve pour les accessoires, une salle d'essayage et un salon où les clients pouvaient déguster des douceurs avec un thé ou un chocolat chaud, dans le calme et la bonne humeur.

Au premier étage, elle avait installé l'atelier, avec les machines à coudre, mannequins, patrons et autres instruments nécessaires. Quant au reste, il se partageait entre une cuisine et une salle à manger pour ses employées et elle-même, puis un deuxième étage dédié à son usage personnel.

Dans la boutique, deux couturières pliaient des étoffes pendant qu'une autre ajustait le tombé des jupes des mannequins. Éléonore invita les autres employées à la rejoindre et leur annonça :

– Mesdames, attendez-vous à un déferlement de rose et de rouge pendant plusieurs mois. Je crois que la majeure partie du stock disponible de la région vient de passer sous le nez de Biarritz-Bonheur pour notre seul bénéfice !

Le Biarritz-Bonheur, situé place de la Liberté, était un cousin provincial des grands magasins comme le Printemps ou la Samaritaine qui déchaînaient les foules. Éléonore ne pouvait cacher son goût ni son admiration pour leurs collections, ni l'inspiration qu'elle en tirait. Le catalogue de Leonora, lui, proposait des tenues personnalisables aux airs de haute couture parisienne, des toilettes uniques aux finitions travaillées et poussées jusqu'au bout de l'ourlet. En somme, une offre dont l'audace et la singularité plaisaient aux dames en quête d'originalité et de consommation effrénée.

Après le départ des couturières, Éléonore monta dans ses quartiers et s'assit à son bureau. Elle se concentra sur sa correspondance en retard. Joséphine lui annonçait ne pas pouvoir venir avant le mois d'août, retenue par une série d'événements et de manifestations en faveur du suffrage universel. Cela ne semblait pas l'attrister le moins du monde. Le bonheur et l'engouement de Joséphine transparaissaient dans chacune de ses phrases, et Éléonore sourit en lui répondant. Vint ensuite une lettre de Louise, troisième membre de leur trio. Elles avaient fréquenté la même école pour jeunes filles, et depuis étaient inséparables. Et ce, malgré le fait que Louise, comme Joséphine, s'était installée à Paris.

Louise Hiriart avait épousé Charles Pradels trois ans auparavant. Depuis deux ans, ils occupaient un bel appartement dans lequel Charles entassait les dernières œuvres d'art acquises pour sa collection personnelle. Issu d'une riche famille biarrote, le jeune homme, de trois ans l'aîné de Louise, avait étudié à la Sorbonne puis intégré la rédaction du *Figaro* en tant que critique artistique. Passionné de peinture, sculpture, littérature, théâtre et spectacles musicaux, il flairait le talent et détectait les chefs-d'œuvre. Grâce à lui, la timide Louise, poétesse dans l'âme, s'était enhardie et avait fait publier son recueil de poèmes sous un nom d'emprunt. Le petit livre avait d'ailleurs reçu un accueil inattendu de la part du public parisien.

Éléonore ne pouvait s'empêcher d'envier leur couple. Ils s'aimaient et réussissaient dans ce qu'ils entreprenaient. L'année précédente, la famille s'était agrandie avec Anne, leur première fille. Quand elle les voyait si amoureux, elle ne pouvait s'empêcher de regretter sa naïveté d'antan. Comment avait-elle pu croire que l'amitié suffirait dans un mariage ? Pourquoi le monde s'accordait-il à penser qu'il n'existait pas de bonheur sans amour ? Oui, elle était heureuse. Elle aimait ce qu'elle faisait plus que tout. Elle vivait pour sa boutique. Malgré ses vingt-cinq ans, elle se sentait comblée, et ce depuis six mois exactement ; depuis l'ouverture de Leonora. Pourtant il n'en avait pas toujours été ainsi.

La vision de la dernière lettre de la pile lui serra le ventre, la projetant, comme à chaque fois, dans les souvenirs amers de son mariage. Elle ouvrit l'enveloppe jaunie par le long voyage qu'elle venait d'effectuer. Leandro y détaillait son quotidien, se concentrant avant tout sur les événements heureux, une conversation amusante, la sollicitude du personnel du camp à son égard, ses espoirs en un avenir meilleur. Enfermé depuis un peu plus d'un an et demi dans un bagne guyanais, Leandro Gastambide, son ex-mari, espérait de tout cœur voir son statut évoluer vers celui de prisonnier de deuxième classe qui lui offrirait plus de libertés.

Éléonore sourit. Il recherchait toujours une once d'optimisme dans une situation criante de pessimisme. Il avait beau lui promettre d'être en bonne santé et satisfait de ses perspectives d'évolution, elle savait qu'il ne voulait ni ne pouvait lui avouer la vérité. Cette même incapacité à communiquer sur les sujets importants avait peu à peu détruit leur mariage. Et l'inconscience de Leandro avait eu raison de leur union. Elle était malgré tout restée à ses côtés, le soutenant tout au long du procès, jusqu'au verdict. Jusqu'à ce qu'il la convainque d'accepter le divorce, jusqu'à ce qu'elle recouvre sa liberté et que lui perde la sienne. Pour toujours.

Être une femme divorcée apportait plus d'avantages et de droits que le statut de célibataire, soumise à la volonté du père, puis à celle du mari. Un schéma que les femmes comme Joséphine choisissaient de réfuter, préférant sacrifier leur respectabilité à leur liberté. Cette respectabilité, Éléonore l'avait momentanément perdue à cause du scandale qui avait fait jaser les commères de la ville. Pourtant Jeanty avait tout fait pour l'étouffer. Pendant des mois, l'emprisonnement de Leandro était sur toutes les lèvres, et Éléonore en avait terriblement souffert. Non seulement sa vie venait d'être bouleversée, mais elle devait supporter les jacassements indiscrets des potinières qu'elle croisait à chaque coin de rue.

Elle s'était réfugiée dans les Landes, chez sa tante maternelle, et avait renoué avec sa passion pour la couture. À l'abri de ce petit château de campagne, elle planifia son retour à Biarritz et l'ouverture de cette boutique dont elle rêvait bien avant sa rencontre avec Leandro. Quelques mois suffirent aux ragots pour se tarir, et quand Éléonore revint à Biarritz, elle se sentit comme une conquérante à qui l'on offrait un empire. Elle ne regrettait plus cette période de sa vie. Ce mariage et son effondrement brutal avaient forgé sa personnalité. Et si elle tenait encore à Leandro, il avait été, et resterait, un ami précieux. Le pauvre homme n'avait plus qu'elle dans sa vie.

Dans sa lettre, elle lui fit part de ses projets pour Leonora, décrivit la ville en agrémentant son récit de quelques anecdotes futiles et passa sous silence son quotidien compliqué de gérante et de femme d'affaires. Leandro n'avait jamais accepté sa volonté d'émancipation, ses rêves de grandeur, son goût pour les débats animés. Il les balayait d'un revers de la main, changeant aussitôt de sujet. Elle s'était sentie trahie par son dédain pour tout ce qui la démarquait des autres femmes de son âge. Pourtant, il l'avait profondément aimée. Elle, beaucoup moins. Elle avait accepté ce mariage précisément parce qu'elle se savait incapable de tomber amoureuse de lui. Éléonore se méfiait des ravages de l'amour et du malheur qu'il engendrait. Elle avait vu celui de son père et sa lente descente aux enfers après la mort de sa mère, emportée par la fièvre typhoïde. Les yeux de son père renfermaient toute la mélancolie du monde, et les rares fois où elle croisait son regard, elle y lisait un abîme de chagrin dans lequel elle perdait pied. À dix-sept ans, elle s'était juré de ne jamais tomber amoureuse. À ses dépens, elle avait éventuellement découvert que la perte d'un ami apportait avec elle son lot de malheur et de douleur. Désormais, elle souhaitait rester célibataire, libre et indépendante, seule artisan de son succès et de son bonheur. Elle termina la lettre par cette phrase sans équivoque : *Ta plus fidèle amie*. Satisfaite, elle posa la plume à côté de l'encrier et se leva avant de refermer son secrétaire. Le cœur un peu lourd, comme à chaque fois qu'elle lui écrivait, elle laissa le sommeil effacer ce sentiment de culpabilité, édulcoré mais toujours présent.

22 août 1910

La saison estivale battait son plein. Chaque jour, Leonora voyait défiler tant de dames de qualité, pressées de découvrir cette nouvelle boutique et sa collection, qu'Éléonore devait parfois fermer plus tôt pour être en mesure d'honorer les commandes dans les délais. Dès le mois de juillet, elle avait posté une annonce dans *La Gazette de Biarritz* pour trouver une onzième couturière.

Depuis l'arrivée de Louise et Charles dans leur résidence biarrote, située près des Thermes Salins, Éléonore les accompagnait de temps à autre aux festivités nocturnes qui ponctuaient la saison. En temps normal, ses soirées étaient solitaires et studieuses. Elle en profitait pour rattraper son retard sur des ouvrages en cours. Elle aimait les galas, les concerts, les opéras ou toutes ces pièces de théâtre où se pressait la bonne société parisienne. Tout cela lui rappelait le voyage qu'elle avait fait avec sa tante, juste après la mort de sa mère. Se déplaçant de ville en ville, elle se souvenait des nombreuses soirées passées dans l'espoir de saisir l'essence festive de leur lieu de résidence éphémère.

Son mariage avait coupé court à cette vie de frivolités, Leandro travaillant souvent très tard, si bien qu'Éléonore et lui en profitaient peu. En plus, ils ne roulaient pas sur l'or et malgré les invitations de Louise et Charles, Éléonore préférait rester chez elle, seule avec son fil et ses aiguilles. À présent, elle vivait pour elle-même, indépendante et prospère, sur le chemin du succès professionnel. Éléonore s'imaginait déjà comme les sœurs Callot, à la tête d'un empire de mode et de couture, possédant des boutiques dans les plus jolies villes françaises. Et à Paris. Elle donnerait tout pour y parvenir, songea-t-elle, en accueillant tout sourire les premières clientes de la journée.

2

22 août 1910

En d'autres circonstances, Grigori aurait apprécié son séjour à Biarritz. Cette ville, découverte sept ans plus tôt au cours de son grand tour d'Europe, lui avait laissé un souvenir incomparable. Depuis, la station balnéaire avait évolué, s'étendant toujours plus loin, dénombrant toujours plus de villas et d'hôtels fastueux, offrant des divertissements encore plus expansifs, et cherchant surtout à égaler, voire dépasser l'excellence raffinée de la capitale. Pourtant, de toutes les villes situées sur la côte atlantique, Biarritz restait de loin la plus sauvage. Elle gardait un charme unique, avec ses rochers rugueux et ses falaises escarpées, ses longues plages et ses petites criques. Le centre-ville regorgeait d'aristocrates venus des quatre coins du globe pour résider dans les luxueux hôtels, villas et châteaux. Il faisait bon vivre à Biarritz, mais Grigori était d'une humeur trop exécrable pour en profiter. Devoir se pavaner au bras de cette meringue écervelée qui lui faisait office de fiancée l'exaspérait.

À peine 1910 entamée, il fut convoqué par son père, inquiet et furieux de le voir s'écarter de son chemin tout tracé. Son père, Nikolaï Alexandrovitch Meletski, était un général de l'armée impériale de Russie, issu d'une vieille lignée noble très proche de la famille impériale. Il souhaitait que son fils suive ses pas, et lui avait offert une éducation internationale, en France puis en Angleterre, avant de le contraindre à rejoindre l'école militaire Nicolas de Saint-Pétersbourg et à participer au dernier acte de la guerre russo-japonaise. Indifférent aux arts de la guerre, Grigori ne passa que deux ans dans les rangs de l'armée et la quitta à la première opportunité. Une décision que son père accueillit avec colère. Si au fond de lui, Grigori espérait le rendre fier un jour, il riait du dédain que son père portait à sa passion pour l'ingénierie mécanique de l'aéronautique. Il en était bien trop féru pour abandonner ses recherches et satisfaire les ambitions paternelles. Mais plutôt que de se lancer tête baissée et sans aucune expérience dans la conception d'un modèle d'avion, il opta pour la prudence et intégra la Russo-Balt, cette fameuse usine de wagons reconvertie dans l'automobile, en tant qu'ingénieur en chef chargé de la conception.

– Un homme de ton milieu ne travaille pas avec des ouvriers ! fulmina son père. Tu déshonores ton rang en t'abaissant ainsi.

Malgré sa peine, Grigori avait persévéré, mais son père n'avait pas dit son dernier mot. Le 18 janvier 1910, il lui annonça qu'à bientôt vingt-huit ans, il épouserait la princesse Natasha Ivanovna Volkontski. Et ce fut avec horreur que Grigori découvrit celle à qui son père l'avait destiné. Une princesse qui tenait plus du crapaud, mais une princesse tout de même. Pour la première fois de sa vie, il supplia son père, mais rien n'y fit. Le général russe resta inflexible, ajoutant que si sa femme ne lui convenait pas, il n'aurait qu'à entretenir une maîtresse. Grigori aurait préféré ne pas se marier, et encore moins avec elle ! La nature ne l'avait pas gâtée. Malgré de longs cheveux blonds soyeux, de beaux yeux bleus et une bouche en cœur, il n'y avait pas grand-chose à apprécier. Ses amis le trouvaient impitoyable envers une fiancée dont ils appréciaient les rondeurs généreuses. Ils admettaient cependant que son nez en trompette avait tendance à surprendre au premier regard. Au deuxième aussi.

Le mariage était prévu à Saint-Pétersbourg le 21 février 1911. Entre-temps, il devait se pavaner au bras de cette insupportable frivole qui avait insisté pour l'accompagner à Biarritz. À tout prendre, il aurait préféré les opérations militaires dans la taïga glaciale à sa compagnie. Natasha babillait sans cesse et s'extasiait devant chaque boutique. Si cette promenade durait plus d'une heure, il n'échapperait pas à une terrible migraine pour le restant de la journée. Le tirant brusquement de ses pensées, elle lui montra un joli bâtiment de deux étages dont le rez-de-chaussée était occupé par une boutique. Lâchant son bras, Natasha le devança et entra, aussitôt suivie de son chaperon. Maudites femmes ! Cette visite ne ferait que repousser le moment où il pourrait enfin être seul et se plonger dans ses travaux. Il pénétra à son tour dans le magasin.

Des robes du soir, de casino, des tenues plus décontractées et tout autour des étoffes, rubans, dentelles, fourrures, plumes et froufrous. Les murs clairs et les grandes baies vitrées illuminaient l'ensemble et rendaient l'endroit très agréable. Bien plus que ces grands magasins qu'il abhorrait. Perdu dans sa contemplation, il faillit se faire bousculer par deux Anglaises qui cherchaient à sortir. En gentleman il leur présenta ses excuses, ne manquant pas de les faire rougir. Quand il se retourna, il se retrouva nez à nez avec une femme élancée, tout sourire et dont la beauté le frappa.

– Bonjour, monsieur. Que puis-je faire pour vous ?

Stupéfait, il mit un instant avant de répondre dans un français irréprochable.

– Bonjour. Je ne fais qu'accompagner la demoiselle à la robe meringue, dit-il en désignant Natasha du revers de la main. Je vous saurais gré de répondre à chacune de ses demandes, qu'elles soient farfelues ou dénuées de bon sens. Plus elle sera satisfaite, plus j'aurai la paix. Je compenserai tout désagrément potentiel.

La jeune femme laissa échapper un petit rire. Charmant. Se moquait-elle de son désespoir ? Ou avait-il dit quelque chose de drôle ? Il fronça les sourcils et lui adressa un regard perplexe. Elle sembla se méprendre sur son trouble qu'elle crut mécontentement, car elle s'excusa avant de partir dans la direction qu'il lui avait indiquée. Qui était cette jolie sirène ? Il la suivit du regard tandis qu'elle virevoltait entre les tissus, présentant ses plus belles étoffes à Natasha qui s'extasiait devant chaque nouveauté. Cela faisait longtemps qu'il n'avait pas croisé une aussi troublante demoiselle. Ses cheveux étaient relevés en un chignon à la Gibson Girl, duquel s'échappaient plusieurs mèches ondulées. Il observa la manière dont sa jupe en toile plissée marquait sa taille fine, et son chemisier en coton laissait deviner de séduisantes formes. Sa bouche pulpeuse s'ouvrait et se fermait au gré de ses explications savantes et son nez droit était orné de quelques taches de rousseur qui s'étendaient jusqu'aux joues. À deux reprises elle se tourna vers lui, plongeant son regard vert dans le sien. Une minute plus tard, elle disparut avec Natasha ainsi qu'une employée dans une pièce dissimulée derrière un rideau. Frustré d'avoir perdu sa seule source de divertissement, Grigori balaya la salle du regard, adressant des sourires compatissants aux deux autres hommes entraînés, malgré eux, dans les folies consuméristes de leurs épouses.

Elle reparut peu de temps après, un calepin à la main. Grigori s'approcha discrètement d'elle et se risqua à observer le carnet par-dessus son épaule. Il vit des dessins de mode, raffinés et détaillés. Était-elle la tête pensante de la boutique ou une ravissante petite main ? La jeune femme tourna les pages avant de prendre des notes qu'il ne parvint à déchiffrer. Puis, en quelques traits, elle esquissa une cape de soirée. Grigori céda à la tentation de lui signifier sa présence.

– Il ne fait aucun doute que vous avez beaucoup plus de talent que le couturier à qui Natasha a commandé sa robe actuelle.

Sa voix grave fit sursauter la jeune femme, elle en lâcha son calepin. Grigori le ramassa et le lui tendit. Elle le saisit sans un mot, en prenant soin d'éviter tout contact avec ses doigts, et le posa sur l'étagère la plus proche avant de le foudroyer du regard. Amusé, Grigori lui présenta ses excuses.

– Je vous demande pardon, je ne voulais pas vous faire peur.

Elle laissa échapper un petit soupir avant d'arborer un sourire que Grigori jugea forcé.

– Il n'y a aucun mal, j'étais juste absorbée par ce que je faisais, répondit-elle d'un ton neutre.

Il hocha la tête sans cesser de la fixer. Elle ne cilla pas ni ne détourna le regard. Devant sa détermination, Grigori dut se retenir d'afficher son amusement, de peur de la froisser davantage. Cette jeune femme semblait dotée d'un caractère bien trempé. Puis elle brisa le silence, laissant sa curiosité prendre le pas sur ce que la bienséance aurait commandé de faire : lui souhaiter une bonne journée et tourner le dos.

– Excusez mon indiscrétion, mais seriez-vous russe aussi ? Vous n'avez pas d'accent, demanda-t-elle avec plus de douceur.

– Oui, je le suis. J'ai passé une grande partie de mon enfance en France. Maîtriser la langue de Molière est pour moi une grande fierté.

– Cela fait plaisir à entendre ! J'ai bien peur en revanche de ne pouvoir en dire autant quant à ma maîtrise de votre langue. Grâce à mes nombreuses clientes russes, je peux me targuer de connaître certaines expressions idiomatiques, mais c'est bien insuffisant pour tenir une conversation.

– C'est déjà mieux que la majorité des Français ! Et que pensez-vous de mes compatriotes ?

– Je dirais qu'elles sont très... dépensières.

– Heureusement que leurs époux sont généreux, ajouta-t-il avec un clin d'œil.

– En effet... Êtes-vous un mari généreux ? J'ai rarement l'occasion de parler avec l'homme qui se cache derrière le porte-monnaie de ces dames.

– Je ne suis pas marié, répliqua-t-il un peu plus sèchement qu'il ne l'aurait voulu.

– Oh, pardon. En même temps, j'aurais dû m'en douter... Enfin...

– Je suis fiancé.

Jamais il n'aurait pensé que prononcer cette phrase à voix haute puisse être jubilatoire à ce point. La pauvre boutiquière venait de perdre son sourire et son visage affichait une mine déconfite.

– Je suis désolée…, marmonna-t-elle, honteuse.

– Ne le soyez pas. Il n'y a rien que vous pourriez dire sur ma fiancée que je n'aie pas considéré au préalable.

– Voyons, monsieur…, commença-t-elle encore troublée.

– Mais je serai très généreux. Même si je doute que votre talent parvienne à la transformer en reine de beauté.

À peine gagnée par l'ombre d'un sourire, elle marqua un temps avant de reprendre d'un ton plus professionnel.

– Si je ne peux changer l'avis, disons tranché, que vous semblez porter à son égard, je peux en revanche faire d'elle la femme la plus élégante de la côte basque.

– Et moi, je ne peux que m'incliner devant vos qualités de commerçante. Je suis désormais prêt à vous acheter toutes les tenues que vous lui proposerez.

– J'ai peur que mes talents n'y soient pas pour grand-chose, car si j'ai bien compris vous l'auriez fait de toute manière. Pour avoir la paix, n'est-ce pas ?

Grigori éclata de rire. Non seulement elle semblait plutôt douée dans ce qu'elle faisait, mais elle ne manquait pas d'esprit. Elle venait de piquer sa curiosité.

– Ma foi, vous me surprenez, mad… Euh, mademoiselle ? demanda-t-il en posant son regard sur ses fines mains.

Elle ne portait pas d'alliance.

– Madame…

Elle avait de fort jolis doigts.

– Je suis divorcée, ajouta-t-elle, consciente de son regard scrutateur.

Cette révélation ne tombait pas dans l'oreille d'un sourd. Elle paraissait très jeune, son mariage avait dû être bref. Que s'était-il passé ? Son intérêt pour l'inconnue se fit plus pressant.

– Ah… Est-ce vous Leonora ? demanda-t-il en se remémorant le nom de la boutique afin de changer de sujet et de prolonger cette étrange conversation.

– En quelque sorte… Je m'appelle Éléonore, et je suis la gérante. Et vous monsieur, je ne crois pas que vous vous soyez présenté ?

Dans le monde où Grigori évoluait, ils n'auraient jamais pu se parler sans avoir été présentés par un tiers. Bien entendu, une boutiquière ignorait tout de ces règles de savoir-vivre. Alors au diable les convenances, il était dans une boutique et non à un bal de débutantes !

– Je suis Grigori Meletski, et ma très charmante fiancée est la princesse Natasha Volkontski.

– Eh bien, j'espère que vous apprécierez votre séjour à Biarritz.

– Je commence à croire que oui, avoua-t-il en lui adressant un regard charmeur.

Il l'observa tressaillir avant que ses yeux ne se plissent pour le regarder avec méfiance. Visiblement, elle n'avait aucune envie de badiner avec lui. Alors il regretta de lui avoir révélé être fiancé. Maudits soient son père et sa tyrannie. Si à cause de lui il devait aussi renoncer aux plaisirs de la conversation, il n'allait pas tarder à imploser. Même à distance, ce tyran lui pourrissait la vie et Grigori voyait peu à peu ses rêves s'éloigner. Comme il aurait aimé se défaire de ses obligations familiales, acquérir une villa sur la côte basque et passer ses journées à courir les salons de l'aviation. Sans son père, il serait resté célibataire, serait devenu pilote, aurait continué ses voyages… Avant que la boutiquière n'ait le temps de répondre à sa provocation, sa maudite fiancée refit surface, le sourire radieux.

– Grigori ! Quel endroit ravissant ! Ces gentilles demoiselles m'ont montré tant de belles étoffes. Et puis ces robes ! Elles sont de toute beauté ! J'en ai commandé quatre. Une de casino, une du soir, une d'après-midi et une pour les courses. Nous irons aux courses, n'est-ce pas ? s'exclama-t-elle en appuyant ses paroles de gestes excités.

– Très bon choix. Oui nous irons aux courses si cela vous fait plaisir, grommela-t-il en cherchant le regard de la boutiquière qui fixait sa fiancée.

Elle avait dit avoir des notions de russe, cherchait-elle à comprendre ce qu'ils se disaient ?

– Donc quand puis-je espérer voir mes robes ? demanda Natasha en s'adressant à Éléonore dans un français au lourd accent russe.

– Maintenant que vos mesures sont prises, je vous propose de revenir dans dix jours pour un dernier essayage, et elles seront prêtes dans une quinzaine de jours.

– C'est merveilleux ! Je vais prendre aussi ce chapeau de paille à plumes.

– Le noir avec les plumes d'oiseaux de paradis ?

– Celui-là même ! Qu'en pensez-vous, Grigori ?

Grigori observa le chapeau et ne put s'empêcher d'imaginer Natasha avec cet énorme couvre-chef. Avec cela elle tiendrait plus d'une dinde que d'une princesse.

– Prenez ce qui vous chante, annonça-t-il.

Une fois de plus la boutiquière l'observa avec méfiance, puis elle reporta son attention sur Natasha, et lui adressa un sourire radieux. Au moins, son comportement ne laissait aucune place aux doutes : elle ne l'appréciait pas. Pas le moins du monde.

– Mademoiselle Volkontski, je vous offre cet éventail en dentelle de Bayeux. Il ira à ravir avec la robe pour les courses que vous avez commandée.

– Oh quel bel objet ! Et pensez-vous que je pourrais l'associer à d'autres tenues ?

– Avec la majorité des robes d'après-midi ou de casino, mais pour le soir, préférez des éventails en soie et écaille.

La princesse la remercia chaleureusement et glissa son bras sous celui de Grigori, qui une fois l'acompte réglé, se dirigea vers la sortie l'air blasé. Pourtant, avant de pousser la porte, il se retourna et adressa à Éléonore un sourire charmeur accompagné d'un clin d'œil. La réaction de la jeune femme l'amusa tout autant qu'elle l'affligea. Elle leva les yeux au ciel et se tourna vers une autre cliente. Il était sous le charme. Les femmes audacieuses et téméraires l'avaient toujours fasciné. En général, Grigori détestait les personnes faibles ou influençables et admirait celles dont la force d'esprit s'était muée en moteur de leurs ambitions. Il se savait membre de cette deuxième catégorie, même si parfois, soumis aux caprices de son père, il sentait sa volonté faillir. Et sa punition était accrochée à son bras droit. Néanmoins, il devait reconnaître que grâce à la folie dépensière de Natasha, il avait croisé la plus troublante des couturières. Éléonore. Une rencontre inopinée qui avait su lui rendre le sourire et dont il avait apprécié la fugacité, celle d'un moment sans promesse de renouvellement. Cette rencontre ne connaîtrait pas de deuxième acte. La jolie couturière n'évoluait pas dans le même monde que lui et ne semblait pas très encline à s'en rapprocher.

De toute manière, dès le lendemain, il retrouverait ses meilleurs amis d'Oxford. John Graham et Thomas Perry venaient presque chaque été sur la côte atlantique. Ils avaient étudié ensemble les mathématiques et les sciences. Tous trois passionnés d'aviation, ils appréciaient les événements aéronautiques qu'accueillait la ville. Ils avaient passé chaque jour de la semaine précédente aux meetings d'aviation qui mettaient le Tout-Biarritz en émoi. Ils purent y admirer des modèles d'appareils flambant neufs et profitèrent de la décontraction générale pour discuter avec plusieurs aviateurs et ingénieurs. Grigori eut même la chance de voler au-dessus de Bayonne aux côtés du pilote Tabuteau avec lequel il se lia immédiatement d'amitié. Mais John et Thomas repartaient dans cinq jours, le laissant à la merci de sa Natasha pendant près de deux semaines. Quelle que soit l'activité proposée, elle chercherait par tous les moyens à l'accompagner. Sauf s'il s'agissait d'opéra. La jeune princesse détestait le chant lyrique, se plaignant de migraines dès qu'un chanteur ouvrait la bouche. Naturellement, Grigori avait acheté le programme des opéras donnés au Casino Municipal. À cette pensée, il se laissa gagner par un sourire satisfait.

3

27 août 1910

La journée touchait à sa fin et Éléonore venait de fermer boutique. Ce soir, Louise et Charles lui avaient offert une place pour assister à la pièce de Max Dearly, un célèbre comédien de théâtre de variétés. Le spectacle avait lieu au Casino Bellevue et toutes les personnalités mondaines résidentes ou en villégiature s'y rendraient. Du moins celles qui étaient parvenues à obtenir leurs billets à temps.

Elle avait choisi pour l'occasion une robe échancrée en satin noir, recouverte d'une tunique en mousseline de soie de la même couleur qu'elle avait ornée de tubes de cristal coupés par des bandes de broderie vieil or. Sa robe scintillant déjà comme mille bijoux, elle décida de ne pas en porter. Elle redessina discrètement ses sourcils et ajouta une pointe de rouge à ses lèvres. Satisfaite du reflet que lui renvoyait le grand miroir de sa chambre, elle se hâta dans l'escalier. Seulement deux rues la séparaient du Casino Bellevue. Vivre en plein centre avait son lot d'atouts et heureusement, car sa robe devait bien peser plus de cinq kilos ! Comme disait sa tante, il fallait souffrir pour être belle. Le corset en était la preuve flagrante. Ce dicton la laissait perplexe et elle espérait en venir à bout un jour, en proposant une autre manière de s'habiller. Louise avait elle aussi revêtu une robe noire, mais couverte d'une tunique verte aux broderies d'or et d'opale. Elle resplendissait. Quant à Charles, presque aussi blond que Louise, il avait tout du prince charmant : grand, mince, élégant, avec un visage carré et des traits fins. À chaque fois qu'elle le voyait, elle ne pouvait s'empêcher d'éprouver un sentiment de fierté à l'égard de Louise. La pâle et frêle blonde n'aurait pas pu trouver meilleur parti. Quand la sonnerie retentit, le petit groupe gagna ses places.

Ce Max Dearly était à la hauteur de sa réputation. Captivée par son jeu, Éléonore s'était aussitôt laissé emporter par le comique de situation truculent de cette pièce de Robert de Flers. Le comédien prenait des airs que l'on pouvait attribuer aux personnages de Meilhac et Halévy empreints de cette âme parisienne faite de veulerie et de grâce, de légèreté et de tendresse. Bien qu'Éléonore n'ait encore jamais mis les pieds à Paris, elle avait tant entendu et lu sur cette ville qu'il lui paraissait la connaître par cœur. Elle ignorait quand elle trouverait le temps de s'y rendre. À l'occasion d'un salon de la mode dans les prochaines années ? Ou pour y ouvrir une boutique quand Leonora serait dépassée par le succès ? Pour l'instant, si Paris se déplaçait à Biarritz cela lui convenait.

Une fois la pièce terminée, accompagnée de Charles et Louise, elle retourna dans la grande salle aux murs couverts de boiseries et de faux marbre dans laquelle s'était tenu l'entracte. La salle de réception s'ouvrait par d'immenses fenêtres en éventail sur la baie, malheureusement dissimulée dans les ténèbres d'une nuit sans lune. Les autres murs étaient ornés de tableaux et de tapisseries. Éléonore devait reconnaître que cela avait été agencé avec beaucoup de goût. Le Casino Bellevue impressionnait autant par son architecture extérieure que par la richesse de son intérieur. Munie d'une coupe de champagne, elle suivait distraitement la conversation engagée entre ses amis et deux inconnus, balayant du regard les clientes parées de ses créations. Celle qu'elle repéra se rafraîchissait à l'aide d'un éventail en dentelle qu'elle reconnut aussitôt. Il s'agissait bien de la princesse russe qui lui avait commandé quatre robes et un chapeau plus tôt dans la semaine. À ses côtés, son très séduisant fiancé. Le cœur d'Éléonore manqua un battement. Malgré son air renfrogné, il possédait une remarquable prestance dans ce costume dont la coupe soulignait sa grande taille et sa carrure élancée. Ses cheveux noirs plaqués en arrière dégageaient ses traits fins et durs, le rendant encore plus intimidant. Sa beauté n'affectait en rien la piètre opinion qu'Éléonore se faisait de lui. Elle se souvenait avoir apprécié, en partie, leur discussion. Jusqu'à ce qu'il entreprenne de badiner ouvertement avec elle. L'odieux personnage était fiancé et semblait peu enclin à offrir la moindre once de sympathie à sa future femme. La princesse ne possédait peut-être pas le plus gracieux des physiques, mais s'arrêter à un tel détail révélait chez lui une superficialité qu'Éléonore accueillait avec hostilité. Elle détourna le regard et reporta son attention sur ses amis.

Grigori adorait le vaudeville, d'autant plus que son père le détestait, comme tout ce qui provoquait le rire par l'obscénité. Pour une fois, il jugeait que sa fiancée avait fait preuve de bon goût en lui proposant cette soirée. Les étrangers n'y étaient pas nombreux, mais la salle fourmillait de mécènes, d'artistes, de bourgeois et d'aristocrates venus des quatre coins de la

France avec une majorité parisienne. Ses amis ayant quitté la ville quelques heures plus tôt, il s'était senti obligé de suivre sa fiancée. Heureusement, il était le lendemain convié à un dernier meeting à l'aérodrome de Bayonne-Biarritz. Meeting auquel le roi d'Espagne, Alphonse XIII, assisterait en personne.

Incapable de se concentrer sur la conversation, il laissa Natasha en compagnie d'une actrice parisienne, d'un peintre et d'un couple dont il avait récemment fait la connaissance. Il partit à la recherche de plus de champagne et ce qu'il découvrit près du valet brandissant un plateau d'argent était une promesse bien plus grisante. Elle était là ! La ravissante modiste de la rue Mazagran se tenait entre deux jeunes gens du même âge en pleine conversation avec le baron et la baronne d'Almont.

S'il l'avait trouvée superbe cinq jours auparavant, ce soir, elle éclipsait toutes ces bourgeoises endimanchées. Même la jolie actrice parisienne paraissait fade à côté de la piquante brune aux yeux verts. Sa robe, sûrement l'une de ses créations, marquait sa taille fine tout en révélant son décolleté généreux. Il s'étonnait de la trouver ici, mais après tout, peut-être que le succès de son magasin lui permettait d'intégrer les cercles bourgeois locaux. Remarquant que son verre était vide, il saisit deux coupes de champagne et s'approcha du petit groupe. Au moment où il allait s'éclaircir la voix et annoncer sa présence, Éléonore se retourna et plongea son regard surpris dans le sien.

– Vous ? laissa-t-elle échapper.

Elle porta une main à sa bouche et se reprit aussitôt.

– Monsieur Meletski, je ne m'attendais pas à vous voir ici.

– Madame. Je ne m'y attendais pas non plus. Oserais-je dire qu'il s'agit d'une agréable surprise ? Voudriez-vous du champagne ?

– Avec plaisir ! répondit Éléonore.

Sous le regard amusé de Grigori, la jeune femme but une longue rasade du précieux breuvage avant de lever les yeux vers lui. Après s'être autorisé un rapide coup d'œil vers son interlocuteur, elle reporta son attention sur sa coupe. Cet homme la troublait et l'intimidait.

– Vous semblez plus heureuse de regarder votre champagne que moi…, commenta-t-il d'un ton faussement peiné.

Selon Éléonore, ce Grigori Meletski avait tout d'un homme intelligent, superficiel et fier qui ne faisait rien en vain. Si elle lui expliquait qu'elle préférait passer sa soirée en compagnie de ses amis plutôt que de la sienne, peut-être le comprendrait-il, et il ne l'importunerait plus. Mais avant de l'éconduire, elle souhaitait comprendre pourquoi il venait lui parler, à elle, une simple couturière. Ce n'était pas comme si leur première rencontre avait été particulièrement amicale…

– Je vous remercie de m'en avoir apporté, c'était très aimable à vous. En revanche, vous pardonnerez ma franchise, mais j'aimerais comprendre pourquoi vous sollicitez ma compagnie parmi tous les invités de ce gala. Auriez-vous quelque chose dont vous souhaiteriez me faire part ?

– Vous ne manquez pas d'audace, madame. La raison de ma présence à vos côtés est plutôt simple. Je souhaite faire votre connaissance.

Elle ne put se retenir de lever les yeux au ciel.

– Vous attendiez-vous à une autre réponse ?

– À vrai dire je ne m'attendais pas à grand-chose de vous.

– Vous ne me portez pas en très haute estime à ce que je vois… Je ne vous ai pourtant pas proposé de me rejoindre dans un coin sombre…, ajouta-t-il avec un sourire désinvolte.

Elle le fixa, impassible. Quelle impertinence ! Elle connaissait les aristocrates dans son genre, elle en rencontrait à chaque saison. Des individus imbus d'eux-mêmes, persuadés de leur soi-disant charme... Des Casanova à la recherche d'une distraction pour leurs vacances. Des hommes dont l'adultère était la seule source d'excitation d'une vie monotone. Séduisant ou pas, ce Russe devrait passer son chemin. Il n'était pas le premier, depuis son divorce, et ne serait certainement pas le dernier à tenter de la conquérir.

– Je vous assure, madame, que mes sentiments sont bien plus candides, reprit-il d'un ton moins assuré. Vous... Vous avez suscité mon intérêt et je...

– Eh bien ! Serais-je donc une curiosité à vos yeux ?

– Je vous prierai de ne pas mal interpréter mes paroles ! Je cherchais à vous complimenter.

– Pour un homme que je suppose habitué à batifoler avec bon nombre de femmes, je trouve que vous manquez de savoir-faire, railla-t-elle. Et ne vous méprenez pas, il ne s'agit pas d'un compliment !

Il la foudroya du regard, l'étincelle joueuse qui dansait dans ses beaux yeux avait disparu au profit d'une pointe de colère.

– Au moins les femmes des métropoles ont des manières et savent se comporter en société. Cela rend la conversation bien plus agréable.

– Là, vous venez de m'insulter ! s'offusqua-t-elle, prise à son propre piège.

– Oui ! grogna-t-il avant d'ajouter : Venez.

Il lui saisit le bras, d'une poigne ferme, et l'entraîna avec lui. Une exclamation indignée s'échappa des lèvres d'Éléonore. Elle ne protesta pas plus, trop obnubilée par la coupe qu'elle tentait tant bien que mal de ne pas renverser sur sa robe. Puis il lâcha son bras et elle vit qu'il l'avait amenée près d'une fenêtre donnant sur les bâtiments de la côte. On n'était pas loin du coin sombre à l'abri des regards qu'il venait de mentionner…

– Vous m'excuserez mais je préférais éviter d'attirer l'attention sur nous alors que nous discutions, siffla-t-il l'air tout aussi courroucé.

– Cette conversation était terminée !

– Pas pour moi.

– Je refuse de discuter avec un rustre qui me regarde de haut.

– Un rustre qui souhaite en apprendre plus sur vous.

– Il n'y a rien à savoir. Pourquoi n'allez-vous pas importuner cette actrice qui parle avec votre fiancée ? Je suis sûre que vous appréciez les actrices. Ou non, mieux, pourquoi ne pas vous comporter en gendre idéal et tenter quelque chose de nouveau : l'amabilité ? Notamment avec votre pauvre fiancée.

– N'avez-vous pas l'impression de dépasser les bornes, petite impertinente ? Je n'ai aucun conseil à recevoir d'une divorcée !

– Je ne vous permets pas, hoqueta Éléonore. Vous ignorez tout de mon histoire.

– À qui la faute ? Vous ne souhaitez pas me parler.

Ils se jaugèrent quelques instants sans parler, la tension était palpable entre eux. Éléonore ne savait même plus comment ils en étaient venus à de tels échanges acerbes, mais jamais elle ne s'était emportée ainsi. Non seulement il s'agissait de la première fois qu'elle échangeait aussi spontanément avec un inconnu, mais aussi qu'elle se disputait avec lui. Étrangement, elle ne ressentait aucune gêne à le piquer au vif. Lui non plus, semblait-il. Réflexion faite, il différait des autres aristocrates dont elle avait croisé le chemin. Cependant elle ignorait en quoi. Était-ce cette étrange sensation de familiarité qui planait entre eux ? Cette impression de le connaître depuis des années et de se quereller en cherchant à exploiter les faiblesses de l'autre. Comme ces couples passionnés qui s'aiment autant qu'ils se détestent. Elle réprima un frisson à cette idée.

– Attendez une seconde. Pour savoir avec qui je parlais, c'est que vous m'aviez repéré ? demanda-t-il soudain plus calme et un brin joueur.

Éléonore ne put s'empêcher de rougir. Oui elle l'avait vu, elle l'avait même observé à la dérobée.

– Oui, mais je n'avais aucune intention de venir vous parler.

– Je crois que vous avez mis un point d'honneur à me le faire comprendre. Vous dites toujours ce qui vous passe par la tête, n'est-ce pas ?

– Oui, ça sort directement.

– Et vous ne m'appréciez guère.

– Non, opina-t-elle.

– Pourtant moi, j'apprécie votre franchise, elle est des plus rafraîchissantes ! avoua-t-il avec une mine mi-ironique, mi-admirative.

– Écoutez, je n'ai pas envie de me battre avec vous. Contrairement à vous, je ne suis pas en vacances et je ne peux pas me permettre de musarder tous les soirs. Alors je souhaiterais passer le reste de la soirée en compagnie de mes amis. Veuillez trouver une autre victime.

Il l'observa stupéfait, puis son regard s'assombrit.

– Je vois. Vous êtes décidée à me détester et quoi que je puisse dire, vous ne changerez pas d'avis, n'est-ce pas ?

Éléonore resta silencieuse. Soudain envahie par la culpabilité, elle chercha à comprendre comment elle en était venue à le considérer comme le diable en personne. N'avait-il pas essayé d'être courtois avec elle ? N'avait-elle pas décrété qu'il n'était rien de plus qu'un odieux personnage, alors que son propre comportement avait été le plus abject des deux ? Elle s'était conduite comme une harpie. Un voile de honte lui brouilla le cerveau, elle se devait de lui offrir une seconde chance.

– Non. Il n'y a que les imbéciles qui ne changent pas d'avis et je ne pense pas en être une. Mais je réitère ma question : que me voulez-vous ?

– Si vous me posez cette question, c'est que vous vous doutez de la réponse…

– Je suppose, oui…

– Vous êtes une femme admirable après tout. Seul un imbécile ne s'en rendrait pas compte.

À ces mots, une agréable chaleur se diffusa dans son ventre. Elle qui détestait les compliments mielleux, se sentit flattée par cet élan de sincérité. L'art de la séduction demeurait pour elle un monde impénétrable, il la rebutait plus qu'il ne l'intriguait. Elle n'en connaissait jusque-là que regards insistants d'hommes peu séduisants, phrases maladroites de jeunes garçons timides ou gestes déplacés. Avec Leandro, leur relation avait naturellement pris un tournant amical, omettant, volontairement ou non, la terrifiante étape de la séduction. Mais ce schéma ne se reproduisait pas avec cet étranger. Son regard révélait au grand jour toutes ses pensées indicibles. Dans ses souvenirs, jamais Leandro ne l'avait regardée ainsi. Elle ne se souvenait pas avoir remarqué cette lueur de convoitise dans ses yeux sombres. Ou plutôt n'avait-elle rien voulu voir… Quant au Russe amusé par son silence gêné, elle ne savait qu'en faire. Il était hors de question d'être ajoutée à son tableau de chasse, mais elle reconnaissait qu'il l'intriguait. Alors elle répondit la seule chose qui lui passa par la tête :

– Merci.

Elle se réprimanda intérieurement pour la banalité stupide de sa réplique.

– Je vous ai mise mal à l'aise, mes excuses. Là n'était pas mon intention.

– Je pense qu'au contraire vous saviez très bien ce que vous faisiez !

– Moi non plus, je ne suis pas un imbécile, et je commence à trop vous apprécier pour vous voir me filer entre les doigts.

– Il le faudra bien, certaines batailles ne se remportent pas, monsieur.

– Faut-il en perdre quelques-unes pour gagner la guerre ? ajouta-t-il l'air taquin.

– Ne suis-je donc qu'un territoire que votre avidité personnelle convoite ?

Cette nouvelle joute verbale, elle la gagnerait.

– Vous vous sous-estimez, ma chère, mais vous avez raison sur un point. Il m'arrive d'être avide.

– Allons bon… La liste de vos défauts n'en devient que plus vertigineuse.

Il ne put contenir son rire, et elle non plus.

– Je m'incline, madame, commença-t-il entre deux soubresauts amusés. Je requiers une trêve.

– Avec plaisir. Votre soudaine sagesse vous honore.

– Et puis-je vous proposer mon amitié par la même occasion ?

– Votre amitié ? Pour quoi faire ?

– Sapristi ! On ne vous a donc jamais appris à remuer sept fois votre langue dans votre bouche avant de parler ?

– De toute évidence, je n'ai prêté aucune attention à cet enseignement, répliqua Éléonore avec un sourire sincère.

– Si je ne me trompe, vous n'écoutez que ce qui vous arrange.

– Oh, vous seriez surpris…

– Dans ce cas, surprenez-moi ! En acceptant mon amitié.

– Est-ce un défi ?

Il opina de la tête.

– Vous êtes fou… Si cela peut vous faire plaisir. Pourquoi pas ? capitula Éléonore.

– Fantastique !

Le sourire aux lèvres, ils s'observèrent quelques instants en silence. Même si l'animosité passagère de leurs premiers échanges avait disparu, une tension demeurait. Éléonore n'était pas stupide au point de nier son existence, ni sa nature. Il lui plaisait et elle avait cherché à l'éloigner. Elle le comprenait maintenant. La perspective d'être considérée comme une de ces femmes parmi tant d'autres pour un homme de passage ne lui plaisait guère. Pourtant, il l'intriguait trop pour le repousser. La direction amicale que prenait cette relation naissante lui convenait mieux. L'ambiguïté de ses sentiments l'inquiétait et elle préférait délimiter leurs échanges à un cadre bien précis, exempt de toute séduction. La sécurité avant l'aventure. Elle avait déjà eu son lot d'imprévus et se gardait bien de réitérer l'expérience. L'échec de son premier mariage continuait de la hanter, sa naïveté et sa précipitation auraient pu lui coûter plus qu'un divorce et un remords éternel. Plus jamais elle ne s'autoriserait de folies en matière de cœur. Ses ambitions et sa liberté passeraient avant toute chose. Après avoir conversé de sujets légers avec Grigori, Éléonore reporta son attention vers Louise et Charles, consciente de s'être absentée bien plus longtemps que prévu.

– Maintenant que nous sommes réconciliés, vous m'excuserez, mais j'aimerais au moins rassurer mes amis et leur dire que je n'ai pas pris la poudre d'escampette.

– Pourquoi, ça vous arrive ?

– Je ne dors pas beaucoup car je travaille parfois très tard. Il m'est donc difficile de danser et converser jusqu'à l'aurore, alors je rentre chez moi.

– En catimini ?

– Non, les autres sont juste trop alcoolisés pour le remarquer !

– Pas vous ?

– Mon alcoolémie vous intéresse ?

– Je dirais même qu'elle me passionne, ironisa-t-il.

– Vous êtes infatigable, conclut-elle en vidant son verre d'un seul trait.

– Et vous, vous possédez une descente digne d'une Russe !

– Sans doute y a-t-il quelques points communs méconnus entre le Pays basque et la Russie…

– Faites attention, au cas où l'envie me prendrait de tous les découvrir.

– Bonne chance. Les secrets des Basques sont aussi impénétrables que ceux des pyramides !

– Eh bien, ce sera une occasion de me lancer dans l'archéologie !

Puis, toujours avec sarcasme, il ajouta :

– Je vous laisse à vos amis et je m'en vais rejoindre ma fiancée en détresse. Ce fut un plaisir.

Il la salua d'un baisemain, mais au lieu de maintenir sa bouche à quelques centimètres de ses phalanges, recouvertes d'un fin gant de soie, il y déposa ses lèvres de longues secondes. Surprise et déroutée par son audace, Éléonore fut parcourue d'un frisson et le sourire de Grigori s'agrandit. S'il ne savait pas avant qu'elle était sensible à ses charmes, il en avait désormais la preuve. Elle dégagea sa main et plongea son regard aussi troublé qu'irrité dans le sien.

– À l'avenir, je vous prierai de ne plus dépasser les limites de ma bonne volonté, monsieur. Notre récente amitié ne vous autorise pas à de telles familiarités.

Sur ces mots, Éléonore tourna les talons et partit rejoindre Charles et Louise.

À peine eut-elle repris sa place à leurs côtés que Louise la bombarda de questions sur l'identité de l'homme. Elle eut beau lui répondre avec un désintérêt feint, Louise continua de la fixer, dubitative. Éléonore leva les yeux au ciel et tenta tant bien que mal de se concentrer sur la conversation. Mais ses pensées restaient bloquées à quelques mètres de là, entre l'immense plante exotique et la baie vitrée. Pour la première fois, lors de ce baisemain aussi déplacé qu'agréable, elle avait posé ses yeux sur ses mains – de belles mains soignées, des mains longues et robustes, des mains qui avaient vécu, des mains qui révélaient bien plus sur leur propriétaire que tout ce qu'il avait pu lui dire jusque-là. Elle s'efforça d'effacer le dangereux aristocrate de son esprit.

4

31 août 1910

À deux heures précises, Joséphine pénétra dans la boutique d'Éléonore, non sans cérémonie. Joséphine aimait qu'on la remarque, et elle y parvenait presque toujours. Inévitablement, son entrée suscita des regards étonnés et l'amusement d'Éléonore face aux manières théâtrales de son amie. Aussitôt, Éléonore se précipita vers la grande brune.

– Oh, comme tu m'as manqué ! N'aurais-tu pas pu annoncer ton arrivée plutôt que de débarquer telle une reine à la cour ?

– Ce serait rompre avec ma marque de fabrique, et il n'en est pas question. Tu me connais, j'aime faire les choses simplement.

– S'il y a bien un mot qui est l'antithèse de ta personnalité, c'est la simplicité.

Éléonore l'entraîna à l'étage afin de continuer leur discussion autour d'un thé et avec plus d'intimité. Joséphine lui révéla les dernières péripéties de sa vie parisienne. En colocation avec trois femmes, elles aussi féministes et journalistes à *La Française*, le professionnel s'invitait souvent dans la sphère privée. Il lui arrivait rarement de couper avec le débat dont elle avait fait son combat. Voilà pourquoi elle appréciait autant de passer quelques semaines à Biarritz même si elle craignait d'y croiser sa famille. Pour l'effet revigorant des embruns, pour voir sa meilleure amie, elle était prête à prendre le risque.

Joséphine lui expliqua avoir multiplié les rassemblements et les manifestations. Le spectacle de ces femmes et ces hommes militant pour un monde plus juste et égalitaire l'emplissait d'une adrénaline qu'elle ne trouvait nulle part ailleurs. Il arrivait que la police se charge de rétablir l'ordre et de faire taire les discours jugés outrageux des figures de proue du mouvement féministe. Les hommes politiques semblaient prêts à tout pour conserver la mainmise sur le pouvoir et n'en céder aucune miette aux femmes. Violences, arrestations et procès faisaient partie des moyens employés par ces vieux conservateurs à l'esprit fermé. Joséphine remerciait ses longues jambes de l'avoir sortie, à plusieurs reprises, de situations délicates. Jamais encore elle n'avait été arrêtée, et ce n'était pas faute de prendre des risques. Elle intervenait parfois lors de débats enfiévrés animés par l'Union française pour le suffrage des femmes. Il n'existait rien, selon elle, de comparable à la stimulation intellectuelle suscitée par une discussion exaltée. Elle en ressortait à bout de souffle, exténuée et ravie.

– Je dois avouer que ça me manque…, reconnut Éléonore. Certains jours, je suis surprise par la véhémence des propos de certaines clientes, mais la plupart des conversations n'ont pas la profondeur que je retrouve avec toi ! Comme nos conversations enflammées sont loin, toi à critiquer les articles douteux de *La Gazette de Biarritz* et Louise et moi à faire semblant de t'écouter…

– Quel manque de respect ! s'écria Joséphine, feignant d'être offusquée.

– N'est-ce pas ? Non, trêve de plaisanterie, j'adorais tes discours engagés…

– Oh, eh bien, si cela te manque, j'ai malheureusement acheté un exemplaire de *La Gazette de Biarritz* en arrivant, et les femmes de la région semblent imperméables à toute vision progressiste !

– Ce n'est pas une grande nouvelle…, maugréa Éléonore en se remémorant les nombreux après-midi passés en compagnie d'épouses passives et mentalement limitées.

– Attends-toi au pire avec cet article ! continua Joséphine, extirpant Éléonore de ses pensées. Il a été écrit par une femme qui plus est, une certaine Charlotte Royer. Je suis étonnée que tu sois passée à côté.

– Je n'ai lu que la chronique mondaine de la semaine…

– Eh bien, prépare-toi ! annonça Joséphine en fouillant dans son sac avant d'en sortir un exemplaire froissé. « *Que la femme se contente d'un bonheur à sa portée, et de sa baguette magique elle sera la bonne fée qui verse l'aisance, presque le luxe chez ceux qu'elle aime.* » Ou encore : « *Mais n'est-ce pas naturel qu'un mari, forcément négligé de par les occupations frivoles de sa femme, finisse par s'inquiéter et se révolter sérieusement ?* » Donc qu'un mari lève la main sur sa femme, l'humilie ou la trompe serait sa faute à elle ? D'autant que l'auteure réduit les passe-temps de ces mêmes épouses à la consommation de bibelots hors de prix ! Toutes les femmes n'ont pas l'inconscience d'Emma Bovary ou la simplicité d'esprit d'une de ces héroïnes aux traits stéréotypés par la plume d'hommes misogynes et sexuellement frustrés. Et voilà que loin de chercher à contredire ces préjugés, certaines femmes leur donnent raison ! Je suis outrée et abasourdie que l'on puisse penser de telles inepties…

Ne lui laissant pas le temps d'achever son discours, on frappa à la porte du salon. Éléonore se leva et ouvrit à Suzanne, une petite femme pouponne de vingt-trois ans qu'elle avait recrutée parmi ses premières couturières. Elle lui accordait toute sa confiance. Dès qu'Éléonore devait s'absenter, elle lui confiait toujours la direction des affaires du magasin.

– Excuse-moi de te déranger, mais tu es demandée en boutique.

Éléonore la remercia, puis se tourna vers Joséphine et haussa les épaules. Leurs retrouvailles devraient attendre. Intriguée par l'identité de la personne qui la demandait, Éléonore reprit son air sérieux et affable avant de pénétrer dans la pièce principale, Joséphine sur les talons. Pourtant sa figure ne résista pas à la surprise quand elle se retrouva nez à nez avec le visiteur.

– Monsieur Meletski, quelle surprise ! Êtes-vous là pour acheter quelque chose à votre *fiancée* ? (Elle insista sur le mot pour prévenir les questions indiscrètes et invasives de Joséphine.) Un cadeau peut-être ? Ses robes ne sont pas tout à fait prêtes, elle a dû vous le dire, mais je l'attends demain pour faire les dernières retouches.

Son ton n'avait jamais été aussi académique et dénué de naturel. Elle avait voulu paraître aimable et à l'aise, mais ce fut tout le contraire qu'elle donna à voir. Joséphine l'observait, suspicieuse, Éléonore savait qu'aucun détail ne lui échappait.

– Madame. Non je ne suis pas ici pour ma *fiancée*, déclama Grigori en répliquant son emphase avec sarcasme, mais pour moi-même. J'ai ouï dire que vous faisiez, pour quelques clients d'exception uniquement, des costumes sur mesure. J'aimerais vous en commander un.

– Je ne fais pas…

– Oh, mais quelle merveilleuse idée ! intervint Joséphine avec malice. Elle déplorait justement tout à l'heure que la clientèle masculine se borne à la maison O'Rossen frères et au Biarritz-Bonheur. Elle se fera une joie d'y remédier, n'est-ce pas, Éléonore ?

– Il y a des moments où je te hais, siffla Éléonore en s'adressant à Joséphine en basque. La prochaine fois, je te prierai de garder tes merveilleuses idées pour toi-même.

– Un bel homme comme lui, tu me remercieras, oui !

– N'as-tu rien écouté, bécasse ? Il est fiancé et…

– Hum… Loin de moi l'idée de vous déranger, mais j'ai comme l'impression de participer à mon insu à une conversation à laquelle je ne comprends pas un traître mot.

Éléonore se maudit intérieurement et s'enfonça les ongles dans la paume de sa main gauche afin de réprimer son envie de crier fort, très fort. Elle jeta un regard assassin à Joséphine qui lui adressa un sourire radieux avant de s'excuser auprès de Grigori et de partir en coup de vent.

– Excusez-moi, finit par dire Éléonore, c'était très malvenu de notre part. Si vous souhaitez tout savoir, j'insultais mon amie.

– Bizarrement, cela ne m'étonne pas le moins du monde.

– Quoi ? Vous trouvez que j'ai l'insulte facile ?

– Un tantinet, mais c'est plutôt charmant. Enfin tant que je n'en suis pas la cible, je suppose, ajouta-t-il en passant une main dans ses cheveux parfaitement coiffés.

Elle porta son regard sur ses longs doigts qui se mêlaient à la soie de ses cheveux noirs. Il la troublait, et cela ne tenait pas uniquement à sa belle allure, mais à cette étrange familiarité qui continuait de planer entre eux.

– Peu importe… Quoi qu'en dise Joséphine, je ne cherche pas à diversifier ma clientèle.

– Mais vous avez déjà réalisé des costumes pour quelques bourgeois plutôt offrants ?

– Oui… Mais sachez que cela sera bien plus cher qu'ailleurs. Tout ce qui n'est pas habituel génère des coûts supplémentaires.

– Votre prix sera le mien.

– Tout dépend de ce que vous souhaitez… Un costume de soirée, de courses, de ville, d'équitation ? Une tenue de bain ? récita-t-elle en essayant d'ignorer les papillons qui frétillaient dans son ventre.

– Je pensais à un costume de soirée, quelque chose d'assez classique, un veston croisé, une redingote doublée de soie, un pantalon sans pinces. Je laisse à votre créativité le soin de faire le reste. Quant à la tenue de bain, quelle merveilleuse idée ! Je vais vous en commander une également.

Éléonore enfonça encore plus ses ongles dans sa paume pour empêcher son esprit de l'imaginer le portant. Encore un peu et elle se perforerait la peau.

– Très bien, reprit-elle du ton le plus neutre possible, je vais regarder ce que j'ai pendant que Suzanne et Amaia prendront vos mesures.

– Non.

– Vous avez changé d'avis ?

– Non. Je veux que ce soit vous qui vous occupiez des mesures.

– Mais enfin, qu'est-ce que ça change que ce soit moi ou le pape qui prenne vos mesures ? Et puis je ne peux pas rester seule avec vous, ce n'est pas convenable.

– Bon Dieu, je me passerais bien de cette image…, grogna-t-il. Cela nous permettra de discuter en toute amitié bien sûr. Voilà ce que ça change. Ce sera tout à fait convenable.

– Vous croyez vraiment que je suis née de la dernière pluie ?

– Je n'oserais pas.

– À d'autres ! maugréa-t-elle en jetant son calepin sur le comptoir.

– Quand bien même. En tant que client payant plus cher que la moyenne, je revendique mon droit à bénéficier d'un service personnalisé. Je souhaite que *vous* vous en occupiez.

– Votre droit à bénéficier… Qu'est-ce que c'est que cette histoire encore ?

– Eh bien, vous vous targuez d'un service irréprochable, mais pour l'instant vous me donnez à voir tout le contraire !

– Je ne fais qu'adapter mon *service* au profil du client, monsieur !

– Vous n'abandonnez jamais, remarqua-t-il avec une pointe d'admiration.

– Surtout pas avec vous.

– J'en conclus que vous ne savez pas prendre les mesures d'un homme alors. C'est bien dommage.

Le piège était gros comme une maison et Éléonore n'y résista pas.

– Vous ne perdez rien pour attendre… Ne venez pas vous plaindre si par malheur une aiguille venait vous piquer.

Il s'esclaffa de son rire grave et terriblement sensuel. C'en fut trop pour Éléonore. Elle venait de s'entailler la main avec ses ongles. Elle grimaça et porta sa paume à sa bouche. Afin de cacher son trouble, elle gesticula à Grigori de bien vouloir la suivre tandis qu'elle continuait de sucer le sang qui perlait sur sa main. Elle attrapa un chiffon qu'elle serra afin de ne pas tacher ce qu'elle pourrait toucher.

– Vous vous êtes fait mal ? demanda Grigori avec douceur.

– Une égratignure. Ne vous inquiétez pas, elle n'aura pas d'impact sur la qualité du *service* dont vous *bénéficierez*.

– Cela ne fait aucun doute, pas avec quelqu'un d'aussi professionnel que vous.

Elle ne releva pas son commentaire et se contenta de lui indiquer d'un geste le petit piédestal où s'installaient les clients pendant leur prise de mesures. Puis elle se ravisa. Grand comme il l'était, lui rajouter une dizaine de centimètres supplémentaires suffirait à la mettre dans l'embarras pour lui mesurer les épaules. De mauvaise grâce, elle lui tendit un cintre, toujours en évitant de le regarder dans les yeux.

– Tenez, mettez votre veste là-dessus. Et votre veston, ajouta-t-elle.

– Dois-je enlever ma chemise aussi ?

Éléonore manqua de s'étouffer, mais ne perdit pas son répondant pour autant :

– Oui, et puis mettez-vous tout nu, tant que vous y êtes !

– Si vous insistez…

– Bon allez, donnez-moi ça, s'énerva-t-elle en désignant le cintre sur lequel il avait accroché ses vêtements.

Il se tenait désormais face à elle, en simple chemise et pantalon. Le bougre était diablement beau. Comment allait-elle faire pour ne pas se liquéfier quand il faudrait le toucher pour mesurer son tour de taille, de hanches, de cuisses ? Le sourire désinvolte qu'il affichait montrait qu'il ressentait son trouble et en appréciait chaque seconde.

– Veuillez écarter les bras, je vous prie.

Il s'exécuta et Éléonore s'approcha de lui, son mètre de couturière à la main. Envahi par l'appréhension, son cœur s'emballait au point de propager ses palpitations frénétiques jusqu'à l'extrémité de ses doigts. Elle respira son parfum aux effluves de Cologne, d'épices et de la propre fragrance de sa peau qui, selon elle, avait la même odeur que le désir à l'état pur. Elle frissonna à cette pensée. Elle n'avait pas encore commencé et se sentait déjà à deux doigts de défaillir. Éléonore débuta par le haut du corps. Le cou, les épaules, les bras, où elle s'arrêta plus longtemps que nécessaire afin d'en jauger la musculature. Puis elle passa à sa poitrine. Il avait dû comprendre son manège car il contractait ses pectoraux.

– Cessez donc de bomber le torse comme un athlète de cirque !

– Je ne bombe pas...

– C'est cela, et moi je ne porte pas de corset !

– Alors comme ça, vous ne portez pas de corset ? fit-il, feignant de ne pas avoir saisi l'ironie dans ses paroles.

– Souhaiteriez-vous vous en assurer par vous-même ? susurra Éléonore, incapable de s'empêcher de rentrer dans son jeu dangereux.

Cette phrase sarcastique eut l'effet escompté. Il se raidit, dégonfla le torse, avala avec difficulté et recula de quelques pas. Puis la toisa, furieux.

– Arrêtez ce petit jeu immédiatement !

– Vous avez commencé ! Et puis c'est vous qui avez insisté pour que je m'occupe personnellement de vous. Je vous avais dit que vous le regretteriez !

– La menace se bornait à des piqûres d'aiguille.

– Je fais avec les moyens du bord. Bon, j'espère que vous avez fini de jouer au mâle dominant et que vous allez coopérer.

– Si cela peut vous faire plaisir, maugréa-t-il avant de s'exécuter.

Éléonore reprit la mesure de son tour de poitrine. L'idiot n'avait pas besoin de bomber le torse pour posséder les mêmes mensurations qu'un apollon de marbre. Puis vint le tour de taille. Qu'elle était proche de lui ! Si d'aventure elle relevait la tête et croisait son regard brûlant, elle ne pourrait pas résister. Et ce, malgré sa volonté de rester aussi loin que possible des affaires de cœur. Elle garda les yeux rivés sur son mètre. Au tour des hanches maintenant. Écarlate, les mains tremblantes, elle concentrait toute son énergie pour éviter une maladresse. En revanche, elle avait abandonné toute tentative de maquiller son trouble. Elle n'en était plus capable. Jamais auparavant elle n'avait perdu ainsi son sang-froid au contact d'un de ses clients masculins. Cette fois-ci, ses sentiments prenaient le contrôle, chamboulant ses pensées, comme ses actes. Pour la première fois, elle se sentait à la merci de ses réactions insensées. Elle s'empressa de noter les mesures dans son calepin, doutant de sa capacité à retenir quoi que ce fût dans un tel moment. Puis, après une longue inspiration, elle releva la tête et croisa son regard. Brûlant était un euphémisme. Face à elle, un volcan bouillonnait et, au moindre signe de sa part, entrerait en éruption et la consumerait dans ses flammes. Elle n'osait plus bouger. Qu'allait-elle faire ? Leur petit jeu les avait emportés trop loin. Elle était si proche qu'elle pouvait sentir son souffle sur son visage et fit un pas en arrière, les poings serrés. Une douleur subite vint lui rappeler l'entaille encore fraîche dans sa paume. Elle grimaça et porta de nouveau sa main à sa bouche.

Grigori déglutit avec difficulté, mais ne la quitta pas des yeux. Marmonnant un juron en russe, il réduisit en une enjambée l'espace qu'elle avait tenté de rétablir entre eux. Il s'arrêta à quelques centimètres d'elle, leurs lèvres se touchaient presque. Dans un élan d'inconscience ou de stupidité profonde, prisonnière de la magie de l'instant, aveugle aux conséquences, elle combla le vide qui séparait leurs bouches. « Enfin… », fut la dernière pensée qu'elle réussit à formuler. Son cerveau avait cessé de fonctionner à l'instant même où il avait passé ses bras autour d'elle et l'avait plaquée avec force contre lui. Aussitôt, elle perdit toute notion de la réalité. Par instinct, elle passa ses mains dans ses cheveux épais et soyeux et y mit tout son effort pour le décoiffer. Qu'y avait-il dans ce baiser pour qu'Éléonore se sente si stellaire, si légère, si désossée ? Elle s'adonna corps et âme à cette étreinte passionnée, frémissant à chaque caresse, gémissant à chaque pression de sa bouche contre la sienne. Comme elle en voulait plus maintenant ! Elle rêvait de sentir sa peau contre la sienne, ses belles mains sur ses courbes, ses… On toqua à la porte.

– Éléonore, je peux entrer ? J'ai besoin de récupérer la commande de Mme Villers.

Elle se dégagea aussitôt, pantelante et étourdie. Elle lui jeta un regard affolé auquel il répondit par un sourire énigmatique. Comment pouvait-il être si calme, si désinvolte, après ce qu'il venait de se passer ? Elle tenta tant bien que mal de remettre de l'ordre à sa coiffure et pria Dieu que Suzanne ne remarque pas son trouble. Elle lui ouvrit elle-même la porte.

– Oui, je t'en prie, entre. Elle est sur le dessus de la pile. Offre-lui une paire de gants en satin avec, je pense qu'elle appréciera le geste.

Suzanne approuva d'un sourire avant de se saisir des deux boîtes destinées à Mme Villers. Elle interrogea Éléonore du regard en remarquant ses joues rouges et ses cheveux ébouriffés. Puis laissa échapper un petit rire complice et sortit.

– Oh, mon Dieu ! Qu'ai-je fait ? gémit Éléonore pour elle-même.

Heureusement qu'il s'agissait de Suzanne et qu'elle pouvait compter sur sa discrétion. Puis sa colère contre Grigori refit surface, décuplée. Elle fit volte-face et planta son regard furieux dans ses yeux rieurs.

– Vous… Vous n'êtes qu'un goujat !

– Pour vous servir, madame.

Il accompagna ses mots d'une révérence ironique.

– Vous osez vous moquer de moi ?

– Croyez-moi, je ne me moquais pas de vous il y a quelques instants. J'étais on ne peut plus sincère dans mes intentions. Et vous dans vos réactions. Dois-je vous rappeler que c'est vous qui…

– Ce n'est pas une raison ! Espèce de malotru ! Pour qui vous prenez-vous ?

– Je…

À la surprise de Grigori vint s'ajouter un soupçon d'embarras. Éléonore, trop encline à le provoquer, souhaitait prolonger cette joute verbale et le pousser dans ses derniers retranchements.

– Tenez !

Elle lui lança le mètre de couturière.

– Mesurez votre tour de cuisse, des deux côtés, et donnez-le-moi. Puis je n'aurai plus qu'à évaluer la longueur de vos jambes et vous déguerpirez d'ici et n'y remettrez plus les pieds avant que je ne vous y autorise. Suzanne et Amaia s'occuperont de vous la prochaine fois !

Il fixa d'un air perdu le mètre qui pendait entre ses doigts, comme un adolescent hébété. Éléonore faillit sourire devant son trouble, mais elle n'en avait pas fini avec son sermon.

– Vous avez une façon bien étrange d'offrir votre amitié ! Était-ce donc là un perfide stratagème pour me séduire ou étiez-vous sincère ?

– Comme si vous alliez tenir compte de ma réponse ! s'énerva-t-il en enroulant nerveusement le mètre autour de ses doigts.

– Non, vous avez raison. Je me fiche de ce que vous pourrez avancer pour votre défense.

– Votre sens de la justice est sans pareil.

– Il n'a d'égal que votre pudeur.

– Et la vôtre est celle d'une religieuse pieuse et vertueuse, je suppose ? railla-t-il en s'avançant d'un pas dont l'assurance féline arborait une pointe de danger.

Revigoré, il affichait désormais un sourire amusé et un regard plein de défi.

– Je n'ai jamais prétendu une telle chose, monsieur ! répliqua Éléonore, à court d'arguments.

– Et quand bien même, je ne vous croirais pas.

Il passa une main dans ses cheveux pour tenter de leur rendre un semblant de discipline.

– Je comprends maintenant pourquoi vous ne souhaitiez pas élargir votre clientèle ! Je ne m'étais encore jamais fait tripoter par mes tailleurs par le passé !

– Je ne tripote pas mes clients, espèce d'imbécile !

– Et pourtant vous vous en êtes donné à cœur joie avec moi.

– Vous n'aviez pas précisé ce que vous souhaitiez inclure dans votre *service personnalisé*, monsieur !

– Si j'en avais su la teneur, je serais venu beaucoup plus tôt.

– Oui, bien sûr ! En attendant, mesurez vos cuisses, pour l'amour de Dieu ! Ou sinon ne venez pas vous plaindre si je vous mets un sac à farine à la place d'un pantalon de costume !

– J'apprécie beaucoup votre humour.

– Merci, moi aussi.

Il s'esclaffa. Elle frissonna. Puis il passa le mètre de couturière autour de ses cuisses.

– Cinquante-cinq centimètres pour la cuisse droite et cinquante-six pour la gauche, déclama-t-il avec sérieux. Maintenant, je le saurai...

– Parfait ! approuva Éléonore en notant les mensurations sur son calepin.

Elle prit une longue inspiration avant de s'approcher de lui. Il lui rendit le mètre qu'elle attrapa du bout des doigts afin d'éviter tout contact avec sa main. Après une deuxième inspiration, elle s'agenouilla devant lui. Elle commença par ses mollets, puis évalua la longueur de sa jambe, entre ses chevilles et ses genoux. Enfin elle releva la tête pour s'occuper de ses cuisses. Elle entendait sa respiration saccadée dont le souffle chaud venait chatouiller le haut de sa tête, et savait qu'il partageait son trouble. Elle s'empressa d'achever la prise de mesures et s'éloigna de lui aussi loin que le mur opposé le lui permettait.

– Si pressée de me quitter ? ironisa-t-il en se dirigeant vers le cintre où pendaient son veston et sa veste.

– Vous n'avez pas idée. Votre amitié m'est aussi insupportable que votre personne.

– Eh bien, vous n'y allez pas de main morte. Heureusement que je sais que ces paroles acerbes masquent une profonde sympathie à mon égard.

– Vous êtes fou.

– Et vous, vous radotez.

– Je n'y peux rien si rien ne rentre dans votre tête de mule. D'ailleurs, maintenant je n'ai plus besoin de vous et j'aimerais vous voir hors de ma boutique.

– Si je ne vous connaissais pas, je me sentirais blessé.

Son cynisme commençait sérieusement à éprouver ses nerfs. N'y avait-il donc rien qui puisse lui arracher cet insupportable sourire sardonique ? Il savait qu'elle goûtait autant que lui leurs échanges, et elle détestait l'idée qu'il lise en elle comme dans un livre ouvert. Mais elle appréciait son intelligence et sa finesse d'esprit. Jamais auparavant elle n'avait rencontré d'homme qui se plaisait à se chamailler avec elle, à part Leandro. Cependant, avec lui, cela tenait plus d'une querelle entre frère et sœur. Or il n'y avait décidément rien de fraternel entre Grigori et elle. Voilà pourquoi il devait sortir de cette pièce au plus vite.

– J'ai du travail, à cause de vous qui plus est. Alors je vous saurais gré de me laisser et d'aller vaquer à vos occupations d'aristocrate oisif.

– Ce n'est pas parce que je suis en villégiature que je ne fais rien, répliqua-t-il, irrité.

Il n'aimait donc pas qu'on le critique sur ce point. Elle en prit note.

– Allez ouste ! Cela fait bien trop longtemps que nous sommes dans cette pièce, vous n'êtes pas le seul client.

– Vous avez surtout peur des qu'en-dira-t-on. Vous craignez que vos clientes pensent que…

– Que je suis compromise ? ricana-t-elle en inclinant la tête sur le côté.

– Si seulement…, répliqua-t-il avec un sourire impertinent.

– Je rêve ! Vous êtes intenable !

– Si vous arrêtiez de tendre le bâton pour vous faire battre, peut-être ferais-je preuve de plus de civilité.

Elle ne répondit pas, gênée de s'être ainsi laissé prendre à son propre piège.

– Que diriez-vous de m'accompagner pour une courte promenade sur la plage, seulement pour converser, comme des amis le feraient ? demanda-t-il avec un peu plus de sérieux.

– Ne vous ai-je pas expliqué que ma quantité de travail ne me permettait pas de flâner inutilement ?

– Vous avez bien du temps libre ?

– Oui, mais pas assez pour vous en accorder.

– Comment pourrais-je vous convaincre ?

– Vous ne le pourrez pas.

Il fit un pas vers elle, une lueur de défi dans ses yeux bleus. Elle comprit aussitôt ce qu'il cherchait à faire, et recula pour rétablir la distance entre leurs corps. Sa proximité l'empêchait de penser.

– Non ! N'essayez pas de m'intimider, je suis bien trop têtue pour me laisser tenter par vos beaux yeux !

Ses yeux s'assombrirent comme un océan en proie à une tempête, et cette fois, sans lui laisser le temps de réagir, il réduisit d'une enjambée l'espace qui les séparait et lui saisit le bras.

– Éléonore, pourquoi me fuyez-vous comme la peste ?

Il utilisait son prénom pour la première fois et il n'y avait pas plus douce musique à ses oreilles. Elle aimait la manière dont il roulait les « r ». Éléonore se sentit flotter dans un champ de coton. Raison de plus pour refuser toute invitation venant de lui. Pas qu'elle n'appréciait pas sa compagnie, mais elle ne se faisait pas assez confiance pour éconduire ses avances, si l'envie lui prenait de les réitérer.

– Je ne vous fuis pas comme la peste, je n'ai juste pas de temps à vous accorder.

– Vous êtes une piètre menteuse, Éléonore, murmura-t-il en approchant son visage, si bien qu'elle sentit son souffle chaud contre sa peau.

– Lâchez-moi, vous dépassez les bornes, ordonna-t-elle en soutenant son regard.

La glace affrontait le magma. En proie à une bataille contre les éléments, elle sentait le feu brûler en elle, la pluie frapper son visage comme pour tenter d'apaiser cette insupportable chaleur, le vent siffler dans ses oreilles pour la rendre sourde à toute tentation, les vagues la menacer de l'emporter au loin si elle cédait. Puis, d'un effort surhumain, elle se raccrocha à la réalité et oublia les sentiments antagoniques qui se déchaînaient au plus profond d'elle-même. À contrecœur, elle se dégagea de son emprise d'un geste brusque et recula de nouveau, tremblante et furieuse contre elle-même. Elle ne jouait plus.

Une attirance palpable flottait entre eux. Elle souhaitait sincèrement devenir son amie, mais ce serait se bercer d'illusions. Le simple fait d'apprécier leurs échanges passionnés ne suffisait pas à contrebalancer le risque de s'engager sur un terrain aussi glissant. Elle risquait d'y laisser sa réputation comme son équilibre mental. Après son mariage, s'attacher à un homme de passage serait la plus stupide des erreurs à commettre. Ce baiser et cette fugace intimité appartenaient déjà au passé. Elle en garderait un souvenir agréable et saurait le chérir avec une nostalgie heureuse, comme celle que l'on réserve aux amourettes estivales.

– Vous verrez avec Suzanne pour les détails et les derniers ajustements.

Il la toisa, tout son amusement avait disparu au profit d'une frigidité qu'elle ne lui connaissait pas encore. Il paraissait blessé.

– Bien, madame. Vos désirs sont des ordres.

– Votre costume sera prêt à l'essayage dans une semaine, et la tenue de bain également.

Après un bref mouvement de tête, il sortit du salon. Éléonore se laissa aussitôt choir sur le canapé le plus proche. Elle ne le reverrait plus. Cette perspective aurait dû la soulager, alors pourquoi se sentait-elle si fébrile ? Il serait parti de toute manière et elle serait restée, seule et nostalgique, pleine d'espoir de ne pas être une femme parmi tant d'autres, de ne pas être celle que l'on oublie facilement. Mais il l'oublierait, qu'elle lui cède ou non. Un monde entier les séparait. Elle devait continuer de conquérir son empire sans se soucier du sien.

5

Vendredi 16 septembre 1910

Éléonore attendait Joséphine devant le Casino Municipal où serait donnée la représentation de *Carmen* à laquelle elle s'était engagée à assister. Dissimulant un énième bâillement derrière sa main, elle regrettait d'être venue. À huit heures précises, Joséphine la rejoignit tout sourire, rayonnante dans la robe et le manteau qu'Éléonore lui avait confectionnés. Un manteau aérien en drap de soie bleu aux revers brodés d'or et de velours délicatement posé sur une robe en satin bleu pervenche. Les deux jeunes femmes foulèrent le sol en damier de marbre du Casino Municipal avec le même émerveillement que les premières fois. Des tableaux, fresques et tapisseries illustrant Biarritz sous tous ses aspects recouvraient la quasi-totalité des murs de l'entrée comme du couloir. Celui-ci donnait sur une immense salle ouverte aux spectateurs les soirs de représentations. D'innombrables lustres en cristal illuminaient la pièce si bien qu'il y faisait aussi jour qu'en plein après-midi. Cela permettait aux amateurs d'opéra de discuter autour d'amuse-bouches et de coupes de champagne disposés sur les petites tables en marbre qui entouraient le bar. Les nombreux miroirs ornés de dorures, posés le long du mur droit, offraient à ces dames l'opportunité de se recoiffer ou d'épier discrètement les toilettes de leurs voisines. À côté des torchères en bronze, des valets se tenaient prêts à intervenir. Quant au mur gauche, il s'ouvrait sur plusieurs fenêtres offrant, en journée, une vue magnifique sur la grande plage et la côte biarrote. Les deux amies bavardaient gaiement autour d'un verre de champagne quand Joséphine s'écria :

– Oh ! Je viens de croiser le regard du bel inconnu qui voulait se faire habiller chez toi.

– Très drôle ! maugréa Éléonore avant d'avaler une rasade de sa boisson préférée.

– Je ne plaisante pas ! Viens, allons le saluer.

Joséphine l'entraîna par le coude, mais comme par réflexe, Éléonore lui barra in extremis le chemin du bras.

– Attends une minute ! Tu es sûre que c'est lui ?

– Oui, tu sais bien que je suis physionomiste. Et puis difficile d'oublier un tel regard, minauda Joséphine.

– Dans ce cas, je te prierai de ne pas faire un seul pas dans sa direction ! Je ne veux pas le voir. Surtout pas.

C'était un demi-mensonge. Elle appréciait autant qu'elle redoutait l'idée d'être face à lui, et ce, malgré ses résolutions.

– Pourquoi ? Que t'a-t-il fait ?

– C'est une longue histoire…, rougit Éléonore.

– Oh, je vois ! s'exclama la grande brune avec un sourire. Laisse-moi deviner : il est intéressé par toi et toi par lui, mais tu le tiens à distance par peur de t'attacher ?

– Non, je le tiens à distance parce qu'il est fiancé à l'une de mes clientes, une princesse russe, et que je ne veux être la maîtresse de personne ! s'énerva Éléonore avant de gober un canapé au caviar.

– Oh, un Russe… Tu devrais… Ça a ses avantages, fit Joséphine d'un air innocent.

– Quoi ? Joséphine Lacombe ! Qu'as-tu omis de m'apprendre de ta vie parisienne ?

Joséphine fit la moue et s'arrangea pour reporter la conversation sur Éléonore, l'interrogeant une fois de plus sur les raisons qui la poussaient à éviter Grigori. La jeune couturière tint bon et ne révéla rien de leur moment d'égarement dans la salle d'essayage. Joséphine ne put s'empêcher d'oser un coup d'œil vers l'origine des soucis d'Éléonore. L'homme les fixait, et il gratifia Joséphine d'un sourire ravageur avant de s'avancer nonchalamment vers elles.

– Éléonore, je te promets que je n'y suis pour rien, mais il vient vers nous.

– Quoi ? s'étouffa la jeune femme, qui venait d'engloutir sa cinquième brioche au foie gras.

– Arrête de manger, veux-tu ? Il arrive et ce serait fâcheux que tu aies quelque chose entre les dents, ou pire, que tu vomisses sur ses pieds.

– Cela achèverait de l'éloigner !

– Imbécile, siffla Joséphine.

Et il arriva, précédé par son eau de Cologne enivrante et certainement hors de prix. Il effectua un baisemain, dans les règles de l'art cette fois-ci, à Joséphine, puis à Éléonore qui tentait d'avaler le reste de sa bouchée mais sans y parvenir. Alors elle la poussa avec du champagne, finissant par la même occasion son verre. Sans surprise, les bulles passèrent mal et elle grimaça. Joséphine, au comble de l'exaspération, se massa l'arête du nez.

– Voulez-vous que j'aille vous chercher de l'eau ? proposa-t-il d'un air préoccupé, sûrement attendri par son manège ridicule.

– Non ça ira, merci... Je ne dirais pas non pour un peu plus de champagne en revanche.

– Je vais te chercher de l'eau, lui dit Joséphine froidement en tournant les talons, furieuse contre son comportement puéril.

– Joséphine...

Éléonore prit une longue inspiration, toujours importunée par les bulles qui ne cessaient de lui remonter au nez. Encore une fois, Joséphine l'avait laissée seule avec lui, mais elle l'avait mérité. Comme à leur habitude, ils se jaugèrent quelques instants et Éléonore remarqua immédiatement sa tenue.

– Vous portez le costume.

– Oui. Il est magnifique. Vous avez vraiment du talent, je comprends pourquoi votre employée vous admire tant.

– Merci. Suzanne parle beaucoup, j'espère qu'elle n'a pas...

– Soyez sans crainte, elle a refusé de me révéler le moindre de vos secrets.

– J'aurais dû me douter que vous essayeriez, dit-elle en levant les yeux au ciel.

– Je ne comptais pas abandonner !

– Cela ne m'étonne pas de vous..., souffla-t-elle. Vous me direz, l'espoir fait vivre ! D'ailleurs, je ne vois pas la princesse, seriez-vous venu seul ?

– Oui, Natasha déteste l'opéra. Et moi j'adore *Carmen*, je ne pouvais pas passer à côté sous prétexte que Sa Majesté n'apprécie pas.

– Pourquoi ai-je l'impression que cette explication n'est pas l'unique raison de votre présence ici ?

– Peut-être parce que vous voyez le mal partout ?

– Avec vous, on n'est jamais trop prudent !

– Sûrement... Vous êtes sublime ce soir, ajouta-t-il d'une voix de velours.

– Merci beaucoup, mais votre flatterie ne vous amènera nulle part avec moi.

– Je n'en attendais pas moins de vous. Tenez, votre amie revient.

Il se décala à côté d'Éléonore afin d'accueillir Joséphine. Profitant de cette position stratégique, il glissa sa main dans le dos d'Éléonore qui tressaillit et lui jeta un regard noir. Seuls les couples mariés se permettaient de tels gestes en public, surtout lorsque la soirée commençait à peine. Une fois que l'alcool avait grisé les sens, les manières se relâchaient. Cependant, cet homme semblait se moquer de la bienséance et du respect des mœurs. Si seulement il s'était borné à poser sa main dans son dos, elle aurait pu le tolérer, mais il caressait son corsage du bout des doigts. Elle bénissait et maudissait cet instrument de torture qui lui enserrait la taille. D'un côté, il la sauvait du contact impudique de ses mains contre sa peau ; de l'autre, elle rêvait de sentir la chaleur de sa paume au creux de son dos.

Quand Joséphine arriva devant eux, Éléonore s'éloigna de lui. Puis vida d'un trait le verre d'eau que lui tendait son amie. Au diable les bonnes manières ! S'il cherchait de l'authentique et du pittoresque, Éléonore se ferait un plaisir de lui en donner. Soudain la cloche annonça le début imminent de l'opéra. Grigori continuait de la fixer avec son sourire en coin.

– Madame ? l'interpella-t-il en lui présentant son bras.

Du gentleman, il n'avait que l'apparence. Pourtant, elle accepta son offre et posa son bras sur le sien. Ravi, il lui adressa un sourire radieux. Elle eut un pincement au cœur et ne put s'empêcher de lui sourire à son tour. De manière plus timide, plus réservée.

– J'apprécie de vous voir sourire autrement que pour vous

moquer de moi, lui glissa-t-il à l'oreille, louant intérieurement cette occasion de réduire l'espace entre leurs corps.

– Profitez-en, cela n'arrivera pas souvent…

– N'aurez-vous donc jamais une parole agréable pour moi ?

– Contrairement à vous, je ne donne pas dans la flatterie gratuite.

– C'est bien ce que j'apprécie chez vous. Malheureusement, nos chemins se séparent ici, ma chère. À plus tard.

Il exerça une douce pression sur son poignet avant de se diriger vers l'escalier menant aux loges sans qu'Éléonore ait le temps de lui répondre. Elle prit place avec Joséphine près de l'orchestre, sur le côté. À peine assise, Éléonore chercha du regard l'insupportable don Juan qui obnubilait ses pensées. Soudain ses yeux plongèrent dans deux océans bleus qui la fixaient déjà depuis le balcon sur sa gauche. Il lui adressa aussitôt un de ses sourires qui se voulait aussi galant qu'indécent. Elle répondit comme à son habitude, levant les yeux au ciel, mais cette fois avec un sourire espiègle qui fut happé par la pénombre. Les applaudissements retentirent à l'entrée du chef d'orchestre et le rideau se leva.

Une fois l'opéra terminé, Grigori se précipita dans la grande salle en espérant y croiser Éléonore avant qu'elle ne parte. Il ignorait pourquoi, mais il avait le pressentiment qu'elle ne serait pas ravie de le voir. Après tout, ils avaient partagé cette promesse tacite de se retrouver à l'entracte. Or il y avait manqué. Interpellé par le pilote Tabuteau, celui qui l'avait fait voler au-dessus de la côte et des terres basques, il y avait vu l'occasion de lui poser les questions pratiques qui le taraudaient depuis plusieurs jours. Quand la cloche marqua la fin de leur discussion, il réalisa la chance qu'il n'avait pas saisie. Il s'en voulait. Se frayant un chemin parmi la foule, il se posta à l'extrémité de la pièce, devant le couloir qui menait à la sortie. Quelques secondes plus tard, la longue silhouette mince de Joséphine se dessina dans la masse, accompagnée de celle, moins grande et plus féminine d'Éléonore. Elle semblait fatiguée et lasse. Il devait se préparer à une nouvelle joute verbale et il en tremblait presque d'excitation.

– Madame Fourneau, mademoiselle Lacombe. Vous ne restez pas ? demanda-t-il de sa voix grave.

– J'applaudis votre sens de la déduction, ironisa Éléonore. Nous partons en effet.

– J'aurais souhaité vous parler.

– Je vous écoute, dit-elle en levant le menton avec défi.

– Mademoiselle Lacombe, puis-je vous emprunter votre charmante amie pour quelques minutes ? demanda-t-il à Joséphine, ignorant totalement Éléonore.

– Je vous en prie. Je serai avec M. et Mme Larralde si vous me cherchez.

Puis elle fit demi-tour et se mêla à la foule, laissant une fois de plus Éléonore et Grigori seuls.

– Où étiez-vous pendant l'entracte ? demanda Éléonore à brûle-pourpoint.

– Je vous ai manqué ?

– Pas le moins du monde, je souhaitais juste savoir si vous aviez enfin trouvé quelqu'un d'autre à importuner.

– Vous êtes irremplaçable, malheureusement, soupira-t-il en lui prenant la main.

– Je vous plains dans ce cas.

– Et pourquoi donc ?

– Parce que vous risquez de terriblement vous ennuyer sans moi au fin fond de votre pays glacial, railla-t-elle en tortillant sa main afin qu'il la lâche, en vain.

– C'est vrai. Pourrai-je compter sur votre compassion à

l'égard d'un pauvre malheureux pour que vous me rendiez visite ?

– Vous êtes encore plus fou que ce que je pensais !

– Tout à fait, dit-il avec un petit rire amusé avant de libérer sa main.

Il observa la fine main gantée de la jeune femme rester en suspens.

– Je pars mardi soir, déclara-t-il après quelques instants.

Éléonore le regarda avec surprise.

– Et je me marie en février prochain.

– Ne faites pas cette tête d'enterrement, votre princesse n'est pas si terrible que ça. Je suis sûre que si vous y mettiez du vôtre, vous pourriez l'apprécier.

– J'en doute. Mais j'essaierai. Dans les limites de ma bonne volonté, ajouta-t-il avec un petit sourire.

– Pendant un instant, j'ai cru que vous étiez devenu responsable.

– Impossible !

– Je me disais bien... Trêve de plaisanterie, vous allez partir et vous marier, c'est ainsi et pas autrement. Vous ne gagnerez rien à vous plaindre et vous morfondre sur votre sort ! Il y a des gens qui sont bien moins chanceux que vous.

– J'en suis malheureusement bien au courant..., dit-il gravement, sentant soudain un besoin irrépressible de se confier à elle. J'ai intégré l'armée impériale alors que la guerre entre la Russie et le Japon se terminait, et plus de la moitié des paysans crevaient de faim, de froid... Tout comme les soldats d'ailleurs... Ce que j'y ai vu...

Il ferma les yeux en proie à de sinistres souvenirs.

– La campagne russe n'est pas la campagne française, et croyez-moi, je bénis chaque jour le ciel d'avoir du pain dans mon assiette. Comme je me félicite d'avoir quitté l'armée et choisi ma propre voie.

Dans les yeux verts d'Éléonore, une pointe d'effroi. Quand elle parla à nouveau, sa voix lui parut mal assurée.

– Je ne vous imaginais pas si terre à terre… Et que faites-vous maintenant, à part séduire des actrices ou des chanteuses ?

– Je penche plutôt pour les couturières ces derniers temps, commença-t-il avec un clin d'œil, soulagé par la tournure que prenait la conversation. Je travaille dans l'ingénierie mécanique. Je gère la première branche de fabrication d'automobiles russes de la Russo-Balt.

– Je ne vous imaginais pas si intéressant… Je pensais que les aristocrates dans votre genre ne travaillaient pas.

– Quant à moi, je vous prierai de garder vos préjugés pour vous, rétorqua-t-il, plus amusé que contrarié. Mais vous avez raison, les aristocrates de mon cercle ne pratiquent guère ce genre de métier. Mon père n'a pas apprécié ce choix de vie. Je suppose que mon mariage est sa vengeance… Enfin, je ne vais pas vous ennuyer plus longtemps avec mes problèmes familiaux.

Éléonore ne s'attendait pas à cela venant de lui. Non seulement elle ne le pensait pas capable d'être sérieux, et encore moins de se confier ou de faire preuve d'un tel pragmatisme. Que cachait ce sourire condescendant qu'il affichait constamment ? Sans vouloir approfondir, elle avait décrété qu'il n'était qu'un bellâtre né avec une cuillère d'argent dans la bouche, un odieux nobliau qui considérait que tout lui était dû et que le monde devait se prosterner devant lui. Dès leur deuxième rencontre, son intelligence et sa finesse d'esprit avaient piqué sa curiosité. Elle voyait bien qu'il y avait plus que ce qu'il voulait bien laisser paraître. Une armure qui la tenait à distance, une armure qui s'effritait un peu plus à chaque rencontre et lui laissait entrevoir une âme riche et bonne. Plus le temps passait, plus elle se sentait tiraillée entre l'envie de le connaître et son instinct de conservation.

– Oh non, je vous en prie, vous deveniez enfin intéressant ! le provoqua-t-elle.

– Vous êtes intenable…

– Oui, surtout quand je suis fatiguée !

– J'en déduis qu'il s'agit là de votre état permanent.

– Quel goujat vous faites, monsieur ! s'amusa-t-elle en affichant un air faussement indigné.

– Je crois savoir que vous appréciez cet aspect de ma personnalité. (Il lui tendit son bras, qu'elle accepta avec un sourire.) Vous vous intéressez à beaucoup de sujets, si je ne me trompe ?

– Oui, mais j'ai peur de ne pas savoir grand-chose. D'ailleurs, je n'y connais rien en mécanique, mais j'aime la mode, la comptabilité et la politique. Il m'arrive d'en parler avec mes clientes, vous seriez étonné de ce que peuvent dire les femmes lors des longues séances d'essayage. Que cela concerne certaines familles nobles, les mystères qu'elles préféreraient oublier, leurs troubles politiques ou encore quelques histoires d'escroqueries passées sous silence, certains sujets n'ont plus de secrets pour moi. Mais lorsque je ne travaillais pas encore et que j'étais mariée… Mon Dieu, que c'était ennuyeux !

– Votre mari ne vous autorisait pas à aborder de tels sujets ?

Cette question la prit au dépourvu, elle s'attendait à ce qu'il balaye son attrait pour la politique ou la comptabilité en l'accusant de n'être qu'une femme. Grigori Meletski défiait tous les stéréotypes. Il s'intéressait à elle, sincèrement. Il respectait ses opinions. Il l'acceptait et ne revendiquait pas sa supériorité au travers d'un comportement paternaliste ;

comme si, elle, Éléonore Fourneau, avait besoin d'être couvée et dorlotée. Absurde !

– Non, nous parlions de presque tout avec mon mari, même s'il lisait rarement les journaux et s'en désintéressait. Et puis, il n'était pas non plus très ouvert sur… Enfin, peu importe.

– Eh bien, comprenez ma douleur que d'épouser une femme qui a pour unique sujet de conversation les ragots.

Il marquait un point. Éléonore fronça les sourcils et réfléchit à son prochain argument.

– Je suis persuadée que si on lui en offre la possibilité, chaque femme peut développer des opinions sur tous les sujets quels qu'ils soient, il faut juste qu'elle se sente suffisamment en confiance.

– Je me passerais bien de ses opinions sur la couleur des tapis ou des rideaux…

– Vous voyez ! Vous ne prenez pas le temps de comprendre ni de chercher plus loin. Posez-lui des questions sur les sujets qui vous intéressent, essayez de comprendre ce qu'elle aime, ce qui la fait s'animer avec passion.

– Si vous le dites : et vous, qu'est-ce qui vous anime avec passion ? demanda-t-il d'une voix suave.

Elle préféra fuir son regard avant de répondre.

– Détenir cette information ne vous aidera pas dans votre mariage. Ce n'est pas moi que vous épousez.

– Heureusement ! Je finirais enfermé dans un asile au bout de quelques mois seulement. Ou peut-être vous ferais-je interner, plutôt…, ajouta-t-il.

– Est-ce le sort que vous réservez à votre princesse ?

– Non, je doute qu'elle se révèle aussi fougueuse que vous.

– Parfait ! Dans ce cas, vous n'aurez aucun mal à l'apprivoiser, rétorqua Éléonore, en tapotant amicalement son avant-bras.

– Quel ennui…

– Bon Dieu, n'avez-vous donc aucune idée de ce que vous voulez ?

– Croyez-moi, je sais exactement ce que je veux en ce moment, lui susurra-t-il à l'oreille.

– Il va falloir que vous intégriez que cela est impossible, affirma Éléonore en réprimant un frisson.

Il déposa un baiser furtif sur le dos de sa main et détourna les yeux, l'ombre d'un sourire mélancolique sur ses lèvres.

– J'aurais aimé en apprendre plus sur vous.

– Et moi qui pensais que seuls mes charmes féminins vous intéressaient.

– Cela fait quelque temps que j'ai décidé de me contenter de votre amitié. Sauf si…

– Non ! répliqua-t-elle, trop vite.

– Éléonore…, commença-t-il, ce qui ne manqua pas de faire frissonner la jeune femme. Éléonore, vous ne me facilitez pas la tâche…

– Vous savez pourquoi…

– Oui. C'est la raison pour laquelle je souhaite être transparent avec vous : je ne cherche pas de maîtresse, mais…

– Cela tombe bien : je ne veux pas en devenir une.

Il marqua une pause, baissa les yeux avant de continuer, la mâchoire serrée par ce qu'elle devina être du mécontentement.

– Très bien, je ne comptais pas vous le proposer.

– Bien. Alors le débat est clos, n'est-ce pas ?

Grigori sembla vouloir ajouter quelque chose, puis se ravisa et détourna le regard. Le débat était loin d'être clos. Il ne le serait jamais entre eux. Pourtant, ils ne pouvaient guère espérer plus que cette camaraderie galante qu'ils partageaient l'espace d'une soirée. Ainsi, la conversation reprit un tour plus amical, ils bavardèrent de tout et de rien, n'hésitant pas à défendre leur point de vue sur des sujets divers. Qu'il était bon de s'entretenir avec quelqu'un qui ne la jugeait pas sur sa capacité à réfléchir par elle-même. Au fond d'elle, Éléonore brûlait de jalousie pour cette princesse qu'il allait épouser. Cette femme qu'il n'aimerait jamais. Alors qu'il aurait peut-être pu l'aimer, elle. La salle se vidait peu à peu, mais tous deux cherchaient par tous les moyens à repousser le temps des adieux. Après un silence, Grigori tenta de capter son regard.

– Ne voudriez-vous pas prendre un dernier verre avec moi ce soir ?

– Non. J'ai beaucoup de travail, je dois me reposer.

– Êtes-vous sûre ?

– Oui.

Éléonore sentait son cœur lui déchirer l'intérieur de la poitrine. Malheureusement, elle n'avait pas le choix. Sinon cela lui ferait d'autant plus mal lorsqu'il partirait et l'oublierait à jamais. Grigori parut se décomposer, son beau visage affichait désormais un air blessé. Puis il détourna le regard et passa une main dans ses cheveux.

– J'aurais aimé pouvoir vous proposer plus que cela, mais vous et moi savons que c'est impossible. Je vais repartir en Russie et reviendrai sûrement dans un an ou deux… Je l'ignore, à vrai dire. Vous m'oublierez et je vous oublierai. C'est la vie, j'imagine.

Éléonore l'observait se balancer d'un pied sur l'autre en fixant la fenêtre, aussi mal à l'aise que pensif. Peut-être parviendrait-il à l'oublier, mais pas elle. Elle perdrait un ami, quelqu'un qui, en très peu de temps, s'était infiltré dans ses songes au point d'en devenir omniprésent. Quelqu'un dont elle appréciait l'esprit autant que la compagnie. Quelqu'un avec qui elle se sentait en droit de tout dire sans être obligée de marcher sur des œufs, comme lorsqu'elle se trouvait en société. Jamais elle ne parviendrait à effacer cette rencontre de sa mémoire. Cette conversation l'avait bouleversée, ajoutée à la fatigue, la fin tragique de l'opéra et les derniers relents du champagne, elle se sentait au bord des larmes. Elle resta silencieuse, de peur de ne pouvoir contrôler le tremblement de sa voix. Heureusement, Grigori reprit la parole.

– Du moins, j'essayerai de vous oublier...

Une lueur d'espoir s'empara d'elle. Elle se sentait incapable de prononcer le moindre mot. Son trouble devait être visible, car lorsque Grigori se tourna pour lui faire face, ses traits s'adoucirent aussitôt.

– Pour une amitié si éphémère et intense soit-elle, nous voilà bien chagrinés. Que voulez-vous... Je respecte votre choix, il vous honore et je ne peux que vous admirer pour votre ténacité. En revanche, je ne peux pas vous promettre qu'un beau matin, je n'entrerai pas dans votre jolie boutique dans le but d'y retrouver l'insupportable couturière qui m'a captivé dès le premier regard.

Elle n'allait quand même pas pleurer. Pas en public. Pas devant lui ! Elle ferma les yeux et se massa les tempes comme pour se recentrer sur elle-même. Quand elle parvint à refouler le flot d'émotions qui la submergeait, elle releva la tête et tenta un sourire qui n'atteignit pas son regard.

– Et j'accueillerai avec le même plaisir l'arrogant aristocrate que vous êtes.

Il répondit à son sourire et saisit sa main dont il enleva le gant de soie avant d'en embrasser longuement la paume, puis le dos. Faisant fi de son entourage, elle se concentra sur la sensation divine de ses lèvres contre sa peau nue. Le vide revint tout aussi vite ; séparée de sa bouche, sa main en regrettait déjà l'absence. Elle soupira et baissa son bras tout aussi lentement qu'elle l'avait levé avant de repasser son gant de soie, comme si rien ne s'était passé.

– Si nous étions seuls, je vous embrasserais…, murmura Grigori sans la quitter du regard.

– Alors, c'est mieux que nous ne soyons pas seuls.

– Pourquoi, auriez-vous peur de succomber ?

– Oui…, capitula Éléonore avant d'ajouter : Il est temps que je retrouve Joséphine et que nous rentrions.

– Dans le cas où vous changeriez d'avis, je serai à l'Hôtel d'Angleterre jusqu'à mardi après-midi.

– Vous non plus, vous n'abandonnez jamais, remarqua-t-elle.

– Surtout pas avec vous, répliqua-t-il, faisant écho à ce qu'Éléonore lui avait dit plusieurs jours auparavant.

Éléonore tourna les talons, sachant que si elle restait quelques secondes de plus, elle ne pourrait plus partir. Elle marcha d'une traite vers la foule où elle repéra rapidement Joséphine. Devant sa mine sombre, Joséphine s'excusa et rejoignit son amie sur-le-champ. Son bras autour des épaules d'Éléonore, Joséphine et elle cheminèrent vers la sortie, passant devant Grigori qui leur tournait le dos, le regard perdu vers l'horizon indiscernable d'une nuit voilée par les nuages. Sans un mot, elles prirent la direction de la rue Mazagran. Arrivées devant chez Éléonore, Joséphine brisa le silence.

– Tu l'aimais bien, mine de rien…

– Je pense que je suis surtout fatiguée. Mais je suis heureuse d'avoir pu conclure cette histoire avant qu'elle ne dégénère.

– Si tu le dis… Il a l'air d'être quelqu'un de bien, malgré tout.

– Je ne sais pas. Il reste un homme arrogant et hautain à

la recherche d'un divertissement agréable, dit Éléonore, plus pour se convaincre elle-même que Joséphine.

– Peut-être, tu le connais mieux que moi après tout… Bon, je vais rentrer, dans ce cas. La route est longue jusqu'à Bayonne.

Les deux femmes se quittèrent et Éléonore monta, le pas lourd, jusqu'au deuxième étage où elle s'extirpa non sans peine de sa robe et de son corset. Puis elle enleva ses sous-vêtements et se coucha dans son grand lit vide. Elle voulait sentir ses draps sur sa peau nue et rêver des bras de Grigori autour de sa taille. Dans ces moments, elle se maudissait de ne pas avoir cédé à ses avances. Elle se maudissait de ne pas lui avoir laissé entendre qu'elle l'attendrait dans les draps de soie de ce lit trop grand, trop vide pour elle seule. Sans doute était-ce pour le mieux. Il était comme ce fruit interdit qu'Ève convoitait avec concupiscence, encouragée par la voix suave du serpent. Contrairement à Ève, Éléonore ne céderait pas à la tentation, elle avait bien trop à perdre.

6

Pourquoi ne venait-elle pas ? Grigori attendait jusqu'à la dernière minute assis sur son lit. Il gardait espoir de la voir arriver, ses beaux yeux verts pétillants de malice, ses joues rosies et ses lèvres entrouvertes… Elle ne viendrait pas. Au fond de lui, il le savait. Les principes et la fierté de cette femme dépassaient toutes ses attentes, elle qui était passée d'une simple distraction à une véritable obsession. Jamais il n'avait rencontré une femme dotée d'une telle force d'esprit. En plus d'être belle, elle était intelligente et étincelante de vie. Elle respirait la liberté. Là-dessus, il ne pouvait s'empêcher de l'envier. Elle avait le pouvoir de dire non si elle le souhaitait. Elle avait le choix, elle. Non seulement les hommes libres ne couraient pas les rues, mais les femmes libres… Elles relevaient de l'ordre de l'exceptionnel. Elle possédait sa propre boutique, elle vivait en toute indépendance, sans avoir besoin de personne pour l'aider. Et certainement pas de lui.

L'idée de retrouver son quotidien en Russie lui brisait le cœur. Ses responsabilités se trouvaient bien à Saint-Pétersbourg, auprès de la Russo-Balt, auprès de son maudit père qui l'avait destiné à cette insupportable femme et auprès de sa fiancée. En parlant avec Éléonore, il s'était rendu compte à quel point il lui serait impossible de s'entendre avec Natasha. Il appréciait qu'on lui tienne tête, qu'on débatte avec lui, qu'on manie le sarcasme et l'ironie… Tout ce dont Natasha demeurait incapable. Quand le train démarra, il observa le quai défiler jusqu'à ce que la gare de la Négresse disparaisse à l'horizon. Elle n'était pas venue. Gagné par la déception, il laissa derrière lui la douce parenthèse estivale pour se concentrer sur ce qui l'attendait à son retour.

Une fois en Russie, il s'enferma dans son travail et enchaîna les allers-retours entre l'usine de Riga et celle de Saint-Pétersbourg. Ce qu'il faisait le passionnait et lui permettait d'oublier ce mariage qui se rapprochait. Il évitait sa fiancée comme la peste. Les rares fois où il ne pouvait lui échapper, il sentait ses résolutions faillir en sa compagnie. La pauvre Natasha n'était pas dupe et souffrait de voir qu'il l'évitait à tout prix. De son côté, il observait ses piètres tentatives de séduction. Il décida de suivre le conseil de la jolie couturière dont le souvenir s'estompait de jour en jour. Il tenterait d'en apprendre davantage sur Natasha. S'il n'était pas libre de choisir sa femme, il demeurait libre de choisir d'en apprécier ou non la compagnie. Autant s'acquitter de son sort et remplir au mieux son devoir. Il avait grandi dans le luxe et l'opulence, aussi n'ignorait-il pas qu'un tel confort avait lui aussi un prix. Celui de la responsabilité familiale et de l'honneur. Des mots que son père n'avait eu de cesse de lui répéter dans l'espoir de faire de lui son digne successeur. Il semblait né pour échouer à cette tâche. Peut-être parviendrait-il à le rendre fier cette fois, en devenant père à son tour… Alors, après des mois de négligence, il accorda enfin du temps à celle qui partagerait sa maison, sa chambre et son lit dans moins d'un mois.

– Vous ne me fuyez plus ? demanda-t-elle en essayant de dissimuler son irritation.

Grigori observa son air pincé. Il avait été dur avec elle. Elle aussi n'était qu'un pion sacrifié sur l'autel du devoir.

– Non, c'est contre-productif, ma chère. Nous avons tous deux été victimes des décisions de nos familles, prises sans notre accord. Je pense qu'il est temps d'essayer d'apprendre à nous connaître et à vivre ensemble. Que cet arrangement soit le plus agréable possible pour vous comme pour moi.

Natasha le dévisagea, sidérée.

– Que comptez-vous faire pour atténuer la pénibilité de cet accord ? osa-t-elle d'une voix tremblante.

– Vous inviter au restaurant pour commencer. Il est temps que nous apprenions à nous connaître.

Natasha hocha la tête. Plus le mariage se rapprochait, plus Grigori sentait son hostilité envers lui. Son entrain et ses efforts pour le séduire avaient fini par disparaître et elle lui offrait désormais une froide indifférence. Lors de ce premier repas en tête à tête, chaperonné par la sœur cadette de Grigori, il eut beau la presser, les seuls sujets dont elle parla se bornèrent à ses amies, quelques potins et les dernières destinations à la mode. À aucun moment, elle ne lui posa la moindre question sur lui, sur ce qu'il aimait, sur ce qui le faisait s'animer avec passion… Cette pensée le ramena à Biarritz et il replongea dans deux iris verts l'espace de quelques secondes. Non, Natasha ne serait jamais à la hauteur.

Puis le jour du mariage arriva. La cérémonie rassembla les plus grands noms de l'aristocratie russe, des gens dont l'influence s'étendait jusque dans les plus hauts cercles décisionnels. Même le grand-duc Nicolas Nikolaïevitch leur fit l'honneur de sa présence. Les amis de Grigori, des étrangers pour la plupart, manquaient à l'appel. Malheureusement, à part John Graham, ses amis n'étaient pas assez bien nés selon les critères de sa famille. L'élite sociale ne souhaitait pas se mélanger, et en l'absence d'argent, d'influence ou de sang bleu, on ne pouvait être le bienvenu. Grigori détestait cette mentalité. Après des années passées loin de ces cercles corrompus, il avait découvert des gens bien plus méritants que ces aristocrates pédants.

Pourtant il apprécia beaucoup cette journée et, contre toute attente, s'y amusa. Le château familial avait été décoré pour célébrer cette union, des compositions florales emplissaient l'immense salle de bal, réchauffée par la foule d'invités qui profitait de l'exquise qualité des mets et des boissons. Des guirlandes et des lumières éclairaient les jardins. Il dansa avec Natasha qui, pour une fois, lui adressa tous ses sourires, éclatant d'une sincérité nouvelle et bienvenue. Et il se surprit à l'apprécier ainsi, joyeuse et ingénue. Il n'oublia pas d'inviter sa mère à le rejoindre. Elle aussi rayonnait, chose rare ces derniers temps. Malgré la tendresse que son regard reflétait, Grigori y décelait cette ombre désespérée tristement omniprésente. Son père en était la cause. Incapable de lui offrir le moindre répit, cet odieux personnage continuait de s'imposer comme un bourreau. Elle lui paraissait si frêle, si fragile. Sa bonté et sa gentillesse n'auraient jamais dû être sacrifiées auprès de quelqu'un d'aussi insensible que son père. Si même elle n'était pas parvenue à réchauffer le cœur glacé de son mari, qui pouvait se targuer de le faire ? Grigori craignait que ce soit tout simplement impossible. Sa mère avait transmis à ses enfants une partie de son caractère sentimental, son âme slave. Sans elle, Tatiana et lui auraient été perdus.

À la fin de la danse, il vit son père se diriger vers eux. Pour la première fois de sa vie, il sembla déceler dans son regard bleu glacial une lueur de fierté. Se pouvait-il que son père fût satisfait de lui en ce jour où il renonçait définitivement aux derniers vestiges de sa liberté ? Comment pouvait-il encore espérer contenter cet homme qu'il haïssait plus que tout au monde, pour le mal qu'il avait fait à Tatiana, à sa mère et à lui-même ? En dépit de ses sombres pensées, empli d'un espoir nouveau, il suivit son père à travers la foule exaltée. Ils traversèrent le dédale de couloirs, le bruit de leurs pas étouffé par les épais tapis recouvrant le parquet Versailles. Arrivé devant la porte de son bureau, la dernière conversation qu'il avait eue avec son père lui revint en mémoire et lui noua l'estomac. C'était ici même que l'éminent général lui avait annoncé, sans aucune cérémonie, ses fiançailles avec Natasha. D'un pas hésitant, il s'installa sur la bergère tapissée de soie verte face au foyer.

– À ton mariage, mon fils ! clama Nikolaï en lui tendant un verre de vodka afin de porter un toast.

Quand ils eurent tous deux savouré la délicieuse brûlure de l'alcool, Grigori se décida à briser le silence :

– Souhaitiez-vous m'entretenir d'un sujet en particulier, père ?

– Uniquement m'assurer que tu étais fin prêt à assumer tes devoirs. Il est impératif qu'un fils naisse de cette union. Les femmes de la famille Volkontski sont connues pour mettre au monde de nombreux garçons en bonne santé.

Grigori faillit s'étouffer. Ainsi son père avait choisi sa future femme comme une pouliche à la foire en vue d'une saillie réussie. Pourquoi en était-il seulement étonné ?

– Aussi aimerais-je que tu prépares petit à petit ta succession à la Russo-Balt. Quand bien même ces engins volants deviendraient un jour la fierté de la Russie, tu ne peux guère continuer à travailler pour une entreprise industrielle ! Tu peux y investir, faire fabriquer des avions pour ton bon plaisir et les piloter à ta guise, uniquement si j'ai un héritier bien sûr, mais pas t'abaisser à travailler comme un roturier.

Grigori observait le feu qui crépitait dans l'âtre, projetant des ombres mordorées dans les cheveux blancs de son père. Cet homme le terrifiait. Toujours aussi imposant et intimidant que vingt ans auparavant. Toujours en train de lui faire la morale. Toujours en train de gâcher tout ce qu'il pouvait. Si les yeux de Nikolaï Meletski n'avaient pas été gelés par l'impassibilité, il n'aurait pas été étonné d'y voir une flamme perverse y brûler.

– Chaque chose en son temps, père. Je vous promets de m'atteler à vous donner un petit-fils en bonne santé, mais je ne peux pas, en tout cas pas pour l'instant, abandonner mon travail alors qu'il reste encore tant de possibilités à explorer, tant de choses à découvrir et à créer, tant de…

– Je me fiche de cela ! Pourquoi n'en fais-tu qu'à ta tête ? Pourquoi ne peux-tu pas, comme les jeunes hommes de ton rang, t'intéresser à des sujets plus nobles ou du moins rester loin de tout *travail* ! Si tu étais resté dans l'armée, tu aurais pu continuer au service de l'aviation impériale, cela aurait été bien plus acceptable que cette ridicule usine de construction.

– Je ne suis pas fait pour l'armée ni pour la guerre, père, avoua Grigori en entrelaçant ses doigts pour empêcher ses mains de trembler.

– Pourquoi fallait-il que tu hérites de la faiblesse de ta mère ?

– Ma mère est la femme la plus forte que j'ai eu à rencontrer, ne serait-ce que pour supporter votre cruauté au quotidien ! explosa Grigori.

Son père resta quelques instants bouche bée. C'était la première fois depuis des années que Grigori lui répondait sur ce ton. Lui-même en était surpris.

– Tu es faible, Grigori, tu le seras toujours. Essaye au moins d'accomplir ton devoir. C'est tout ce que je te demande.

Sur ces mots, Nikolaï Meletski se releva et sortit du bureau, laissant Grigori seul avec son désarroi. Plus jamais il ne se retrouverait dans un tel état. Il n'adresserait plus la parole à son père. Son père voulait la guerre, il l'aurait, mais à sa manière. Malgré cette décision, il lui fallut plusieurs minutes et quelques verres avant de se ressaisir et de repartir vers le cœur des festivités, même si son cœur à lui n'était pas à la célébration. Il était à des milliers de kilomètres, dans une vie libérée du joug de ce tyran. Ce fut Natasha qui parvint à le sortir de son accablement et à cet instant, il crut qu'un champ de possibilités se dessinait sous leurs pas de danse à deux. Pourrait-il vivre heureux avec sa femme ?

Grigori s'enferma de nouveau dans son travail et redoubla ses recherches en mécanique aéronautique tout en dédiant son temps libre au prototype de monoplan sur lequel il travaillait avec l'un de ses amis, Mikheil Seversky. Au diable la bénédiction de son père ! Il avait rencontré Mikheil à l'école militaire. Son ami était issu de la petite bourgeoisie russe et travaillait en tant qu'ingénieur et chercheur en aéronautique à Saint-Pétersbourg. Parce qu'il ne fréquentait pas les mêmes cercles que la famille de Grigori, il offrait à ce dernier une échappatoire loin de ces hommes rongés par le pouvoir, la cupidité et l'avidité, ces hommes que Grigori fuyait encore plus que sa femme. Mikheil était de ceux dont l'intelligence en désarçonnait plus d'un, lui attirant plus de critiques jalouses que de louanges. Un peu plus grand que Grigori, il paraissait plus imposant que lui, avec sa musculature très développée et sa légère tendance à l'embonpoint. Blond aux yeux noisette, son visage aux traits plaisants s'illuminait souvent d'un sourire intelligent, sincère et bienheureux. Ils prévoyaient de terminer leur avion en juin 1911, avant que Grigori ne reparte à Biarritz pour six semaines avec Natasha.

– Je ne pense pas que ce soit seulement la semaine de l'aviation qui t'excite à ce point dans ce voyage, plaisanta Mikheil, alors qu'ils étudiaient le moteur.

– Non, tu as raison.

– Aurais-tu rencontré une belle demoiselle capable de te faire oublier ton ogresse de femme ?

– Natasha n'est pas une ogresse, voyons !

– Quand tu nous en parles au club, cela en a tout l'air.

– Je deviens peut-être médisant après quelques verres. Nous ne sommes pas faits l'un pour l'autre, voilà tout. Mais cela va mieux ces derniers temps, nous nous parlons.

– Quel progrès ! ironisa le blond.

– C'est cela, moque-toi… Je crois que, si Natasha me parle encore de chapeaux à plumes ou de potins, je vais devenir fou… Mais dernièrement, elle m'a posé des questions sur l'aviation. Qui sait, elle a peut-être compris qu'une conversation appelait à la réciprocité pour fonctionner ? Enfin…

Comme toute enfant gâtée, Natasha changeait d'humeur comme de robe. Tantôt elle ignorait Grigori, tantôt elle essayait de capter son attention et d'obtenir ses faveurs. Tantôt elle passait tout un repas à se plaindre de maux plus accablants les uns que les autres, tantôt elle faisait preuve de bonne foi et le questionnait sur ses activités. Parfois, il l'appréciait ; d'autres fois, il aurait souhaité ne jamais l'avoir rencontrée.

– Quels terribles problèmes tu as ! railla Mikheil. Tu dois être l'homme le plus malheureux de Russie.

– Tais-toi et passe-moi la clé à molette ! grogna Grigori en remontant les manches de sa chemise et en repoussant les mèches qui collaient à son front.

Malgré leurs efforts, le premier vol n'eut finalement lieu que le 18 juillet. À l'occasion, Grigori joua de son réseau et fit venir plusieurs aviateurs dont Tabuteau ainsi que quelques amis. Avec ou sans invitation, des journalistes vinrent grossir les rangs des spectateurs. Un tel spectacle promettait d'être historique : les monoplans restaient encore très expérimentaux par rapport aux biplans, surtout en Russie. Contre toute attente, Natasha insista pour venir, accompagnée de la sœur cadette de Grigori. Était-ce une trêve ? Flatté, il déposa un baiser furtif sur la main de Natasha après avoir enlacé sa sœur. Puis, d'un pas assuré, il s'avança vers l'avion et monta dans le cockpit.

Une seule personne pouvait s'y installer, tant l'avion devait rester léger et, Grigori étant de loin le moins lourd, le pauvre Mikheil resta sur le côté à se ronger les ongles. L'avion fila sur la piste de décollage dans un vrombissement sonore, arrachant au passage les couvre-chefs de celles et ceux qui avaient omis de les maintenir. La traversée de la piste parut interminable à Grigori, et lorsque l'avion s'envola avec succès, il relâcha enfin son souffle. Les larmes aux yeux, il contempla le sol s'éloigner à mesure qu'il prenait de l'altitude, les hommes devenant fourmis, puis points noirs parmi les vastes champs de blé. Le vent chaud, que la vitesse rafraîchissait, lui chatouillait les oreilles ; et son sourire ne cessait de s'agrandir sous l'effet de cette sensation enivrante. Là-haut, il était libre. Libéré du poids des responsabilités. Il voyait le monde sous un autre angle, un angle inédit, un angle si beau. Son avion, sa création, sa *Rusalka* volait. Légère, gracieuse et puissante. Si seulement il pouvait voler des heures durant, s'échapper loin, très loin. Pour l'instant, un tel rêve demeurait impossible ; mais il connaissait désormais la prochaine étape de ses recherches : il créerait des avions capables de traverser des continents et des océans. Il effectua sa descente, plus concentré que jamais. Le moindre faux pas pouvait signer son arrêt de mort. L'atterrissage se déroula sans accrocs et tous se précipitèrent vers l'appareil dont le moteur tournait encore. Grigori, tel un héros triomphant, fut acclamé pendant de longues minutes avant d'être happé par Mikheil qui le serra dans ses bras, gagné, lui aussi, par l'émotion.

– Ça y est, mon ami ! Nous avons marqué l'histoire ! Nous devons fêter cela ! Quel succès, quel bonheur, quelle joie ! s'écria le grand blond en l'écrasant dans ses larges bras.

– Si tu avais vu comme c'était beau, là-haut ! *Rusalka* est incroyable, si légère et maniable ! Bientôt, nous pourrons l'utiliser pour traverser les frontières européennes.

– Chaque chose en son temps, Grichka ! répliqua Mikheil.

Après quelques instants passés à répondre aux journalistes et aux autres pilotes présents, Grigori salua John, son ami d'Oxford venu pour l'occasion. Puis il s'avança vers Natasha dont les yeux brillaient d'admiration.

– C'était grandiose. J'ignorais que cela pouvait être si impressionnant. Bravo !

– Merci, Natasha. Je suis heureux que vous soyez venue. Cela me touche beaucoup.

Et il lui embrassa la joue affectueusement. Après cela, leur relation fut gratifiée d'un nouveau souffle. Il n'était toujours pas question d'amour ou de passion, mais d'une sorte de compréhension tacite et d'un soupçon de tendresse.

À une semaine de leur départ pour la France, la sœur de Grigori tomba gravement malade. Frappée par la fièvre typhoïde, son état se dégrada si rapidement que Grigori et Natasha annulèrent leur séjour. La peur de la perdre le rongea jour et nuit tant et si bien que Grigori en oublia sa déception de ne pas retourner à Biarritz. Après six semaines de maladie, la jolie Tatiana se rétablit et retrouva des couleurs. À la suite de ce miracle, un vent d'allégresse allégea les esprits de toute la famille. Cet événement éclipsa de son esprit toute éventuelle villégiature à l'étranger. Il comprit combien la vie pouvait être fragile et passa plus de temps auprès de sa sœur. Tatiana lui ressemblait comme deux gouttes d'eau et ils s'adoraient. Il l'invita avec son mari à l'accompagner pour une exposition de locomotion aérienne au Bourget à Paris en décembre 1911.

S'il n'avait plus pensé à l'été 1910 depuis quelque temps, le fait de se retrouver en France le renvoya au salon d'essayage d'une petite boutique de couture du bord de mer. Malheureusement, ce tendre rêve appartenait à la douceur estivale d'une autre époque. Même le souvenir des lèvres de cette jolie couturière s'était effacé. Parfois, il refaisait surface dans ses songes. Les yeux fermés, il cherchait à prolonger la douce illusion que lui offrait la magie de l'inconscient.

Un matin, alors qu'il accompagnait sa sœur chez une modiste parisienne, il feuilleta quelques magazines féminins. Soudain, le nom de Leonora apparut. Du bout de ses doigts tremblants, il suivit les lignes du petit article qui encensait la jolie boutique biarrote et sa créatrice visionnaire. En dessous, une photo. La qualité avait beau être mauvaise, il lui semblait discerner chaque tache de rousseur sur son nez caché par l'ombre d'un grand chapeau.

– Tu t'intéresses aux revues de mode, maintenant ? demanda sa sœur d'un ton taquin en s'asseyant à côté de lui.

– Il faut bien que je m'occupe pendant que tu dévalises la boutique…

– En regardant des photos de jolies femmes bien habillées, je te reconnais bien là.

– Et qu'est-ce que cela peut te faire ?

– Eh bien, mon cher frère, on est de mauvaise humeur ? Aurais-je à ce point raison ?

– Tatiana…, la prévint-il en grognant.

– Quoi ? Je te taquine, Grichka ! Tu étais bien plus joueur sur ce sujet quand tu n'étais pas marié à Natasha, tu sais…

– Va dire cela à notre père !

– Je sais… Je sais… Mais tu ne peux pas tenir Natasha pour responsable de cette union. Elle n'y est pour rien.

– Crois-moi, je suis au courant. Je me suis amendé de ces pensées depuis quelque temps déjà… Mais au cas où tu ne l'aurais pas remarqué, nous ne filons pas le parfait amour.

– C'est ainsi pour la majorité des couples. Dimitri et moi faisons partie des exceptions… Peut-être que si vous aviez un enfant, cela permettrait de…

– J'en doute. Mais cela vaut le coup d'essayer. Bon, assez discuté de mon caractère d'ours mal léché ! Et tes chapeaux, alors ? demanda-t-il en se laissant gagner par la bonne humeur.

La conversation reprit un ton plus joyeux et, une fois les achats de Tatiana finalisés, ils quittèrent la boutique. Avant de partir, Grigori jeta un dernier coup d'œil à la revue. Si proche et pourtant si lointaine… Il aurait aimé revoir Éléonore, mais qu'y pouvait-il ? Elle appartenait au passé. Son futur était ailleurs.

À son retour en Russie, il s'efforça de suivre les conseils de Tatiana et se rapprocha de Natasha autant qu'il le put. Il tâcha de se montrer plus volontaire dans leur intimité et ses efforts portèrent leurs fruits quand, en avril 1912, Natasha lui annonça être enceinte. En plus d'une immense joie, un soulagement énorme traversa Grigori. S'il s'agissait d'un garçon, il serait enfin libre. Il pourrait partir vivre où bon lui semblait et mettre fin à l'emprise invisible que son père continuait d'exercer chaque jour de sa vie. Cette absence de liberté pesait sur son quotidien, encore et toujours. Enchaîné à son devoir de pérenniser la lignée familiale et d'honorer son mariage, il étouffait. Il se libérerait du joug de son père, quel qu'en soit le prix, car il n'était pas faible, il refusait de l'être. Cet enfant, pour peu qu'il soit un garçon, viendrait rebattre les cartes en sa faveur. Et puis, il deviendrait père. Alors pourquoi, en plus de l'absence de liberté qui le taraudait, quelque chose d'autre manquait-il à sa vie ? Et pourquoi avait-il un certain pressentiment à propos de la nature de ce manque ?

7

5 mai 1912

Chère Joséphine,

Jeanty s'est éteint dans son sommeil. Sa santé s'était dégradée depuis son attaque cardiaque en novembre dernier, mais je ne pensais pas le voir partir si tôt.

Mon cœur se brise une nouvelle fois. Après ma mère il y a neuf ans, celui que je considère comme mon deuxième père, comme mon oncle, vient de rejoindre les anges.

Comme ses filles, Marguerite et Jeanne, sa femme Pauline et ses fils, Ernest et Léon, je suis inconsolable. Ernest est attendu pour les funérailles qui seront données demain. Le Victoria est en deuil, le maire est en deuil, Biarritz est en deuil. J'ai offert une semaine de congé à mes couturières, je ne me sens pas la force de continuer à travailler. J'ai besoin de temps. Je pense passer quelques jours chez ma tante, loin du tumulte de la ville. Loin de cette odeur iodée qui me rappelle celle des embruns que l'on sentait jusqu'à la porte de son hôtel.

Quand reviendras-tu ? Juillet, m'avais-tu dit ? J'espère que tout se passe bien pour toi, raconte-moi tout, j'ai besoin que tu me changes les idées comme tu sais si bien le faire.

J'ai croisé ta sœur l'autre jour. Je lui ai demandé où en

étaient ses lectures et elle est partie dans une tirade animée qui n'était pas sans me rappeler les tiennes. Elle te ressemble tellement que cela en devient troublant.

Ma très chère amie, tu me manques,

Éléonore

10 mai 1912

Chère Éléonore,

Je pleure avec toi la mort de cette personne dont la bonté n'avait d'égal que son talent pour les affaires. Si l'envie t'en prenait, sache que je t'accueillerais avec plaisir dans mon humble demeure parisienne. Mes colocataires en seraient d'ailleurs ravies.

Faire une pause est de loin la meilleure chose, et je pense qu'une fois de plus ta tante saura te rendre le sourire.

Quant à moi, que puis-je te dire depuis que nous nous sommes vues en février ? J'ai beaucoup de travail et suis souvent invitée à des réunions depuis que j'ai été nommée rédactrice en chef de La Française. *J'ai à peine le temps de continuer mon livre. C'est un véritable chantier mais j'ai bon espoir de le terminer d'ici la fin de l'année. Puis après viendra le bal de la publication… Heureusement que je compte, parmi mes plus proches connaissances, certaines auteures de renom qui possèdent des contacts dans plusieurs maisons d'édition susceptibles de publier mon travail.*

Enfin… Je suis partie à Deauville avec Louise, Charles et la petite Anne le week-end dernier. Je ne connaissais pas cette ville mais je dois avouer que je comprends l'engouement qui s'est développé autour de la station. C'est absolument adorable. Bien entendu, Deauville n'a pas le charme unique de Biarritz mais elle n'en reste pas moins très agréable. Charles a encore ajouté de nouvelles pièces à sa collection, je t'en ferais bien la liste mais je n'ai pas retenu un seul des artistes qu'il m'a cités… Tu me connais.

Quand penses-tu ouvrir ta boutique à Arcachon ? Ce ne sera pas pour cet été, je suppose, n'est-ce pas ? Je pense que le faire à la saison hivernale serait intéressant. Je te conseille aussi de regarder vers Deauville, là-bas tu seras certaine d'être portée par le Tout-Paris.

Prends soin de toi et je suis de tout cœur à tes côtés, mon amie,

Ta dévouée Joséphine

Éléonore posa la lettre de son amie et poussa un profond soupir. Elle venait de rentrer à Biarritz et la saison estivale avait été un tel succès qu'elle se devait de faire aussi bien, si ce n'était mieux. Elle avait engagé une dix-septième couturière et fait agrandir l'atelier du premier étage. Elle ferait du 26, rue Mazagran un atelier de couture. Le succès de Leonora lui avait permis de mettre de l'argent de côté, dont elle destinait la majeure partie au remboursement de Jeanty. Chose qui malheureusement n'arriverait jamais. D'autant que son oncle de cœur ne l'avait pas laissée de côté dans son testament, elle héritait d'une coquette somme. Malgré la douleur, elle décida d'honorer ses dernières volontés et investit dans une maison.

Cette jolie villa, située rue Lavigerie, la plus petite du quartier, tenait plus du petit manoir. Construite en pierre de Bidache, la demeure concentrait tous les critères de la maison dont Éléonore avait toujours rêvé, et ce, même si l'intérieur devait être refait à plusieurs endroits. Cette future vie en tant que maîtresse de son propre foyer la terrifiait autant qu'elle l'excitait. Vivre dans un joli logement du centre-ville avec une bonne et une cuisinière à temps partiel n'avait certainement rien à voir avec la vie bourgeoise qui l'attendait. Dans une telle maison, un minimum de personnel à temps plein serait requis, or elle redoutait l'étiquette associée à un tel changement de vie. Et les coûts qui l'accompagneraient. Malgré son enthousiasme, la mort de Jeanty la hantait. Il lui manquait tant.

La semaine chez sa tante lui avait fait beaucoup de bien et elle se sentait prête à repartir. Elle n'avait d'autre choix que de continuer. Jeanty lui avait tout offert et lui avait expliqué comment fonctionnait le monde des affaires. Rien de ce qu'elle avait créé n'aurait existé sans lui. Voilà pourquoi elle continuerait d'avancer. Sans se retourner sur les temps difficiles qui avaient rythmé les années précédentes. Éléonore s'était enfermée dans son travail, passant des heures à dessiner et perfectionner des tenues. Moins elle dormait, moins elle rêvait, moins ses nuits se voyaient troublées par le sourire charmeur d'un beau Russe aux yeux bleus. Puis avec le temps, le souvenir s'effaça, parfois ravivé par la vision d'un couple qui dansait à un gala, par un geste tendre d'un époux envers son épouse, par le rire de Louise et Charles quand ils jouaient avec Anne ou par les histoires déjantées de Joséphine. Avant l'été 1910, elle pensait avoir tout vécu. Elle pensait qu'une relation avec un homme ne pouvait guère différer de ce qu'elle avait connu avec Leandro. Grigori Meletski lui avait montré combien cette conviction était fausse. En l'embrassant, il avait ouvert le champ des possibles. En l'éveillant à la passion, il avait créé un manque. Ce manque la tourmentait, il prenait de plus en plus de place. Désormais elle se sentait incomplète, hantée par la nostalgie d'un sentiment survolé, initiée à la passion. Maintenant qu'elle avait eu la preuve de son existence, elle souffrait de connaître l'inatteignable sans pouvoir en faire l'expérience. Éléonore dut se rendre à l'évidence lorsqu'il ne revint pas en 1911. Il l'avait bel et bien oubliée. Cet été-là, dès qu'elle se rendait à une soirée, elle cherchait sa grande silhouette et s'imaginait leurs retrouvailles. Il lui sourirait, s'avancerait vers elle et la complimenterait. Ou bien il l'inviterait à danser avant de l'attirer vers son immense chambre d'hôtel. Cela n'arriva pas. Il n'était pas revenu. Il ne reviendrait pas.

Cette même année, au gala d'ouverture du Casino Bellevue, grisée par l'alcool, elle dut retenir ses larmes, visitée par ce vide et jalouse, malgré elle, du bonheur de Louise et Charles. Comment avait-elle pu croire qu'un tel homme pouvait s'intéresser à elle, petite couturière insignifiante ? Au fil des mois, elle décida de chasser toute pensée l'impliquant. Ainsi passa-t-elle l'une des années les plus riches en expériences et en émotions de toute son existence, partagée entre le succès de Leonora et d'inoubliables moments auprès de ses amis que seule la mort de Jeanty vint teinter d'une douloureuse peine.

*

Juillet 1912

Joséphine venait de déposer ses valises pour profiter de la saison estivale biarrote, Louise et Charles en avaient fait de même. L'été s'installait de nouveau. Cette routine joyeuse recommençait. Et, tandis que son quotidien s'imprégnait d'une discipline laborieuse propre à la reprise du rythme estival, une cliente qu'Éléonore voyait revenir chaque année vint nuancer cet équilibre de mystère. Mme Carlotta Villers, riche héritière espagnole mariée à un de ces puissants industriels de l'automobile et de l'aéronautique, lui sembla, en ce matin de juillet, tout particulièrement agitée. Lorsqu'elle lui demanda, dans un souffle, de trouver un prétexte pour s'entretenir seule à seule, Éléonore ne put le lui refuser, malgré un étrange pressentiment. Elle l'entraîna dans le petit salon adjacent à la salle de prise de mesures.

– J'ai besoin de votre aide, lui chuchota Carlotta, une urgence désespérée accentuant chacun de ses mots.

Elle fouilla dans la doublure de son jupon et en sortit un petit paquet enveloppé de journaux.

– Pouvez-vous mettre ceci en sécurité ?

– Qu'est-ce donc ? l'interrogea Éléonore en fronçant les sourcils.

– Ma clé de sortie… Je ne peux pas vous en dire plus pour le moment. Mais j'aimerais pouvoir vous faire confiance, j'ose espérer que mon instinct ne me trompe pas. Je sais que vous êtes une amie de la féministe Joséphine Lacombe. Voilà pourquoi vous ne me tournerez pas le dos.

– De quoi parlez-vous ? Je ne comprends rien…, balbutia Éléonore, prise au dépourvu par la jolie Espagnole aux grands yeux sombres.

Au fil des mois, l'esprit affûté, la bonne humeur et la passion de Carlotta pour la mode avaient rapidement fait d'elle la cliente préférée d'Éléonore. Aujourd'hui, elle ne ressemblait en rien à cette femme indifférente aux vicissitudes du quotidien. L'air bouleversée, elle attrapa les mains d'Éléonore et plongea son regard tourmenté dans le sien.

– C'est mon mari… Je ne peux rien vous dire, pas tout de suite. Pas tant que je n'en suis pas certaine. En attendant, pouvez-vous me promettre de placer ceci en lieu sûr ? Vous ne risquez rien, je vous le jure. Alors, ne l'ouvrez pas, je vous en supplie… Et n'en parlez à personne. Je vous en conjure ! Pas même à Mlle Lacombe.

Son mari ? Éléonore ne l'avait croisé qu'une seule fois. Ce souvenir vint lui pincer le cœur alors qu'elle se rappelait l'interlocuteur du couple Villers. Grigori Meletski. Toujours lui. C'était à cette soirée, après la pièce de Robert de Flers. Éléonore secoua la tête pour échapper à la nostalgie et se concentra sur sa cliente terrifiée.

– Bien sûr. Je le mettrai en lieu sûr dans ma villa. Personne n'aura pour idée d'aller le chercher là-bas alors que je n'y vis pas encore.

Elle griffonna l'adresse sur un bout de papier et lui proposa de la retrouver là-bas si d'aventure elle n'était pas dans l'atelier. Après s'être confondue en excuses et en remerciements, Carlotta se recomposa un visage placide et se dirigea vers la pièce principale, Éléonore sur ses talons.

Au moment de déposer le paquet dans le petit coffre-fort dissimulé dans le mur, Éléonore dut réfréner sa curiosité naturelle. Elle brûlait d'envie de savoir ce que contenait le pli. Des documents ? Des billets de banque ? Ce pouvait être tout et n'importe quoi ! Carlotta lui avait fait promettre de ne pas l'ouvrir. Alors elle n'y toucherait pas. Pas ce soir en tout cas. Et même si cela la démangeait, elle n'en piperait pas non plus un seul mot à Joséphine.

8

29 juillet 1912

Le lendemain, Joséphine décida de mettre à profit son observation des maisons de couture parisiennes pour aider à décorer ce qui deviendrait le deuxième salon d'essayage de la boutique d'Éléonore. Depuis son arrivée à Biarritz, cinq jours auparavant, elle s'était installée dans la chambre d'amis rue Mazagran. Elle avait préféré l'invitation d'Éléonore à l'appartement bayonnais de son père. Cette cohabitation permettait aux deux amies de profiter l'une de l'autre, de se redécouvrir sous un nouveau jour et pour Éléonore, d'accumuler du sommeil en retard. Non seulement Joséphine adorait se lancer dans des discussions interminables en fin de soirée, mais elle appréciait la vie festive de Biarritz. Et comme à chacune de ses visites, Joséphine passait l'essentiel de son temps aux côtés d'Angélique, sa plus jeune sœur. Depuis que Joséphine l'avait initiée à la littérature féministe, Angélique s'était découverte fervente supportrice du mouvement. Elle s'était procuré, en cachette, quelques ouvrages de Marie Adélaïde Deraismes ou encore Hubertine Auclert, qu'elle avait dévorés et dont elle avait débattu par lettre avec Joséphine. Angélique venait d'avoir dix-neuf ans et rêvait d'entrer à l'université pour devenir avocate. Bien qu'elle fût très fière de sa sœur, Joséphine doutait du réalisme d'une telle ambition. Seule une dizaine de femmes étaient parvenues à obtenir le titre tant convoité d'avocate. Ce n'était pas l'intelligence qui faisait défaut à Angélique, loin de là, mais dans un monde dominé par les railleries misogynes, elle craignait que sa gentille sœur ne se fasse dévorer. Quant à Marthe, sa deuxième sœur, elle se pliait à chaque caprice de leur mère et ne portait pas Joséphine dans son cœur. Sans surprise, c'était réciproque. Tout à ses pensées, elle sursauta en entendant la voix d'Éléonore à quelques mètres d'elle.

– Joséphine… Je… Ta mère est là, annonça Éléonore en s'écartant afin de laisser place à la matrone.

Joséphine fit volte-face et lâcha le rouleau de tissu destiné aux futurs rideaux, puis planta son regard affolé dans les yeux accusateurs de sa mère, Lucienne Lacombe. Éléonore les laissa dans un silence de plomb.

– Mère… Que faites-vous là ? demanda Joséphine d'un ton qu'elle s'efforça de garder aussi neutre que possible.

– Je suis venue pour que nous ayons une discussion toutes les deux, répondit-elle froidement. Y aurait-il un endroit qui tiendrait plus d'une pièce à proprement parler que du chantier ?

Joséphine hocha la tête. Que pouvait-elle bien lui vouloir ? Mère et fille s'installèrent autour d'un guéridon où Joséphine déposa un service à thé et quelques biscuits, apportés par la cuisinière. Lucienne Lacombe jaugea avec condescendance la théière que Joséphine plaça au-dessus de sa tasse puis, dans un soupir, acquiesça.

– Que me vaut l'honneur de votre visite, mère ? s'enquit Joséphine sans détour.

– Je suppose que je ne devais pas m'attendre à ce que nous conversions en toute amitié…

– Je pense qu'il ne sert à rien de faire semblant.

– Non, en effet. Je serai donc brève : qu'est-ce que ce livre faisait dans la chambre d'Angélique ? l'interrogea-t-elle en sortant de sa bourse *Le Vote des femmes* d'Hubertine Auclert.

Joséphine reconnut immédiatement l'ouvrage.

– Je le lui ai donné. Si vous vous intéressiez à elle, vous sauriez qu'Angélique apprécie la littérature féministe et qu'elle a de grandes ambitions !

– N'emploie pas ce ton avec moi !

– Je ne suis plus une enfant, je ne dépends plus de vous et…

– Non, tu vis désormais ta vie comme tu l'entends, malheureusement pour toi. En revanche, je te prierai de ne pas corrompre ta sœur avec tes idées prétendument progressistes. Elles sont vulgaires et scandaleuses.

– Je n'essaye pas de la corrompre, je lui offre seulement la possibilité de faire ses propres choix en connaissance de cause ! Toute femme devrait savoir qu'elle peut choisir son destin et vivre pour elle-même. Nous ne valons pas moins que les hommes, alors pourquoi n'avons-nous pas les mêmes droits ? Pourquoi une femme ne pourrait-elle être avocate, juge ou médecin ? Pour rester soumise à son époux, éduquer ses enfants et faire des points de croix à longueur de journée ? Je refuse que cela soit l'unique modèle que mes sœurs aient à considérer. Si Angélique choisit la voie de l'émancipation, je vous saurais gré de respecter son choix et non de la renier comme vous avez pu le faire avec moi ! Vous l'aurez, votre mariage avec les d'Arcangues, Marthe semble préférer suivre vos directives…

– Qu'a-t-il bien pu se passer dans ton éducation pour que

tu dévies à ce point ? Tu as toujours eu du caractère, comme ton père, mais je n'aurais jamais imaginé que tu deviennes comme ces femmes qui se targuent de penser comme des hommes ! Il n'y a rien de plus vulgaire qu'une femme qui ne connaît pas sa place...

– Sa place ? Mais quelle place ? Selon qui ? À la maison, aux petits soins de son mari ?

– Ou devrait-elle être sinon ? Le monde est une affaire d'hommes !

– Mon Dieu..., se désola Joséphine avant d'ajouter avec sarcasme : Vous semblez si heureuse à votre place, mère ! Est-ce cela la cause de votre sempiternel sourire ?

– Comment oses-tu ? Ne parle pas des choses dont tu ignores tout !

– À qui la faute ? cria Joséphine en se levant de sa chaise. Voilà pourquoi je suis partie sans me poser de questions, vous êtes une étrangère à mes yeux ! Je ne vous connais pas ni ne vous comprends...

– Mes états d'âme ne te concernent en rien ! Je te somme uniquement de laisser tes sœurs en paix. Je ne veux pas qu'elles finissent comme toi, rétorqua sa mère d'une voix sèche en daignant enfin tremper ses lèvres dans le thé.

Malgré toute sa fierté, Joséphine souffrait du regard défavorable que sa mère portait sur sa vie. Pourquoi ne pouvait-elle encourager sa fille dans sa quête de liberté et d'indépendance ? La haine était sa seule armure face aux remarques acerbes de sa génitrice et elle s'effritait à mesure que la conversation avançait. Lucienne Lacombe restait malgré tout sa mère.

– Pourquoi me détestez-vous tant, mère ? Avant même que je ne quitte votre maison. Depuis toujours, j'ai l'impression d'être une épine dans votre pied.

Mme Lacombe se crispa et planta ses yeux noirs dans

ceux, tout aussi sombres, de sa fille. Pour la première fois depuis des années, Joséphine observa la douleur gagner ses traits fatigués.

– C'est faux, Joséphine… Je ne souhaite que ton bonheur. Mais je ne veux pas te voir souffrir à cause de décisions irréfléchies. Dans ma jeunesse, j'ai choisi la rébellion et l'amour plutôt que la raison. Je n'y ai récolté qu'un mari infidèle et…

Elle marqua une pause, abandonnant sa posture rigide pour s'enfoncer dans le dossier du fauteuil. De ses doigts fins, elle se massa les tempes. Joséphine, interdite, observait sa mère se décomposer devant elle pour la première fois.

– Je l'aimais, et lui préférait la compagnie d'autres femmes…

Une vague de rancœur submergea Joséphine. Elle saisit sa main avec douceur, comme si la femme en elle ne pouvait rester sourde au désespoir de cette épouse et mère qui avait été trahie de la pire des manières par un homme. Lucienne Lacombe y répondit d'une faible pression de ses doigts. Les deux femmes se fixèrent en silence, une compréhension tacite dans leur regards réchauffés par cette soudaine intimité. Puis soudain, Lucienne Lacombe se redressa de toute sa hauteur, époussetant sa robe d'un geste nerveux. Son regard s'adoucit et une esquisse de sourire vint étirer ses lèvres fines.

– Ma fille, même si je ne comprendrai jamais pourquoi tu souhaites que les femmes participent aux combats des hommes, je… Je suppose qu'aujourd'hui, cette incompréhension s'accompagne de respect pour la femme que tu es devenue. J'ose espérer qu'un jour tu cesseras de te voiler la face et accepteras ta position ; que tu cesseras de te mettre en danger, toi et les autres femmes qui pensent pouvoir faire mieux que les hommes. Je t'autorise à continuer de fréquenter Angélique, mais je te prierai de ne plus lui donner de tels torchons ! Si elle veut lire de la littérature déviante, qu'elle se la procure elle-même puisqu'il s'agit là de son choix...

– Vous finissez donc par comprendre certaines choses...

– N'exagérons rien, Joséphine. Bien, je dois y aller. Je connais le chemin, tu n'as pas besoin de m'accompagner.

Sur ces mots, elle tourna les talons et sortit de la pièce. Joséphine se leva aussitôt et la rappela sur le palier.

– Ne laissez pas la haine vous ronger, mère, je vous en supplie. Je... Je serai là pour vous si vous le souhaitez. À dimanche, je suppose.

Sa mère acquiesça avec cette même ombre de sourire en guise de réponse avant de disparaître dans l'escalier. Joséphine repartit s'asseoir dans le salon, exténuée. Elle comprenait désormais pourquoi, durant toutes ces années, sa mère avait revêtu ce masque d'indifférence et ne parvenait pas à s'en défaire. S'il n'en paraissait plus rien aujourd'hui, sa mère avait aimé son père, et lui l'avait trahie de la pire des manières. Joséphine fut prise d'un vertige. Un terrible sentiment d'écœurement envers elle-même s'empara de tout son être. La réalité de sa propre situation la frappa de plein fouet : depuis plus de deux ans, elle entretenait une relation adultère. Son amant était un politicien engagé dans les mêmes combats, membre de la Ligue des droits de l'Homme, fervent défenseur de l'égalité des sexes. Il se disait prisonnier d'un mariage sans amour, elle l'avait cru. À l'époque, sa vie en dehors de leur chambre ne l'intéressait pas. Mais plus maintenant. Elle ne pouvait continuer à être la maîtresse d'un homme marié, peu importait qu'il n'aime pas son épouse et que ce fût réciproque. Elle ne voulait pas être l'une de ces femmes. Dieu seul savait combien de cœurs son père avait pu briser par son comportement irresponsable. Les histoires de maîtresses amoureuses et déchues, de cocottes désabusées et au cœur brisé, elle n'en connaissait que trop.

Il ne s'agissait pas d'un choix facile, mais elle lui écrirait sans plus attendre une lettre, dans laquelle elle lui ferait part de sa décision. Elle ne serait plus la maîtresse de personne. Plus jamais. Elle se cloîtra dans sa chambre, et pour la première fois de sa vie, elle se trouva à court de mots. Comment annoncer une fin abrupte ? Une nouvelle page de sa vie venait de se tourner, le temps d'une confession bouleversante. Elle plia la missive et la rangea dans une enveloppe qu'elle timbra. Elle irait la poster dès le lendemain matin et en profiterait pour rendre visite à son père. Il lui devait une explication. Pour la première fois de la vie, elle se sentait de tout cœur avec sa mère. Même si une telle tragédie ne pardonnait pas son comportement odieux envers ses enfants, elle pouvait l'expliquer. Sa mère ne savait plus comment aimer.

9

30 juillet 1912

Éléonore ne parvenait pas à rester concentrée, ressassant les révélations de Joséphine sur sa mère et sa curiosité grandissante vis-à-vis du mystérieux paquet de Carlotta. Elle qui s'inquiétait de tomber dans la monotonie ne s'attendait pas à une telle intervention de la Providence pour l'en éloigner. Elle souhaitait connaître le fin mot de la saga familiale des Lacombe et percer l'énigme sous-jacente à la détresse de Carlotta. Que lui avait fait son mari ? Encore une histoire d'infidélité ? Non, ce devait être pire. Toute à ses pensées, elle manqua de se piquer les doigts avec la machine à coudre lorsque Suzanne fit irruption dans l'atelier et l'appela.

– Tu es demandée en boutique.

– Oh, Suzanne…, commença-t-elle en calmant son cœur emballé par la surprise. Puis-je te demander de t'en occuper ? Je ne suis pas d'humeur à accueillir des clientes capricieuses.

– Crois-moi, tu ne regretteras pas cette visite ! déclara la petite couturière d'un ton énigmatique. Je t'attends en bas.

Éléonore soupira. Sa cliente avait tout intérêt à être la princesse de Galles en personne sinon elle avait peur de ne pas parvenir à cacher son mécontentement. Elle s'arrêta quelques instants devant le grand miroir afin de rajuster sa coiffure et défroisser sa robe blanche. Elle afficha un sourire professionnel et descendit au rez-de-chaussée, dans la boutique. Son sourire s'effaça aussitôt. Ce n'était ni la princesse de Galles ni une quelconque autre tête couronnée. Non, face à elle, les mains nonchalamment rentrées dans ses poches de pantalon, se tenait l'incarnation d'un passé qu'elle avait choisi d'enterrer à jamais : Grigori Meletski. Après tant d'efforts mobilisés pour l'oublier, elle ne se sentait pas prête à l'affronter de nouveau. Ce doux fantôme d'autrefois, agréable et si parfait, frôlait l'imaginaire. Il s'agissait là de souvenirs, fabriqués ou vécus, qu'elle ne souhaitait pas voir altérés par l'impitoyable réalité. Grigori Meletski était une éphémère amitié teintée d'amourette appartenant à l'été 1910. Elle n'en voulait plus en 1912.

– Madame Fourneau, m'aviez-vous menti pour vous débarrasser de moi lorsque vous affirmiez que vous seriez toujours ravie de m'accueillir dans votre belle boutique ? annonça-t-il en s'avançant vers elle.

Elle avait oublié à quel point elle pouvait se sentir vulnérable devant lui.

– Monsieur Meletski…, commença-t-elle troublée, avant de se reprendre. Non, j'étais sincère. En revanche, je ne m'attendais pas à ce que vous reveniez un jour. Que puis-je pour vous ? Ou pour votre femme ?

– Ma femme est restée en Russie, énonça-t-il froidement. Je prétendrais avec plaisir vouloir commander un nouveau costume, ce que je ferai peut-être, mais aujourd'hui je souhaitais seulement vous voir.

– Me voir ? balbutia Éléonore à qui la situation semblait beaucoup trop irréelle pour être vraie.

– Oui, vous ! J'ai été ravi de revoir votre couturière, Mlle Suzanne si je ne me trompe, mais c'est à vous que je suis venu rendre visite.

– Je… Je travaille…

– Je peux gérer la boutique, je dirai aux filles qui étaient avec toi à l'atelier de s'occuper de la robe, intervint Suzanne avec un sourire complice.

Éléonore la fusilla du regard, puis disparut dans l'arrière-boutique pour récupérer ses gants et son chapeau. Son cœur battait la chamade. Elle cumulait tant de sentiments contradictoires qu'elle ne parvenait plus à réfléchir. D'un côté, elle aurait volontiers remonté les bretelles de Suzanne ; et de l'autre, elle avait envie de la féliciter pour cette initiative. Grigori Meletski lui avait paru encore plus beau que dans ses souvenirs, encore plus séduisant, mais aussi plus arrogant. Pourquoi était-il là alors que sa femme était restée en Russie ? Ce ne pouvait pas être pour la voir, sinon il serait venu plus tôt… S'ennuyait-il et venait-il chercher chez elle un divertissement au parfum suranné ?

Dès qu'il sortit de la boutique, un sourire amusé sur les lèvres, elle mit fin au tourbillon de ses pensées pour l'observer. Il n'avait pas changé, toujours aussi svelte, imposant, élégant et suffisant. Lui aussi la dévisageait de la tête aux pieds, sans s'en cacher, avant de plonger ses yeux bleus dans les siens. Éléonore sentit le rouge lui monter aux joues devant l'intensité de son regard. Il lui proposa son bras et ils cheminèrent vers la plage, comme tous ces couples qui flânaient dans les rues pour passer le temps, échangeant quelques banalités cordiales.

– Que faites-vous ici sans votre femme ? demanda finalement Éléonore.

– Je vais très bien, merci. Et vous ? railla-t-il en soupirant.

– N'éludez pas ma question, quel est l'objet de votre visite ?

– Eh bien, vous n'avez pas changé…, dit-il avec un petit rire avant de continuer, plus gravement : J'avais besoin de recouvrer un semblant de liberté. Voyez-vous, ma femme est enceinte et…

– Et vous n'avez rien trouvé de mieux pour la soutenir que de partir aussi loin que possible ?

– Non, je devais manquer d'inspiration, je suppose.

– Vous êtes infâme !

– Merci. J'apprécie de voir que vous me tenez toujours en si haute estime. Au risque de vous décevoir, j'ai été un mari fidèle et ai suivi vos conseils. Je n'apprécie toujours pas Natasha, mais je la supporte plutôt bien. C'est une femme somme toute charmante, même si elle manque cruellement de personnalité et d'intérêt… Mais je suppose que si toutes les femmes étaient comme vous, il n'y aurait plus de place pour les hommes à la tête des nations.

– Allons bon ! maugréa Éléonore sans relever sa remarque. Donc vous vous êtes rangé à la vie de famille…

– Exactement, comme quoi des miracles peuvent se produire.

Éléonore ne répondit pas tout de suite, concentrée sur les quelques marches menant aux hauteurs du Port-Vieux, vers la Côte des Basques. Face à eux, la villa Belza, érigée sur l'avancée rocheuse, défiait en première ligne les vagues et les bourrasques des jours de tempête.

– Vous n'avez pas répondu à ma question, indiqua-t-elle en brisant le silence qu'elle avait laissé s'installer. Que faites-vous ici ?

– Ne vous avais-je donc pas prévenue que je reviendrais un jour ? Malheureusement, nous avions prévu de venir l'été dernier ; mais ma sœur a contracté la typhoïde et face à la dégradation de son état, nous avons décidé de rester à Saint-

Pétersbourg. Elle a mis six semaines à guérir, mais elle s'en est sortie et ne s'est jamais mieux portée depuis.

– Dieu soit loué…, répondit Éléonore, soulagée, avant d'ajouter, après un silence : Vous ne m'avez toujours pas expliqué pourquoi vous êtes venu cette année…

– J'avais oublié que vous n'abandonniez jamais, dit-il en riant. Mes deux meilleurs amis anglais sont ici pour l'été avec leurs familles. Je ne souhaitais pas manquer l'occasion de les revoir sous prétexte que ma femme avait peur d'être fatiguée par le voyage.

– Je vois… Et quand êtes-vous arrivé ?

– Hier matin…

Elle ne put retenir le sourire victorieux qui gagna ses lèvres.

– Je devrais être touchée, vous n'avez pas perdu de temps pour me rendre visite.

– Je tenais à honorer ma promesse de revenir vous ennuyer dès que possible, voilà tout.

– Me voilà rassurée, s'amusa Éléonore.

Un nouveau silence s'installa entre eux alors qu'ils marchaient, bras dessus bras dessous, sur le petit chemin de terre serpentant entre les villas d'exception. Ils débouchèrent sur la route principale, face à la Côte des Basques et sa vue panoramique sur l'étendue de plages et de falaises. Sable jaune et roche se mêlaient dans le tracé irrégulier du littoral puis disparaissaient à l'horizon, comme happés par la silhouette bleue des Pyrénées. Grigori s'arrêta net et se tourna vers elle.

– Je souhaitais vous revoir, Éléonore.

Il avait prononcé son prénom avec ce léger roulement de « r » qui l'avait tant fait frémir deux ans auparavant. Comment avait-il réussi, en à peine trente minutes, à réduire à néant près de deux années d'efforts pour l'oublier ? La peur s'emparait d'elle, des papillons frétillaient dans son ventre. L'intensité de son regard la déstabilisait, elle le sentait fouiller dans les tréfonds de son âme, à la recherche de ses désirs cachés, de ses envies jugulées, de ses peurs refoulées. Pour ne pas flancher, elle regarda vers l'horizon. Il ne fallait pas se laisser ensorceler par ses belles paroles. Après tout, il aurait pu venir plus tôt s'il l'avait voulu. Quel genre d'homme attendait que sa femme soit enceinte pour rendre visite à une autre à des milliers de kilomètres de chez lui ?

– Pourquoi ? Pour tenter de raviver notre *amitié* ?

– Vous arrivera-t-il de croire que je puisse être sincère ? Je…

– Vous m'excuserez, mais je n'ai guère confiance en un homme qui me séduit alors qu'il est fiancé ; puis retente sa chance deux ans plus tard tandis que sa femme est enceinte.

– À vous entendre, on croirait que je suis le diable en personne ! Je n'ai pas choisi de vous apprécier.

– Pourtant je ne fais qu'énoncer des faits.

– Moi aussi. Ne croyez pas que ma situation soit agréable et que je me plais à être enfermé dans un mariage qui m'a été imposé ! En revanche, je dois avoir un sérieux problème pour vouloir revoir la seule personne qui me traite comme si j'étais le pire des monstres ! Je me demande ce que j'ai pu apprécier chez vous, certainement pas votre sensibilité car vous n'en avez aucune, siffla Grigori.

– J'ai pourtant toujours été claire avec vous ! Je ne veux pas de vous dans ma vie. Je ne veux pas de vos promesses hypocrites d'amitié. Je refuse d'être l'amie et encore moins la maîtresse occasionnelle d'un homme qui abandonne sa femme alors qu'elle porte son enfant, renchérit Éléonore, désormais hors d'elle.

– Vous êtes injuste… Je comprends maintenant pourquoi

vous êtes divorcée, madame. Vous êtes aussi frigide que les hivers glacés du nord de la Russie !

– Je ne vous permets pas de tirer de conclusions aussi infâmes.

– N'est-ce pas là ce que vous faites avec moi ?

– Non, cela n'a rien à voir ! Ceci est la vérité et vous semblez n'avoir aucun problème à l'éluder ! Vous êtes arrogant, imbu de vous-même et incapable de vous mettre à la place des autres.

Grigori passa une main dans ses cheveux. Comment cette discussion avait-elle pu prendre de telles proportions ?

– Dans ce cas je n'ai plus rien à vous dire, madame, annonça-t-il d'une voix froide. Adieu.

Éléonore eut l'impression d'être frappée en plein cœur. Contre sa volonté, son regard s'embua de larmes, viles traîtresses de la force de son attachement malgré toutes ses tentatives pour le juguler. Alors elle tourna le dos, elle ne lui ferait pas le plaisir de pleurer devant lui.

– Parfait, cela tombe bien. Je ne veux plus vous voir, moi non plus, énonça-t-elle d'une voix tremblante.

Elle marcha vite, les larmes coulaient sur ses joues. Elle devait offrir un piètre spectacle à ceux qui la croisaient. Arrivée rue Mazagran, elle essaya de se calmer, de revêtir ce masque de calme et de bienveillance avec lequel elle accueillait ses clientes. Elle essuya ses joues du revers de ses gants blancs et entra dans le magasin. Elle ne chercha pas à faire de détour, répondit à peine aux regards interrogateurs de ses couturières, et disparut dans l'arrière-boutique, où, une fois arrivée à l'étage, elle s'effondra en sanglots.

Il avait suffi de quelques secondes à Suzanne pour discerner le trouble d'Éléonore, elle s'excusa auprès de la cliente qu'elle servait et appela quelqu'un pour la remplacer. Elle gravit les marches et trouva Éléonore, assise par terre, dans un froissement d'étoffe blanche, pliée en deux, le visage dans ses mains encore gantées. Son chapeau gisait, retourné sur la calotte, à côté d'elle.

– Oh, Éléonore…, s'écria Suzanne en s'agenouillant à ses côtés et en la prenant dans ses bras.

Éléonore ne montra aucune résistance et s'appuya contre l'épaule de Suzanne.

– Qu'ai-je fait, Suzanne ? Qu'ai-je fait ? répéta-t-elle entre deux sanglots avant de lui conter en quelques mots l'issue malheureuse de leur conversation.

– Je suis persuadée que votre parole a dépassé votre pensée à tous les deux. Va t'allonger, la boutique est plutôt calme aujourd'hui et nous avons la situation en main. Peut-être qu'un peu de sommeil t'aidera à y voir plus clair, j'ai l'impression que tu n'as pas beaucoup dormi depuis que Mlle Lacombe est arrivée.

– Non, c'est vrai… Tu es mon ange gardien, Suzanne.

– Comme tu l'as été pour moi, Éléonore. Allez, repose-toi ! Tout va s'arranger, tu es la personne la plus forte que je connaisse. Je sais que tu surmonteras tout cela.

Éléonore la serra fort dans ses bras avant de se relever, chancelante, et de se diriger vers sa chambre. Elle desserra à peine son corset et s'effondra sur son lit, exténuée par la fatigue et les émotions.

Joséphine avait posté la lettre destinée à son amant la boule au ventre. Cette relation l'avait accompagnée pendant plus de deux ans et elle se maudissait d'y mettre fin de manière aussi impersonnelle et abrupte, mais elle ne pouvait continuer ainsi, pas après ce qu'elle avait appris sur sa mère. Quant à son père, il avait été appelé à Capbreton, le majordome n'avait pas su la renseigner sur la date de son retour. Elle décida de recourir aux services d'un détective privé. Ce que son père ne lui révélerait pas, elle le découvrirait par elle-même.

Le spectacle d'Éléonore, étendue sur le ventre, la porte de sa chambre ouverte, son chignon défait et des traces de larmes sur tout le visage la prit de court. Joséphine avait été intriguée par l'entrebâillement de cette porte qu'Éléonore prenait toujours soin de fermer, comme si elle veillait pudiquement à l'intimité de sa chambre. Quelque chose ne tournait pas rond, elle le sentait. Elle ferma doucement la porte et partit en direction de sa chambre.

10

6 août 1913

– Tu es sûre de ne pas vouloir venir ? demanda Joséphine en accrochant ses boucles d'oreilles en rubis.

– Non, je suis fatiguée et j'ai du travail, marmonna Éléonore.

Joséphine l'observa longuement, Éléonore n'était pas sortie de sa torpeur depuis le jour où elle l'avait trouvée allongée, le visage baigné de larmes. Cela faisait maintenant une semaine qu'elle broyait du noir. Le débarquement inopiné du bel aristocrate russe dans sa vie avait de nouveau chamboulé son quotidien. Ne jamais le revoir aurait sûrement attristé Éléonore, mais elle serait passée à autre chose. Malgré tout, Joséphine savait qu'elle surmonterait cette épreuve, elle avait seulement besoin d'un peu de temps pour s'en remettre.

Elle rejoignit Angélique au Casino Municipal où avait lieu une représentation du grand illusionniste londonien, *The Great Roland*. Bien que Joséphine n'apprécie pas beaucoup les tours de magie, l'enthousiasme d'Angélique n'avait pas manqué d'attiser sa curiosité. Elle adorait le music-hall du Casino

Municipal, un lieu convivial où l'on buvait du champagne, dégustait des mets d'une grande finesse, tout cela en conversant bruyamment jusqu'à ce que les lumières se tamisent et que les artistes entrent en scène. Parfois, les clameurs fusaient de la part du public, exprimant leur ennui, leur déception ou leur enthousiasme. Les spectateurs participaient eux aussi à la représentation et la rendaient infiniment plus vivante. À tout juste sept heures, la salle fourmillait déjà de beau monde. Les deux sœurs discutaient gaiement, en attendant le début du spectacle. N'y tenant plus, Angélique lui fit part de ses projets.

– Mon inscription au baccalauréat a été retenue. Je le passerai en juin 1913.

– Oh, mon Dieu ! Et penses-tu être prête d'ici là ? demanda Joséphine, contenant à peine son excitation.

– Je pense, oui… J'ai beaucoup travaillé depuis l'été dernier. Père m'a trouvé un bon professeur, très à l'écoute.

– Alors dans ce cas, je ne me fais aucun souci pour toi. Je suis si fière de toi ! Ne serait-ce que pour avoir rallié notre père à ta cause…

– Oh, tu sais bien comme il nous aime ! Quels que soient nos choix, il cherchera toujours à nous épauler et nous aider. Tu l'as bien vu, lorsque tu es partie sans prévenir en direction de la capitale, il a remué ciel et terre pour t'aider.

– Je me serais bien passée de son aide…, maugréa Joséphine.

– Pourquoi dis-tu cela ? Tu n'aurais pas eu un sou sinon !

– Tu as raison… Je… Ne parlons pas de lui ce soir.

– Il s'est passé quelque chose ? s'enquit Angélique, l'air soucieuse.

– Rien qui ne vaille la peine d'être raconté. Notre père sera ton meilleur allié dans cette aventure, comme il l'a été, à un moment, dans la mienne.

Chassant son père de ses pensées, Joséphine balaya la salle des yeux. Les toilettes n'avaient jamais été aussi impeccables, les bijoux brillaient à tous les décolletés, lobes et poignets, les hommes se tenaient droits et fiers. Les rires et le brouhaha des conversations résonnaient. Le spectacle commençait à neuf heures et durait un peu moins d'une heure et demie. D'ici là, Joséphine avait peur d'être complètement saoule. Quant à Angélique, il ne faisait aucun doute qu'elle aurait terriblement mal à la tête le lendemain matin. Sa jeune sœur enchaînait les coupes de champagne comme s'il ne s'agissait que d'eau. Soudain son regard s'arrêta sur une silhouette familière. Ses yeux marron plongèrent dans les prunelles bleues de Grigori Meletski. Il sembla surpris de la voir. Elle s'excusa auprès d'Angélique et s'avança vers le Russe.

– Monsieur Meletski, j'ignore si vous vous souvenez de moi, je suis…

– Mademoiselle Lacombe, la plus chère amie de Mme Fourneau. Je ne vous ai pas oubliée, annonça-t-il avec une affabilité feinte tout en lui serrant la main.

– Auriez-vous quelques instants à m'accorder ?

Il hocha la tête et s'adressa en anglais à ses amis avant de prendre congé. L'un des hommes lui jeta un regard interrogateur auquel il répondit par une tape affectueuse sur l'épaule. Puis il s'avança vers Joséphine.

– Que puis-je pour vous ? D'ailleurs, Mme Fourneau n'est-elle pas avec vous ce soir ?

– Non, répliqua Joséphine un peu plus froidement qu'elle ne l'aurait souhaité.

– Je vois… Je suppose qu'elle vous a fait part de notre discussion quelque peu mouvementée ?

– Oui.

– Bien… De quoi souhaiteriez-vous m'entretenir alors ?

– C'est compliqué… Je sens que je m'apprête à faire quelque chose de stupide, mais bon, commença Joséphine en tripotant sa boucle d'oreille droite. Éléonore n'est pas là car elle ne souhaite plus sortir, et je crois que c'est de votre faute. J'ignore ce que vous lui avez confié, ou même ce qu'elle a pu vous dire, mais cela fait une semaine que… Enfin… Je lui ai connu de meilleurs jours. Que s'est-il passé entre vous ?

Joséphine prenait un risque en lui révélant la vulnérabilité d'Éléonore, mais s'il appréciait réellement son amie, il discuterait avec elle. Ne serait-ce que pour mettre un terme à cette histoire aussi rocambolesque que dangereuse pour leur équilibre mental respectif. Contre toute attente, l'arrogance de Grigori s'effrita pour laisser place à une sincère préoccupation. Il se balança d'un pied sur l'autre. Joséphine le voyait se décomposer sous ses yeux. Et si cette amourette de vacances avait pris des proportions insoupçonnées de son côté également ? Grigori semblait toujours incapable de prononcer le moindre mot quand une belle femme blonde se glissa dans son dos et posa une main sur son épaule.

– Eh bien, Grigori, tu ne me présentes pas à ta nouvelle amie ? susurra-t-elle d'une voix aiguë.

Étouffant une protestation, Joséphine observa la jeune femme se frotter à Grigori qui semblait au bord de l'évanouissement. Joséphine eut une bouffée de colère. Pendant qu'Éléonore se flagellait d'avoir blessé sa sensibilité masculine, lui troussait la première actrice qu'il croisait. D'un œil assassin, elle ne manqua pas une miette du triste spectacle qu'offrait le Russe. Il tentait tant bien que mal de se débarrasser de la grande blonde qui s'agrippait à lui comme une sangsue à sa proie. Quand elle fut enfin partie, il se tourna, l'air navré. Joséphine ne lui laissa pas une seule seconde de répit.

– Alors c'est donc cela…

– Ce n'est pas exactement ce que vous imaginez…, marmonna-t-il dans sa barbe.

– Qu'est-ce donc alors ? Je comprends pourquoi Éléonore se méfiait de vous maintenant. Vous n'êtes pas quelqu'un de bien. Et c'est un euphémisme. Votre comportement ne vous fait pas honneur, monsieur, bien au contraire ! siffla Joséphine, furieuse.

– J'aurais beau vous jurer monts et merveilles, vous ne croirez que ce que vous voudrez. Alors je ne me justifierai pas. Vous m'excuserez, je m'en vais rejoindre mes amis. Bonne soirée.

Joséphine le regarda partir, abasourdie. Quel odieux personnage ! Elle fulminait en retrouvant sa sœur.

– Que s'est-il passé ? demanda Angélique afin de comprendre pourquoi Joséphine affichait soudainement une mine sombre.

– J'ai parlé à un individu abject qui a été infect avec Éléonore et demeure encore la cause de ses tourments…

Grigori n'écoutait plus la conversation en cours et gardait son regard fixé sur les bulles qui pétillaient à la surface de sa coupe. Les paroles de Joséphine avaient eu l'effet d'un ouragan ; tout en lui était sans dessus dessous. Comment avait-il pu être aussi aveuglé par la colère pour ne pas ressentir le trouble d'Éléonore lorsqu'ils se querellaient ? Il étouffa un grognement en pensant à cette blonde écervelée qui n'avait pas plaidé en faveur de sa sincérité, en se frottant contre lui comme une chatte en chaleur. Quelques heures avec l'actrice avaient suffi à lui faire comprendre qu'une poupée blonde aussi jolie que creuse ne parviendrait pas à lui faire oublier Éléonore. Depuis, il s'évertuait à éviter la jeune actrice autant que possible, et y était plutôt bien parvenu jusqu'à aujourd'hui. Bien entendu, il fallait que cela tombe ce soir. Il avait eu beau expliciter son refus de continuer à la fréquenter, elle semblait incapable de comprendre ; et à cause d'elle, il venait de perdre ce qu'il lui restait de crédibilité et d'honneur. Nul doute qu'après les confessions de Joséphine à Éléonore, la belle couturière ne le laisserait même pas présenter ses excuses…

Il se souvint de sa fureur après sa dispute avec Éléonore. Il avait traversé l'Europe, passé plusieurs jours dans un train inconfortable, pour qu'elle l'envoie promener avec son tact habituel ! S'il avait su qu'elle le rejetterait ainsi, il n'aurait pas fait le déplacement… Il serait parti ailleurs avec ses amis, pas dans cette ville où chaque soirée le laisserait espérer la croiser. Sur un coup de tête, il avait décidé de retourner à Biarritz, seul, en quête de quelque chose dont lui-même ignorait la nature. Apparemment, Éléonore n'était pas la réponse à ses questions.

Après la nouvelle de la grossesse de Natasha, il s'était senti plus heureux que jamais. Non seulement il allait devenir père, mais en plus tout se passait pour le mieux à la Russo-Balt. L'entreprise avait lancé, fin 1910, un atelier de construction aéronautique à Riga qui avait ensuite été déplacé en plein cœur de Saint-Pétersbourg au début de l'année 1912. Depuis son vol très médiatisé l'année précédente, nul n'ignorait que Grigori Meletski était un ingénieur et un aviateur accompli. Dès la fin de l'été 1911, on le nomma directeur des opérations aéronautiques de l'entreprise, ce dont il fut très fier. Puis en avril 1912, un jeune homme de tout juste vingt-trois ans vint travailler sous ses ordres en tant qu'ingénieur en chef. Jamais Grigori n'avait rencontré quelqu'un de plus brillant qu'Igor Sikorsky. Il le prit immédiatement sous son aile et développa un lien très fort avec le jeune homme. En quelques semaines, Igor rejoignit Mikheil et Grigori dans leurs tentatives de révolutionner l'aviation. Impressionné par *Rusalka*,

Igor n'hésita pas à leur apporter des pistes d'améliorations qui ébahirent les deux compères. Le jeune homme venait de trouver sa place. Grigori lui prédisait un futur incroyable ; selon lui, Igor Sikorsky marquerait l'histoire.

Ce bonheur s'accompagnait malheureusement d'un manque. Le même manque étrange qui le taraudait depuis des mois. Il s'en inquiétait, cela ne lui ressemblait guère de se sentir si vulnérable dans ses rares moments de solitude. Alors, malgré sa charge de travail, Grigori décida de retourner à Biarritz. Depuis qu'il avait vu la photo d'Éléonore dans ce magazine de mode parisien, il ne se détachait pas de l'idée de la revoir, ne serait-ce que pour clôturer ce chapitre de sa vie, encore ouvert par l'espoir de la faire sienne. Était-ce un défi visant à se rassurer quant à sa virilité ou un besoin, sincère et catégorique ? Il l'ignorait encore.

Lorsqu'il lui avait proposé de repartir à Biarritz, Natasha avait refusé, de peur de se fatiguer inutilement. À cinq mois de grossesse, elle avait presque triplé de volume, sa silhouette déjà généreuse s'était terriblement empâtée. D'une humeur exécrable, elle criait sur tout le monde, Grigori compris. Il finit par claquer la porte et passer quelques semaines chez sa sœur. Même si elle n'avait jamais connu de tels accès d'hystérie pendant ses grossesses, elle le somma de s'excuser et de se réconcilier avec Natasha avant de partir. Ce qu'il essaya de faire. Mais Natasha ne voulait rien entendre et Grigori sortit de la pièce en silence et fit ses bagages. Il ne la supportait plus. La grossesse l'avait rendue extrêmement désagréable. En plus de ses caprices, elle était plus pénible que jamais. Les domestiques se pliaient en quatre pour elle et ne récoltaient que ses foudres. Si la maternité ne lui rendait pas sa santé mentale, il craignait d'y perdre la sienne. John lui donna une tape amicale dans le dos.

– Eh bien, mon ami, qu'est-ce que cette jolie brune a-t-elle bien pu te dire pour que tu tires une telle mine ? demanda-t-il en anglais.

– Rien... Je me sens juste un peu fatigué, voilà tout.

– Cela fait une semaine que tu as des moments d'absence ! Amuse-toi donc, ta terrible femme n'est pas là. Est-ce la paternité qui te travaille ? Moi qui pensais que Rose parviendrait à te faire penser à autre chose, maugréa-t-il en jetant un regard à l'actrice blonde qui battait des cils.

– Tu diras à Rose qu'elle aille se trouver un autre rocher pour y enrouler ses tentacules. Je rentre me coucher... seul, annonça Grigori avec une ombre de sourire.

Sur ces mots, Grigori s'excusa auprès du reste du groupe et sortit du hall. Joséphine le suivit du regard jusqu'à ce que sa silhouette disparaisse, happée par la foule.

*

Dans l'atelier du premier étage de sa maison de ville, Éléonore, deux épingles entre les dents, se contorsionnait pour apporter les dernières retouches à la robe de Mlle Neydeke, une jeune héritière norvégienne ravissante, dont la silhouette saurait faire honneur à cette toilette. Depuis l'an 1910, la forme des vêtements avait beaucoup évolué, passant d'une taille fine et prononcée à un tombé plus souple marqué sous la poitrine. Le corset demeurait présent, mais nécessitait moins d'être serré au point d'en perdre le souffle. Les bras se découvraient de plus en plus et le décolleté s'épanouissait, du moins pour ce qui était des robes de soirée ou de casino. Quant à la mode du quotidien, la taille était désormais marquée au bas des côtes. Les tenues de plage ou d'été blanches en linon brodé et dentelle devenaient de plus en plus populaires, surtout dans les régions balnéaires. Éléonore ne jurait que par ces toilettes, le blanc lui allait à ravir et elle appréciait l'aisance et la liberté de mouvement qu'elles offraient. Incapable de maintenir en place le pli de la traîne qui l'agaçait depuis plusieurs minutes, elle lâcha l'étoffe avec rage et se débarrassa des épingles pincées entre ses lèvres. Soudain, elle entendit un bruit. Joséphine avait dû oublier son trousseau de clés. Éléonore ouvrit la porte d'entrée, le sourire aux lèvres.

– Alors, ce spectacle ?

Elle s'interrompit en découvrant son visiteur, et son sourire s'effaça.

– Qu'est-ce que vous faites devant chez moi ? demanda-t-elle.

– Je voulais seulement vous parler.

– Je ne…

– Ah non, ne me dites pas que vous n'avez rien à me dire, je sais que c'est faux. Pourquoi devrions-nous rester fâchés ? J'étais sincère la semaine dernière. Si je suis venu vous voir le lendemain même de mon arrivée, ce n'était pas pour rien, Éléonore… Je suis fatigué de lutter.

Éléonore sortit de sa torpeur et le dévisagea. Elle ne ressentait pas de colère en le voyant. Seulement une immense joie qui se soulevait du plus profond de son ventre. Elle se dit qu'elle devait le sommer de la laisser en paix, mais c'était au-dessus de ses forces. Pas après cette semaine où elle avait ressassé leur conversation en se demandant ce qu'il aurait pu advenir si elle n'avait pas été si impitoyable. Elle aussi se sentait fatiguée de lutter contre l'inéluctable. D'ailleurs, si elle s'écoutait, elle lui aurait même sauté au cou. À la place, elle hocha simplement la tête.

– Venez, ne restez pas là. Quelqu'un pourrait vous voir…
– Avez-vous à ce point honte de moi ? dit-il en feignant d'être offensé alors qu'ils pénétraient dans la lumière de l'entrée.
– Imbécile, répliqua Éléonore en le guidant vers l'escalier.
– Un imbécile heureux, alors.
– Si ça vous chante.

Malgré sa joie, Éléonore ne pouvait s'empêcher d'être de mauvaise foi avec lui. Elle l'invita dans le petit salon du premier étage et lui demanda s'il souhaitait boire quelque chose.
– Vous avez de la vodka, ou du whisky ?
– Non, j'ai du patxaran en revanche.
Devant l'air étonné de Grigori, elle expliqua.
– C'est un alcool de prunelle typique du Pays basque et de la Navarre. C'est délicieux. Je vais nous en chercher.

Quelques minutes plus tard, assis face à face, ils sirotaient leur digestif dans un silence gêné. La vision de Grigori dans un environnement aussi familier que son salon la troublait. Une semaine auparavant, elle n'aurait jamais imaginé qu'il reviendrait un jour. Pourtant il était là. Chez elle. Leurs regards se croisèrent et un courant électrique passa entre eux, pourtant aucun d'eux ne bougea. Il se tenait droit sur son fauteuil, le coude posé sur l'accoudoir, le verre levé devant lui. Son attitude, son port de tête, tout était l'héritage d'une éducation stricte, celle d'un parfait aristocrate. La fausse nonchalance qu'il arborait en temps normal lui manquait ; face à lui, elle se sentait presque avachie, comme ces paysannes courbées par le travail.
– C'est très bon, vous aviez raison, commenta Grigori en se raclant la gorge, les yeux de nouveau fixés sur son verre.

– Vous m'en voyez ravie.

Un nouveau silence s'installa. Puis Éléonore décida de le briser, trop pressée de mettre un terme à cette étrange entrevue.

– Bon, il est temps de passer au vif du sujet, je suis fatiguée et j'ai encore du travail à finir. Alors je n'ai pas toute la nuit. Que faites-vous ici ?

– Grâce à vous, j'ai découvert que je pouvais être quelqu'un de patient… Vous êtes une femme aussi charmante qu'horripilante. Voilà pourquoi je n'ai pas pu vous oublier et n'ai pas pu m'empêcher de songer à vous de temps à autre. Je suis venu ce soir pour m'excuser. Je me suis mal comporté mardi dernier. Et j'aurais dû venir plus tôt pour vous voir, mais… J'espérais que vous feriez le premier pas.

– Je ne pouvais pas…, souffla Éléonore dont le cœur battait la chamade. Je suis désolée… Je n'ai pas le temps de souffrir.

– Pourquoi devriez-vous forcément souffrir avec moi ?

– Parce que cette histoire est vouée à l'échec, vous habitez en Russie et vous êtes marié, monsieur Meletski.

– Grigori.

– Pardon ? demanda Éléonore, perdue.

– Nous sommes seuls, tous les deux, chez vous. Je ne vois pas pourquoi vous continuez de m'appeler monsieur…

Si elle l'appelait par son prénom, il n'y aurait plus de retour en arrière possible. Et, comme il l'avait si justement mentionné, ils étaient seuls, chez elle.

– Écoutez, reprit Grigori en se penchant pour s'approcher d'elle. Je vous demande seulement de me laisser une chance.

– Vous ne parlez pas seulement d'amitié si je ne me trompe…

– Je… Je comprendrais si vous… Votre amitié m'est précieuse et je préfère renoncer à mes… Euh, mes ambitions plutôt que de la perdre pour toujours.

– Je vois. Vous êtes vraiment devenu raisonnable alors ! Ce serait mieux, je... Je ne suis pas très à l'aise avec l'idée d'entretenir une relation avec un homme marié, confessa-t-elle, le regard fuyant.

– Si cela peut vous rassurer, vous ne briserez le cœur de personne, Natasha et moi nous apprécions car nous n'avons guère le choix. Même si en ce moment, je crois qu'elle me déteste... Enfin, j'ai suivi votre conseil d'essayer...

– Je suis censée vous féliciter ?

– Je ne m'en plaindrais pas.

– Je n'en doute pas. Sachez que je vous prie de m'excuser aussi pour la semaine dernière. Je ne vous ai pas réservé le plus chaleureux des accueils.

– C'est le moins que l'on puisse dire...

– N'en faites pas trop, vous n'étiez guère mieux ! Et puis j'aimerais que vous arrêtiez de m'interrompre quand je m'apprête à dire des choses gentilles.

– Je suis tout ouïe, affirma-t-il avec un grand sourire.

– En vérité, j'étais heureuse de vous revoir, avoua Éléonore en détournant les yeux.

– Oh... Éléonore...

Encore une fois, il prononça son prénom. Et des papillons dansèrent dans son bas-ventre, des frissons parcoururent son corps. Elle sentait sa volonté sur le point de céder, mais elle ne devait pas. Elle devait essayer de mettre fin à cette farce. Pourquoi le devait-elle déjà ?

– Vous devriez partir, j'ai fait une erreur en vous invitant ici. Ce n'est pas contre vous, mais je ne peux pas. Revenez demain plutôt. Nous irons nous promener, sur la plage, quelque part, n'importe où, peu importe ! s'exclama-t-elle en se levant de sa chaise.

Il se leva aussi et s'approcha d'elle. Éléonore ne recula pas.

– Non. C'est au-dessus de mes forces. Je vais devenir fou si vous me repoussez une fois encore. Vous m'avez ensorcelé, ma belle sirène.

– Il vaudrait mieux que cela n'aille pas plus loin.

– Éléonore, murmura-t-il d'une voix rauque en s'emparant d'une longue mèche brune qu'il fit jouer entre ses doigts.

Elle tressaillit. À cet instant, tout lui revenait en mémoire, leurs premières rencontres, leurs joutes verbales passionnées, sa volonté de l'éloigner coûte que coûte malgré l'attirance qu'elle ressentait pour lui. Pourquoi chercher à l'écarter de nouveau ? Sa femme n'était pas là, la réputation d'Éléonore ne risquait pas de se voir entachée. Ses clientes ignoraient qu'il était marié. Elle serait discrète. Elle le désirait plus que jamais ; si elle fuyait une fois de plus, elle savait pertinemment qu'elle s'en voudrait pour toujours. Peut-être était-ce cela la clé du bonheur… Renoncer à une fierté dictée par la moralité sociale, frigide et archaïque, pour vivre selon ses propres principes. Profiter de l'instant. Ne pas laisser passer sa chance. Elle noua ses mains dans la nuque de Grigori et l'attira vers sa bouche. Leur baiser fut électrique et Grigori y répondit aussitôt, l'attrapant par la taille afin de la plaquer contre lui. Puis il posa ses mains sur les joues rosies d'Éléonore et l'observa avec intensité.

– Éléonore…

– Grigori…, murmura la jeune femme, les paupières lourdes, appréciant prononcer chaque syllabe de son prénom à haute voix.

– Si vous souhaitez que je m'en aille, il est encore temps.

– Restez, murmura-t-elle sans détacher ses yeux de son regard.

– Vraiment ? demanda-t-il d'une voix étranglée.

– Je n'ai jamais été aussi sûre de moi. Venez, montons.

Elle le prit par la main et l'attira dans l'escalier, jusqu'à la porte de sa chambre. À peine sur le seuil, il l'enveloppa dans son étreinte et la couvrit de caresses, laissant, à chaque fois, l'impression d'une traînée brûlante sur sa peau, son corps se consumait tout entier sous le feu de sa passion.

– Laissez-vous faire, Éléonore. Laissez-moi vous aimer, vous toucher…

– Oui, je vous en supplie, ne vous arrêtez pas…

Les entraînant tous les deux sur le lit, il l'embrassa comme si sa vie en dépendait. Devant l'avidité gloutonne de sa bouche, Éléonore peinait à reprendre son souffle tant son cœur battait la chamade et son corps entrait en ébullition. Dans un ballet de caresses ils s'explorèrent, se cherchèrent et se trouvèrent, comme s'ils se connaissaient déjà, comme si leur destin était de ne faire qu'un. Lorsqu'elle exécutait son devoir conjugal avec Leandro, les ténèbres régnaient dans la chambre et l'édredon cachait leurs deux corps. Elle se souvenait du sentiment de malaise qui l'envahissait lorsqu'il lui murmurait des mots doux en la pénétrant. L'acte en soi n'était pas désagréable, mais elle n'en avait jamais ressenti le besoin ni l'envie. Avec Grigori, tout était différent. Elle appréciait la sensation de ses baisers sur sa peau, elle appréciait voir les muscles de son torse se contracter sous ses caresses, elle appréciait la flamme qui dansait dans ses yeux lorsqu'elle croisait son regard, elle appréciait le voir s'enhardir un peu plus à chaque soupir passionné, elle appréciait la fièvre qui les portait dans chaque mouvement de cette danse effrénée.

Quand Éléonore reprit ses esprits, les pensées fusèrent et ce qu'elle avait redouté en s'abandonnant à Grigori la frappa en pleine figure. Elle eut alors la certitude qu'elle souffrirait.

Elle vint poser sa tête sur le torse de Grigori qui caressa avec douceur la courbe de ses hanches et embrassa tendrement le sommet de son crâne. Ce simple geste serra le cœur de la jeune femme. Elle ne voulait pas qu'il la quitte. Jamais.

Quelques heures plus tard, alors que les deux amants dormaient profondément, peau contre peau, Joséphine rentra de la soirée. Contre toute attente, la jovialité de sa sœur et l'inattendue qualité du spectacle avaient réussi à lui rendre le sourire. Enivrée par les vapeurs du champagne, consommé à outrance, elle ne remarqua pas les deux verres à moitié pleins de patxaran sur la table du salon et monta directement se coucher, le pas lourd et la bouche sèche.

11

7 août 1912

– Il faut que je me lève, j'ouvre la boutique dans une heure et demie et j'ai encore une robe à terminer, grogna Éléonore en essayant de se dégager des bras de Grigori qui l'emprisonnaient contre son torse.

Elle avait tant à faire que même la perspective de rester confortablement lovée contre lui ne suffisait pas à la retenir. Soudain les yeux d'Éléonore s'agrandirent en reprenant contact avec la réalité.

– Zut ! Joséphine a dû rentrer en plus…

– Mlle Lacombe ? demanda Grigori, soudain pâle.

– Oui, elle dort dans la chambre d'amis à l'autre bout du palier… En espérant qu'elle n'ait rien entendu. Elle ne doit pas vous voir en tout cas.

– Non, surtout pas, non…

– Bon, habillez-vous. Je vais aller vérifier que la bonne a bien rangé le salon.

– À vos ordre, mon général ! se moqua Grigori en feignant un garde-à-vous.

– Imbécile..., rit Éléonore en lui envoyant sa pile de vêtements à la figure.

Grigori l'observa sortir à pas de velours de la pièce, vêtue d'une fine robe de chambre qui laissait deviner ses formes à chaque mouvement. Puis il se laissa retomber sur le lit avec un sourire béat. Il se sentait comblé, enfin. S'il ignorait encore beaucoup d'elle, cette familiarité étrange qu'ils partageaient deux ans plus tôt avait subsisté au temps et à la distance, renforçant le lien qui les unissait. Il existait une alchimie déroutante entre eux, une sincérité sans pareille ; il n'y avait jamais eu le moindre filtre, ni la moindre gêne à dire ce qui devait être dit. En revanche, il ne se sentait pas encore prêt à lui conter la rencontre inopinée à l'origine de sa présence chez elle. Joséphine devait le détester et Dieu qu'il regrettait son comportement grossier à son égard... Il méritait chaque once de son courroux. Ne souhaitant donc pas la croiser, il s'habilla en hâte et rejoignit Éléonore devant la porte de son hall personnel.

– La ruelle est peu fréquentée, mais on ne sait jamais. Soyez discret.

– Quand vous reverrai-je ? demanda-t-il avant qu'elle n'ouvre la porte.

– La boutique sera fermée ce vendredi, nous croulons sous les commandes... J'aurai quelques heures à vous accorder.

– Vous êtes bien trop aimable, madame, railla-t-il avec une fausse révérence.

– On m'a toujours dit que mon amabilité me perdrait.

– J'en doute, s'amusa-t-il, ce qui lui valut une moue indignée, accompagnée d'une tape sur le torse.

Il embrassa ses mains et disparut dans la ruelle déserte. Habillé d'un costume de soirée froissé à tout juste sept heures du matin, il apparaissait, aux yeux des plus matinaux, comme l'un de ces villégiateurs volages, aux goûts luxuriants et aux mœurs dépravées, appartenant à cette élite dorée autour de laquelle tournait l'essentiel de l'économie locale. Les vrais Biarrots, les pêcheurs, les bouchers, les restaurateurs, les chauffeurs, les ouvriers, les postiers, ceux dont le travail rythmait le quotidien, ceux dont l'oisiveté relevait de l'exception, regardaient ces étrangers guindés d'un œil amusé, comme l'on observerait un spectacle ridicule à la foire.

Éléonore remonta s'habiller tout en pensant à leur nuit. Tous deux semblaient incapables de discerner les limites de cette relation naissante, les frontières de l'acceptable. Étaient-ils amis avant tout ? Ou bien amants uniquement ? Plus qu'amis ? Plus qu'amants ? Un mari infidèle et sa maîtresse ? Une divorcée et son soupirant ? Au-dessus de tout trônait, flagrante et incontestable, cette tendresse dont Grigori l'avait enveloppée à plusieurs reprises. Deux ans auparavant, lorsqu'ils s'étaient quittés le cœur lourd ; une semaine plus tôt, lorsqu'il lui avait avoué vouloir la revoir ; la veille, dans presque toutes ses paroles comme dans ses gestes. Ce baiser sur la tête, ce besoin de la serrer contre lui à tout instant, de la toucher : tout cela la troublait. Il n'agissait pas comme un amant de passage, bien qu'elle ne sût pas vraiment comment un amant était censé se comporter… Elle savait cependant que leur histoire allait bien au-delà d'une simple amourette. Cela l'inquiétait, mais le Rubicon avait été franchi. Comme disaient les Anglais, elle attendrait et verrait de quoi l'avenir serait fait.

*

Prise d'un terrible mal de tête, Joséphine décida de passer sa journée entre sa chambre et le salon. Elle se sentait aussi dynamique qu'un mollusque atrophié, et à chaque pas, son estomac menaçait d'entrer en éruption. Le soir venu, assise près de la petite cheminée de la salle à manger, malgré sa migraine, Joséphine tentait de lire un des journaux de mode d'Éléonore avec exaspération. Si les tenues y étaient sublimes, les descriptions et commentaires en revanche laissaient à désirer.

Maintenant que ses nausées étaient passées, elle mourait de faim. Au moment où son ventre émit un grondement indigné, Éléonore entra dans la salle à manger, un sourire ravi sur le visage.

– Ouh, tu as non seulement très faim mais en plus tu m'as tout l'air de quelqu'un qui subit les abus de la veille…, s'amusa Éléonore.

– Et toi, tu m'as l'air de très bonne humeur…

– Oh… Tu sais…

– Que s'est-il passé aujourd'hui pour que ton accablement constant s'évapore ?

Sous le regard insistant de Joséphine, Éléonore craignait de ne pas parvenir à garder les événements de la veille secrets. En revanche, elle se voyait mal lui avouer que Grigori l'avait menée jusqu'au septième ciel alors qu'elle dormait à l'autre bout du palier.

– Ne me dis pas que…, commença Joséphine en se remémorant les événements de la veille. Ce maudit Russe t'aurait-il rendu visite aujourd'hui ?

Éléonore ne répondit pas, les joues rouges.

– Oh non… Et alors ? Quel mensonge t'a-t-il sorti cette fois ?

– Mensonge ? Non… Il était sincère.

– Balivernes ! maugréa Joséphine, le visage de la cruche blonde, qui se collait à lui pendant la soirée, en tête.

– J'en avais assez, Joséphine… Assez de lutter contre lui.

Joséphine observa son amie avant de répondre, ravalant les reproches qui lui titillaient le bout de la langue. Elle ne se sentait pas la force de la sermonner à propos de la toxicité des relations extraconjugales, malgré son récent dégoût pour ces pratiques ; lui reprocher une incartade serait la pire des hypocrisies, ayant elle-même été coutumière du fait. Si le Russe s'était excusé et si cela rendait son sourire à Éléonore, alors elle tairait la scène dont elle avait été témoin la veille. En revanche, elle aurait une sérieuse discussion avec ce satané Russe !

– Raconte-moi tout ! demanda Joséphine en se massant les tempes.

Éléonore fixa le sol. Après quelques instants de silence, Joséphine laissa échapper une longue plainte.

– Doux Jésus… Il est venu hier soir, réalisa Joséphine en se remémorant le départ anticipé du Russe, avant même que le spectacle ne débute. Et vous… Enfin… Quand est-il reparti ?

– Ce matin…, balbutia Éléonore en fuyant son regard.

– Allons bon ! J'imagine que vous n'avez pas seulement joué aux cartes… En valait-il la peine ?

– Tu n'as pas idée…

– Je n'arrive pas à croire que vous étiez en train de… Alors que je… À l'autre bout du palier… Bon Dieu, Éléonore, tu ne cesseras de m'impressionner ! s'esclaffa Joséphine.

*

Après trois soirs à rejoindre Grigori à l'Hôtel du Palais et s'éclipser le matin venu, Éléonore lui proposa de sortir pour la journée. Quitte à vivre cette aventure, autant la vivre pleinement. Ils choisirent Bayonne, afin d'y trouver un peu plus d'anonymat qu'à Biarritz. Dans le couloir de l'hôtel, Éléonore marchait sur ses pas, tête baissée, présentant le dessus de son immense chapeau à quiconque croiserait son chemin. En entendant du bruit dans le couloir, trop curieuse pour résister, elle releva les yeux et croisa le regard du couple cheminant vers eux. Elle ne put retenir un petit cri de surprise à la vue de Carlotta Villers, suivie par son mari à la mine sombre. Grigori s'arrêta aussitôt et se tourna vers Éléonore. Face au regard stupéfait et interrogateur de Carlotta, Éléonore pria pour que le tapis s'ouvre sous ses pieds et l'aspire dans son épaisseur duveteuse. Contre toute attente, Grigori prit la situation en main et se para d'un sourire qu'Éléonore jugea aussitôt feint.

– Charles Villers ! Cela fait bien longtemps que je ne vous avais pas vu. Comment vont les affaires ?

– Grigori Meletski ! J'ai entendu parler de vos prouesses jusque dans la presse nationale, ce n'est pas tous les jours que les Russes font voler des monoplans avec brio ! Félicitations.

– Oh, voyons, il n'y a pas de quoi se vanter, cet avion n'avait rien de révolutionnaire. Êtes-vous toujours dans l'industrie aéronautique ?

– J'ai décidé de me cantonner aux automobiles ces derniers temps, dit-il d'un ton sec, visiblement peu enclin à discuter de ce sujet.

Éléonore en profita pour articuler silencieusement un « tout va bien ? » à Carlotta qui hocha prudemment la tête. Puis Carlotta désigna Grigori du regard en appuyant d'un haussement de sourcils son interrogation. Éléonore rougit et détourna le regard. De son côté, Grigori conclut la discussion avec M. Villers et offrit son bras à Éléonore.

– Vous le connaissez ? demanda-t-elle alors que l'ascenseur s'était refermé sur eux.

– Je l'avais rencontré il y a deux ans à l'occasion des meetings d'aviation… Pourquoi avez-vous poussé un cri en le voyant ? Vous a-t-il fait du mal ? Il n'a pas intérêt…

– Non…, répondit Éléonore dans un souffle, troublée par la préoccupation dont Grigori faisait preuve à son égard. Non, je ne lui ai même jamais parlé. En revanche, sa femme est une de mes clientes. Dire que je souhaitais éviter toute rencontre inopportune…

– Je suis sincèrement désolé… Nous aurions dû aller à votre villa comme vous l'aviez proposé de prime abord. Si j'ai pu causer un quelconque désagrément, j'irai m'entretenir avec elle afin de la convaincre de votre…

– Grigori, l'interrompit Éléonore, plus attendrie que jamais. Je m'entends bien avec Mme Villers, j'ose croire ne rien avoir à craindre de sa part si ce ne sont quelques questions indiscrètes et enjouées. Ne vous inquiétez pas, tout va bien.

En l'espace de quelques secondes, Grigori avait été gagné par une terrible inquiétude, suivie d'une bouffée de colère, envers Villers et envers lui-même, puis d'une gêne due à sa réaction démesurée de soupirant alangui. Aux côtés d'Éléonore, ses sentiments prenaient le contrôle sur sa raison. La question ne se posait plus, cette femme le rendait fou. Malgré cela, il espérait que, jamais, elle n'ôterait sa main délicate du creux de son bras.

– Vous semblez ne pas le porter dans votre cœur en tout cas. Je ne vous avais jamais vu arborer un sourire si factice auparavant ! continua Éléonore en lui adressant un clin d'œil avant de tirer la voilette sur son visage et de baisser la tête.

Dès qu'ils eurent traversé le hall et sauté dans la première voiture disponible, à l'abri du monde extérieur et installés sur la banquette arrière, Grigori reprit la conversation là où ils l'avaient laissée.

– Je ne saurais dire. M. Villers me paraît être l'un de ces hypocrites ne jurant que par l'apparence, la réputation ou le compte en banque. Tout ce que j'abhorre. Tout sonne faux chez lui. Et j'en ai eu la confirmation tout à l'heure. Cet homme n'a pas une once de sympathie en lui.

– Pauvre Mme Villers…, souffla Éléonore.

– Je me trompe peut-être, ma chère. Ne vous faites pas de souci et pensez plutôt à cette magnifique journée qui s'annonce, conclut-il en embrassant le dos de sa main.

Comme à chaque fois que les lèvres du Russe l'effleuraient, même séparées de sa peau par le cuir de son gant, son cœur fit un bond dans sa poitrine. D'une pression des doigts et d'un timide sourire, elle accepta de laisser de côté cette malencontreuse rencontre et de profiter pleinement de sa présence.

Le soir venu, après une rapide visite à la boutique et ne croisant pas Joséphine, elle s'empressa de se rendre à sa villa, où Grigori la rejoindrait un peu plus tard dans la soirée. Durant le trajet, son sourire béat, devenant parfois sifflotement joyeux ou rire inconscient, ne la quitta pas une seule seconde. L'idée de passer une nuit supplémentaire entre ses bras la ravissait et l'effrayait aussi, par moments, lorsque son cerveau se décidait à trop penser. Depuis le soir où elle avait abandonné toute résistance, elle avait aussi accepté l'éventualité de s'attacher à lui. Risquait-elle de tomber amoureuse ? Aussi effrayante que soit cette idée, la curiosité qui l'animait achevait de détruire les dernières onces de peur qui l'étreignaient. Et si, dans un autre monde, ils pouvaient vivre leur passion sans obstacle ? Et si ce monde était Biarritz ?

Alors que le soleil glissait vers l'horizon, le heurtoir retentit dans l'entrée vide de tout meuble, à l'exception d'une vieille banquette, d'une statue néo-classique de Persée, nu, tenant la tête de Méduse et du double escalier de pierre menant à l'étage. N'ayant pas de personnel, Éléonore se précipita vers la porte d'entrée. Quand elle l'ouvrit, elle n'eut même pas le temps de prononcer le moindre mot que la bouche de Grigori s'écrasa contre la sienne. Il y avait chez lui une urgence presque désespérée, comme si chaque étreinte pouvait être la dernière, comme si chaque baiser précédait un dénouement déchirant. Inévitablement, chaque nouvelle étreinte les rapprochait peu à peu de cette fin qui les hantait. La fermeture d'une parenthèse estivale et le retour à leur réalité ; celle de deux quotidiens séparés par des milliers de kilomètres, celle de deux âmes amenées à ne rien partager de plus que l'exclusivité de leurs souvenirs. Refusant d'accorder trop d'importance au futur, elle laissa les tourbillons du plaisir l'ancrer dans ce présent sulfureux.

Rassasiés l'un de l'autre, ils partagèrent un repas frugal sur la table de la salle à manger, seul meuble, avec cinq chaises en acajou, de la pièce tout juste achevée. Alors qu'ils étaient en train de débattre, le très reconnaissable bruit du heurtoir vibra contre la porte d'entrée, résonnant dans le grand hall vide.

– Vous attendez quelqu'un ? demanda Grigori, surpris.

– Je… Non. Peut-être est-ce Joséphine… Je ne l'ai pas vue aujourd'hui. Restez là, je vais voir, lui intima-t-elle en se levant.

Dans le judas, une silhouette féminine se dessina. Rassurée, Éléonore ouvrit et fut immédiatement prise au dépourvue par l'identité de la visiteuse.

– Madame Villers ? s'étonna Éléonore.

– Je vous en conjure, laissez-moi entrer, j'ai peur que l'on m'ait suivie.

D'un hochement de tête, Éléonore s'effaça pour lui faire place, puis balaya des yeux les environs de la villa à la recherche d'une silhouette dissimulée entre deux bosquets. Malgré l'éclairage, la pénombre l'empêchait d'affirmer ou infirmer une telle hypothèse. Aussi ferma-t-elle la porte à double tour.

– Vous ? articula Carlotta d'une voix tremblante.

Quand Éléonore se retourna, elle vit Grigori, sa chemise à peine fermée et froissée sur son pantalon, s'avancer vers elles, avec toute la nonchalance dont il était capable. Il s'inclina légèrement pour saluer Carlotta et lui adressa un sourire sincère. Reprenant ses esprits et abandonnant sa gêne, Éléonore effectua les présentations.

– Grigori, je vous présente Carlotta Villers, une de mes plus fidèles clientes, et oserais-je dire, une de mes amies.

Comme réchauffée par ce compliment, Carlotta abandonna son air effrayé pour un sourire chaleureux.

– Madame Villers, voici Grigori Meletski… Mon… Euh… Un ami.

– Un ami, bien entendu, fit Carlotta en réprimant un petit rire qui fit rougir Éléonore de plus belle. Éléonore ; puis-je vous appeler Éléonore ? Et j'exige, au nom de cette amitié, que vous m'appeliez Carlotta. Je suis ravie de vous rencontrer monsieur Meletski, mais puis-je parler seule à seule avec Éléonore ?

– Est-ce toujours à propos de votre mari ? chuchota Éléonore.

– Oui… Il faut que je récupère le paquet, je dois fuir au plus vite, répondit-elle en jetant des petits regards inquiets vers Grigori qui feignait de ne rien écouter.

– Grigori le connaît, il… Si j'ai bien compris, il ne le porte pas dans son cœur. Peut-être peut-il vous aider. Je lui fais entièrement confiance…

– Dans ce cas… Que connaissez-vous à propos de mon mari, monsieur Meletski ? demanda Carlotta en élevant la voix.

– Pas grand-chose, j'en ai peur, si ce n'est qu'il tient plus d'un charlatan que d'un honnête homme d'affaires… Mais je pourrais me tromper.

– Votre bon sens vous honore. Mon mari est un escroc et… Et une brute.

Sans réfléchir, Éléonore s'avança vers elle et lui saisit les mains dans un élan de compassion.

– Que vous a-t-il fait, Carlotta ?

Tandis que celle-ci hésitait à se livrer, Éléonore se tourna vers Grigori et, d'un regard, l'implora de les laisser quelques instants seules. D'un hochement de tête, il tourna les talons et referma la porte du salon derrière lui. D'une main tremblante, Carlotta déboutonna le gilet qui la couvrait des poignets jusqu'au cou, révélant une chemise venant de Leonora. Quand elle l'entrouvrit, Éléonore vit avec horreur les ecchymoses mouchetant le haut de sa poitrine et l'intérieur de ses bras, de tailles et de couleurs différentes, certaines virant au jaune, d'autres à peine violettes ; il se dégageait de ce triste tableau l'évidence d'une régularité dans les accès de violence dont elle était victime.

– Ce n'est pas tout, n'est-ce pas ?

– Non, souffla Carlotta en se rhabillant. Dire que j'ai pensé l'aimer… Mais lorsque ses affaires ont connu des difficultés, il a dû trouver un moyen d'évacuer sa frustration et sa haine. J'étais, et je suis toujours ce moyen. Je compte entamer une procédure de divorce et quitter le pays quelque temps, ne revenant que pour le procès. J'ai, dans le paquet que je vous ai donné, des documents qui suffiront à prouver son implication dans des trafics et des malversations odieuses. Une fois tout ceci révélé au grand jour, il tombera. Une bonne fois pour toutes. Je l'espère en tout cas. Je vais partir, cette nuit même, à Pau. Puis j'irai en Espagne…

– Avez-vous besoin que l'on vous escorte ?

– Surtout pas ! Dans le cas où je ne parviendrais pas à le faire condamner, il s'en prendrait à vous… Il est dangereux. Je refuse de vous faire courir le moindre danger.

– Êtes-vous sûre de ne pas avoir besoin de…

– Non !

– Bien, concéda Éléonore à contrecœur. Attendez-moi un instant.

Acceptant l'invitation d'un timide hochement de tête, Carlotta se laissa mener au salon, où Grigori les attendait. Il se leva aussitôt pour lui servir un verre de vin pendant qu'Éléonore allait récupérer le paquet.

À peine Carlotta partie, Éléonore se laissa retomber contre le torse de Grigori, épuisée par cette visite. Et surtout inquiète pour la sécurité de Carlotta. Si son mari la trouvait en possession de ces documents, elle craignait qu'il ne lui laisse même pas la vie sauve. Un frisson d'effroi la parcourut et Grigori referma ses bras autour de sa taille, embrassant doucement le sommet de son crâne, comme pour la rassurer.

– Vous avez entendu notre discussion, n'est-ce pas ?

– En partie, oui… Si j'avais su, j'aurais brisé la mâchoire de cet individu abject lorsque j'en avais l'occasion.

– Moi qui vous pensais pacifiste, ironisa Éléonore, un sourire soucieux sur son visage.

– Je le pensais aussi… Mais je méprise la violence d'un homme envers une femme. Ma mère… Quand j'étais petit garçon, peu avant mon départ en France, j'entendais les pleurs de ma mère sous les coups de mon père. Ces cris déchirants m'ont hanté des années durant. J'aurais aimé avoir été capable de la défendre. Malheureusement, j'étais trop faible à l'époque. Et maintenant… Maintenant, mon père s'est désintéressé d'elle. La majeure partie du temps en tout cas. Ou alors je me dis ça pour avoir la conscience tranquille.

Éléonore se retourna dans ses bras et planta son regard brillant dans le sien tout en emprisonnant ses joues, rendues râpeuses par une barbe naissante, entre ses mains.

– Vous ne pouviez rien faire, Grigori… Si je saisis bien le genre d'homme qu'est votre père, il n'aurait eu aucun scrupule à vous rouer de coups pour l'avoir interrompu, sans pour autant cesser de la maltraiter. Vous êtes un homme bien. Un homme bon.

– Je suis tout sauf bon…, grogna-t-il en fuyant son regard, à voir la manière dont je traite ma propre femme…

Elle se dégagea de son étreinte, une soudaine envie de pleurer lui bloqua la gorge. Comprenant le double sens de ses paroles, Grigori l'attira de nouveau vers lui. Elle ne le repoussa pas.

– Je ne l'entendais pas ainsi, ma belle bécasse. J'ai été dur avec elle. Je l'ai évitée longtemps. Puis j'étais froid et distant. Je ne l'aimais pas, je ne voulais pas d'elle. Cela n'a pas changé avec le temps… Je suis irritable avec elle, je n'ai aucune patience, je ne suis que rarement de bonne compagnie. Et même si je ne lui ferai jamais physiquement du mal, je sais que je l'ai blessée. Elle souffre de ce mariage autant que moi. Je ne parlais pas de vous en disant cela. Je ne regretterai pas une seule seconde d'avoir persévéré à vous conquérir. Avec vous, je vis une expérience aussi inattendue que bienvenue… Avec vous, j'ai envie de croire que je suis un homme bon.

– Vous l'êtes, murmura-t-elle en recouvrant ses lèvres des siennes.

Grigori n'était pas du genre à se confier, pourtant avec Éléonore, il se sentait pousser des ailes. Il avait besoin de lui expliquer qui il était ; ni un soldat, ni un coureur de jupons, ni un aristocrate suffisant, gageant que sa seule parole faisait loi, seulement un homme passionné par la mécanique aéronautique, en quête d'une vie simple, prospère mais sans artifice, loin des faux-semblants et de l'hypocrisie propre à son milieu d'origine. Avec elle, il se sentait en droit d'être lui-même.

– Et pourtant avec vous, je deviens fou ! avoua-t-il d'une voix rauque en l'attirant vers le canapé.

– Grigori, parvint-elle à articuler alors qu'il couvrait son décolleté de baisers ardents, vous êtes infatigable…

– C'est que je ne parviens guère à étancher ma soif de vous…

– Mmmh, je ne m'en plains pas ! J'espère que vos maîtresses en Russie sont toutes aussi endurantes que vous…

– Je n'ai pas de *maîtresses* en Russie, siffla-t-il en cessant son attaque sensuelle et en se reculant, l'air froissé.

– Où sont-elles alors ?

– Je n'en ai pas. Il n'y a que vous.

– Êtes-vous en train de me dire que pas une seule fois, pendant presque deux ans de mariage, vous n'êtes allé voir ailleurs ?

– Deux fois. La première, je la regrette terriblement, et elle a été aussitôt oubliée, la deuxième… Eh bien, c'est vous…

– Et avec moi, regretterez-vous aussi ? Oublierez-vous ? demanda Éléonore, en essayant de masquer son inquiétude.

– Jamais…, murmura-t-il.

Une bouffée de tendresse s'empara d'Éléonore et elle se lova de nouveau dans ses bras, posant sa tête contre son torse. L'élan de mauvaise humeur de Grigori s'estompa dès qu'il sentit son souffle dans son cou. D'un geste lent, il lui caressa la joue et lui embrassa le front, répétant une deuxième fois : « Jamais. » Le cœur d'Éléonore battait la chamade, embarqué par un ouragan de sentiments contraires avec, en son œil, la certitude de s'aventurer sur le terrain glissant de l'amour.

12

Joséphine n'avait croisé qu'une seule fois sa mère depuis leur conversation la semaine précédente. Sans son père pour présider la table, le repas dominical avait été terriblement silencieux. Seul le prétendant de Marthe, le dernier fils des d'Arcangues, comblait les blancs en racontant ses pseudo-expériences à coups d'hyperboles et d'emphases, enchaînant les fables romancées, gonflées à son avantage, aussi écœurantes qu'un dessert trop gras ou trop sucré, dans lesquelles se mêlaient fiction et réalité.

Joséphine et Angélique se lançaient des regards amusés sous les yeux exténués de Mme Lacombe. Plusieurs fois, le jeune homme tenta d'attaquer Joséphine sur sa profession, mais échoua lamentablement. Elle maniait assez l'art de l'esquive et du verbe pour retourner chacune de ses accusations. Sa mère avait beau froncer les sourcils et la remettre à sa place par moments, évitant ainsi de froisser l'ego surdimensionné du jeune noble, Joséphine n'avait pas manqué de voir l'esquisse d'un sourire se dessiner sur son visage dur. La journaliste savait pertinemment que même si sa mère restait fidèle à elle-même, hautaine et distante, la sincérité de leur discussion avait bouleversé leur relation en profondeur. Puis la semaine suivante, mettant fin à son attente, le détective lui annonça avoir terminé son enquête.

Quelques heures avant son rendez-vous avec lui, Joséphine partit à l'aurore se promener le long de la côte, avec l'espoir de trouver parmi les vagues la force de ne pas s'effondrer face aux révélations à venir. La boule au ventre, elle marcha, profitant de la marée basse pour circuler d'une plage à l'autre. Lorsque les vagues, qui recouvraient peu à peu l'estran, l'empêchèrent de progresser, elle rebroussa chemin en empruntant les sentiers de terre, se rapprochant du point de rencontre avec le détective. En contrebas de l'imposant château d'Ilbarritz, mystifié par les nuances rosées d'un soleil matinal, elle aperçut la silhouette sombre de l'enquêteur.

S'il lui révéla des banalités quant aux finances de son père, il ne tarda pas à remonter les années et confirmer les dires de sa mère. Grâce à de minutieuses recherches, il était parvenu à dresser la liste de ses maîtresses. La plupart de ses aventures dépassaient rarement la durée du séjour effectué dans la ville où les affaires l'appelaient. Mais toutes avaient pris fin douze ans auparavant. Tout se terminait après une relation un peu plus longue que les autres. À cet instant, Joséphine faillit défaillir. Le détective avait remonté les traces de cette femme : sept mois après la fin de la relation, elle avait mis au monde un petit garçon.

– J'ai un demi-frère, souffla-t-elle.

– Malheureusement, je n'ai pu prouver que l'enfant est celui de votre père, ni s'il est encore vivant… En revanche, si sa mère semble s'être évaporée après la naissance de l'enfant, elle a depuis réapparu à Pau, à la tête d'un orphelinat qui cache plus de choses qu'il n'en montre. Je n'ai pas eu le temps de creuser cette piste mais…

– Ce ne sera pas nécessaire, le coupa Joséphine d'une voix tremblante. J'irai moi-même.

*

Après une nuit agitée malgré l'étreinte rassurante de Grigori, Éléonore avait pris sa décision : elle irait à Pau pour prêter main-forte à Carlotta.

– Une fois que je la saurai en sécurité, je serai rassurée et nous pourrons passer une semaine là-bas. Qu'en dites-vous ? Vous m'aviez dit apprécier les courses hippiques, Pau n'est-elle pas reconnue pour la qualité de ses courses ? l'incita-t-elle, alors qu'il se rasait.

– Quoi que je dise, vous trouverez un argument pour tenter de me convaincre, n'est-ce pas ?

– Oui ! Je n'abandonne jamais !

– Oh, je sais… Bon, je suppose qu'un changement de décor pourrait être appréciable. Cela fait des années que je ne suis pas allé là-bas…, continua-t-il pensif, tandis que la lame glissait contre sa mâchoire avec une précision chirurgicale.

Éléonore n'y avait plus remis les pieds depuis le procès de Leandro. À l'époque, elle était d'une humeur trop sombre pour apprécier les attraits de la ville, si populaire auprès des touristes anglais. Elle espérait voir ce sinistre décor éclairé sous un nouveau jour aux côtés de Grigori. Il proposa même de passer deux semaines dans la ville béarnaise, gage d'une liberté et d'un anonymat bienvenus. Ravie, Éléonore ferma sa villa et tandis que Grigori prenait la direction de l'Hôtel du Palais pour y récupérer ses valises et louer une voiture, Éléonore partit à sa boutique afin de prévenir les couturières de son absence. Elle qui s'attendait à des protestations reçut de ses employées des encouragements unanimes à prendre des vacances bien méritées. Aussi réalisa-t-elle qu'il s'agissait là de ses premiers congés de longue durée depuis la création de sa boutique, hormis cette terrible semaine passée à pleurer Jeanty.

Alors qu'Éléonore attendait une voiture afin de rejoindre l'Hôtel du Palais avec ses bagages, Joséphine arriva en trombe et manqua de la renverser. Elle s'arrêta aussitôt en voyant les malles d'Éléonore entassées dans le vestibule.

– Tu vas quelque part ?

– À Pau, avec Grigori, répondit Éléonore en rougissant, consciente de l'étrange animosité que son amie pouvait porter à l'égard du Russe.

– À Pau ? Je… Je dois m'y rendre aussi, avoua-t-elle dans un souffle. Oh mon Dieu, Éléonore ! J'ai tant de choses à te raconter sur mon père. Il se pourrait que j'aie un demi-frère…

– Un demi-frère ?

– Oui, viens avec moi pendant que je fais mes valises, je vais tout te raconter. Je viens tout juste de l'apprendre, je crois que je suis encore sous le choc.

– Tes valises ?

– Oui, cela vous dérange si je pars avec vous ?

*

Si Éléonore était ravie de voir sa meilleure amie les accompagner, Grigori ne se sentait guère à l'aise. Il n'avait plus revu la grande brune depuis cette fatidique soirée au music-hall. Incapable de se pardonner son comportement regrettable, il savait pertinemment que Joséphine se ferait un plaisir de le lui rappeler. Lui qui avait espéré profiter de l'intimité d'un voyage en voiture, partagé entre rires et baisers, se trouvait maintenant chauffeur pour les deux amies, engagées, depuis le début du trajet, dans un débat interminable. Leurs conversations ne ressemblaient en rien à celles que Natasha entretenait avec ses amies, les deux femmes discutaient des arguments avancés par les antiféministes. Toutes deux rayonnaient d'intelligence et de bon sens et il appréciait écouter la voix mélodieuse d'Éléonore s'échauffer sous le coup de l'indignation. En revanche, cela faisait deux heures qu'il conduisait sans avoir pu dire un mot.

– Vous m'avez l'air bien pensif, Grigori, l'interpella Éléonore.

– Pas le moins du monde. À défaut de participer, j'écoutais, bougonna-t-il, les yeux rivés sur la route.

– Cela doit être dur de ne plus être le centre de l'attention, lui lança Joséphine avec autant d'ironie que de rancœur.

– Joséphine ! s'exclama Éléonore. Le pauvre a été assez poli pour nous laisser libres de parler pendant des heures, ce n'est pas vraiment une manière de le remercier.

– C'est vrai. Comment va votre femme ? À combien de mois de grossesse exactement l'avez-vous abandonnée ?

Grigori grinça des dents tandis qu'Éléonore se précipita pour prendre sa défense.

– Bon sang, Joséphine, je ne t'ai jamais vue ainsi. À quoi rime tout ce cirque ?

– Demande-lui, je suis sûre qu'il sera ravi de te répondre.

Avant que Grigori ne puisse répliquer, Éléonore intervint à nouveau pour calmer le jeu. Les quelques kilomètres qui les séparaient du centre-ville se passèrent dans un silence entrecoupé d'observations enthousiastes d'Éléonore. Grigori avait choisi l'hôtel le plus prestigieux de la ville, provoquant la désapprobation de Joséphine qui traîna des pieds en pestant jusqu'à sa chambre, prétextant vouloir lui rembourser son séjour. Dès qu'ils furent seuls, Éléonore voulut s'excuser du comportement de son amie, mais Grigori ne lui en laissa pas l'occasion, arguant qu'il méritait amplement son hostilité. Peu enclin à lui révéler tous les détails de ce début de soirée catastrophique dont Joséphine avait été témoin, il décida de prendre les choses en main et d'aller lui parler pendant qu'Éléonore tenterait de se renseigner à propos de Carlotta.

Il la croisa à la réception. Joséphine brandissait un morceau de papier sous le nez du réceptionniste. Les yeux plissés, le vieil homme regarda par-dessus ses lunettes pour déchiffrer le contenu du message, puis noter quelques mots sur une carte qu'il remit à Joséphine. Après l'avoir chaleureusement remercié, Joséphine rebroussa chemin et perdit tout sourire en reconnaissant la silhouette plantée devant les ascenseurs.

– Monsieur Meletski, énonça-t-elle froidement.

– Je viens vous proposer une trêve, mademoiselle Lacombe.

– Auriez-vous donc raconté la vérité à Éléonore ? Sait-elle désormais à qui elle a affaire ?

– Elle sait tout ce qu'elle a besoin de savoir, je ne souhaite pas la blesser inutilement. Et voyant que vous ne lui avez rien révélé, je gage que c'est également votre vœu.

– Tsss… Vous êtes un lâche ! Vous ne la méritez pas.

– C'est vrai que je ne la mérite pas. Personne ne peut la mériter, pas même vous, et certainement pas lorsque vous vous comportez ainsi.

Joséphine le jaugea quelques instants en silence, ses yeux sombres en proie à une lueur meurtrière, avant de lui tendre sa main droite pour sceller leur accord.

– Bonne réponse. J'accepte votre offre de trêve mais ne vous attendez pas à ce que je vous facilite la vie tant que nous sommes tous les trois.

– Fantastique, je me ferai un plaisir de relever le défi, dit-il en lui serrant la main. Je suppose que cela rejoint l'adage populaire disant que lorsqu'on épouse une femme, on épouse aussi sa meilleure amie.

– Non seulement je n'ai jamais entendu ce soi-disant dicton, mais en plus le mariage n'a rien à faire dans cette histoire ! En tout cas, j'espère…

– Votre enthousiasme est sans égal… Je ne comprends pas pourquoi vous ne souhaiteriez pas me voir au quotidien, railla-t-il.

– Heureusement pour moi, cela n'arrivera pas. Un jour, Éléonore se lassera d'être votre amante le temps d'une saison ; et vous, vous vous contenterez d'une maîtresse russe pour réchauffer votre lit. Éléonore est celle qui a le plus à perdre dans cette histoire. Je refuse de devoir la réconforter une fois de plus à cause d'un homme !

– Et moi, je refuse de lui faire du mal. Quoi que vous puissiez croire à cause de ce que vous avez surpris ce soir-là, je tiens à elle…, avoua-t-il en détournant le regard, ne souhaitant pas se confier plus sur ses sentiments.

– Prouvez-le.

Sur ces mots, elle le planta au milieu du hall et disparut dans l'ascenseur. S'il avait bel et bien obtenu la trêve souhaitée, il avait l'étrange impression qu'elle le garderait à l'œil autant qu'elle le pourrait. Passant une main dans ses cheveux d'un geste nerveux, il entreprit de rejoindre Éléonore pour l'assister dans ses recherches.

13

À mesure que le taxi se rapprochait de l'orphelinat, Joséphine ressassait les multiples hypothèses sur le déroulement de sa visite. Comment réagirait l'ancienne maîtresse de son père en découvrant son identité ? Et son demi-frère, s'il était présent ? Est-ce que ce lieu cachait quelque chose, comme l'avait prétendu le détective ? La voiture bifurqua soudain dans une allée bordée de platanes et Joséphine aperçut un petit manoir du début du XIXe siècle. La vigne vierge envahissait la quasi-totalité de la façade grise, donnant à la bâtisse une allure sinistre. Charmant. Au vu des fissures qui parsemaient les murs et des herbes folles qui poussaient entre les dalles de l'escalier en pierre, l'établissement manquait de ressources. Pourtant lorsqu'on lui ouvrit la porte, après de longues minutes d'attente, elle fut frappée par la magnificence de l'intérieur. Le sol en damier de marbre ne comportait ni lézarde ni poussière, les murs recouverts de tableaux de scènes de chasse étaient tapissés d'un papier peint austère mais impeccable, tout était meublé avec goût et semblait en parfait état, rien de flambant neuf, mais un mobilier savamment entretenu. Pour un extérieur si misérable, l'intérieur paraissait bien trop fastueux pour être honnête.

Joséphine demanda à rencontrer la gérante de l'orphelinat, Mlle Guérin, l'ancienne maîtresse de son père. Elle donna son identité et la femme qui lui avait ouvert partit prévenir la directrice. Une autre employée vint la chercher et la guida dans un dédale de couloirs, dans lesquels elle croisa quelques enfants à la mine souriante et plusieurs jeunes femmes occupées à leur éducation. Tous semblaient heureux et bien nourris. Ses poumons se gonflèrent de soulagement, elle avait redouté d'y trouver des enfants maltraités. L'employée s'effaça devant une double porte, laissant Joséphine face à une superbe entrée en bois sculpté, froide, impersonnelle, et verrouillée. Quelques minutes plus tard, le bruit d'une clé que l'on tournait et une femme d'une quarantaine d'années dont les traits tirés n'éclipsaient en rien la beauté apparut. La grâce qui accompagnait chacun de ses mouvements ainsi que son port altier ne laissaient pas l'ombre d'un doute, il s'agissait bien de Mlle Guérin, l'ancienne première danseuse de l'opéra de Bordeaux. Ses cheveux blonds striés de gris étaient tirés en un chignon strict, rappelant ainsi son statut de directrice. Elle irradiait une force d'esprit et une telle autorité naturelle que Joséphine ressentit un soupçon d'intimidation devant son regard glacial. Elle la salua froidement et l'invita à entrer. Quand Joséphine fut assise face à son bureau, Mlle Guérin continua sur le même ton :

– Je suppose que vous n'êtes pas ici par hasard… J'ai eu vent de vos investigations.

– Oh, souffla Joséphine, soudain mal à l'aise et s'efforçant de soutenir son regard, je… J'ai découvert des choses sur mon père qui… Disons que je sais que vous…

– Que j'ai été sa maîtresse ? Oui, vous le savez, sinon vous ne seriez pas là. Que je l'ai aimé désespérément ? Non, je ne pense pas. Qu'il a ruiné ma vie ? Vous pouvez vous en douter…

Entre elle et sa mère, il ne faisait aucun doute que son père avait une préférence pour les femmes à forte personnalité.

– Je souhaite seulement comprendre. Que s'est-il passé ? Est-ce que… Enfin, est-ce que j'ai un demi-frère ? demanda-t-elle, vibrante d'espoir.

Le visage de Mlle Guérin se décomposa et une infinie tristesse envahit ses prunelles grises. Elle s'enfonça dans son fauteuil, et du bout de l'index, poussa un cadre vers Joséphine. Intriguée, celle-ci s'en saisit et l'observa avec intérêt. Il s'agissait de la photo d'un jeune garçon de cinq ou six ans ; malgré son air maladif, il était beau et avait l'œil espiègle. Son demi-frère sans aucun doute.

– Que lui est-il arrivé ? s'enquit Joséphine d'une voix plus tremblante qu'elle ne l'aurait voulu.

– Il s'appelait Jean. Il est mort il y a quatre ans. Une maladie incurable qui le tuait à petit feu depuis sa naissance. Si… Si j'ai créé cet orphelinat, c'était pour lui. Pour qu'il puisse être entouré d'enfants de son âge ou plus jeunes même. Il était merveilleux. Et je pense qu'il vous aurait vénérée.

– Moi ? hoqueta la jeune femme.

– Oui, vous êtes une battante. Je sais que vous êtes la rédactrice en chef de *La Française*. Vous avez choisi la voie de la rébellion face à un chemin déjà tout tracé. Lorsque j'ai vu votre nom dans ce journal, je me suis renseignée, et j'ai su que vous étiez sa fille. Même si j'ai essayé de vous haïr, je vous ai avant tout admirée. D'autant que certaines filles ici vous connaissent, de réputation ou même en personne…

– Pas vos *employées* tout de même ? s'étonna Joséphine.

En se redressant sur son siège, Mlle Guérin eut un sourire triste, et Joséphine se rappela les paroles du détective. Que recelait cet orphelinat ? Comment diable Mlle Guérin avait-elle appris que Joséphine se renseignait sur elle ?

– Mmmh, vous m'avez l'air perspicace, jeune femme. Vous serez une précieuse alliée, voilà pourquoi je ne vous cacherai rien. Vous cherchez des réponses, vous les aurez. Seulement si vous me promettez de ne pas en souffler mot.

Joséphine hocha la tête et l'ancienne danseuse continua.

– Ma vie a été un calvaire à partir du moment où j'ai découvert que j'étais enceinte de votre père. J'ai perdu ma place de danseuse, ma réputation et mon honneur. J'ai eu beau lui écrire, il ne m'a jamais répondu. A-t-il lu mes lettres ? Je l'ignore. En tout cas, tout mon amour pour lui s'est mué en haine. Une haine qui m'a rongée pendant quatre ans, jusqu'à ce que j'apprenne la maladie de Jean. À ce moment-là, l'argent que j'avais pu mettre de côté ainsi que quelques relations bien placées m'ont aidée à fonder cette maison d'accueil, officiellement connue comme un orphelinat. Officieusement, cet établissement accueille toutes les femmes qui sont tombées enceintes à cause de l'inconstance et de l'égoïsme masculins. Nobles, bourgeoises ou roturières, toutes ici sont les bienvenues. Nous les accompagnons, les aidons et prenons en charge leur enfant le temps qu'elles retrouvent une place plus stable au sein de la société. Des femmes des quatre coins de la France viennent frapper à ma porte. Les plus riches payent pour les plus pauvres. D'ailleurs, Jane Misme, que vous devez bien connaître puisque vous travaillez pour son journal, est une des mécènes de cet établissement et œuvre pour que plusieurs lieux de ce type se développent en France.

Joséphine s'était attendue à tout sauf à ça. Elle pensait que l'ex-maîtresse de son père la chasserait de son établissement, ou fondrait en larmes… Elle n'imaginait pas une femme aussi impressionnante par sa personnalité et son histoire tragique. Une femme qui n'avait jamais cessé de se battre.

– C'est admirable. Permettez-moi de vous présenter mes condoléances pour Jean. Peut-être ne l'auriez-vous pas souhaité, mais j'aurais beaucoup aimé être une grande sœur pour lui.

Le visage de Mlle Guérin s'éclaira d'un sourire sincère, mais Joséphine ne lui laissa pas le temps de répondre, de peur de se laisser gagner par l'émotion.

– Pourriez-vous me faire visiter les lieux ? Le peu que j'en ai vu m'a laissée curieuse d'en découvrir le reste, demanda-t-elle, l'œil brillant.

Mlle Guérin acquiesça et la guida au travers du petit manoir, expliquant l'usage de chaque salle, lui montrant la nursery, le dortoir des filles, des garçons, les chambres des femmes venues trouver refuge, le coin jeux pour les plus petits, les salles de classe où les cours étaient, pour la plupart, dispensés par les occupantes temporaires issues de bonne famille. Elles croisèrent quelques élèves et leur maîtresse improvisée, et alors qu'elles retournaient dans le couloir principal, Joséphine croisa un regard qu'il lui sembla connaître. La femme eut un mouvement de recul et la toisa avec surprise, confirmant ses doutes. Ne pouvant guère l'interpeller, elle passa son chemin.

*

À l'hôtel, elle aperçut Grigori et Éléonore qui discutaient dans le grand salon. Éléonore le couvait d'un regard amusé et captivé pendant que lui semblait parti dans un récit rocambolesque. Aussi élégants l'un que l'autre, la couturière et l'aristocrate étaient bien assortis.

Comme à son habitude, Joséphine pénétra dans le salon

d'un pas décidé, la tête haute. La repérant aussitôt, Éléonore ne put se retenir de sourire tandis que la mâchoire de Grigori se tendait. La journaliste prit place à leur table et s'enquit du déroulement de leur journée.

Grâce à son réseau, Grigori était parvenu à rassembler un grand nombre d'informations sur M. Villers, jusqu'à la confirmation indirecte des débâcles financières de son entreprise. À la suite d'une série de défaillances techniques plus ou moins graves, une méfiance générale planait autour de la qualité des moteurs produits dans ses usines. L'homme était connu pour organiser des fêtes dignes du Versailles de Louis XIV, ce qui lui valait d'être « apprécié » par de nombreux intéressés en quête d'amusement perpétuel. Un penchant pour la bouteille et les femmes acheva de le rendre détestable aux yeux des trois compères. Éléonore, elle, avait fait chou blanc. Carlotta ne s'était présentée dans aucun hôtel, même sous son nom de jeune fille. Elle semblait s'être volatilisée. Alors Joséphine se souvint d'un détail de sa journée.

– Pourrais-tu me décrire Mme Villers, s'il te plaît ?

– Elle est brune avec de grands yeux marron lui donnant un air de poupée. Ses sourcils sont épais et bien dessinés. Le reste de son visage est somme toute assez banal sinon marqué par ses origines espagnoles. Ah ! Et j'oubliais, elle a un gros grain de beauté sur la joue droite, près de sa bouche.

– Je crois que je sais où elle se cache, avoua Joséphine, provoquant leur surprise.

Elle leur raconta alors son après-midi, faisant fi de sa méfiance envers Grigori qui, chaque minute qui passait, lui paraissait plus digne de confiance. Elle leur fit jurer de ne pas en piper mot et proposa à Éléonore de faire porter un message à Carlotta Villers.

– Quelle histoire remarquable que celle de cette femme ! murmura Grigori.

– Cela doit vous changer de votre quotidien collet monté d'aristocrate, railla Joséphine.

– Je dois avouer que ce n'est pas ma femme qui m'embarquerait dans une aventure aussi rocambolesque.

À la mention de son épouse, Éléonore se raidit, mais Grigori lui saisit aussitôt la main et la porta à ses lèvres avec une tendresse qui bouleversa Joséphine. Aussitôt Éléonore se détendit.

– Je suis désolé pour votre demi-frère, mademoiselle Lacombe, ajouta-t-il.

– Joséphine. Vous pouvez m'appeler Joséphine maintenant.

Éléonore ne dissimula pas son sourire ravi. Détenir l'approbation de Joséphine sur l'homme qu'elle aimait lui mettait du baume au cœur. Le reste de la soirée se passa dans la bonne humeur, Grigori leur raconta comment lui et son meilleur ami avaient construit un monoplan et leur décrivit la sensation unique qu'il avait eue en volant. Joséphine buvait ses paroles. Si Éléonore n'exprimait aucun intérêt particulier pour l'aviation, considérant ces engins comme des cercueils volants, elle fut surprise des questions que posa Joséphine. Se renseignant sur les rares femmes aviatrices, révélant qu'elle comptait bien assister à la coupe Pommery, dont Éléonore n'avait encore jamais entendu parler, apprenant même à Grigori qu'un aviateur dénommé Pierre Daucourt s'apprêtait à voler de Valenciennes à Biarritz, près de huit cents kilomètres sans interruption, un record qu'elle ne souhaitait manquer pour rien au monde. Éléonore était ravie de voir que son amie appréciait enfin Grigori à sa juste valeur.

Le lendemain, comme prévu, Joséphine fit parvenir une note à Mme Villers lui donnant rendez-vous dans un petit salon de thé populaire. Afin de ne pas mettre Carlotta mal à l'aise, Éléonore demanda à Grigori de rester en retrait, se perdant dans des explications sur la difficulté pour une femme de se confier à un homme. Amusé, Grigori la regarda s'empêtrer, ne mettant fin à son supplice que pour lui dire, l'œil pétillant de malice, qu'il se remettrait d'un tel rejet.

Les trois femmes se retrouvèrent autour d'un thé et d'une pâtisserie. Carlotta leur expliqua qu'elle évitait au maximum de se faire remarquer, de peur qu'un sbire de son mari ne la repère. Elle avait, dès son arrivée à Pau, remis une copie des documents à son avocat et attendait de savoir si cela suffirait à faire condamner son mari pour détournement de fonds, escroquerie et mise en danger de la vie d'autrui. Une fois la procédure engagée, elle demanderait le divorce pour faute grave. Entre-temps, elle resterait cachée dans l'établissement de Mlle Guérin, bien plus en sécurité que dans un hôtel où son mari la retrouverait sans problème. Éléonore lui fit promettre de lui écrire pour lui rendre compte des avancées de l'affaire et, surtout, de la tenir informée dans le cas où elle aurait besoin d'aide. Les deux amies prirent congé de Carlotta et flânèrent dans les rues de Pau. Joséphine rentrait à Biarritz le lendemain afin d'éclairer certains points d'ombre dans la triste romance de ses parents. Éléonore espérait, quant à elle, profiter au maximum de deux semaines oisives entre théâtres, galas et courses hippiques au bras de Grigori.

La nuit commençait à tomber et elles rejoignirent l'hôtel, bras dessus bras dessous. Des murmures indignés attirèrent leur attention alors qu'elles s'apprêtaient à pénétrer dans le bâtiment. Éléonore crut reconnaître la voix de Grigori et entraîna Joséphine à sa suite afin d'en avoir le cœur net. Cachées dans la pénombre, elles évoluèrent entre les arbres vers un petit kiosque entouré de rosiers en fleur. Là, Grigori faisait face à un homme trapu. Les deux amies se décalèrent, bougeant d'un arbre à l'autre, afin de voir son visage. Éléonore le reconnut aussitôt et étouffa une plainte angoissée : il s'agissait de l'infâme mari de Carlotta. Malgré la faible luminosité, elle remarqua la manière dont il titubait. M. Villers était ivre et furieux.

– Je ne le répéterai pas, espèce de mangeur de bortsch, où est ma femme ? beugla-t-il en pointant un doigt accusateur vers Grigori.

– Qu'est-ce qui vous fait penser que je m'intéresse aux allées et venues de votre femme ? Je ne la connais pas.

– Je sais qu'elle est venue chez votre catin ! Et je sais que vous avez posé trop de questions me concernant, on me l'a rapporté…

– Traitez-la encore une seule fois de catin et vous n'aurez plus de dents pour insulter une autre femme ! grogna Grigori en serrant les poings. Vous êtes une ordure et vous méritez tout ce qui va vous tomber dessus ! J'ai bien compris ce que vous avez fait. Acheter des matériaux de piètre qualité et des pièces non adaptées afin d'augmenter votre marge, vous devriez avoir honte ! Votre avarice a peut-être tué des innocents. Vous méritez de finir derrière les barreaux d'une prison insalubre.

Avec un cri bestial, Villers s'élança sur Grigori qui n'eut aucun mal à anticiper ses mouvements. D'un pas sur le côté, il esquiva son attaque, puis d'un croc-en-jambe, l'envoya s'écraser contre la rambarde du kiosque. Il le saisit par le col de sa chemise, un poing menaçant dirigé vers son visage rougi par l'alcool et la colère.

– Je vous conseille d'utiliser ce qu'il vous reste de force et de dignité pour déguerpir. Je déteste me battre, mais je n'aurai aucun mal à vous faire mordre la poussière si vous ne m'en laissez pas le choix.

Grigori le repoussa violemment, et incapable de retrouver l'équilibre, M. Villers s'étala de tout son long sur le sol poussiéreux. Humilié, l'homme se releva tant bien que mal, marmonnant des menaces vides avant de s'éloigner en claudiquant. Éléonore surgit de sa cachette et se jeta dans les bras de son amant.

– Bon sang ! Vous m'avez fait peur ! Que faites-vous là, belle bécasse ? protesta-t-il tout en lui rendant son étreinte.

– J'ai cru entendre votre voix en arrivant à l'hôtel… Je suis heureuse de voir que vous n'avez fait qu'une bouchée de cet odieux personnage ! Je suis certaine qu'il ne cherchera plus à recroiser votre chemin.

– C'est certain, acquiesça-t-il. Vous seriez-vous fait du souci ?

– Un soupçon… Par pur égoïsme, bien sûr. Vous n'êtes pas un mauvais amant et je ne souhaite pas rentrer à Biarritz tout de suite. D'autant que si vous étiez mort, cela aurait fait scandale et ma réputation s'en serait vue entachée.

– Espèce de sirène sans cœur, dit-il en riant et en l'embrassant avec fougue.

– Bon… Le spectacle était attendrissant jusque-là, mais je n'ai pas envie d'assister à la suite… Veuillez continuer ceci loin de moi, grogna Joséphine, annonçant ainsi sa présence et gesticulant pour appuyer son dégoût. Sur ce, bonne soirée.

Sans attendre de réponse elle prit la direction de l'hôtel, abandonnant le couple abasourdi. Grigori se tourna vers Éléonore, l'œil pétillant de malice.

– Comptiez-vous m'arrêter en me signifiant que nous n'étions pas seuls ou bien vous n'en aviez cure ?

– J'ai oublié qu'elle était là, l'espace d'un instant, avoua Éléonore penaude.

– Vous me flattez, madame. Vous ferais-je donc perdre la tête au point de tout oublier ?

– Jamais de la vie, Votre Altesse, répliqua-t-elle avec une lueur de défi dans les yeux, avant de courir vers le grand bâtiment, Grigori à ses trousses.

*

Comme prévu, Joséphine prit le train pour Biarritz le lendemain, laissant Éléonore toute à Grigori. Pendant plusieurs jours, ils vécurent cette vie de villégiateurs aisés dont le seul souci se résumait à la sélection de leur toilette pour la soirée, de l'activité du lendemain, ou encore au choix cornélien entre théâtre, bal ou opéra. Éléonore profita de ce temps libre et de l'expertise équestre de Grigori pour se remettre en selle. Elle n'était pas montée à cheval depuis sa retraite chez sa tante après la mort de sa mère. Et il s'agissait alors de sa première fois. Ses talents de cavalière laissaient donc à désirer. Grigori se montra patient et lui expliqua du mieux qu'il put, si bien qu'ils parvinrent à s'échapper pour de longues balades champêtres à la fin du séjour. Elle dansa également avec Grigori pour la première fois, remerciant mille fois l'élégance naturelle du Russe qui permit de compenser ses piètres qualités de danseuse. Elle s'attendait à ce qu'il se moque de sa maladresse, mais il n'en fit rien et offrit plutôt de l'aider à améliorer son niveau. Après quelques leçons durant lesquelles il dut s'armer de toute sa patience, comme pour l'équitation, Éléonore et lui virevoltèrent avec aisance sur la piste de danse, sous les yeux jaloux de plusieurs femmes devant l'alchimie de ce magnifique couple.

Un après-midi, à l'hippodrome de Pau, Grigori rencontra un éleveur de chevaux qu'il connaissait. Cet homme, Étienne Balsan, se trouvait avec un Anglais et une jeune modiste dont Éléonore avait entendu parler. Il s'agissait de Gabrielle Chanel dont la boutique de chapeaux parisienne attirait toutes les élégantes bourgeoises en quête d'unicité et d'originalité. Elles échangèrent quelques mots, et à peine venaient-elles de briser la glace que l'Anglais se trouva dans l'obligation de partir, suivi par Mlle Chanel. Dommage, pensa Éléonore, cette femme lui semblait être de très bonne compagnie. Peut-être la recroiserait-elle un jour…

À deux jours de la fin de leur séjour, l'ombre du départ affectait l'humeur d'Éléonore qui ne pouvait s'empêcher de redouter la future absence de son amant. Ces deux semaines à ses côtés lui avaient semblé hors du temps. Malheureusement, la vie allait reprendre son cours. Elle rentrerait à Biarritz, retrouverait sa boutique, redoublerait d'efforts pour rattraper son absence et faire prospérer Leonora. Lui partirait en direction de Saint-Pétersbourg, retrouverait son travail, ses avions, sa femme et deviendrait père. Quel futur leur resterait-il ? Appuyée à son torse, dans l'intimité de leur lit, elle laissait ses pensées sombres l'emporter. Grigori lisait le journal local par-dessus l'épaule d'Éléonore.

– Ça y est, c'en est fini de M. Villers. La vérité sur son escroquerie a éclaté au grand jour, la demande de divorce de Carlotta est désormais publique. Le voilà traîné dans la boue et désavoué par tous. Il ne s'en relèvera pas cette fois. Cela me satisfait grandement, avoua Grigori en reposant le journal.

– Quel soulagement ! Carlotta va enfin pouvoir échapper à cette brute.

– Oui… D'ailleurs, je n'aurais jamais imaginé que divorcer était devenu si facile pour une femme de nos jours.

– Oh… Ça ne l'est pas, seulement en cas de situation très… chaotique. Et puis, nous ne sommes pas encore vues d'un très bon œil par la haute société. Peu m'importe, je ne fréquente pas ces gens. Vous avez beau être fils d'un général, prince de surcroît, vous êtes tout sauf un aristocrate bien-pensant, s'amusa-t-elle.

– C'est le moins que l'on puisse dire… Vous ne m'avez d'ailleurs jamais révélé pourquoi vous aviez divorcé.

– C'est une bien longue histoire. Pour faire court, mon ex-mari a été condamné aux travaux forcés à perpétuité en Guyane. Après l'annonce de sa condamnation, il a cherché à compenser, du mieux qu'il le pouvait, son inconséquence. Il savait que je l'aimais comme un ami tandis que lui… Eh bien, c'était différent. Alors il a souhaité que je continue mon chemin comme j'aurais dû le faire dès le début. Ce mariage était une erreur de jeunesse de ma part, pas de la sienne. Leandro a sacrifié son mariage pour ma liberté, et pour cela, je lui en serai toujours reconnaissante.

– C'est une belle preuve d'amour…, marmonna Grigori dans sa barbe, en passant un bras possessif autour de la taille d'Éléonore et l'attirant contre lui.

– Qu'allez-vous faire en rentrant en Russie ? demanda-t-elle, le cœur serré.

– Préparer l'arrivée de mon fils ou ma fille, reprendre mon travail, m'y adonner corps et âme, dans l'espoir d'être celui qui apportera de nouvelles solutions à l'aéronautique. Tout cela en espérant que mon père ne s'immisce plus jamais dans ma vie…

– Vous semblez peu convaincu, lui dit Éléonore en caressant le piquant de sa barbe naissante.

– Vous n'avez pas idée… C'est pourquoi je garde espoir d'avoir un fils et…

– Pourquoi pas une fille ?

– Cela signifierait que je devrais continuer mes efforts pour mettre ma femme enceinte. Mon père veut un héritier à sa fortune et son empire d'influence ridicule, malheureusement il n'a que faire d'une petite-fille… Si j'ai un fils, je serai libre, enfin plus que maintenant, je pourrai m'échapper loin de cette famille qui m'étouffe…

– Quel monde injuste !

– Éléonore, venez à Saint-Pétersbourg, lâcha-t-il alors, sans prévenir.

– Quoi ?

Surprise, Éléonore le fixa.

– Je voudrais vous montrer cette ville magnifique, ses palais grandioses, dont celui du tsar. La Neva, immense, et ses mille bras qui serpentent en canaux enjambés de centaines de ponts. Tous ces bâtiments colorés, ces églises orthodoxes impressionnantes, la cathédrale Saint-Sauveur, récemment terminée, la vue sublime depuis la coupole de la cathédrale Saint-Isaac…

– Grigori… Vous savez que c'est impossible, s'attrista Éléonore en se dégageant de son étreinte et s'asseyant en tailleur à côté de lui.

– Pourquoi ?

– Ne vous ai-je pas déjà dit que je ne voulais pas être paradée comme une maîtresse lambda ? J'ai beau en apprécier chaque seconde, cela me coûte d'être vue aux côtés d'un homme qui n'est pas mon mari… Et alors, dans un pays que je ne connais pas, où l'on parle une langue que je ne comprends pas…

– Vous parader ? Pour qui me prenez-vous, Éléonore ? Et puis, je ne vous demande pas de vous y installer, seulement de venir quelques semaines…, précisa Grigori en plaçant ses mains sur les joues d'Éléonore et en s'asseyant lui aussi en tailleur.

Elle ferma les yeux pour se soustraire à son regard suppliant. Bien entendu, il avait des responsabilités et des devoirs. Et elle devait se plier à ses caprices pour satisfaire ses envies. Quant à ses engagements, il n'en avait cure, elle n'était qu'une femme ; et une femme se devait de se soumettre aux volontés du sexe fort. Mais pas elle. Et il le savait. Dans un soupir, elle prit ses mains dans les siennes et en suivit les lignes du bout des ongles.

– Je suis désolée, Grigori, mais je ne peux pas…

– Et que pourrais-je dire ou faire pour que vous changiez d'avis ? s'énerva-t-il. Vous voulez que je divorce et que je vous épouse ? Eh bien, soit ! Dès que j'aurai un fils !

Éléonore resta interdite. Venait-il de dire qu'il voulait l'épouser ? Ou était-ce seulement un de ses caprices d'enfant gâté ? Lui avait-il seulement laissé le choix ? Son cœur battait la chamade et un haut-le-cœur lui retourna l'estomac. S'il la voulait tout entière, il lui faudrait plus que de belles paroles. Une promesse faite sous le coup de la colère avait aussi peu de valeur qu'un serment lancé après plusieurs bouteilles de champagne. Peu réfléchie et vite oubliée.

– Je ne vous ai rien demandé… Je ne veux pas vous épouser, Grigori. Surtout pas comme ça, déclara-t-elle en lâchant sa main et en se levant du lit.

Dans un bruissement de draps, Grigori sauta derrière elle et la prit dans ses bras. Elle sentait sa peau brûlante contre ce que sa fine chemise de nuit ne couvrait pas. Son cœur battait aussi rapidement que le sien.

– Je ne voulais pas l'aborder comme cela. Je ne sais plus quoi dire pour vous faire changer d'avis… Je n'ai encore jamais rencontré quelqu'un d'aussi têtu que vous !

– Je le prends comme un compliment, murmura-t-elle.

– Vous êtes un mystère… Une sirène aussi envoûtante que dangereuse. Je voudrais vous offrir monts et merveilles, mais vous n'en voulez pas… Je… J'étais sincère : si je le pouvais, je vous demanderais de m'épouser en bonne et due forme.

– Et je ne sais même pas si j'accepterais, avoua-t-elle.

– Que voulez-vous, Éléonore ? demanda-t-il après un temps.

– Je ne sais pas… Je ne veux pas que vous partiez, jamais, car une fois cette parenthèse refermée, il n'y aura plus aucune raison de la rouvrir. Quel futur pour des amants clandestins ? Cette histoire est sans issue. Vous êtes un prince russe et je ne suis qu'une couturière.

Elle sentit son souffle dans son cou, et ses mains glisser de son ventre à sa taille. Il la tourna face à lui. Ses yeux bleus humides réfléchissaient un feu d'artifice d'émotions. Le cœur d'Éléonore se serra un peu plus.

– Ce futur, nous pouvons l'écrire si nous le souhaitons. Même face aux imprévus du destin, nous avons le choix. Le mien est fait, qu'importe l'issue qui nous attend, le chemin parcouru en vaut la peine. Il y a peu de gens avec lesquels je peux être moi-même et vous en faites partie. Je ferai ce qu'il faut pour ne pas vous perdre, Éléonore…

Il sembla vouloir ajouter quelque chose, mais il s'arrêta, laissant cette phrase inachevée à l'exclusivité de ses propres pensées. Les larmes aux yeux, Éléonore passa ses bras autour de lui et posa son visage entre ses pectoraux, sur ce duvet noir qui lui chatouillait la joue.

– N'y pensons plus, d'accord. Soyons Grigori et Éléonore quelques jours encore. Juste nous. Simplement nous.

– Oui… Vous et moi, personne d'autre.

– Et puis nous… Nous pourrons nous écrire et…

– Oui, je vous promets de vous écrire et de revenir aussi,

annonça-t-il en la serrant dans ses bras. Ne vous évaporez pas, je vous en supplie. N'essayez plus de m'éloigner de vous.

– Je vous le promets.

Si aucun mot n'avait été prononcé sur leurs sentiments respectifs, Éléonore n'en pensait pas moins. Elle refusait de les lui avouer, de peur de le perdre à jamais. Elle l'aimait. Dès qu'il partirait, il emporterait en Russie une partie de son cœur qu'elle ne récupérerait qu'à son retour ; quand elle le verrait face à elle, au milieu de sa boutique, un sourire sincère sur les lèvres. Vivre sans lui serait douloureux maintenant qu'elle s'était habituée à ses bras protecteurs et son corps chaud contre elle, chaque nuit. Pourtant elle y parviendrait. Comme pour tout. Depuis toujours, elle avait su faire la part des choses entre ses sentiments et ses obligations. Le besoin de croquer la vie à pleines dents, de laisser sa trace dans ce monde, de réaliser, elle aussi, de grandes choses l'empêcherait toujours de sombrer dans la dépression. Et elle ne serait jamais seule, elle avait Joséphine, Louise et Charles, sa tante, son père même, Suzanne… Même s'il l'aimait un peu lui aussi, il restait un homme marié, enchaîné à son devoir et à sa volonté de plaire, malgré tout, à son père. Elle doutait qu'il pût divorcer un jour, même pour elle… Et puis que ferait-elle d'une vie de femme d'aristocrate ? Pourrait-elle encore travailler ? Où vivraient-ils ? En Russie ? Elle avait beau rêver de découvrir ce pays dont il lui vantait la beauté, elle ne voulait pas y habiter. À Paris ? Pourquoi pas… Ailleurs ? Sans doute voyageraient-ils avant de s'installer ensemble dans une immense maison. Puis la routine les rattraperait, et comme la plupart des hommes beaux, charmeurs et séducteurs dans l'âme, il s'éprendrait d'une femme plus jeune, et la tromperait. Alors il lui briserait le cœur et elle serait misérable, comme la mère de Joséphine. Elle ne voulait pas cela, et ce même si elle ne souhaitait pas le quitter, jamais.

*

Deux jours plus tard, debout sur le quai de la gare du Midi, Éléonore et Grigori se tenaient face à face sans se toucher. Plusieurs familles et couples virevoltaient autour d'eux pendant que des valets s'affairaient à charger les nombreux bagages dans les wagons. Eux ne bougeaient pas. Le moment qu'ils redoutaient était arrivé, le temps des adieux. Le train fumait et grondait, l'agitation ne cessait de croître. Au milieu de ce capharnaüm, ils distinguèrent le sifflet d'un contrôleur accompagné de quelques instructions. Le train partait dans cinq minutes. Grigori la prit dans ses bras. Elle ne résista pas. Depuis qu'ils avaient foulé les rues de Bayonne main dans la main, elle avait cessé de se préoccuper des qu'en-dira-t-on. Cela n'importait plus maintenant, seul lui comptait, et les moments passés à ses côtés. Cette réalité avait beau la terrifier, elle n'y pouvait plus rien désormais : elle était amoureuse de lui. Follement et terriblement. Un nouveau coup de sifflet retentit sur le quai, suivi par le chuintement de la locomotive. Grigori l'attira de nouveau vers lui dans une brève étreinte avant de déposer un baiser sur ses mains gantées. Éléonore regretta de ne pas sentir la chaleur de ses lèvres à même sa peau.

– À bientôt, Grigori, dit-elle en forçant un sourire sur son visage triste.

– À bientôt, *maya lyubov*, murmura-t-il avant de disparaître dans le wagon.

Maya lyubov, répéta Éléonore à voix basse, essayant de comprendre ce que cela signifiait grâce à ses maigres connaissances de russe. Puis la locomotive siffla une nouvelle fois et les va-et-vient des bielles motrices entraînèrent les roues des wagons dans un crissement désagréable. Éléonore fixa le train jusqu'à ce qu'il disparaisse à l'horizon, ressassant les derniers mots de son amant dans son esprit. *Maya lyubov*… Mon amour. Le cœur d'Éléonore manqua un battement. Comme elle aurait souhaité sauter dans le train suivant et le suivre jusqu'à Saint-Pétersbourg, juste pour lui demander si oui, il pensait une telle chose. Se pouvait-il qu'il l'aime comme elle l'aimait ? Il lui manquait déjà… La vie reprendrait son cours, elle entretiendrait l'espoir de recevoir une de ses lettres, de le voir revenir bientôt, et surtout de continuer sa propre vie telle qu'elle l'avait toujours imaginée. Amoureuse ou pas, Éléonore Fourneau saurait garder les pieds sur terre et poursuivrait ses propres objectifs.

14

Août 1913

Cela faisait maintenant sept mois qu'une deuxième boutique Leonora avait ouvert ses portes à Arcachon et le succès était au rendez-vous. Éléonore y passait près d'une semaine par mois pour gérer cette affaire florissante. Loin de la simple couturière des débuts, elle était devenue une femme d'affaires avertie et une tête pensante des tendances à venir. Son temps se partageait entre la gestion administrative et stratégique de son entreprise et la création des modèles vendus en boutique. Elle comptait engager une personne à mi-temps, afin de se décharger de toute tâche bureaucratique et se concentrer surtout sur la création, son point fort.

Comme tous les mois d'août et de septembre, Joséphine avait fui la chaleur étouffante de la capitale pour la douceur marine de sa ville natale. Une fois de plus, elle logeait chez Éléonore ; mais cette fois-ci, dans sa villa, achevée et aménagée depuis huit mois. La maison de la rue Mazagran était désormais dédiée entièrement à Leonora. Louise et Charles étaient arrivés eux aussi, notamment pour offrir un peu de calme à Louise qui entamait son quatrième mois de grossesse. D'autant que le frère de Louise avait obtenu une permission de deux mois et rentrait voir sa famille. Tous se réjouissaient de son retour, Louise ne l'avait pas vu depuis la naissance d'Anne et elle souhaitait de tout cœur qu'il se rapproche d'Éléonore et Joséphine. Ces deux dernières l'avaient fréquenté à plusieurs reprises avant son entrée à Saint-Cyr et ses débuts en tant qu'officier, puis l'avaient revu brièvement, accompagné de sa fiancée, au mariage de Louise six ans auparavant. Ils ne s'étaient plus recroisés depuis.

Joséphine et Éléonore se dirigeaient vers la villa de vacances de Louise et Charles située non loin de la rue Lavigerie, près des Thermes Salins. Chaque fois qu'elle se rendait là-bas, Éléonore ne pouvait s'empêcher de songer au long chemin parcouru par Louise, issue d'une famille bourgeoise désargentée. Non seulement son mariage avec Charles avait été un mariage d'amour, mais il l'avait aussi propulsée dans un monde radicalement différent du sien et dans lequel elle avait su se faire une place avec brio. Sa douceur et ses talents avaient fait d'elle une artiste reconnue et appréciée du milieu parisien. Quant à Charles, il ne cessait d'agrandir son réseau et le journalisme d'art ne représentait plus son activité principale qui s'apparentait désormais au mécénat. Leur maison biarrote tenait d'ailleurs plus d'un musée que d'une simple villa familiale.

Comme toujours, à peine arrivées, Charles les guida, sous le regard réprobateur de Louise, vers les pièces dans lesquelles ils avaient exposé leurs dernières acquisitions. Cette fois-ci, il s'agissait de deux sculptures d'Alexander Archipenko et d'une toile de Juan Gris, *Homme dans un café*. Quand Charles commença à leur expliquer l'histoire et la signification de chaque œuvre, le regard de Louise s'emplit d'admiration.

Anne, maintenant âgée de quatre ans et demi, se précipita soudain dans les bras d'Éléonore. Les trois amies se réjouissaient d'être réunies une fois de plus. Ces moments ensemble se faisaient plus rares et n'en devenaient que plus précieux. Puis des pas retentirent et un homme de trente-trois ans, aux épaules larges et au visage doux, s'avança vers le petit groupe. Ses cheveux châtain clair encadraient des traits d'une finesse presque féminine.

– Oh, Édouard, te voilà ! s'enthousiasma Louise. Te souviens-tu d'Éléonore et Joséphine ? Combien de temps depuis votre dernière rencontre ? C'était à mon mariage, il me semble.

– Il y a six ans, si je ne me trompe. Le temps passe si vite, avoua-t-il d'une voix douce et grave.

Le frère de Louise serra la main des deux jeunes femmes et leur adressa un sourire ravageur. Le cœur de Joséphine s'accéléra. Sans surprise, son béguin pour lui avait été ravivé dès son entrée dans la pièce. Un seul regard avait suffi pour le reconnaître et il lui paraissait encore plus beau que dans ses souvenirs.

Le petit groupe s'attabla dans la salle à manger aux murs couverts de tableaux divers, tous dans le style impressionniste. Charles présidait, avec à sa gauche Louise et à sa droite Éléonore. Assise à côté de Louise, Joséphine faisait face à Édouard. Alors que Charles racontait une de ses histoires d'œuvres volées aussi invraisemblable que palpitante, Joséphine s'autorisait des coups d'œil discrets en direction d'Édouard. À chaque fois, il la fixait déjà. La première fois, prise sur le fait, elle détourna les yeux immédiatement. La deuxième fois, elle soutint son regard mais le reporta sur le contenu de son assiette aussitôt qu'Édouard lui adressa un clin d'œil. La troisième fois, ils s'observèrent longuement jusqu'à ce que l'un d'entre eux cède et porte son attention sur autre chose. Ce petit manège les empêcha d'entendre la question de Charles.

– Joséphine ? intervint Éléonore, qui n'avait rien manqué de leur jeu de regards.

– Hum, oui ? Pardon, je pensais à autre chose, avoua-t-elle en cachant son trouble.

– Je n'en doute pas, railla Éléonore en lui adressant un sourire complice.

– Je me demandais quand tu comptais publier ton livre, répéta Charles, oublieux de tous ces échanges clandestins.

– Oh. Bientôt. Je pense que d'ici novembre il sera enfin disponible sur papier, et donc en librairie. Une petite maison en a accepté l'édition et le tirage à quelques milliers d'exemplaires.

– Est-ce un essai ou un roman ? s'enquit Édouard.

– Un roman. L'histoire d'une cocotte désabusée et abusée par ses amants qui rejoindra les rangs du combat féministe et se vengera en toute intelligence de ses détracteurs. Disons qu'il s'agit d'un roman engagé et d'un portrait des réalités sociales de notre époque.

– Ne craignez-vous pas quelque scandale autour d'un sujet si épineux ? l'interrogea Édouard en buvant une gorgée de vin.

– Au contraire, je l'espère ! Qui dit scandale dit publicité.

– As-tu d'autres idées de romans, une fois que celui-ci aura connu un succès fou ? voulut savoir Louise.

– Je préfère ne pas vendre la peau de l'ours avant de l'avoir tué, mais j'en ai déjà commencé un deuxième. J'ai peur de ne plus m'arrêter. Il s'avère que je préfère la fiction au journalisme factuel, sans vouloir t'offenser, Charles.

– Je ne peux que t'approuver, même si je n'ai pas la fibre créative. Moi je consomme l'art par contemplation. Je pense savoir reconnaître un chef-d'œuvre en étant incapable d'en créer un. Je laisse ça à mon incroyable femme, s'amusa-t-il en posant sa main sur celle de Louise qui rougit.

– Et vous, Édouard ? Si je me souviens bien, vous peigniez autrefois. Est-ce toujours le cas ? demanda Joséphine en triturant nerveusement la serviette posée sur ses genoux.

– C'est étonnant que vous vous souveniez d'un tel détail, Joséphine ! Oui, je peins toujours. Quand j'en trouve le temps. Je pense profiter de ces deux mois pour m'y remettre. J'ai très envie d'explorer les portraits.

La grande brune brûlait d'envie de lui proposer de poser pour lui. En revanche, elle ne s'y risquerait jamais devant Louise. Aussi laissa-t-elle la conversation reprendre son cours tout en gardant cette information dans un coin de sa tête. Quand le déjeuner prit fin et que la petite Anne les eut rejoints, revigorée par sa longue sieste, le petit groupe décida d'effectuer une marche digestive dans les rues de la ville. Tenant fermement la main de son père, Anne lui contait des histoires tout droit sorties de son imagination débordante. Devant eux, Éléonore et Louise marchaient côte à côte, précédées par Édouard avec Joséphine à son bras. Afin de ne pas être entendue, Louise chuchota à l'intention d'Éléonore.

– Mon frère et Joséphine semblent plutôt proches, qu'en penses-tu ?

– Cela ne m'étonne qu'à moitié car, pour tout avouer, Joséphine était secrètement amoureuse de ton frère lorsque nous avions à peine seize ans. Amoureuse comme toute jeune fille peut l'être d'un homme plus âgé à fière allure. Je m'étais demandé si ce béguin ressurgirait en revoyant Édouard...

– Comment ça ? Je l'ignorais..., s'étonna Louise.

– Elle avait peur que tu trouves cet entichement ridicule,

alors elle m'avait fait jurer, à l'époque, de ne rien te dire. Je suppose que cela ne compte plus maintenant.

– Je n'aurais jamais imaginé… Enfin cela fait sens au vu des regards qu'ils se sont échangés pendant le déjeuner.

– Tu as remarqué aussi ? s'esclaffa Éléonore.

– Ils n'avaient rien de discrets… Seul Charles n'y a vu que du feu, comme d'habitude. Enfin… J'ai l'impression qu'Édouard a été surpris en trouvant Joséphine si… changée. Je l'ai vu sur son visage.

– Le vilain petit canard est devenu un majestueux cygne. Si je doute qu'il l'ait considérée autrement que comme une des amies de sa petite sœur il y a six ans, je gage qu'il ne peut rester indifférent à ses charmes désormais.

– Non, j'en doute… Que penses-tu qu'il adviendra ? l'interrogea Louise.

– Je l'ignore, mais je suivrai le développement de cette histoire avec intérêt !

– Mon Dieu, Édouard et Joséphine… Je n'aurais jamais parié le moindre sou sur un quelconque rapprochement entre eux… Maintenant que je les observe, je ne peux pas le nier. Je ne veux pas m'avancer, mais ils se feraient beaucoup de bien mutuellement…

– Qu'est-ce qui te fait dire cela ? demanda Éléonore.

– Eh bien, depuis la fin abrupte de sa dernière relation, Joséphine fuit tout contact avec les hommes. Je pense que cela est lié aux révélations sur ses parents… Quant à Édouard, il était fiancé avant d'entrer à Saint-Cyr il y a six ans. À peine deux ans plus tard, elle a rompu, le laissant le cœur brisé…

– Le pauvre… Ça n'a pas dû être facile… Nous verrons bien où mène ce rapprochement incongru, conclut Éléonore avec un sourire mystérieux.

Le reste de la journée se déroula dans la bonne humeur et chacun prit le chemin de son lieu de résidence. Dans ses conversations avec Joséphine, Éléonore s'efforça de ne pas mentionner Édouard. Pour une fois, elle ne lui forcerait pas la main et espérait qu'elle lui en parlerait si le besoin se faisait sentir. Elles s'habillèrent et se coiffèrent avant de se rendre au Casino Bellevue qui fêtait ce soir sa réouverture avec un gala que l'on annonçait sans précédent.

Sur le chemin, Éléonore repensa au jour où elle avait reçu la première lettre de Grigori, en novembre, par laquelle il lui avait annoncé la naissance de son fils. Son ton lui avait semblé presque professionnel, comme s'il ignorait comment s'y prendre et redoutait sa réaction, ou son absence de réaction. Sautillant de joie à la réception de cette lettre tant attendue, Éléonore ne perdit pas de temps pour y répondre, avec plus d'enthousiasme, mais en gardant cette retenue qu'elle avait lue chez lui. Quelques interminables semaines plus tard, elle reçut sa réponse, et petit à petit, le contenu des lettres devint plus chaleureux, plus intime.

Aussi, lorsqu'elle eut vent de l'issue heureuse du procès du mari de Carlotta Villers – condamné pour plusieurs années de prison ferme –, elle en fit part à Grigori qui s'en ravit. Cette référence à leur passé commun acheva de briser la glace autour de leur correspondance. En mai, il lui avait fièrement annoncé être parvenu à convaincre sa femme de l'accompagner pour cinq semaines au Pays basque d'août à septembre. Depuis, elle attendait chaque jour sa venue, trépignant d'impatience. Malheureusement, cette fois il viendrait avec sa femme et son fils. Le tableau ne serait pas le même que celui de l'an passé, ils n'auraient pas la même liberté, celle de la fragile fugacité de quelques semaines d'été consumées dans la clandestinité. Celle de l'été 1912. Elle ignorait combien de temps elle parviendrait à vivre dans l'ombre d'une autre femme ; qu'il aime son épouse ou non, elle détestait l'idée de le partager et souffrait de ne pas pouvoir s'afficher publiquement avec lui.

Une fois arrivées au Casino Bellevue, Éléonore chassa Grigori de son esprit et concentra son attention sur Joséphine dont le visage s'était illuminé à la vue d'Édouard, plus beau que jamais dans son costume trois-pièces. Joséphine croisa aussitôt son regard et il lui sourit. Elle faillit perdre pied. Au fond d'elle-même, un essaim de papillons dansait une polka endiablée. Joséphine manqua de s'étouffer en apercevant sa mère au bras de son père, accompagnés d'Angélique, de Marthe et de son insupportable mari Hippolyte d'Arcangues. Angélique s'avança vers Joséphine qui la serra dans ses bras. Elle était ravie de la revoir, et ce, malgré la présence de sa famille au complet. Elle ne savait pas à quoi s'attendre et redoutait ces retrouvailles.

L'an passé, dès son retour de Pau, Joséphine avait pris son courage à deux mains et questionné sa mère sur de potentielles lettres qu'aurait laissées l'une des aventures de son père. Comme à son habitude, Lucienne Lacombe s'était raidie mais elle avait fini par lui révéler que plusieurs années après la naissance d'Angélique, alors qu'elle pensait la situation rétablie entre son mari et elle, elle avait découvert une série de lettres. Aucune n'avait été ouverte, aussi avait-elle décidé de s'enquérir de leur contenu. C'était ainsi qu'elle avait appris la grossesse de l'une des maîtresses de son mari. Alors elle avait brûlé toutes les lettres qu'elle avait trouvées, et intercepté les suivantes pour que jamais son mari n'en eût vent. Depuis, ce secret lui pesait sur la conscience. Par sa jalousie, peut-être avait-elle condamné cette femme et son enfant. Joséphine ne put se résoudre à juger une femme blessée qui avait réagi pour protéger les derniers vestiges de son mariage. Par fidélité pour sa promesse et malgré son envie, Joséphine ne lui dit rien de l'existence remarquable de Mlle Guérin. Quant à son père, elle lui avait fait part de ses reproches et de son dégoût à l'égard de ses actions. Apparemment, il ignorait tout de la situation précaire de Mlle Guérin. Depuis cette époque, il s'était efforcé de regagner le cœur de sa femme. En vain. Elle le haïssait, et à raison. Joséphine se souvenait de son mea culpa anormalement long et larmoyant. Il avait promis de continuer à tout faire pour racheter les fautes du jeune homme égoïste qu'il avait été. Puis, contre toute attente, il avait avoué à Joséphine combien il était fier d'elle. Elle en était encore bouleversée. La voix d'Angélique l'extirpa de ses pensées.

– Joséphine, tu m'as tellement manqué ! J'avais espoir que tu sois là ce soir, me voilà comblée.

– Il s'agit là d'une merveilleuse surprise. Comment vas-tu ?

– On ne peut mieux ! Oh, je ne vais pas pouvoir attendre plus longtemps… Je suis acceptée à l'Université de Paris, en droit !

– C'est fantastique ! Je le savais, je le savais ! s'extasia Joséphine au bord des larmes. Je n'avais même pas pu te féliciter en personne de ton succès au baccalauréat… Alors je le fais maintenant, tu es la meilleure ! Tu feras une avocate formidable !

– Allons, allons, ne pleure pas, s'amusa Angélique. Même mère m'a félicitée…

– Quoi ?

– Elle change. Parfois elle sourit, il lui arrive même d'avoir des mots gentils… C'est rare et particulièrement agréable !

Quand Angélique lui avait avoué vouloir se présenter au baccalauréat deux ans auparavant, Joséphine pensait qu'il s'agissait là d'un engouement passager. Elle s'était fourvoyée. Angélique était une travailleuse acharnée et possédait un esprit d'une finesse insoupçonnée. Elle ferait sans aucun doute une brillante avocate, si d'aventure elle décrochait ce statut si demandé et si peu accordé aux femmes.

– Je serai tellement heureuse de t'avoir avec moi à Paris, tu n'as pas idée, avoua Joséphine. Bon, je vais saluer le reste de la famille…

Elle fut étonnée d'apercevoir le sourire sincère et empli de fierté de son père. Il avait minci, et semblait en meilleure santé à chaque fois qu'elle revenait à Biarritz. Pourtant elle ne parvint qu'à lui adresser un sourire qui n'atteignit pas ses yeux. La rancœur à son égard la rongeait encore. Lucienne Lacombe, quant à elle, s'empara de sa main et la serra fort, laissant un sourire presque invisible gagner ses lèvres fines. Angélique avait-elle raison ? Sa mère s'autorisait-elle enfin à sortir de sa coquille de haine et de ressentiment ? Si tel était le cas, Joséphine s'en réjouissait. Marthe lui adressa un accueil amical. Lors de son mariage, quelques mois plus tôt, sous l'influence du champagne, les deux sœurs s'étaient réconciliées dans le rire et les larmes. Tout les séparait, pourtant elles s'appréciaient et s'écrivaient de temps à autre. Quant à Hippolyte d'Arcangues, comme à son habitude, il en fit tellement que Joséphine dut se mordre l'intérieur des joues pour ne pas rire. Ce que Marthe lui trouvait, elle l'ignorait et n'avait jamais osé lui demander. Il avait beau être agréable à regarder, son comportement achevait de le rendre exaspérant, enfin, selon Joséphine. Ils discutèrent un peu puis, accompagnée d'Angélique, Joséphine rejoignit ses amis. Et Édouard.

Le champagne coulait à flots, des mets plus appétissants les uns que les autres défilaient, si bien que les estomacs se remplissaient et les esprits s'embrumaient. Quand vint le temps des danses, Joséphine commençait à être sérieusement grisée par la boisson. Charles et Louise s'élancèrent sur la piste sans plus attendre, suivis de peu par Angélique et un jeune Anglais charmé par la délicate brune. Éléonore observait ce spectacle d'un air absent, songeant à l'homme avec qui elle aurait aimé partager cette danse. Quant à Joséphine, elle avait découvert un intérêt particulier pour le damier de marbre qui recouvrait le sol de la salle de bal. Voilà pourquoi elle dut contrôler les battements nerveux de son pauvre cœur quand elle sentit la présence d'Édouard à ses côtés.

– Joséphine, vous dansez ? demanda-t-il avec assurance.

– Je… Oui, ça m'arrive, avoua-t-elle en relevant la tête et en croisant son regard amusé et bienveillant.

– D'accord. Alors, me ferez-vous l'honneur de la prochaine danse ?

– Avec plaisir.

Elle lui sourit et reporta son attention sur les couples qui virevoltaient au rythme du petit orchestre.

– Joséphine ? Ne devrions-nous pas nous tutoyer plutôt ? Cela fait longtemps que nous nous connaissons et… Je trouve cela étrange de te vouvoyer. Même si… Tu as bien grandi. Enfin changé. Ce que je veux dire, c'est que tu es très belle ce soir.

Jamais Joséphine ne s'était sentie si stupide. Les mains moites, elle mourait de chaud, son cœur battait la chamade et elle avait une irrépressible envie de sourire bêtement.

– Merci, articula-t-elle en regardant droit devant elle.

– Comptes-tu éviter de me regarder quand nous valserons également ?

Honteuse, elle se tourna vers lui et planta son regard dans le sien. Elle ne savait pas quoi lui répondre et ne comptait pas s'excuser, alors elle tenta d'inclure tout ce qu'elle ressentait dans ses yeux. Ils s'observèrent silencieusement, oublieux du tumulte ambiant, noyés dans leurs regards respectifs. Puis, avec audace, Joséphine attrapa son bras et l'entraîna à sa suite sur la piste de danse. Ils se frayèrent un chemin entre les danseurs, sans cesse plus nombreux, et tentèrent de se caler, du mieux qu'ils le purent sur le rythme de la musique. Joséphine essayait de contenir son rire, ce qui n'améliorait en rien son retard dans les pas. Amusé, Édouard décida de prendre les choses en main et réduisit la distance entre leurs corps, plaquant Joséphine contre lui. À ce contact inattendu, le rire de Joséphine se perdit dans sa gorge et elle plongea ses yeux dans ceux de son partenaire. Aussitôt, leurs pas se firent plus fluides et ils s'abandonnèrent corps et âme à la grâce et la sensualité de la danse.

Face à ce joyeux spectacle, Éléonore se sentait bien plus âgée que ses vingt-huit ans. Sa vie ne lui avait jamais laissé le temps d'être insouciante ou innocente, sauf peut-être auprès de sa tante. Si elle aimait rire et s'amuser, Éléonore demeurait avant tout une femme d'affaires sérieuse et ambitieuse. Il lui arrivait de penser qu'elle préférait observer les autres profiter plutôt que de participer aux festivités. Elle contemplait les toilettes de chacune, y repérant parfois, et non sans fierté, une robe confectionnée par ses soins. Pendant que ses amis dansaient, elle discuta brièvement avec quelques-unes de ses clientes ainsi que d'autres bourgeois de la région, rencontrés au fil des années. Alimentée par des flots de champagne, la soirée battait son plein et ne fut interrompue que quelques instants par un embrasement des falaises sous les étincelles des feux d'artifice, donnant l'impression que l'océan lui-même s'enflammait de mille couleurs.

15

20 août 1913

Une impression de déjà-vu teintée de clandestinité traversa l'esprit embrumé d'Éléonore. Dans un regard intime et enflammé, le bleu et le vert de leurs yeux se rencontraient et s'y mêlaient. Grigori se tenait face à elle, dans sa boutique, une fois de plus. Quelques minutes auparavant, Suzanne était venue la trouver alors qu'elle travaillait sur un nouveau modèle de robe du soir à envoyer à la boutique d'Arcachon. Il s'agissait de la pièce maîtresse de sa collection d'automne, une tenue en soie cerise, striée de fils d'argent, cintrée sous la poitrine, et drapée sur le devant, laissant entrevoir les jambes, une fois le modèle en mouvement. Une tenue audacieuse, qui saurait plaire aux plus téméraires.

Lorsque Suzanne l'avait prévenue de la visite de Grigori et de sa femme, Éléonore n'avait pas perdu une seule seconde et dévalé l'escalier vers le cœur de la boutique. Tentant de cacher son excitation, elle salua chaleureusement la princesse, dont la mine radieuse trahissait son ignorance des infidélités de son mari. Après plusieurs banalités, elle la confia aux mains expertes de Suzanne et d'Amaia et se trouva face à Grigori qui avait assisté à cet échange d'un air faussement amusé. Grigori prit la direction de la sortie en signifiant à Éléonore de le suivre. Une fois dehors, elle le repéra aussitôt, debout auprès d'une nourrice qui tenait un enfant d'une dizaine de mois. Quand il lui prit le bébé des bras, la vieille femme le dévisagea avec scepticisme. Un homme de sa qualité ne faisait pas de telles démonstrations de paternité en public, mais il se moquait de ces règles de bienséance. Il s'éloigna et prit la direction de la ruelle perpendiculaire à la rue Mazagran, qui longeait la maison d'Éléonore. Cette dernière lui emboîta le pas et se laissa gagner par un sourire sincère.

– Il est adorable…, murmura-t-elle.

L'enfant sembla apprécier tout particulièrement l'attention que la belle couturière lui portait et lui adressa un sourire édenté accompagné de babillements excités. Grigori s'approcha d'elle et lui chuchota d'une voix douce :

– Je crois que comme son père, il est tombé sous votre charme.

Éléonore releva la tête et le regarda. Sa peur d'être rejetée fut aussitôt remplacée par un sentiment de bien-être et de complétude. Il était là, et il semblait plus heureux que jamais de la voir. Elle laissa le petit emprisonner son doigt dans ses mains potelées.

– Et lui est un charmeur, comme son père, le taquina-t-elle.

– Piotr Grigorovitch Meletski, je te présente Éléonore Fourneau, dit-il avec une infinie tendresse.

– Enchantée, jeune homme.

– Vous m'aviez manqué, ma belle bécasse, avoua-t-il après un silence ponctué de babillements heureux.

Surprise par cette affectueuse insulte, Éléonore leva la tête et plongea son regard dans ses yeux. Il y brillait tant de douceur et d'affection qu'elle crut perdre pied.

– Vous aussi, mon idiot préféré… Viendrez-vous… Viendrez-vous chez moi ce soir ? À la villa ? demanda-t-elle en rassemblant toute l'audace et le courage nécessaires à une invitation si hardie.

– Oui, souffla-t-il.

– Bien… Et… Qu'avez-vous prévu de dire à votre femme ?

– Elle sera à une réception dans une villa biarrote. Je lui ai dit que je rejoignais des amis pour la soirée. Nous faisons chambre à part, donc il n'y aura aucun moyen pour elle de vérifier.

Éléonore hocha la tête. Elle joua encore quelques instants avec l'adorable petit garçon, puis ne voulant pas s'absenter trop longtemps, signifia à Grigori qu'elle devait rentrer. Il trouva la nourrice et lui rendit la garde de Piotr avant d'expliquer à Éléonore qu'il valait mieux qu'il reste à l'extérieur de la boutique. Peu de temps après, Natasha reparut et Éléonore s'excusa avant de regagner l'atelier pour continuer son travail, un frétillement d'excitation dans le ventre. La vue de son amant serrant son fils dans les bras, le visage empli de fierté paternelle, ne la quitta pas de la journée.

Le soleil brillait encore dans le ciel d'été quand elle gagna le petit manoir en pierre de Bidache. Assise dans le grand salon, elle attendit, après avoir congédié ses domestiques pour la soirée. Entre bleu ciel, bois de chêne et blanc, la pièce s'illuminait de rose orangé sous les rayons du soleil couchant. Il était neuf heures et Grigori n'avait pas encore pointé le bout de son nez. Et s'il ne venait pas ? Mettant fin à ses inquiétudes, le bruit du heurtoir retentit. Elle ouvrit la porte et il l'attira aussitôt dans ses bras. Il recouvrit sa bouche de la sienne, dans un baiser d'une urgence désespérée. Elle tituba vers l'arrière, entraînée par le poids de Grigori, et faillit perdre ses esprits, enivrée par son odeur et les sensations divines que cette étreinte éveillait en elle. Passé le choc, elle le guida en haut de l'escalier et sauta dans ses bras. D'un coup de pied, il ouvrit la porte de la chambre.

Quand il la déposa sur le lit, elle tremblait d'anticipation. Quand il lui enleva sa robe, délaça son corset et couvrit sa poitrine de caresses brûlantes, elle s'arqua contre ses belles mains douces. Quand il se déshabilla lui aussi, quand elle sentit le poids de son corps nu contre le sien, elle gémit, déjà aux portes du paradis. Elle s'accrochait à lui comme si sa vie en dépendait, sentant les muscles de ses épaules remuer sous ses doigts moites. Afin d'en réapprendre la géographie, Éléonore laissa ses mains voyager sur les vastes étendues de son dos et de son torse. La large chaîne montagneuse de ses épaules dessinées, les sommets de ses omoplates, les délicates oasis de ses mamelons, les solides plateaux duveteux de ses pectoraux, les entrelacs de ses muscles, les tendres plaines de ses reins et de ses hanches, les collines fermes de ses fesses, les longues allées veloutées de ses cuisses… Puis il la propulsa au plus près des étoiles, dans une explosion céleste avant de la rejoindre, à son tour, au sein de cette galaxie du plaisir, partageant avec elle cet instant aussi fugace qu'intense. Peu à peu elle reprit conscience de la réalité, blottie dans l'étreinte apaisante de Grigori. Ce dernier l'observait avec une tendresse infinie et lui murmura, pour la deuxième fois :

– *Maya Lyubov…*

– *Mon amour…* Oh Grigori… Est-ce que… Est-ce que… ? commença-t-elle, incapable de lui poser une telle question.

Il sembla comprendre ce qu'elle cherchait à dire et détourna le regard vers la fenêtre entrouverte sur la claire pénombre d'une nuit de pleine lune. Abandonnant tout vouvoiement, il déclama :

– Éléonore, je suis amoureux de toi.

Il ne pouvait pas l'aimer, il demeurait bien trop inaccessible, se dit-elle. Elle se trouva dans l'incapacité de lui offrir la moindre réaction, partagée entre un bonheur incommensurable et la peur de tomber un peu plus profond dans cet abysse où il n'existait aucun chemin de retour. Gêné par son silence, Grigori continua, moins à l'aise :

– Quand mon fils est né, j'étais si heureux… Heureux d'être père, heureux d'être acquitté de mon devoir familial. Je savais que je devais t'écrire, sinon j'allais devenir fou… Souvent, tu me hantais dans mes songes. Quand je réussissais à t'oublier, tu revenais sitôt que le tumulte de la journée disparaissait. Dès que mes yeux se fermaient, tu étais là. Chaque femme que j'ai pu croiser, je l'ai comparée à toi : aucune ne t'arrivait à la cheville. Aucune n'avait ton intelligence, ton étincelle de vie, ta lueur de malice, ton sarcasme acéré, ton humour pétillant, ton ambition démesurée, ton indépendance, ta détermination forcenée ni ton rire tonitruant d'ailleurs. Alors j'ai su que je t'aimais. Pourtant il ne s'agissait que de mots que je posais sur un sentiment que j'éprouvais depuis longtemps. Après les semaines à tes côtés l'an dernier, je t'aimais déjà comme un fou. Je ne veux plus m'en cacher, et même si je doute que tu partages un jour ces sentiments, sache que je t'aime…

– Pourquoi penses-tu que je ne pourrais pas t'aimer ? demanda-t-elle avec douceur.

– Tu es bien trop indépendante, bien trop détachée, et puis je ne suis pas l'homme qu'il te faut… Tu m'apprécies, beaucoup même, cela ne fait aucun doute, et je m'en contenterai. Je te demande seulement d'accepter mon amour et de le chérir à ta façon…

– Pourquoi te contenter de mon affection alors que tu pourrais avoir tellement plus ? Oui, je suis une femme indépendante, et alors ? Penses-tu que cela m'empêche de t'aimer ?

À cette dernière phrase, Grigori redoubla d'attention, plongeant ses yeux pleins d'espoir dans ceux d'Éléonore.

– Que veux-tu dire ?

– Oh… Parfois je me demande comment j'ai pu être séduite par ta finesse d'esprit, car au fond tu es bel et bien un sombre idiot. Un sombre idiot dont je suis follement amoureuse.

Grigori affichait la même expression ravie qu'un adolescent à qui l'on offrait le plus extraordinaire des cadeaux. Il déplaça ses mains sur les joues d'Éléonore et rapprocha son visage du sien.

– Oh, mon amour, chuchota-t-il avant de l'embrasser tendrement.

Entre la matinée et ce moment béni, leurs sentiments n'avaient pas changé. Le simple fait de les énoncer à voix haute, de les confesser à l'autre, de l'entendre les murmurer à son tour, de les gémir, de les chuchoter, de les pleurer dans la joie et l'ardeur d'un élan amoureux – aimer et se savoir aimé, cela venait de bouleverser leur monde. Comme si les dernières barrières dressées entre eux venaient de céder sous le poids de leurs sentiments, réunissant leurs corps et leurs âmes dans une étreinte nue, impudique, incontestable et authentique. Éléonore avait fui l'amour si longtemps, avait tâché de refouler ses sentiments pour Grigori. Maintenant elle n'y échapperait plus, elle ne le voulait pas ; au contraire, elle espérait que ce sentiment d'extrême bonheur, cette béatitude incommensurable, soient éternels. Alors, blottis l'un contre l'autre, l'esprit serein et le sourire aux lèvres, ils tentèrent de prolonger la magie de l'instant.

Les soirs qui suivirent, Grigori se rendit à la villa d'Éléonore, ou bien cette dernière s'infiltra à l'Hôtel du Palais, aussi furtivement que possible. Si autrefois, la crainte de se faire reconnaître l'angoissait, elle ajoutait désormais une excitation supplémentaire à cette étrange relation qui perdurait malgré la distance, les obstacles légaux, les principes moraux et les imprévus du destin. Jusqu'au jour où, dans la spacieuse chambre d'hôtel de Grigori, autour de la table, couverte de canapés et d'un champagne de grand cru, il lui demanda sans préavis :

– Éléonore, m'épouseras-tu ?

– Quoi ? l'interrogea Éléonore en essayant tant bien que mal de ne pas s'étouffer avec son champagne.

– J'ai bien réfléchi et je veux divorcer. J'ai un fils, mon père a un héritier. J'ai rempli mon contrat. Il n'appréciera guère que je divorce, mais je ne veux pas être enchaîné à lui toute ma vie. Il est temps que je vive pour moi-même. Alors si tu veux de moi, une fois que cette mascarade de mariage sera terminée, j'aimerais t'épouser.

Dire qu'elle ne s'y attendait pas était un euphémisme. Elle observa l'assortiment de bouchées au foie gras, saumon, fromage, caviar, espérant trouver dans cette appétissante diversité la réponse à cette question.

– Je… Je pense que c'est une décision qu'il faudrait mûrement réfléchir. Nous n'avons jamais vécu un quotidien de couple… Disons de couple normal. Et si notre amour était aussi lié à l'impossibilité excitante de cette histoire ? Que se passerait-il si la routine s'installait entre nous ? Et puis, si ton père te déshérite après ton divorce, car cela reste une possibilité, peut-être le regretteras-tu un jour, non ?

Grigori resta silencieux quelques instants, pensif.

– Je pense que cela vaudrait le coup d'essayer, n'est-ce pas ? Si nous savons surmonter la distance, nous saurons vaincre la routine. Toutefois tu as raison sur un point : ma famille me donnera du fil à retordre, mais j'ai désormais mon mot à dire… Maintenant que Piotr est né.

– Mon chéri… Je ne comprends pas… Tu as déjà tout ! Que pourrais-je t'offrir de plus ? Ta vie est déjà faite ! Si tu m'épouses, tu perdras ta place au sein de ta famille, donc ton influence, tu risques aussi de ne pas voir ton fils pendant des années, de mettre en péril ton héritage…

– Je ne veux pas de tout ça… Toute ma vie est soumise à la bonne ou mauvaise volonté de mon père. Je n'en peux plus, je n'en veux plus. Sais-tu de quoi je rêve ? D'une vie confortable dans une villa près de l'océan sans me soucier de l'avis impitoyable de mes pairs. Je veux avoir le temps de chevaucher pendant des heures, de m'adonner à ma passion pour l'aviation et qu'elle soit, à mes yeux, bien plus qu'une échappatoire à un quotidien monotone ; qu'elle redevienne une passion et non uniquement une profession. En bref, je veux avoir le temps de faire ce que j'aime. Avec les gens que j'aime. Je n'ai pas besoin de reconnaissance à outrance, de faste et de cérémonies hypocrites, de faux-semblants et de ce constant enchaînement à un devoir dont je n'ai jamais voulu.

– Tu serais prêt à quitter Saint-Pétersbourg pour t'installer ici ?

Il hocha la tête avec un sourire.

– Et tu serais prêt à m'épouser sachant que tu risquerais, dans le pire des cas, de perdre plusieurs années auprès de ton fils ?

– J'aime mon fils, Éléonore, il a été ma plus grande source de joie cette année. Malgré tout, je ne pourrai pas lui donner l'amour dont il a besoin si moi-même je ne le reçois pas… Je… Tu n'as pas besoin de moi ; mais moi, sans toi je… Eh bien, j'ai besoin de toi.

Éléonore, jusqu'ici persuadée du contraire, sentit son cœur se réchauffer à cette confession inattendue. Jamais elle n'aurait pu imaginer que cet homme que tout rendait inaccessible aurait besoin d'elle pour vivre. Elle avait cherché à se persuader que, si sa vie à elle resterait à jamais impactée par cet amour impossible, lui continuerait la sienne comme si de rien n'était. Elle s'était fourvoyée.

En se levant de son fauteuil pour s'avancer vers la banquette où il était assis, Éléonore vit sa vie défiler sous ses yeux, ses choix se succéder et se superposer, son futur prendre tous les chemins possibles… Elle avait peur de dire oui et que Grigori ne divorce pas, et donc ne se libère pas pour elle, la laissant le cœur brisé et pleine de rêves avortés. Jamais encore il ne lui avait fait de promesses en l'air, elle devait le reconnaître et tenter de lui accorder sa confiance. Elle avança vers lui et lui saisit la main. Sa vie se trouvait à un tournant inédit, et bien que ce choix ne l'engage en rien tant que le divorce n'était pas effectif, dire oui signifiait son engagement tant émotionnel que physique dans ce mariage aux airs de mirage. Un homme comme lui ne divorçait pas. Et pourtant, elle voulait y croire. Ne serait-ce que quelques instants.

– Dans ce cas… Oh mon Dieu ! Oui, je veux t'épouser. De tout mon cœur…, souffla-t-elle aussi heureuse que bouleversée avant de le couvrir de baisers.

– J'apprécie de te voir renoncer à sortir les crocs, s'amusa-t-il entre deux baisers.

– Ne me tente pas… Ne t'attends pas à ce que je change le moindre détail de mon quotidien pour toi !

– Comment ça, tu ne renonceras pas à ta boutique pour t'occuper à plein temps de ton pauvre mari ? Moi qui pensais que tu avais toujours rêvé d'être une femme oisive…

– Idiot ! Je préfère te prévenir car je ne renoncerai jamais à ma liberté. D'ailleurs, en parlant d'engagement, dois-je te rappeler que tu es encore marié ? Donc je te prierai de réitérer ta demande une fois divorcé, car elle n'a que peu de valeur légale en ce moment…

– Crois-moi, j'entamerai cette procédure dès mon retour à Saint-Pétersbourg. Quand le verdict sera prononcé, je te demanderai ta main en bonne et due forme.

Il conclut cette promesse en levant sa coupe de champagne pour un toast. Son regard brillait d'une joie stellaire, et celui d'Éléonore en miroitait l'éclat.

– Jamais je n'imaginais me marier une seconde fois, dit-elle songeuse.

– Que s'est-il passé ? Avec Leandro, je veux dire.

Éléonore hocha la tête, il était temps de tout lui raconter. Le regard triste, elle termina son verre et se lança dans son récit. Ce triste et malheureux récit.

À l'âge de vingt et un ans, elle avait épousé Leandro après l'avoir rencontré un an plus tôt. À cette époque, elle se cherchait, se découvrait sans savoir ce qu'elle voulait faire de sa vie. Notamment en amour. Elle avait décrété qu'elle lui préférait l'amitié. Voir son père se transformer, à la mort de sa mère, en une carcasse vide l'avait traumatisée. L'amour lui faisait peur. En peu de temps, elle avait trouvé chez Leandro un ami, un confident. Elle rêvait déjà d'ouvrir sa propre boutique de vêtements, mais il ne voyait guère l'intérêt d'une telle entreprise. Les débats qu'ils pouvaient avoir ne la gênaient pas, il s'agissait de la norme dans toute amitié. Quand il la demanda en mariage, elle accepta. Le quotidien d'épouse ne correspondait en rien à ses attentes et elle s'enferma dans une routine vide et ennuyeuse, rythmée par les allées et venues de ses amies à Biarritz. Elle, qui avait apprécié le semblant d'indépendance offert par ses voyages auprès de sa tante, se trouvait désormais plongée dans une monotonie étouffante. Rien ne se passait comme prévu, Leandro et elle se disputaient souvent et elle s'ennuyait plus que de raison. Puis le jour où il fut enfin nommé chef, et faisant fi de sa promesse de la laisser ouvrir sa boutique, tout éclata. Elle se réfugia chez sa tante. Lorsqu'elle décida de revenir, elle lui avoua ne pas partager ses sentiments, le considérant plus comme son ami que comme son mari.

Deux mois plus tard, un démon issu du passé de Leandro vint le tourmenter. Il s'agissait d'une marquise espagnole pour qui son père avait travaillé en tant que palefrenier. Cette femme avait perdu son mari et son père lors des guerres carlistes et vouait une haine infinie envers les soutiens de Charles de Bourbon et de son fils, à l'époque prétendants au trône d'Espagne. En apprenant que le père de Leandro était issu d'une famille célèbre de Requetés, elle l'avait aussitôt renvoyé et s'était assurée qu'il soit puni et ruiné. Sans le sou, haïs de tous et frappés d'opprobre, ils furent forcés de fuir le Pays basque espagnol pour Saint-Jean-de-Luz. Malheureusement la mère de Leandro mourut lors du voyage, faute de moyens pour la soigner.

Marqué à jamais par cette tragédie, quand cette marquise reparut à l'Hôtel Victoria en octobre 1908, Leandro perdit la tête et tenta de l'assassiner en mettant du cyanure dans son chocolat chaud. Cependant, la vieille marquise, suspectant une odeur étrange, ordonna à sa femme de chambre de goûter sa boisson. La dose, très concentrée, suffit à tuer la pauvre innocente. Jeanty parvint à étouffer le scandale et à acheter le silence de la marquise. Quant à Leandro, après un triste procès, il fut condamné au bagne à perpétuité à Saint-Laurent-du-Maroni en Guyane.

– Il me proposa ensuite de divorcer, pour que je sois libre et que je puisse reconstruire ma vie comme je le souhaiterais. Nous nous écrivons encore, de temps en temps. Il n'a plus que moi…, conclut Éléonore tristement.

Grigori passa aussitôt ses bras autour d'elle.

– Je ne peux m'empêcher de me sentir coupable… Peut-être n'aurait-il jamais fait une telle chose s'il s'était senti aimé… Et malgré tout, il m'a rendu ma liberté et j'ai pu ouvrir ma boutique et…

– C'est une belle preuve d'amour… J'ignore si je serais capable de faire de même.

– Je préférerais que tu n'aies pas à le faire… Y a-t-il quelque sombre partie de ton passé qui pourrait te pousser à commettre l'impardonnable ?

– Non, pas à ma connaissance. Je ne suis pas si mystérieux, tu sais, je suis même assez ennuyeux…, sourit-il.

Elle lui rendit son sourire.

– Tu n'es ni ennuyeux ni mystérieux. Tu es vrai. Tu ne m'as jamais menti sur qui tu étais, ni sur tes intentions, ou tes envies… Cette sincérité est une des raisons pour lesquelles j'accepte de t'épouser. D'autant plus que je ne veux pas laisser passer cette deuxième chance. Et puis cette fois, j'ai abandonné l'idée absurde que l'on pouvait échapper à l'amour…

– J'espère bien !

– Oui, nigaud, je t'aime. Je crois que je ne me lasserai jamais de te le dire. Et si te le dire tout au long de ma vie et t'entendre me le répéter chaque jour est notre destin, alors oui, je t'épouserai.

– Dans ce cas, je suis le plus heureux des hommes.

16

Deux semaines plus tôt, Joséphine avait vaincu sa timidité en demandant à Édouard de réaliser son portrait. Le jour de la dernière séance de pose était arrivé et rien ne s'était passé entre eux, au grand désarroi de Joséphine. Elle espérait le séduire, mais elle échouait lamentablement, rongée par la peur de ne pas être à la hauteur. Jamais encore elle n'avait dû jouer les modèles pour un peintre, encore moins quand le peintre en question lui plaisait plus que de raison.

Avant chaque session, elle s'imaginait mille scénarios aux influences tantôt puisées dans la littérature anglaise, chaste et romantique, tantôt dans la littérature poursuivie par la censure pour sa sensualité impudique et son langage parfois cru. Elle appréciait chaque seconde de ces heures où elle s'abandonnait au regard concentré d'Édouard, l'observant à son tour dès qu'il la quittait des yeux. Pourtant, à chaque fois, ils ne faisaient que parler. Elle qui aimait en apprendre aux autres, et aux hommes en particulier, se trouvait bien incapable d'impressionner Édouard par ses connaissances, puisqu'il savait déjà tout, lui semblait-il. Même si elle ne doutait aucunement de la véracité de ses propos et de ses sources, elle détestait les intonations que sa voix prenait lorsqu'il lui démontrait un point, comme si, étant homme, lui expliquer ne suffisait pas, il devait aussi lui donner des leçons de vie. Il partageait certains de ses points de vue, il admirait sa détermination, mais conservait en revanche une inclination conservatrice et moralisatrice qui la rendait folle. Intérieurement. Pour la première fois de sa vie, elle redoutait de se confronter à quelqu'un. Elle souhaitait être parfaite aux yeux d'Édouard. Pour une fois, une seule, elle voulait être comme ces autres femmes qu'elle dénigrait, ces cruches qui se contentaient d'acquiescer, ne voulant pas frustrer leur mari en exposant leur intelligence. Et ce, uniquement pour le séduire. Jamais elle ne s'était sentie si impuissante face à quelqu'un.

Parvenue devant la grande bâtisse, elle prit soin d'entrer par le petit portail de derrière. Elle se faufila entre les platanes et arriva en quelques enjambées devant la porte en bois de la dépendance. Il s'agissait d'une petite maison sur un étage disposant de deux pièces : le rez-de-chaussée, plutôt vaste et lumineux, et l'étage qui tenait plus d'un débarras de jardin poussiéreux et terriblement bas de plafond. Elle poussa la porte et ne put retenir un léger sourire. Édouard l'attendait, assis devant sa toile à l'autre bout de la pièce. Il se leva aussitôt et vint l'accueillir en contournant le vieux divan napoléonien, recouvert par endroits d'étoffes et de fourrures. Il lui serra chaleureusement la main avant de reculer et de tourner le dos pour la laisser se dévêtir derrière le paravent. Sans quitter son dos des yeux, Joséphine enleva chaque couche qui constituait sa tenue d'après-midi. L'air empli d'effluves de pétrole calciné et de peinture lui brûlait les poumons, les quelques rayons de soleil qui traversaient les grands carreaux lui embrasaient la peau, elle avait l'impression de perdre pied, de suffoquer.

Elle devait se ressaisir. L'angoisse lui tordait l'estomac, et l'excitation lui incendiait le bas-ventre.

Quand elle sortit de sa cachette et prit place sur le divan, Édouard la fixa avec un tel professionnalisme qu'elle faillit soupirer de désespoir. À la place, elle fit exprès de ne pas prendre la bonne position. Édouard s'avança, les sourcils froncés, ses yeux bleus, sombres et dangereux. Il replaça ses mains délicates, le pli de sa robe, le tombé de ses longues mèches brunes et frôla ses bras nus. Joséphine frissonna à ce contact.

– Excuse-moi… Je dois avoir les mains froides.

– Non, elles sont parfaites… Oh, ce n'est pas ce que je voulais dire. Je suis un peu fatiguée… Peu importe, ça n'a pas d'importance.

Il la regarda, amusé par son trouble et s'agenouilla devant elle.

– Si tu veux remettre cette séance à demain, je peux compr…

– Non ! l'interrompit-elle. Je vais bien, je suis juste…

– Nerveuse, acheva-t-il.

Elle secoua la tête et s'apprêta à nier, mais il l'interrompit d'un petit rire.

– Tu es encore plus nerveuse qu'à ta première séance, et ta deuxième et ta troisième… Pas besoin de le nier, je vois bien la différence entre la personne que tu es en société et la personne que tu deviens dans l'intimité de cet atelier. Aurais-tu, toi, l'intrépide Joséphine Lacombe, peur de moi ?

– Peur de toi ? Mais pas du tout ! Cela n'a rien à voir, je ne suis juste pas très à l'aise en tant que modèle statique. Je ne suis pas faite pour ça. Je suis une femme d'action.

– Tu fais un bon modèle pourtant. Quoiqu'un peu passif

et manquant de mordant. Bon, j'y vais : je me dépêche de mettre fin à tes tourments.

Joséphine hésitait entre les larmes et la rage. Elle l'observa se placer derrière sa toile, comme un roi sur son trône, conscient du pouvoir qu'il exerçait sur elle. Incapable de parler, de peur que sa voix ne trahisse son conflit intérieur, son regard se porta sur le rideau rouge fixé sur l'une des grandes fenêtres et elle se perdit dans la contemplation de ses motifs.

– Je t'ai vexée ? demanda-t-il.

– Si je me vexais à chaque remarque désobligeante que l'on m'adressait, je ne serais certainement pas arrivée là où je suis aujourd'hui, lui répondit-elle sèchement, plantant son regard dans le sien.

– Mes remarques ne se voulaient pas désobligeantes.

– Pourtant elles l'étaient.

– Je souhaitais seulement t'exposer un fait. Je pensais peindre la Joséphine qui a accepté de danser avec moi il y a trois semaines et non un agneau blessé et transi de peur.

Joséphine se releva et s'assit sur le divan, ses yeux marron en proie à une tempête de fureur.

– Eh bien, oui, j'ai peur de me faire peindre, qui plus est par toi. J'ai peur de voir le résultat, de voir comment tu me vois, j'ai peur de ne pas être à la hauteur… Je nage en terre inconnue ! Par exemple, parler devant une assemblée m'exalte, débattre et convaincre m'enflamment. Là-dedans, je sais ce que je vaux. Ici, je ne suis pas dans mon élément. Alors le petit agneau apeuré s'en va, tu peux jeter la toile, je n'ai pas besoin de ce tableau. Désolée de t'avoir fait perdre ton temps, mais j'en ai assez !

Sur ces mots, elle se leva et attrapa ses affaires ; mais, avant qu'elle n'atteigne la poignée, il la retint, posant sur son poignet nu une main pleine de peinture.

– Tu abandonnes parce que tu es contrariée ? Je ne t'imaginais pas du genre à renoncer, mais il me semblerait que je me sois fourvoyé sur ton compte…

– Quoi, que pensais-tu ? Que j'étais une gentille petite fille docile ou bien l'une de ces femmes vues comme aigries et vaines à cause de leur combat pour leurs droits ? Une bourgeoise guindée ou une journaliste incapable de tenir sa langue et qui se fiche d'épargner les sentiments des autres ? Qui suis-je pour toi ? Qui suis-je avec toi ? Tu me fais peur, parce que je ne sais pas sur quel pied danser quand tu es là. Avec toi, j'oublie comment être moi-même.

– J'ai très bien vu que tu n'étais pas toi-même ici. Je voulais te peindre telle que tu es et non cette pâle copie que tu me donnes à voir ! Je veux la personne que tu es, Joséphine, celle qui mord, celle qui rit, celle qui fait des sermons quand elle n'est pas d'accord, qui parle fort, qui ne prend pas de pincettes avec les autres, qui débat avec moi sans s'interdire d'exprimer son opinion.

– Tu veux m'entrevoir telle que je suis car tu ne me connais pas, Édouard. Les hommes comme toi se lassent des femmes comme moi.

– Qu'en sais-tu, si tu n'as pas essayé ? l'interrogea-t-il, son regard plus sombre qu'auparavant.

Joséphine déglutit bruyamment, sa rage effacée par la troublante proximité d'Édouard. Elle ne parvenait plus à réfléchir, alors elle décida que perdu pour perdu…

– Nous ne parlons plus seulement de cette séance de pose, n'est-ce pas ? souffla-t-elle en regardant la main tachée qui serrait son poignet.

– Il n'a jamais été question seulement de ça. Ce tableau était une excuse. Pour nous deux, affirma-t-il en l'attirant vers lui.

– Pourquoi moi, Édouard ?

– Je n'en sais fichtre rien.

Puis après un silence, il ajouta :

– Je ne veux pas que tu aies peur de moi, Joséphine…

– Tu ne m'intimides que derrière ton chevalet, quand tu me scrutes, quand tu me déshabilles de ton regard pour mieux habiller ta toile. En ce moment, ce n'est pas de la peur que je ressens.

Sur ces mots le mince espace entre leurs lèvres, qui se réduisait déjà comme peau de chagrin, fut comblé. Joséphine sentit le monde chavirer sous ses pieds, bouleversée par l'accomplissement de plusieurs semaines, voire d'années, de rêves silencieux et d'espoirs audacieux. Édouard l'embrassait comme si sa vie en dépendait, et la mena jusqu'au divan.

Cet après-midi-là, le tableau n'avança pas. La buée et les rideaux offrirent aux deux amants une intimité chaleureuse à l'abri de tout œil inquisiteur. Cet étrange ballet continua les semaines suivantes. D'un côté, l'amour clandestin d'Éléonore et Grigori ; de l'autre, la passion secrète de Joséphine et Édouard. Lors des réceptions et dîners qui se succédèrent, Louise observa d'un œil amusé la complicité entre son frère et son amie. Une complicité qui ne tarda pas à évoluer en quelque chose de plus profond, de plus puissant. Louise s'en réjouissait, jamais elle n'avait vu son frère plus épanoui.

Joséphine avait décidé de rester plus longtemps à Biarritz, se contentant d'un rapide aller-retour à Paris pour former sa remplaçante au poste de rédactrice en chef, puis régler quelques affaires urgentes au journal et auprès de ses éditeurs. Il ne faisait aucun doute qu'Édouard et elle s'étaient bien trouvés, et ne souhaitaient plus se quitter. Il en allait de même pour Éléonore et Grigori. Chaque jour, Éléonore en apprenait plus sur lui. Sur son enfance solitaire et austère, loin de sa famille, sur sa petite sœur qu'il chérissait tant mais qu'il ne voyait que rarement, sur sa scolarité en Angleterre, sa prime jeunesse de séducteur émérite – Éléonore n'avait pas particulièrement apprécié écouter cette partie de sa vie, et une jalousie dont elle ignorait l'existence avait fait surface. Une jalousie que quelques mots doux et une pluie de baisers avaient suffi à estomper.

Éléonore avait fini par se confier elle aussi. Elle lui raconta son enfance, sa naïveté innocente cultivée par une mère protectrice et aimante, son immense chagrin à sa mort, l'année de voyage dans l'ouest de la France aux côtés de sa tante, ainsi qu'une multitude d'anecdotes plus amusantes les unes que les autres. Éléonore avait toujours été bavarde, mais elle se demandait si elle n'avait pas trouvé pire qu'elle. Lorsque Grigori s'aventurait dans une histoire, presque rien ne pouvait l'arrêter. Heureusement, il savait la captiver et elle restait pendue à ses lèvres, impatiente de connaître le fin mot de l'histoire. Quand elle le voyait s'embarquer dans les récits – presque chevaleresques – de ses virées nocturnes clandestines à Oxford, elle s'étonnait de ses talents d'acteur.

Au cours des semaines qui suivirent, ils s'organisèrent de manière à se retrouver aux mêmes événements mondains, aux mêmes représentations de music-hall ou de théâtre, aux mêmes soirées. Alors, fin septembre, lors d'un gala de charité à l'Hôtel du Palais, il l'invita à danser pour la première fois depuis leur voyage à Pau l'an passé. Elle réalisa alors combien cette sensation unique de voguer au rythme de la musique, à l'abri de ses bras, ses belles mains contre sa taille, lui avait manqué.

Natasha les vit sur la piste de danse, et elle sentit que la couturière de la rue Mazagran ne laissait pas son mari indifférent. Il ne la quittait pas des yeux, et tous deux semblaient bien trop complices pour de lointaines connaissances. Il y avait entre eux une telle alchimie que Natasha comprit. Leurs regards les trahissaient… Ils respiraient l'évidence. Furieuse et trahie, elle se détourna de ce spectacle qui la couvrait de honte, les larmes aux yeux mais la tête haute.

Quand le cadran approcha les deux heures du matin et que Natasha s'était retirée, ils montèrent, aussi discrètement que leur état d'ébriété le leur permettait, les grands escaliers de l'Hôtel du Palais. Leur chemin fut ponctué de rires à demi étouffés suivis de longs « chuts » plus bruyants que furtifs.

Le matin venu, épuisée par le manque de sommeil, et surtout par le terrible mal de tête qui l'affligeait, Éléonore partit d'un pas traînant de la chambre d'hôtel. Elle comptait se recoucher une fois arrivée ; dans cet état, elle ne serait même pas capable de reprendre un ourlet et risquait bien de se coudre les doigts. Allongé dans le lit, la tête tout aussi douloureuse qu'Éléonore, Grigori se laissait sombrer de nouveau dans les bras de Morphée quand un bruit sourd retentit. On toquait à la porte. Réprimant un juron, il se leva et passa sa robe de chambre avant d'aller ouvrir, les yeux à moitié fermés. La réalité le força à sortir de cette torpeur, aggravée par le martèlement de son cerveau au moindre mouvement brusque.

– Natasha ? Qu'est-ce que… ? demanda-t-il en russe.

Sans se faire prier la princesse se fraya un chemin dans la pièce. Grigori referma la porte et s'y adossa. Natasha paraissait hors d'elle.

– Qu'y a-t-il ? s'enquit-il en massant sa mâchoire ombrée par une barbe naissante.

– À vous de me le dire, mon cher époux. Que faisait la couturière du centre-ville dans votre chambre ?

Trop fatigué et encore alcoolisé, Grigori ne sembla pas se rendre compte de la gravité du ton de sa femme. Il répondit avec une légèreté déplacée :

– Elle prenait mes mesures, quoi d'autre ?

Natasha explosa.

– Et vous osez vous moquer de moi ? Moi, votre femme ! Alors que vous troussez une vulgaire couturière ? Depuis combien de temps ? C'est elle que vous étiez venu voir l'an passé, n'est-ce pas ? Alors que j'étais enceinte de notre fils, votre héritier, vous, vous forniquiez avec une moins-que-rien.

Sa tête avait beau le faire souffrir, le sang de Grigori ne fit qu'un tour.

– Éléonore est bien plus que vous ne le serez jamais ! C'est une femme indépendante et intelligente. Contrairement à vous, elle ne passe pas ses journées à se plaindre et critiquer ce qui l'entoure sans lever le petit doigt pour en changer le cours ! Mais ça, quelqu'un d'aussi superficiel que vous ne pourrait même pas l'envisager ! En revanche, j'applaudis votre clairvoyance, je l'ai bien vue l'année dernière.

– Mon pauvre, vous me faites pitié à défendre votre catin… Aïe, vous me faites mal.

Grigori venait de lui attraper le poignet sans ménagement, l'attirant vers lui le regard mauvais.

– Je vous interdis de traiter de catin la femme que je vais épouser.

Natasha se décomposa et le fixa un instant sans rien dire, le visage blême.

– L'épouser ? Voyons, vous êtes encore saoul… On n'épouse pas sa maîtresse ! Déjà que vous nous déshonorez, moi et le reste de votre famille, en vous abaissant à de telles pratiques. Ne vous ai-je pas satisfait ? Est-ce ainsi que vous me remerciez de vous avoir donné un fils ?

– Parce que je devrais vous baiser les pieds maintenant ? Vous remercier de votre service envers votre patrie et votre famille ? (Il effectua une révérence maladroite.) Eh bien, merci d'avoir mis bas mon fils. Maintenant, je souhaite mettre fin à cette mascarade de mariage !

– Mettre bas… Je ne suis pas une vulgaire pouliche, je suis votre épouse.

– Plus pour très longtemps, maugréa-t-il en relâchant son bras.

– Vous êtes sérieux ? murmura Natasha dans un souffle. Vous allez tout perdre si vous faites cela.

– Tout est une question de point de vue. Je pense y gagner au change.

– Vous êtes fou… Nous en reparlerons quand vous serez sobre.

– Cela ne changera rien, ma décision est prise. Je vais divorcer et épouser Éléonore.

Natasha se laissa tomber sur la banquette la plus proche. Les yeux perdus dans le vide, elle laissa le silence envahir la pièce avant de parler de nouveau.

– Que vous ai-je donc fait pour mériter votre haine ?

Trop furieux, Grigori fit abstraction du désespoir de la princesse et répondit d'un ton sec.

– Rien, Natasha… Vous ne me suffisez pas, c'est tout.

Elle étouffa un sanglot sourd. Il laissa échapper un juron et s'agenouilla devant Natasha pour être à sa hauteur.

– Vous n'avez rien fait. Vous n'y êtes pour rien dans cette histoire. Vous avez juste eu le malheur d'être choisie par mon père pour devenir ma femme. J'ai essayé de vous aimer, j'ai essayé de vous comprendre, mais je n'ai pas réussi. L'ironie du sort étant que si Éléonore ne m'avait pas poussé à être agréable avec vous, vous auriez sûrement davantage souffert de cette union. Je sais à quel point je peux être un ours mal léché… Je m'en excuse d'ailleurs. Vous n'avez jamais rien demandé de tout cela…

– Ah, parce que je devrais la remercier pour la froide bienveillance que vous m'avez témoignée durant ces deux ans de mariage ? Parce que vous la troussez depuis le début, c'est ça ?

– Non, bien sûr que non ! Vous savez, j'ai vraiment essayé… Je voulais que notre mariage fonctionne. Sincèrement.

– Tout ceci est affreux. Vous êtes affreux… Comment ai-je pu croire un seul instant que…

– Que quoi, Natasha ? Que vous aviez trouvé le prince charmant ? Il n'existe pas, railla-t-il amèrement.

– En tout cas, ce n'est certainement pas vous. Vous êtes vil et imbu de votre personne, vous ne vous souciez pas des sentiments des autres, seul votre petit monde vous importe ! Et pourtant parfois… Quand vous veniez le soir… Je pensais que vous pourriez m'aimer peut-être. Alors, l'espace de quelques nuits, j'ai pensé vous aimer moi aussi… J'ai fait erreur. Je vous hais ! cracha Natasha dans un sanglot déchirant.

Entendre ses quatre vérités prononcées avec une telle répulsion n'avait rien d'agréable. En dépit du martèlement de son crâne, Grigori se sentait plus lucide que jamais. Au fond, il appréciait Natasha, mais il avait été horrible avec elle, il en était conscient. Malgré tout, il continuait de se comporter de manière cruelle. Pourquoi ? Avait-il besoin de décharger ses émotions, d'extérioriser des années de frustration ? Sans doute. Ce dont il était sûr, c'est qu'il voyait en elle un pantin de son père, choisi dans l'unique but de lui empoisonner la vie. Il s'éloigna d'elle. Une fois de plus, il l'avait offensée. Il était allé trop loin. Jamais il ne lèverait la main sur elle, mais il ne parvenait pas à maîtriser ses mots et la blessait tout autant. À chaque fois qu'il s'emportait, il s'efforçait de se rappeler qu'elle n'avait pas choisi plus que lui son destin. Il soupira avant de lui adresser un regard empli de compassion.

– Excusez-moi, Natasha. Je n'ai jamais voulu vous blesser. Je suis désolé que vous ayez souffert à cause de mon père… Je ne vous veux pas de mal, vous savez. Je vous souhaite d'aimer et d'être aimée un jour.

– Ne me mentez pas, vous vous lavez les mains de mon avenir… Et puis comment osez-vous me parler d'amour ? Vous n'y connaissez rien ! Ne me dites quand même pas que vous aimez votre couturière ?

– Mon cœur entier est à elle. Pourquoi croyez-vous que je veuille divorcer ? Uniquement par besoin de liberté ?

– Je ne sais pas, moi… Je ne comprends rien aux hommes. Que vais-je devenir ? N'avez-vous pas idée du scandale que ce divorce causera ? Je deviendrai une paria… Un rebut de la société. Mes amies ne voudront plus m'adresser la parole et je ne serai plus jamais invitée aux bals ! Je…

Elle repartit dans une crise de sanglots. Grigori se laissa tomber sur son lit, les yeux rivés au plafond du baldaquin. Elle avait raison, bien sûr… Ce divorce ferait beaucoup de bruit et elle en souffrirait plus que n'importe qui. S'il se fichait royalement de ne plus être invité à droite et à gauche, ce n'était pas le cas de Natasha. L'amertume de la culpabilité lui assécha la bouche. Pourtant cette décision était la bonne. Le divorce les libérerait tous deux de cette union malheureuse, et le jour viendrait où Natasha lui en saurait gré.

– Je vais vous laisser vous reposer maintenant, dit-elle en se levant et se dirigeant vers la porte. Je souhaite rentrer à Saint-Pétersbourg le plus vite possible. Je ne vois pas pourquoi continuer ainsi plus longtemps. Nous en rediscuterons en présence des avocats.

– Natasha… Je suis désolé de ne pas avoir pu vous aimer, vous méritiez mieux.

– Je sais. Et je sais aussi que vous n'êtes pas la seule personne à blâmer, mais cela n'excuse pas votre comportement.

Elle sortit de la pièce et laissa Grigori seul, pensif, exténué et étrangement soulagé.

Deux jours plus tard, Grigori s'arracha de l'étreinte d'Éléonore pour prendre le chemin de la gare du Midi où son train, sa femme et son fils l'attendaient. Seulement cette fois, il partait en sachant que la prochaine fois qu'il reviendrait, ce serait pour épouser la femme qu'il aimait. Le temps des secrets et de l'hésitation était révolu, seul leur amour comptait et le futur commun qu'ils s'apprêtaient à écrire. Cette fois, rien ne l'arrêterait.

DEUXIÈME PARTIE

17

Paris, le 2 décembre 1913

Chère Éléonore,

Ce matin, alors que je me promenais dans le quartier des Halles, je suis tombée sur une grande librairie qui distribuait mon livre. Je ne tiens plus en place tant je suis heureuse ! Mon éditeur me dit qu'en à peine quelques semaines, les ventes ont dépassé ses attentes. Louise m'a même avoué l'avoir aperçu sur le bureau d'une de ses amies. Tout cela va au-delà de mes rêves les plus fous. Bien sûr, cela reste modeste ; mais c'est un début qui me donne foi en l'avenir.

Pour couronner le tout, les premiers mois d'Angélique à la faculté de droit se déroulent à merveille. Elle obtient d'excellentes notes à presque tous ses devoirs. Malheureusement, elle souffre de la discrimination de ses camarades. Elles sont trois femmes parmi une multitude de prédateurs préconditionnés à la misogynie… Ce n'est pas facile tous les jours, mais je suis là pour l'aider à traverser les temps rudes.

Édouard m'a écrit. Je n'en reviens pas. Lorsque nous nous sommes quittés, le 13 octobre, j'ai lutté pour retenir mes larmes car je demeurais persuadée que cette idylle ne survivrait pas à la distance. Comme toi avec Grigori. Apparemment, je lui manque. Il compte même demander une permission en janvier pour me voir. Que vais-je faire de cela ?

Je rentrerai pour les fêtes de Noël à Biarritz avec Angélique, le 20 décembre pour être exacte. Nous logerons chez nos parents cette fois-ci. Tout cela est on ne peut plus étrange pour moi. Par exemple, l'autre jour, j'ai reçu une courte lettre de ma mère me félicitant pour la parution de mon livre. Ma mère, me féliciter, on aura tout vu !

Louise et Charles arriveront aussi et resteront jusqu'à la naissance de leur deuxième enfant, mais je suppose que tu le sais déjà. Seul Édouard manquera à l'appel, il est à Tunis jusqu'à janvier.

Joséphine

Biarritz, le 28 janvier 1914

Chère Joséphine,

Le petit frère d'Anne est né dans la nuit, tu devrais recevoir un télégramme avant que cette lettre ne te parvienne.

Louise nous a tous fait très peur pendant la semaine précédant l'accouchement. Elle était très affaiblie et fiévreuse, heureusement son état s'est amélioré la veille de la naissance d'Eugène.

Depuis quelques jours, entre excitation et peur d'être délaissée, la petite Anne n'a eu de cesse de passer de la plus grande serviabilité aux plus terribles caprices. Heureusement que les parents de Charles sont les gens les plus patients que j'aie pu rencontrer, car si j'avais dû m'occuper d'elle, je lui aurais certainement cousu la bouche.

Je n'ai guère de choses intéressantes à te raconter, si ce n'est que Suzanne m'a demandé d'être témoin à son mariage. Toutes mes couturières sont désormais mariées, à l'exception des plus jeunes d'Arcachon.

J'attends ta visite avec impatience,

Éléonore

Saint-Pétersbourg, le 21 mars 1914

Maya Lyubov,

Quel bonheur de voir que ta créativité ne cesse de se développer ! Je te souhaite le plus grand succès avec cette collection de printemps. Elle est magnifique.

Piotr se porte à merveille, il apprend de nouveaux mots chaque jour ; dès que possible je lui enseignerai le français.

Comment te remercier de me faire part d'autant de détails sur la venue de Pierre Chanteloup à Biarritz ? Quel spectacle ce devait être ! Je suis ravi que tu aies pu le rencontrer, et surtout que tu aies pu assister à une telle démonstration d'aviation. Tu t'y habitueras, ma chère, et bientôt ces acrobaties aériennes te procureront uniquement des frissons d'excitation, dénués de tout effroi. Je suis si heureux que tu t'intéresses désormais à l'aviation, encore une raison de plus pour t'aimer et t'admirer, je suppose.

Ici, l'hiver montre enfin des signes de fatigue et l'épaisse couche de glace qui emprisonne la Neva se craquelle un peu plus chaque jour. Le froid et la neige m'étouffent et j'attends avec impatience les premiers bourgeons du printemps. Même si je doute que l'hostilité de mon père ne s'amenuise avec les améliorations météorologiques. Heureusement que ma sœur me soutient dans cette entreprise, sans cela, même mon amour pour toi n'aurait pas suffi à la mener à terme. Depuis que j'ai annoncé ma volonté de divorcer à mes parents en décembre, mon père me considère comme un pestiféré. Tu me l'avais dit, tu l'avais deviné, et pourtant je refusais de le croire. Je t'avais déjà relaté la colère noire qui l'avait animé à l'annonce de cette décision. Si j'avais autrefois entretenu l'espoir de le rendre fier, je me dois d'y renoncer une bonne fois pour toutes. Je crois, malgré tout, préférer sa haine et son indifférence à son intérêt feint et son dédain constant. Au moins, il n'y a plus aucun faux-semblant entre nous désormais. Je pense qu'il est temps de tourner la page : mon père ne sera jamais capable de la moindre compassion, je dois l'accepter.

Je me suis donc consacré corps et âme à mon travail. Mon ami Mikheil a été embauché par la Russo-Balt ; ainsi, lui, Igor Sikorsky et moi pouvons laisser libre cours à notre folie créatrice. Igor a pris la tête de la conception aéronautique de l'entreprise, et, malgré mon envie de rester dans le feu de l'action, mon rôle est devenu moins opérationnel et plus stratégique. Grâce à Igor et Mikheil, je garde un pied dans toutes ces opérations qui me passionnent. L'Ilya Muromets d'Igor, sur lequel je travaillais également, est un succès et j'ai eu la chance de le piloter à plusieurs reprises. C'est un petit bijou de technologie, bien plus recherché que l'avion que Mikheil et moi avions conçu. Je n'en attendais pas moins d'Igor. C'est un véritable génie.

Natasha a retrouvé sa froide affabilité et il nous arrive d'échanger quelques mots en dehors des réunions avec nos avocats. En parlant de cela, j'ai une bonne nouvelle à t'annoncer : le divorce sera prononcé dans le courant du mois de juillet. Neuf mois pour signer un papier. Neuf mois d'ennui et de doutes pour entrevoir la liberté. Un accouchement difficile, mais signe d'une nouvelle vie de bonheur, je l'espère.

J'ai beau connaître ta réponse, je me surprends à essayer de nouveau : viens me rejoindre à Saint-Pétersbourg. Je ne veux pas attendre juillet pour te voir. Imagine tout ce que nous pourrions faire, imagine tout ce que tu pourrais y découvrir !

La fin du printemps, comme l'été, y est douce et chaleureuse, les bals et les soirées rythment les nuits de plus en plus courtes, les jardins, les cafés et les boutiques, les longues journées ; l'effervescence de la population locale emplit les rues d'une atmosphère unique dans laquelle tout semble possible. Le soleil illumine les façades multicolores reflétées par les mille bras limpides de la Neva, comme si elle n'était qu'un prolongement du ciel et de la surface. L'horizon se dérobe à nos yeux, tout semble infini, il n'existe plus de début ni de fin, seulement une continuité onirique qui nous emporte jusqu'aux premières couleurs de l'automne.

Pour avoir accompagné Tatiana plusieurs fois (quel bon frère je fais, n'est-ce pas ?), je saurais te guider dans les boutiques les plus en vue de la capitale, le modiste attitré des grandes duchesses Olga et Tatiana, les filles adorées de l'empereur, la couturière de la grande duchesse Marie Pavlovna… Tu reviendrais de ce voyage avec des étoiles plein les yeux et des idées plein la tête. Ne t'ai-je pas aussi décrit le petit palais d'été familial ? Nous pourrions nous y installer et profiter d'un peu de calme, loin du tumulte festif de la ville. Tu l'adorerais !

Pourquoi ne viendrais-tu pas en mai ? Je me prends à espérer une fois de plus que tu répondras par l'affirmative… Le feras-tu ?

À toi pour toujours,

Grigori

Biarritz, le 9 avril 1914

Mon amour,

Je n'ose pas imaginer ce que cette décision te fait traverser, et je tâcherai de me le rappeler. Je suis heureuse de savoir que le divorce a enfin une date. Une page qui se tourne, une autre qui attend d'être écrite. Et nous l'écrirons ensemble.

La saison de printemps est magnifique cette année, la fréquentation semble augmenter de jour en jour et Leonora est prise d'assaut. La boutique d'Arcachon continue d'attirer de nouvelles clientes, et même si la fréquentation y reste plus timide qu'ici, j'ai embauché une nouvelle paire de mains pour m'aider à gérer mes affaires administratives et financières. Il s'avère qu'entre ma villa et l'investissement à Arcachon, j'ai peut-être eu la folie des grandeurs. Je reste persuadée qu'une bonne saison estivale suffira à renflouer les caisses.

Aussi souhaitais-je te faire part de ma décision : je viendrai te rejoindre une fois le divorce signé. Pas avant car mon travail ne me le permet pas. Que penses-tu d'août ? Cela me laissera le temps de préparer avec soin la saison en amont et Suzanne pourra assurer la gestion de la boutique pour quelques semaines. Après plusieurs années de dur labeur, je crois avoir mérité ces vacances que je me suis toujours refusé de prendre. Tu comprendras que je préfère m'y rendre en été, car j'ai peur de ne pas être prête pour les températures que tu me décris en hiver.

Depuis que l'idée a fleuri dans mon esprit, je ne cesse d'y penser. Je pars à la recherche de tout ce que je peux trouver sur Saint-Pétersbourg, des cartes postales, des gravures, des romans, des livres d'histoire. Je me suis même plongée dans du Dostoïevski, Crime et Châtiment *pour être exacte. Je ne m'attendais pas à cela, mais j'ai beau être sceptique quant à mon appréciation générale de l'histoire, je savoure les descriptions des paysages.*

Alors décris-moi Saint-Pétersbourg, encore ! Sous un angle nouveau cette fois. Éveille le poète qui sommeille en toi, peut-être y trouveras-tu une vocation secrète…

Comme j'ai hâte de te voir en Russie, de marcher à tes côtés près du palais des tsars, de découvrir ces canaux qui serpentent entre les bâtiments colorés. Quand je ferme les yeux, un millier d'images m'inondent l'esprit, comme si je connaissais déjà cette ville, alors que je ne demande qu'à l'explorer. Je pense que la réalité dépassera sûrement mes représentations maladroites, mais je ne peux m'empêcher de les laisser envahir mes songes.

Tu me manques et me dire que presque quatre longs mois nous séparent de ces retrouvailles tant attendues m'afflige. J'espère que tu sauras m'accueillir plus agréablement que j'ai pu le faire à chacune de tes venues. Je te taquine, bien entendu, mon sombre idiot préféré.

Ton Éléonore

Paris, le 6 juillet 1914

Chère Éléonore,

Nous étions des milliers, en ce 5 juillet, à défiler et à nous réunir devant la statue du Condorcet. Le combat pour le droit de vote des femmes gagne, chaque jour, de plus en plus d'ampleur. Quel coup de force que celui de Séverine ! Entre ses discours et ses publications, vraies, percutantes et poignantes, elle a entrepris de lever le voile sur la gangrène sexiste qui ronge notre société. Si un ivrogne qui bat sa femme a le droit de voter, comment se fait-il qu'elle, qui subit les coups sans se plaindre, s'en trouve privée ? Bientôt, grâce à cette lutte pacifiste, nous pourrons nous déplacer, nous aussi, aux urnes et mettre fin à ce règne phallocentrique.

Quant à mon militaire préféré, j'ai nommé Édouard, il a passé deux jours, la semaine dernière, avec moi. J'ignore ce qu'il m'arrive, mais j'ai de plus en plus peur de lui avoir donné sans le vouloir les clés de mon pauvre cœur… Je crois que je suis en train de tomber amoureuse. Pourtant je ne le veux pas.

Et s'il venait à demander ma main un jour, dans une autre vie, j'ignore si je l'accepterais. C'est un personnage complexe, un artiste passionné avant d'être un soldat, un homme plein de contradictions, de peurs et de doutes. Je crains que, nos deux fougues réunies, nous nous entretuions au bout de quelques années. Et surtout, une féministe femme de militaire, et puis quoi encore ! Je suis une femme libre avant tout. Enfin, je laisse tout cela en suspens et adopte ta stratégie : attendre et voir.

Quoi qu'il en soit, je n'arrive toujours pas à croire que tu ne sois pas encore venue à Paris. Tu travailles trop, Éléonore ! Je suis heureuse que tu te décides enfin à prendre des vacances. Si tu peux, essaye de passer quelques jours ici en revenant de Saint-Pétersbourg, je me ferai un plaisir de te faire visiter la capitale et de te présenter à mes plus fidèles acolytes.

Tiens-moi au courant,

Joséphine

Saint-Pétersbourg, le 20 juillet 1914

Maya Lyubov,

C'est avec joie que je t'annonce être officiellement divorcé. Je te promets une demande en mariage en bonne et due forme à ton arrivée dans trois semaines. Je compte chaque jour qui me rapproche de toi. Je brûle de te serrer dans mes bras, de te couvrir de baisers, de compter chaque tache de rousseur qui recouvre ton adorable nez, d'embrasser ce grain de beauté sur ta hanche droite…

Mais j'ai peur, mon amour. L'état du monde me préoccupe grandement. M. Poincaré est arrivé, aujourd'hui même, pour discuter des dispositions militaires et s'assurer de la solidité de l'armée impériale du tsar. Malgré le dédain que mon père me porte, il m'a demandé de l'accompagner à la réception donnée en l'honneur de l'alliance franco-russe. S'il requiert ma présence, c'est que quelque chose ne va pas…

Peut-être est-ce mon pessimisme qui parle, mais tout ce manège d'alliances et de mobilisation militaire ne peut être anodin. Qu'en est-il à Biarritz ? Mon implication, en tant qu'observateur et non acteur, dans les affaires politiques ne conditionnerait-elle pas ma manière de voir les choses ? Peut-être... Du moins, j'espère n'être que pessimiste et non réaliste. Enfin, je doute que tout cela nous empêche de nous voir bientôt.

Grigori

24 juillet 1914
Télégramme (Grigori à Éléonore)

Mon amour – STOP – Ultimatum posé par l'Autriche-Hongrie à la Serbie – Nous avançons vers une guerre, c'est inéluctable – STOP – Je vais être mobilisé très prochainement – STOP

25 juillet 1914
Télégramme (Éléonore à Grigori)

Combien de temps avant ta mobilisation – STOP – Ai-je le temps de te rejoindre – STOP – Est-ce évitable – STOP – Je t'aime – STOP

27 juillet 1914
Télégramme (Grigori à Éléonore)

La guerre est presque là – STOP – Les alliances se chargeront de la propager en Europe – STOP – Je me prépare à rejoindre les rangs de l'armée dès les premiers jours du mois d'août – STOP – Séjour annulé – STOP – Je t'aime – STOP

1er août 1914
Télégramme (Joséphine à Éléonore)

Jean Jaurès a été assassiné hier soir – STOP – J'étais présente à la manifestation – STOP – Un ordre de mobilisation générale est attendu en France demain – STOP – La guerre est inévitable – STOP – J'entends dire qu'elle sera rapide et que la France a toutes les chances de gagner – STOP – Viendrai à Biarritz dès que possible – STOP

3 août 1914
Télégramme (Édouard à Joséphine)

Je suis envoyé à l'Est avec le 20e corps d'armée – STOP – Suis promu commandant – STOP – Les combats seront brefs car l'Allemagne n'est pas préparée – STOP – Tu devrais rentrer à Biarritz avec Louise et les enfants, ce sera plus calme, je viendrai une fois les combats achevés – STOP

Biarritz, le 2 août 1914

Mon amour,

Dis-m'en plus, je t'en conjure ! Que va-t-il se passer ? Vas-tu devoir te battre, toi aussi ? N'as-tu aucun moyen d'y échapper ? Est-ce en Serbie que tu iras ? Tu ne recevras cette lettre que dans deux semaines et la situation aura sûrement beaucoup changé d'ici là… Comment tout ce fragile équilibre a-t-il pu basculer en quelques jours ? Pourquoi les hommes politiques, les rois et empereurs, n'ont-ils pas vu ce que toi-même tu pressentais ? Même Joséphine n'y croyait pas jusqu'à l'ultimatum du 23 juillet… Elle espérait que des négociations parviendraient à rétablir la situation, pour quelques mois au moins.

Dire qu'avant la semaine dernière, ma seule préoccupation

s'arrêtait au choix de mes robes à emporter à Saint-Pétersbourg… Ma déception et mon chagrin sont à la hauteur de ce qu'était mon excitation. Penses-tu que cette guerre durera longtemps ? L'ordre de mobilisation générale est placardé sur chaque façade et les femmes pleurent déjà à chaudes larmes le départ de leur mari, fils ou frère à la guerre. Je ne veux toujours pas y croire.

Ici, je serai certainement à l'abri de tout combat, je n'ai pas de souci à me faire. Si ces troubles s'avèrent passagers, alors nous serons bientôt réunis. Je me réjouis de ce divorce enfin proclamé et ai hâte d'entendre le récit de tes épopées.

Je t'aime fort et chacune de mes pensées va à toi. Fais attention à toi, sinon tu auras affaire à moi !

Ta belle bécasse qui t'aime de tout son cœur

4 août 1914
Télégramme (Joséphine à Éléonore)

Officiel, la guerre est déclarée – STOP – Les Allemands ont attaqué la Belgique et le premier bombardement a eu lieu hier soir à Lunéville – STOP – Charles est mobilisé dans l'armée de réserve à la frontière espagnole – STOP – C'est une bonne nouvelle il me semble – STOP – Avec Louise, Anne et Eugène, nous rentrons à Biarritz par le train de ce soir – STOP – Nous arriverons demain matin – STOP

Tannenberg, le 22 août 1914

Maya Lyubov,

C'est en tant que capitaine que j'ai chevauché à côté des colonels et généraux de la deuxième armée impériale dans notre avancée en Allemagne par la Prusse-Orientale. J'ignore ce qu'il va se passer. La guerre est désormais bien engagée et les Allemands semblent animés de cette perfide rage de destruction, un fléau mortel saccageant tout sur son passage. J'ai entendu que la France était à feu et à sang dans l'Est. Les batailles se multiplient et les morts s'accumulent. Pour l'instant nous n'avons croisé aucune résistance, les civils fuient en entendant les pas réguliers des soldats et le grondement des sabots de nos chevaux. Le Kaiser ne devrait pas tarder à dépêcher quelques bataillons pour nous stopper, mais ne t'en fais pas, nous sommes nombreux et tout ira bien.

Cette lettre, quand tu la recevras, sera sûrement l'une des dernières avant quelque temps. Je prie pour que ce stupide conflit cesse au plus vite car je ne rêve que de t'embrasser de nouveau. Tu transmettras mes amitiés à Louise et Joséphine. J'espère qu'Édouard et Charles, que j'avais beaucoup appréciés, prendront soin d'eux et resteront à l'abri de l'artillerie allemande.

Je t'aime de tout mon cœur, de toute mon âme, plus que n'importe quelle femme n'a jamais été aimée dans la prose et la poésie réunies. Ni la guerre, ni les Allemands, ni les Austro-Hongrois ne m'empêcheront de faire de toi ma femme.

À toi pour l'éternité,

Grigori

18

Des tirs assourdissants, des flashs aveuglants, des cris déchirants, une explosion. Des odeurs de mort, des odeurs de fumée, des odeurs de chair que l'on a brûlée, des bruits de souffrance, des pleurs, des paroles de haine, de supplication, d'amour et de vie à l'orée du trépas. Ces milliers d'hommes qui ne voulaient pas mourir, arrachés à la vie par des tirs d'artillerie. Tout était allé si vite. Pourtant moins nombreux, les Boches les avaient massacrés, plus entraînés, plus organisés. Il avait mal, le soleil lui brûlait la peau et la douleur lancinante de son épaule l'assommait tant qu'il ne savait plus où il se trouvait. Le sol tanguait sous son corps. Aveuglé par la lumière, il tenta de prendre conscience de son environnement. Des ombres floues, des casques, des uniformes… Ils n'étaient pas russes. Un frisson d'effroi parcourut le corps atrophié de Grigori. Il avait survécu à cette bataille sur les collines de Tannenberg, mais il avait été fait prisonnier par les Allemands. Il se trouvait allongé sur une civière portée par ses bourreaux. Il se souvenait de la douleur provoquée par cette baïonnette qu'un soldat lui avait plantée dans l'épaule. Sa chair s'ouvrant sous l'attaque de la lame affûtée. Son assaillant était mort. Il l'avait tué avant de perdre connaissance.

Faible et fatigué, il se laissa bercer par les balancements saccadés de la civière. Ce fut le vrombissement d'un moteur qui le réveilla. On l'avait installé dans un camion, à côté d'autres blessés. Il faisait nuit et il frissonnait. Il se sentait si faible, son épaule l'élançait et l'odeur du sang coagulé l'écœurait. Il s'évanouit à nouveau. Il se réveilla, allongé sur un lit dur, l'épaule en feu, mais couverte d'un bandage. Ses pensées se bousculaient et un voile flou l'enveloppait. Des infirmiers se relayèrent pour lui apporter une nourriture douteuse et changer son pansement. Ce ballet silencieux dura plusieurs jours, sans qu'il sache où il se trouvait et encore moins quel jour on était… La douleur et la fatigue achevaient de l'accabler si bien qu'il ne tenta même pas de briser ce silence. Au bout de quelques jours, il commença à retrouver ses esprits. Alors il demanda en allemand à l'infirmier qui venait chaque jour :

– Où suis-je ?

– À l'hôpital de Thorn, dans l'annexe des prisonniers de guerre.

– Et quelle est la date d'aujourd'hui ?

– Le 3 septembre.

Grigori remercia l'infirmier avant de se perdre de nouveau dans ses pensées. Il se trouvait désormais aux mains des Allemands, en Prusse-Orientale à plusieurs centaines de kilomètres du front russe. Il ignorait ce qu'il était advenu du reste de la première et de la deuxième armées, mais un mauvais pressentiment le taraudait. Tout s'était passé si vite. Des coups d'artillerie, la charge des Allemands, la désorganisation de ses hommes et des autres bataillons russes. En quelques jours à peine, la marée allemande avait emporté toutes les forces russes mobilisées… Comment cela avait-il pu arriver ? Il ne pouvait pas être prisonnier. Pas déjà… Il devait trouver un moyen de s'échapper.

Dès le lendemain, il demanda à ce qu'on l'emmène marcher dans la cour, mais l'autorisation mit deux jours à être accordée. Entre-temps, il sympathisa avec le jeune infirmier qui s'occupait de lui. Le pauvre garçon ne devait pas avoir plus de vingt-deux ans et malgré des traits réguliers et affables, il souffrait visiblement d'une malformation de la jambe gauche, plus courte que la droite, entraînant un boitement distinct qui le tiendrait éloigné du front. Il s'appelait Alfons et devint pour Grigori une véritable mine d'informations. En cinq jours à peine, il sut qu'il se situait dans une aile réservée aux prisonniers de guerre blessés et minutieusement gardée par de nombreux soldats. Seuls les médecins, les soldats ou les infirmiers pouvaient passer d'une aile à l'autre, et ce par une seule porte située au rez-de-chaussée. En revanche, si la cour intérieure de cette aile ne communiquait pas avec celle de la partie réservée aux citoyens prussiens, les fenêtres du couloir principal du premier étage et du rez-de-chaussée donnaient directement dessus. Malheureusement, les couloirs grouillaient de soldats, de jour comme de nuit. Grigori se félicita d'avoir été un élève assidu dans l'apprentissage des langues étrangères. Grâce à cela, en plus du français et de l'anglais, il parlait un allemand presque parfait. Cela jouerait en sa faveur, car le chemin jusqu'au front russe risquait d'être long, pour autant qu'il parvînt à sortir de cette forteresse ennemie.

Un matin, un soldat vint lui annoncer qu'il serait transféré vers un camp de prisonniers dans une vingtaine de jours. L'étau se resserrait, il devait agir avant son transfert. Tant que la sécurité le permettait. Abandonnant tout principe moral, il manipula au mieux le pauvre Alfons, lui promettant monts et merveilles une fois libéré des Prussiens. Il élabora des mensonges éhontés, inventa des stratégies militaires inexistantes, fit de son imagination l'arme au service de sa libération. Quand Alfons lui apprit où résidait sa propre famille, à quelques centaines de kilomètres seulement de la frontière russe, Grigori en profita et s'affligea du triste sort réservé aux habitants de la région. Alfons eut la réaction escomptée et lui demanda plus d'explications et de détails, que Grigori inventa au fur et à mesure de son récit. Bien entendu, Grigori bluffait. Il promit même à Alfons de faire en sorte d'éviter la zone, une fois les rangs de l'armée russe rejoints. Naïf et crédule, le pauvre Alfons le crut, sûrement impressionné par son rang, sa gentillesse et, par-dessus tout, la terreur générée par le mythe des Russes pilleurs, sanguinaires, cruels et violeurs.

L'impression de protéger sa famille bien-aimée eut raison de sa loyauté envers l'Allemagne et, le regard plein d'espoir, il accueillit à bras ouverts la promesse de Grigori d'éviter le petit village en cas de percée vers les Allemands. Plus Grigori s'enfonçait dans son mensonge, moins il écoutait cette conscience qui cherchait à l'étouffer sous le poids de la culpabilité. Sa décision était prise : il voulait – il devait – s'échapper, quel qu'en soit le prix. Le plan était prêt. Les jours suivants, Alfons répondit à ses questions, le fit travailler sur sa prononciation et lui fournit toutes les informations nécessaires à son évasion. Le matin du 24 septembre, deux jours avant la date du transfert, Alfons déposa une matraque et un uniforme, qu'il avait dissimulés sous sa blouse, dans la chambre de Grigori. À la nuit tombée, Grigori le revêtit et tambourina à la porte de sa chambre avec insistance. Quelques secondes plus tard, un des soldats prostrés devant la pièce entra, Grigori l'assomma aussitôt. Il eut à peine une seconde de répit avant l'arrivée du second vigile. Il lui réserva le même sort. Puis il ramassa sur les soldats ce qu'il manquait à son uniforme afin de parfaire son déguisement.

Cette rapide altercation avait abîmé son épaule qui le lançait terriblement. Il avait connu de meilleurs jours, mais il comptait sur l'adrénaline pour le porter jusqu'au succès. Une fois dans le couloir, il ferma la porte de sa chambre, ouvrit l'une des fenêtres du couloir et marcha vers l'escalier. Son cœur battait la chamade. En cas de rencontre inopinée, Alfons lui avait confié quelques phrases qui lui épargneraient tout soupçon. Pendant des heures, il avait répété chaque mot avec l'espoir d'y supprimer toute ombre d'accent étranger. Contre toute attente, il traversa l'étage sans encombre. Il croisa cinq Allemands qui se contentèrent de le saluer d'un mouvement de tête. Au rez-de-chaussée, les choses allaient se compliquer. Il devait annoncer sa propre évasion. À l'aide d'une lame de rasoir, il traça une fine entaille sur son front et étala le sang sur son arcade sourcilière. Puis il pria pour que l'éloge de ses talents d'acteurs ne fût pas seulement le fruit de l'illusion amoureuse d'Éléonore. Il prit une longue inspiration et quitta sa cachette en hâte. Il déboula dans le couloir principal en claudiquant et en criant :

– Le prisonnier de la chambre B203 s'est échappé ! Il est armé et a déjà tué Schulz !

Le résultat fut immédiat, les soldats qui patrouillaient se précipitèrent à la suite de Grigori vers l'escalier. Faisant mine de reprendre son souffle, le Russe les laissa monter avant de repartir dans l'autre sens, vers la porte qui communiquait avec l'aile principale de l'hôpital.

– Où allez-vous comme ça ? demanda un soldat resté à garder la porte.

– Le caporal Huber m'a demandé d'aller prévenir le docteur Kupiec.

Grigori suait désormais à grosses gouttes. Si cette excuse,

préparée soigneusement avec Alfons, ne fonctionnait pas, il faudrait improviser.

– Identifiez-vous, soldat !

– Gefreiter Filip Dauman du 21e régiment d'infanterie.

Le soldat le laissa passer sans plus de questions. Alfons lui avait expliqué que le 21e venait d'envoyer quelques recrues pour garder les prisonniers en attendant les prochaines instructions. Pour l'instant, l'essentiel des soldats déjà en place ne les connaissaient pas, ce qui assurait son anonymat… Il pénétra dans la zone réservée aux civils et aux soldats du Kaiser. D'un revers de la manche, il essuya le sang qui maculait son front et reprit sa démarche assurée. Puis il suivit les indications d'Alfons. Seuls quelques médecins circulaient dans les couloirs, et il ne croisa des soldats qu'à sa sortie de l'hôpital. Il s'enfonça dans la pénombre naissante et chercha la ruelle indiquée par Alfons. Il devait faire vite. Sa supercherie avait dû être remarquée depuis quelques minutes déjà. Le cœur battant à tout rompre, il dénicha le sac de vêtements caché par l'infirmier. Une fois changé, il essaya de se calmer. Malgré les soldats postés à chaque coin de rue, sa tenue d'ouvrier lui permettait de se fondre dans la masse.

Il s'éloigna du centre-ville, et à l'abri des quartiers populaires, il s'autorisa à souffler. Il venait de s'échapper de l'hôpital, mais le plus dur restait à faire. Sous peu, un avis de recherche serait placardé sur les murs de la ville et transmis à tous les villages susceptibles de se trouver sur son chemin. Il faudrait limiter les interactions au minimum, sinon il se trahirait lorsque son accent ressurgirait. Pour l'instant, il devait étudier la carte qu'Alfons lui avait fournie et trouver le meilleur moyen de rejoindre la campagne. Désormais, il était seul. Il possédait une vague idée de l'état du front, grâce à l'arrogance de certains soldats allemands trop enclins à dénigrer l'armée russe. C'est ainsi qu'il s'était enquis de la défaite totale de la deuxième armée, de la fuite des survivants ayant échappé aux filets des Allemands vers les rangs de la première armée retranchée en Mazurie. Le répit avait été de courte durée. Une fois de plus, les Prussiens avaient anéanti les derniers vestiges de l'armée impériale russe. Après l'offensive, les quelques rescapés tentèrent tant bien que mal de regagner la frontière.

Les Boches se vantaient d'avoir conquis des terres le long de la Vistule et dans le sud de Thorn. À l'annonce de cette nouvelle, Grigori avait réalisé avec effroi qu'il se trouvait bien plus loin de la frontière russe que prévu. Impossible de rebrousser chemin, il devait descendre vers Varsovie en suivant la Vistule. Avec un peu de chance, la ville de Plock appartenait encore à l'Empire de Nicolas II. Il en aurait pour plus de trente heures de marche s'il empruntait le chemin le plus court. Cependant, il craignait que ces sentiers ne soient trop surveillés. Pour passer inaperçu, il faudrait effectuer un détour par le sud et se mêler à la population en partance pour la Russie.

Il commença son avancée, profitant de l'obscurité pour dissimuler sa silhouette. À chaque faisceau lumineux inattendu, à chaque bruit suspect, son cœur bondissait dans sa poitrine, lesté par la crainte d'être interpellé et incarcéré dans un camp où ses chances d'évasion s'évaporeraient. Pour la première fois, il remercia son école militaire et son expérience dans l'armée. Avant cela, le sang-froid ne faisait guère partie de ses attributs. Son impertinence en avait échauffé plus d'un pendant ses études, et même s'il appréciait l'exaltation d'un combat verbal, certains adversaires répliquaient à ses offenses par les poings. Lorsque le cours des événements en arrivait à un tel dénouement, il préférait prendre ses jambes à son cou plutôt que de tenir sa position. Il avait beau être un excellent escrimeur, il fuyait le conflit comme la peste. Sa fierté ne l'emportait pas sur son sentiment d'autoconservation, à moins qu'il n'eût point d'autre choix.

Dans une guerre, il n'y avait pas de place pour la fierté. Seule la survie comptait, et pour rester en un seul morceau, il avait grandement besoin d'invoquer tout son courage, même pour fuir. Surtout pour fuir. Il avait déjà pensé à la mort. Comme tout aviateur. Et s'il devait mourir dans un avion, qu'il en soit ainsi. Il mourrait en faisant ce qu'il aimait. En revanche, il déplorerait l'inutilité d'une mort dont l'impact serait semblable à une goutte d'eau dans un océan. Quel honneur y avait-il à sacrifier sa vie pour une patrie contestée par la majorité ? Pour une guerre dont personne ne voulait, mais dans laquelle tout un chacun se jetait corps et âme. Une fois de plus, il n'avait pas eu le choix. Comme toujours, la vie le jetait aux crocodiles. Peut-être aurait-il pu fuir, devenir clandestin, entamer une longue traversée, tenaillé par le remords et la peur, en direction de la France où il s'y trouverait honteux et hors la loi… Il n'était pas idiot au point d'ignorer les frontières du possible. À certains événements, on ne pouvait échapper, et il refusait d'être un lâche. La seule chose qu'il lui restait à faire était de survivre jusqu'à ce que la fièvre belliqueuse cesse. Après, il verrait.

Il continua d'avancer jusqu'à l'aube, il se dissimula dans la grange d'une petite ferme et attendit. Des voix le réveillèrent en sursaut, on parlait un patois allemand dans les champs autour de sa cachette. Il n'était pas parvenu à atteindre les villes russes, pas encore. À la nuit tombée, il reprit la route, tiraillé par la faim et la fatigue. Il avait pu boire un peu, heureusement.

Il répéta ce ballet nocturne pendant deux nuits supplémentaires, volant des légumes destinés au bétail ou une miche de pain abandonnée sur le rebord d'une fenêtre tant il se sentait faible. Au bout de quatre jours, il atteignit une zone grouillant de patrouilles allemandes. Il venait de rejoindre le territoire russe envahi par l'armée du Kaiser. Il espérait continuer de compter sur sa bonne étoile pour passer à travers l'essaim boche.

Ce matin-là, il ne se cacherait pas ; il irait à la rencontre des habitants et plaiderait sa cause. Déjà plusieurs maisons avaient été désertées par leurs habitants, pressés de fuir un territoire qui ne leur appartenait plus. Il repéra une grande ferme encore éclairée. Il passa devant et observa ses occupants, dissimulé dans les bosquets. Un vieil homme, un petit garçon d'une dizaine d'années et une ravissante jeune femme d'à peine vingt ans. Eux aussi s'affairaient à trier leurs objets de valeur et les disposer dans des malles. Il venait de déceler sa chance d'évasion. Il entra dans l'enceinte de la propriété, et à peine mit-il un pied sur le perron que la vieille porte en bois s'ouvrit à la volée. La jeune femme laissa échapper un cri et le coffre qu'elle portait. Une ribambelle de mots polonais accompagna son effroi de se retrouver face à cet inconnu.

– Vous parlez russe ? demanda Grigori.

Les yeux marron de la jeune femme s'agrandirent et elle hocha la tête, toujours tremblante.

– Et vous comptez regagner la frontière et quitter la zone occupée ?

Elle hocha de nouveau la tête.

– Je viens de marcher pendant quatre jours et je ne tiens plus sur mes jambes. La soif et la faim m'ont épuisé. Si vous m'aidez à traverser la frontière, je vous aiderai à mon tour une fois arrivé en Russie.

La blonde continua de le fixer comme une biche apeurée face à un loup affamé.

– Vous êtes un soldat ? demanda-t-elle enfin, d'une voix cristalline qui chevrotait sous l'effet du choc.

– Oui, un officier.

Sur ces mots, elle l'attrapa par le bras et l'entraîna dans l'entrée, prenant soin de refermer la porte derrière elle.

– Attendez ici, je vais chercher mon grand-père.

*

15 septembre 1914

Pour la première fois de sa vie, Éléonore se sentait rongée par la peur et l'incertitude. Cette maudite guerre raflait tout sur son passage. Les Allemands tuaient, détruisaient, capturaient et exécutaient sans discernement, mus par une furie meurtrière. L'Europe entière se consumait dans les flammes d'une guerre que personne ne comprenait. Certains avançaient qu'elle s'achèverait avant le début de l'hiver, d'autres prévoyaient une issue bien plus funeste. Sur plusieurs fronts, l'enlisement des troupes menaçait leurs avancées. Si ce phénomène venait à se généraliser, les experts politiques et militaires craignaient que les combats ne s'éternisent, retardant ainsi l'éventualité d'un armistice rapide. En attendant, les populations avaient fui l'Est et la capitale pour le calme du Sud-Est ou de la côte atlantique. Tous semblaient accablés par le poids écrasant de ce conflit absurde. Après cinquante années de paix, de croissance, de faste et de prospérité, la guerre rappelait à l'ordre les hommes et femmes qui pensaient que modernité rimait avec tranquillité.

À quoi ressemblait la guerre ? La génération qui se préparait au combat l'ignorait et s'en faisait des représentations plus chevaleresques que réalistes. Pourtant, les pères et grands-pères, qui regardaient avec terreur leur progéniture se perdre dans cette masse bleue et rouge, savaient qu'il n'y avait ni lyrisme ni onirisme dans la guerre. Seulement le froid, la peur, la solitude et la mort. Cette brume funeste, chaque jour plus épaisse, envahissait Biarritz. Les hôtels se transformaient en hôpitaux, les femmes s'improvisaient infirmières, et tous restaient sur le qui-vive. Éléonore pâtissait de l'humeur macabre généralisée. Elle la partageait elle aussi, rongée par la peur de perdre le seul homme qu'elle ait jamais aimé, le seul homme qu'elle aimerait. Joséphine, quant à elle, tâchait de dissimuler son trouble, mais il était évident que la présence d'Édouard sur le front de l'Est la préoccupait. Louise avait perdu son sourire et s'efforçait de garder la tête froide pour ses enfants. Seul le fait de savoir Charles loin de tout combat, pour l'instant, lui permettait de dormir la nuit.

À l'atelier de Leonora, les rires et la joie avaient déserté depuis l'annonce de la mobilisation générale. Le recentrage de la consommation sur le nécessaire et les mauvaises ventes de la saison estivale avortée achevaient de ternir l'humeur de chaque couturière. Ce cercle vicieux affectait la productivité de chacune, même si, au vu de la demande, cela n'aurait que peu d'effets sur les résultats prévus pour la saison. À peine mariée, Suzanne avait dû vivre le départ de son mari pour le front. Elle n'était pas la seule. Toutes les couturières pleuraient le sacrifice de leurs époux afin de sauver le reste du pays. Dans un endroit si bucolique et préservé que le Pays basque, peu de femmes comprenaient la fierté à défendre un territoire aussi lointain que le Nord-Est. Ou même la capitale parisienne, qui restait pour beaucoup un décor impersonnel de carte postale. Cependant la France demeurait leur pays, et la mère patrie se devait d'être défendue face à l'ennemi. Mais pourquoi leurs maris ? Pourquoi leurs fils ? Pourquoi leurs pères ? L'accablement morose des femmes, devant la menace d'une hécatombe généralisée, nuançait l'optimisme insouciant des hommes, excités de vivre les mêmes épopées militaires que leurs grands-pères.

En comparaison avec les années précédentes, Biarritz semblait vidée de toute vie. Les boutiques n'ouvraient que deux ou trois jours par semaine, les rues, les terrasses et les restaurants n'accueillaient qu'une poignée de clientes, cherchant à trouver un semblant de normalité dans ce désordre incohérent. Joséphine s'était aussitôt portée volontaire en tant qu'infirmière. Quant à Angélique, elle avait regagné la capitale pour y continuer ses études, soutenant que personne, et encore moins les Allemands, ne l'empêcherait de marquer l'histoire. Cela faisait un mois et demi que la guerre avait commencé et Éléonore n'avait pas eu de nouvelles de Grigori depuis sa lettre du 22 août, reçue début septembre. Chaque jour, elle tentait de démêler la propagande de la réalité dans les journaux qui clamaient que tout irait bien. Malheureusement, elle savait pour Tannenberg. Elle savait que les première et deuxième armées impériales russes avaient été défaites. Elle savait que des dizaines de milliers de Russes avaient péri. Elle savait que d'autres dizaines de milliers se trouvaient aux mains des Allemands. En revanche, elle ne savait pas ce qu'il était advenu de Grigori. Un nœud lui tordait l'estomac depuis plusieurs jours. Elle n'avait pas peur, elle était terrorisée. Elle relisait les lettres de Grigori chaque soir et s'endormait épuisée par l'angoisse et les larmes. Elle, qui n'avait jamais été pieuse, se surprenait à prier matin et soir. Tous les jours, elle allumait un cierge à l'église Sainte-Eugénie. Deux fois par semaine, elle se rendait à l'église orthodoxe de Biarritz, comme si, par ses supplications silencieuses auprès de cultes différents, elle augmentait ses chances de se faire entendre.

Louise aussi s'était repliée dans l'enveloppe rassurante de la religion. Elle priait pour que son mari reste près de la frontière espagnole, loin des combats. Elle implorait la grâce divine de protéger son frère. Seule Joséphine rechignait à rentrer dans un lieu saint ; selon elle, un cierge en plus ou en moins n'aiderait pas à dévier la trajectoire impitoyable des balles. S'incliner devant Dieu ne sauverait pas les malheureux envoyés à l'abattoir pour satisfaire des ambitions qui les dépassaient.

*

Pendant deux jours, l'étrange famille hébergea Grigori avant de se mettre en marche vers la frontière. Le vieil homme l'avait accueilli avec suspicion, mais sympathisa rapidement avec lui et profita de sa bonne constitution pour solliciter son aide dans les préparatifs. Son fils et sa belle-fille étaient morts des années plus tôt et l'aîné de ses petits-enfants avait été mobilisé pour la guerre. Il ne lui restait plus que son petit-fils, Andreï, et sa petite-fille, Karolina. Pour le trajet, le grand-père lui proposa de se faire passer pour le grand frère de Karolina, même si cette dernière l'observait avec une considération autre que fraternelle. L'intérêt de la jeune femme lui provoqua un pincement au cœur. Sa belle bécasse lui manquait et, décidément, personne ne la remplacerait jamais. Même s'il reconnaissait que Karolina ne manquait ni d'atouts ni de charme, il ne trahirait pas Éléonore.

Leur convoi se constituait de deux charrettes tirées par

quatre bœufs, sur lesquelles ils avaient amassé toutes leurs possessions. L'essentiel du trajet s'effectua en silence. La situation se compliqua lorsqu'ils s'approchèrent de la ligne de front. Le passage des civils y était réglementé, lent et très contrôlé. Grigori espérait que son épaisse barbe suffirait à éconduire les soldats dans le cas où ils disposeraient de sa photo.

Après une attente interminable sous une chaleur de plomb, ce fut enfin leur tour. Grigori se sentait au bord de l'apoplexie. Quand il dut énoncer son identité, il se força à chasser le tremblement de sa voix. Toute défaillance risquait d'éveiller les soupçons. Le soldat ne comprenait pas pourquoi il n'était pas au front. Un deuxième soldat s'avança, il paraissait bien plus aimable que le premier. Et Grigori songea qu'il était temps d'exploiter ses qualités de beau parleur. Si cela fonctionnait, Éléonore l'entendrait ! Il mêla la fiction à la réalité et offrit un récit aussi bouleversant qu'excitant de sa vie. Puis tira de sa poche la photo d'Éléonore pour appuyer ses propos. Dans son histoire, elle était une danseuse de Varsovie, une sirène slave ayant capturé son cœur et dont il ne rêvait que de retrouver les bras. Il ajouta un soupçon de drame avant de conclure les yeux brillants.

Le soldat antipathique s'empara de la photo pour la regarder de près et la commenter avec son collègue. Quand il fut satisfait, il la plia et la rangea dans sa poche avant de donner une frappe amicale sur le bras de Grigori tout en le félicitant d'avoir dégoté une telle beauté. Puis ils mimèrent quelques gestes obscènes devant lesquels Grigori dut se forcer à rire tandis qu'au fond de lui, il eut envie de leur ficher son poing entre les yeux. Tremblant de rage, il avança aux côtés de la petite famille vers la zone russe. Privé du cliché de la femme qu'il aimait, il continua son chemin soulagé et persuadé que sa bonne étoile n'était autre que sa bien-aimée. Bientôt il la contacterait. Pour espérer lui transmettre un télégramme, bien plus rapide qu'une lettre, il devait attendre de rejoindre l'état-major, à Petrograd.

À Varsovie, il s'identifia et fut reçu par le général Yakov Jilinski. Il fit du bien-être de la famille sa priorité avant même d'accepter de se faire interroger comme le requérait la procédure. Karolina, Andreï et leur grand-père se virent accorder une garde personnalisée ainsi qu'une coquette somme d'argent destinée à amortir leurs frais d'émigration et d'implantation. Vêtu d'un uniforme d'officier russe flambant neuf et rasé de près, Grigori vint leur exprimer sa reconnaissance et leur faire ses adieux. Prise d'un élan de sincérité, Karolina sauta dans ses bras et l'embrassa à pleine bouche. Grigori se figea sous la pression des lèvres de la petite blonde, puis lui attrapa la taille et l'éloigna gentiment de lui.

– Karolina… Je suis flatté que vous… Mais je ne peux pas. Mon cœur est déjà pris.

Toute timidité semblait l'avoir abandonnée depuis son acte irraisonné et elle le fixa droit dans les yeux.

– Est-ce la femme de la photo que les soldats vous ont prise ? Est-ce vrai ? C'est une danseuse polonaise ?

– C'est bien d'elle qu'il s'agit, mais elle est française et n'a rien d'une grande danseuse. C'est une couturière.

– Une Française ?

– Oui. Même si je doute qu'elle corresponde aux clichés que vous pourriez vous faire d'elle…

– Qui êtes-vous réellement, Grigori ?

– Votre grand-père le sait, lui. Je suis d'un autre monde,

un monde imperméable et archaïque, le monde de la noblesse. Mais cela ne change rien.

– Vous ne ressemblez pas à un noble…

Grigori ignorait comment le prendre et l'observa avec un sourcil interrogateur.

– Vous êtes… abordable. Et humble aussi, à votre façon. C'est vrai que cela fait sens d'une certaine manière…

– Abordable et humble… Soit ma courte captivité m'a changé, soit la vision que vous avez de moi est terriblement biaisée. Je veux bien être abordable, mais je ne suis pas humble.

– Dans tous les cas, vous tenez parole. Et selon mon grand-père, les gens comme vous, ça ne court pas les rues.

– C'est la moindre des choses… Karolina, j'aimerais vous confier une mission. Prenez soin de votre grand-père et de votre frère, et si vous en exprimiez le besoin, donnez mon nom et mon régiment. Je ferai en sorte que l'on s'occupe de vous.

– Merci… Et vous êtes certain de ne pas vouloir… Enfin… Mon grand-père dit que je serai une bonne épouse et…

– Et je suis persuadé qu'il a raison. Prenez votre temps, vous êtes encore jeune… Ne sautez pas sur le premier venu, je vous en conjure.

– Vous feriez un meilleur grand frère que cet idiot parti au front !

– Je suis le pire des grands frères, mais il m'arrive d'être de bon conseil… Karolina, je dois y aller, merci pour tout et prenez soin de vous. Je n'oublierai jamais ce que vous et votre famille avez fait pour moi.

Il l'enlaça et l'embrassa sur la joue avant de monter dans la remorque pleine de soldats.

19

Le 22 octobre 1914, le téléphone de l'atelier de la rue Mazagran retentit. Seules Éléonore, Suzanne, Amaia, et deux autres employées, Maider et Anne-Marie, s'y trouvaient, les autres travaillant désormais à temps partiel. Quelques instants plus tard, le visage blême, Éléonore raccrocha et s'excusa auprès de ses couturières qui la regardaient avec inquiétude. Elle attrapa son manteau et son chapeau avant de dévaler l'escalier en hâte. Le souffle court, elle débarqua en trombe au centre télégraphique de la rue Gambetta. En temps normal, un facteur télégraphiste venait livrer les petits papiers bleus, il était rare de devoir se rendre sur place pour en découvrir le contenu. Il n'y avait plus rien de normal dans ce quotidien étrange au déroulement chaotique. Le personnel croulait-il sous les communications ? Après s'être identifiée, on lui remit un télégramme.

Mon amour – STOP – Je vais bien – STOP – M'en vais rejoindre l'empereur et le commandement des armées dont mon père fait partie – STOP – Prisonnier des Allemands à Tannenberg – STOP – Évadé fin septembre – STOP – Me voilà enfin en sécurité – STOP – Ta photo m'a valu de passer la frontière en un seul morceau – STOP – Peux-tu m'en envoyer une nouvelle – STOP – Je t'aime de tout mon cœur – STOP

Éléonore faillit s'effondrer, prise d'une envie de hurler et de pleurer. Une vague de soulagement chassait enfin l'inquiétude qui la rongeait. Elle tenta tant bien que mal de calmer son cœur et dicta un télégramme de réponse d'une voix tremblante.

Mon soulagement est immense – STOP – Même si te savoir aux mains des Allemands pendant tout ce temps me fait froid dans le dos – STOP – Continue de faire attention à toi – STOP – T'envoie sur-le-champ une nouvelle photo – STOP – Hâte de t'entendre me relater ton évasion de vive voix – STOP – Je t'aime chaque jour un peu plus et me languis de te revoir – STOP

Quand elle eut fini de dicter le télégramme, l'opérateur télégraphique la dévisagea les yeux humides. Il s'agissait de la première bonne nouvelle qu'on lui rapportait aujourd'hui et sûrement de la plus belle déclaration d'amour dont il eût jamais été témoin. Il fixa cette belle femme au visage rougi par l'émotion.

– Merci, monsieur, commença-t-elle. Merci de m'avoir appelée…

– Les bonnes nouvelles se font rares, même dans notre jolie ville protégée… Alors quand il y en a, il faut les fêter.

– Vous avez raison. Mes prières vont à votre famille, monsieur.

– J'espère que Dieu entendra vos prières et protégera mes fils.

– Je le souhaite de tout mon cœur. À bientôt.

Sur ces mots, Éléonore lui adressa un sourire sincère, le premier depuis de longues semaines. Grigori était vivant. Il revenait peut-être de l'enfer, mais il était vivant. Et il l'aimait. Elle souhaitait crier cette nouvelle sur tous les toits, s'en réjouir auprès de ses amies et trinquer à la vie. Pourtant elle n'en ferait rien. Pas tant que Joséphine, Louise, Suzanne, Amaia et les autres demeuraient dans l'incertitude et l'angoisse. Les difficultés financières de son magasin semblaient soudain lointaines face à la joie qui l'envahissait. Si l'homme qu'elle aimait survivait, alors elle trouverait bien le moyen de sauver Leonora.

Petrograd, le 20 janvier 1915

Ma très chère Éléonore,

Après deux mois à travailler à l'état-major des armées, je vais être renvoyé au front pour commander un corps de la première armée en Pologne. La Russie continue d'y essuyer défaite sur défaite, mais j'ai bon espoir qu'un revirement stratégique y apporte une nouvelle perspective de victoire.

Quel bonheur d'avoir pu échanger régulièrement avec toi ces derniers mois ! Chacune de tes lettres partira avec moi, tout comme tes photos. J'ai bien peur que la guerre soit longue. Bien plus longue que les prévisions des soi-disant experts. Je ne peux guère t'en dire plus, de peur de révéler des secrets dont je suis le gardien ; mais sache que nous devrions être réunis d'ici l'année prochaine, si tout se passe comme prévu.

Je te souhaite bon courage pour ta boutique et je réitère mon souhait de t'avancer la somme nécessaire pour couvrir tes dettes et repartir sur des bases saines.

Je t'aime et ton amour est garant de ma survie.

À toi pour l'éternité,

Grigori

Biarritz, le 2 février 1915

Espèce de sombre idiot,

J'aurais dû me douter que ton entêtement te pousserait à braver mon interdiction. Imagine ma fureur lorsque j'ai appris que mon prêt avait été remboursé ! C'est la dernière fois que tu prends une décision sans mon accord ! Je suis très en colère. Sache que si tu venais à te faire blesser ou à prendre des risques inutiles à la suite de ta stupide décision unilatérale, il n'y aura pas de tranchées, pas d'Allemand ni d'Austro-Hongrois pour m'empêcher de venir te tirer les oreilles en personne ! Ni de botter les fesses de ton illustre père pour avoir failli à ton éducation. Ma vengeance sera terrible, tu peux le croire.

Malgré ma fureur à ton égard, je t'aime et préfère t'en assurer, car je sais combien un homme désespéré peut agir encore plus stupidement qu'à son habitude. Donc ta bécasse en colère t'aime quand même.

Éléonore

P.-S. : Au cas où j'aurais manqué de le mentionner, je t'aime.

Lamberg, le 7 mai 1915

Maya Lyubov,

Quelle ironie ! Moi qui avais détesté être militaire, me voilà forcé de me battre pour mon pays, que j'aime, mais que je compte quitter dès la guerre achevée. Comment galvaniser des hommes alors que l'on est soi-même sceptique face aux ordres donnés ? Je ne veux plus me battre, or je somme mes soldats de continuer. Pour l'honneur. Pour la Russie.

Pourtant il n'y a pas d'honneur dans cette guerre. Uniquement un sacrifice aveugle de milliers de paysans, d'ouvriers, qui n'ont rien demandé d'autre que de poursuivre leur quotidien. Et tout ça pour quoi ? Pour satisfaire les intérêts respectifs de trois cou-

sins qui règnent sur le continent... Oh, il n'y a pas que cela, je le sais, mais je suis fatigué, mon amour. Fatigué de chercher à comprendre l'intérêt de cette maudite guerre. Fatigué de lutter contre un ennemi qui, malgré les noms dont on l'affuble, me ressemble en tout point. Fatigué de souffrir. Fatigué de savoir que chaque minute passée au front, ou à l'arrière, est une minute de moins passée à tes côtés. Fatigué de n'apercevoir ton visage qu'en photo. Fatigué de voir les souvenirs de tes baisers et de tes caresses se dissiper un peu plus chaque jour, chassés par des images que j'aurais préféré ne jamais voir.

Pourquoi dois-je me battre alors que je veux seulement vivre ma vie telle que je n'ai jamais eu le droit de la vivre ? Pourquoi ai-je l'impression que depuis ma naissance, mes choix ont été sacrifiés sur l'autel du devoir ? Serait-ce trop demander que de pouvoir quitter cet enfer pour toujours et me réfugier dans ton étreinte ?

Alors que je rêve de tes baisers, de tes caresses, et de m'abandonner à l'exploration de ton corps, je n'ai le droit qu'au son des obus ou des mitrailleuses, aux cris déchirants de mes hommes sur le point de rendre leur dernier soupir...

Quelle horreur que celle du front ! Voilà pourquoi j'ai refusé de t'en parler jusqu'à maintenant.

Et oui, mon amour, je vais rester en vie et tu n'auras d'autre choix que de m'épouser. Je t'aime fort.

Grigori

21 juin 1915

– Bon sang, Éléonore, je n'en peux plus ! J'en ai assez de sourire et de faire comme si tout allait bien, alors que rien ne va ! pesta Joséphine, les yeux cernés et les joues creuses.

Assises sur la colline de l'Atalaye, face au rocher de la Vierge et à l'étendue calme de l'océan, Joséphine et Éléonore discutaient. Depuis leurs onze ans, âge où elles s'étaient connues, cet endroit demeurait leur préféré lorsqu'elles souhaitaient parler loin du tumulte citadin. Depuis le début de la guerre, leurs discussions avaient pris un tournant plus funeste. Joséphine soignait sans relâche les blessés entassés dans les hôtels et casinos. Et en ce jour ensoleillé, elle avait pris son après-midi. Éléonore, préoccupée par ses soucis financiers, avait souhaité se changer les idées et l'avait rejointe quelques heures. Joséphine n'avait pas quitté Biarritz depuis le début de la guerre. L'angoisse qui la rongeait semblait imperméable aux vertus thérapeutiques de l'air marin. Elle avait maigri, ses traits s'étaient tirés et creusés. Puis elle avait commencé à fumer. Éléonore s'inquiétait pour son amie. Seul Charles demeurait encore à l'écart des combats. Heureusement pour Louise qui ne dormait déjà plus de savoir son frère en danger.

Éléonore s'approchait de la trentaine, les soucis et le manque de sommeil lui creusaient de légères ridules au coin des yeux et au milieu du front. Elle seule les voyait, mais cela suffisait à la consterner. Elle se sentait accablée d'un poids bien trop lourd pour ses jeunes années. Pourtant elle gardait espoir, tout du moins elle essayait. Tirant sur sa cigarette, Joséphine continua sa tirade enflammée.

– Je n'en peux plus de dire à des hommes au visage déchiré par les shrapnells, à des beaux garçons aux jambes et aux bras coupés que tout ira bien. Leur vie est foutue et ils le savent bien. Pourtant, pour ceux qui peuvent encore parler, ils ne disent rien. Je n'en peux plus de me ronger les sangs à l'idée que cet imbécile d'Édouard, qui a eu l'égoïsme de me faire tomber amoureuse de lui, risque à tout moment de mourir pour une guerre stupide ! J'en ai assez de me morfondre à cause de ma bornée de sœur qui persévère dans ses études alors que des zeppelins allemands menacent de bombarder la capitale ! Et puis, je n'en peux plus de Marthe qui pleure à longueur de journée son minable de mari, alors qu'il est bien au chaud à l'arrière des fronts ! Je suis fatiguée, Éléonore.

– Je sais… Moi aussi. Tout le monde l'est. Chaque matin, chaque soir, le même rituel : lire un maudit journal qui enjolive la réalité du front. Entendre parler des victoires russes au détriment des sacrifices humains que la presse se garde bien de mentionner… Je sais que Grigori est en danger, il me l'a dit lui-même. La Pologne va passer aux mains des Boches. C'est inéluctable. Statistiquement l'une d'entre nous va pâtir de la perte de quelqu'un… C'est mathématique.

Joséphine jeta sa cigarette et vint se rasseoir sur l'herbe à ses côtés.

– Tout ça est affreusement pessimiste ! Où est passée notre insouciance ? Et notre rage de vivre ? Avant j'attendais tout du futur, maintenant je n'en attends plus rien. Uniquement que ce massacre prenne fin, advienne ce qu'il adviendra une fois terminé.

– L'insouciance est à la paix ce que le tourment est à la guerre.

– Eh bien, te voilà poétesse maintenant ? C'est de toi ? railla Joséphine.

– Sûrement quelqu'un l'a-t-il déjà prononcé sous une autre forme ; mais oui, je crois que c'est de moi ! répondit Éléonore, gagnée par l'ombre d'un rare sourire.

– Tu ne m'en voudras pas si je te l'emprunte pour mon prochain livre dans ce cas ? Pas que tu comptes écrire plus tard, si ?

– Non, ma créativité se borne à la mode, même si elle semble en profonde hibernation depuis le début de la guerre.

– Tu ne vas pas rouvrir à Arcachon cette année, déclara Joséphine. (Il s'agissait d'une affirmation et non d'une question.)

– Non, je ne ferais que m'endetter inutilement. Mes finances se sont assainies depuis que Grigori a tenu à rembourser mon prêt lorsqu'il était encore loin du front.

– Tu étais verte de rage, se souvint Joséphine en souriant.

– Complètement ! Et je lui en veux toujours, il l'a fait dans mon dos et je déteste cela.

– Eh bien, moi je suis heureuse qu'il l'ait fait ! Au moins, tu ne risques pas de te faire expulser de chez toi pour un impayé.

– C'est vrai… Mais je compte bien lui rembourser cette avance un jour. Il n'aura pas son mot à dire là-dessus !

– J'espère…, commença Joséphine, ses yeux marron désertés par l'étincelle qui les animait autrefois.

– Je ne veux pas parler de cela, Joséphine. Je garde mes larmes pour le soir. Parlons plutôt de la saison qui s'annonce : le Palais, le Carlton, le Biarritz Salin et l'Hôtel d'Angleterre viennent de rouvrir. On attend l'annonce de la saison proposée au Casino Municipal… Il faudrait s'en réjouir. De retrouver un semblant de normalité.

– Tu sais comme moi que cette saison n'aura rien de normal…

– Non, mais le divertissement est nécessaire pour éloigner de l'esprit la fatalité funeste de notre condition de mortels. C'est de Pascal !

– Depuis quand tu lis Pascal, toi ? Pas étonnant que tu n'aies plus d'inspiration.

– Je cherchais à diversifier mes lectures, je n'ai pas fini ses *Pensées*, c'est bien trop morose pour moi. Surtout en ce moment.

– Lis plutôt le marquis de Sade. C'est… vulgairement inspirant, sourit Joséphine.

– Je me bornerai à Jane Austen si tu n'y vois pas d'inconvénients.

– Aucun, ma très pieuse sœur. Combien de *Je vous salue* pour ce soir ? se moqua Joséphine, ce qui lui valut une tape amicale sur le bras.

*

Dans son magasin, Éléonore proposait moins d'articles que les saisons précédentes, certains tissus venaient à manquer et elle ne pouvait pas se permettre des folies financières. La priorité restait de maintenir la boutique à flot et de payer ses couturières. Seul cela importait désormais.

Son manque d'inspiration et sa mélancolie omniprésente se ressentaient dans ses créations. Plus de froufrous, plus de rubans, plus de couleurs exubérantes ni de dentelles à outrance. Ses créations allaient à l'essentiel : un tailleur pour la ville, une robe blanche et bleu-gris ample, marquée aux hanches et non à la taille. Une jupe rose pâle rebrodée de gris coupée au-dessus des chevilles. Une tunique plissée sur une jupe drapée blanche. Quelques chapeaux inspirés des créations de Verlaine, Jane Blanchot ou encore Gabrielle Chanel, des ceintures, des gants et autres accessoires. La robe du soir qu'elle avait dessinée abandonnait le grandiose de l'avant-guerre pour une sobriété moderne. Noire et dorée, dénudant les épaules, à peine marquée à la taille et dénuée de traîne. Elle l'adorait. Son goût pour l'extravagance n'avait pas survécu à la rigueur d'un quotidien marqué par l'horreur de la guerre.

Pour se changer les idées, Éléonore avait décidé de passer

la journée dans son magasin et non devant sa machine à coudre. Depuis le début de la matinée, elle avait déjà enregistré quatre commandes, toutes passées par des Espagnoles. La proximité avec ce pays encore neutre dans le conflit ainsi que la timide reprise des festivités saisonnières les attiraient. Une telle fréquentation annonçait la reprise de l'activité commerciale locale. Pourtant la personne qui entra chez Leonora à 11 h 45 de la matinée, le 23 juin 1915, n'avait rien d'une riche matrone ibère. Ses cheveux ébène portés en chignon lâche sous son petit chapeau blanc encadraient un visage féminin aux traits élégants et fins. D'épais sourcils bruns couronnaient ses yeux noisette pétillants d'intelligence et de malice. Quant à sa bouche fine, elle affichait un semblant de sourire, animant ses traits d'un air quasi aristocratique. Cette femme d'une taille similaire à celle d'Éléonore, bien que plus chétive, respirait la sérénité. Éléonore la reconnut aussitôt, il s'agissait de celle qui avait inspiré la conception de ses chapeaux, Gabrielle Chanel. Trois ans auparavant, alors qu'elle séjournait à Pau avec Grigori, Éléonore l'avait rencontrée à une course hippique. Elles n'avaient que peu échangé et Éléonore doutait que la couturière, de trois ans son aînée, se souvienne d'elle.

– Mademoiselle Chanel, quelle plaisante surprise de vous voir ici ! Que puis-je pour vous ? commença Éléonore, tâchant de cacher son excitation.

Le nom de la modiste avait gagné en popularité depuis la création de sa boutique de chapeaux à Paris. Sa simplicité et son style unique lui avaient valu d'être copiée par le Tout-Paris. Puis son influence s'était étendue en même temps que l'ouverture de son magasin à Deauville.

– Bonjour, madame Fourneau. J'apprécierais que vous me présentiez votre collection estivale.

Aussi surprise que désarçonnée, Éléonore tenta tant bien que mal de ne pas se laisser gagner par l'appréhension de la décevoir. Alors elle fit de son mieux pour lui présenter chaque article de sa collection d'été, mais elle ne put s'empêcher de conclure par ces mots :

– J'ai connu de meilleures périodes en termes de créativité. À croire que la guerre me l'a enlevée aussi…

Gabrielle Chanel l'observa d'un air qui ne trahissait aucune de ses émotions. Puis, soudain, elle lui demanda avec une douceur inattendue :

– Auriez-vous perdu quelqu'un de cher au combat ?

– Non, pas pour l'instant, et je tiens à ce que cela ne change pas. Mais je suis constamment inquiète.

– Je comprends. Est-ce ce beau monsieur russe que j'avais vu à votre bras il y a trois ans et qui faisait affaire avec mon ami Étienne Balsan ?

– Vous vous en souvenez ? s'étonna Éléonore.

– Votre réputation dépasse Biarritz, vous savez ! Cela fait un moment que j'entends parler de vous et de vos créations. Je vous connaissais avant même de vous rencontrer. Je suppose donc que c'est de cet homme qu'il s'agit…

– Oui… Il est en Pologne en ce moment. Mais je n'ai guère envie de plomber l'atmosphère, alors parlons d'autre chose.

– Avec joie. Vous vous plaignez de perte d'inspiration ; mais de toutes vos collections, c'est celle-là que je préfère, de loin.

– Oh.

– Bien que vous le fassiez avec beaucoup de talent, vos tenues suivaient cette mode du trop. Trop de rubans, trop de tulle, trop de froufrous, trop de tout. Malgré cela, vous parveniez à rester sobre. Mais là, vous avez complètement changé votre style : tout est simplicité, fluidité et modernité. J'adore.

Si Éléonore n'avait pas été sous le choc d'un tel compliment, elle aurait sûrement crié et dansé partout, ivre de joie.

– Si j'avais été plus pieuse, j'aurais vu en vous un signe divin me sommant de continuer.

– Vous ne souhaitiez pas continuer ?

– Si, bien sûr que si, répondit Éléonore avec ferveur, avant de détourner le regard des yeux inquisiteurs de la piquante brune.

– Oh, je vois. Le fardeau est lourd à porter lorsque l'on est seule à gérer une telle entreprise, n'est-ce pas ?

– Vous êtes très perspicace.

– Il le faut pour ce que nous faisons, dit Gabrielle Chanel avec un sourire. Je suis venue ici parce j'ai de grandes ambitions et j'ai besoin des meilleurs pour m'aider à les réaliser. Et selon moi, vous êtes la meilleure dans la région.

– Qu'attendez-vous de moi ?

– Je vais ouvrir ici un atelier de haute couture dès juillet et une boutique, au mois de septembre. Pour la saison d'automne donc. J'ai besoin de quelqu'un pour diriger la réalisation de la collection. Et pour être franche, j'aimerais que ce soit vous. Vous serez assistée par ma sœur.

Heureusement qu'Éléonore n'était pas cardiaque car cela faisait beaucoup à encaisser en à peine dix minutes. Gabrielle Chanel avait avoué apprécier son travail en général, puis avait fait l'éloge de sa collection et enfin venait de lui proposer un travail. La direction des opérations pour le lancement de la première collection de haute couture de Gabrielle Chanel ! Comment refuser une telle offre ? Mais, comment abandonner sa boutique ? Qu'adviendrait-il de Leonora pendant qu'elle travaillerait pour Mlle Chanel ? Comment accepter de mettre son travail au service d'un autre nom ? Si elle créait des vêtements, c'était pour sa propre renommée et non celle d'une autre, même si cette autre s'avérait être Gabrielle Chanel en personne ! Avait-elle le choix ? Son affaire piétinait à cause de la guerre, d'une augmentation des prix du tissu, d'une baisse de la fréquentation et d'un mauvais choix dans la localisation de sa deuxième boutique, qu'elle aurait mieux fait d'implanter en Normandie comme Joséphine le lui avait conseillé. Sa collection estivale semblait prometteuse, mais elle ne suffirait pas à couvrir le prix exorbitant des matières premières. Malgré son sens des affaires, Éléonore avait commis des erreurs. La conjoncture économique avait achevé de mettre fin à ses rêves de grandeur. Et si cette opportunité était justement le stimulus nécessaire à son succès ? Et si travailler pour Gabrielle Chanel représentait le maillon qu'il lui manquait pour accumuler l'expérience nécessaire à la réalisation de ses objectifs ? Après un long silence dissimulant d'intenses réflexions, Éléonore parla à nouveau.

– Et que me proposez-vous exactement ?

– De travailler sur une collection de grande ampleur, de diriger plus de soixante couturières, d'œuvrer avec moi sur des créations originales, de gagner un salaire fixe et sûrement bien plus élevé que ce que vous pourrez mettre de côté ces temps-ci. Je vous promets aussi d'engager chacune de vos couturières à des postes élevés et très bien payés. En revanche, vous travaillerez en mon nom. J'espère que les avantages évoqués sauront éclipser cet inconvénient qui doit vous tarauder l'esprit, si je ne me trompe.

– C'est vrai…

Éléonore marqua une pause avant de reprendre :

– Dans ce cas, discutons salaires et laissez-moi en parler à mes couturières avant de vous donner une réponse définitive.

– Je crois que nous allons former une excellente équipe, vous et moi, ajouta Gabrielle avant de suivre Éléonore dans l'arrière-boutique.

Suzanne avait tout entendu de cet échange et en tremblait d'excitation. Travailler pour la modiste Coco Chanel en restant auprès d'Éléonore ressemblait à un rêve éveillé pour elle et les vingt autres couturières de Leonora. Ce jour-là, Éléonore ferma boutique en début d'après-midi. Gabrielle et elle avaient discuté pendant plusieurs heures et en étaient venues à un accord. Éléonore y retrouvait un salaire aussi haut qu'au meilleur de son activité et avait négocié une belle augmentation pour ses couturières. Gabrielle lui rachetait toutes ses matières premières ainsi que son matériel et Éléonore disposait de deux semaines pour écouler son stock avant de vider les locaux et de prendre la direction des opérations de l'atelier de la villa Larralde, aux côtés de Mlle Chanel et de sa sœur. En l'espace de quelques heures, sa vie venait de prendre un virage inattendu. Mises au courant par Mlle Chanel en personne d'un tel bouleversement, les couturières tentaient elles aussi de comprendre ce qu'il leur arrivait. Un long silence succéda à son départ avant que Suzanne ne se décide à le briser.

– C'est inopiné, mais c'est heureux. Qu'en penses-tu, Éléonore ?

– Nom d'une pipe, cela fait beaucoup trop d'informations pour une seule journée !

Cette exclamation provoqua quelques rires timides chez les jeunes femmes qui se tenaient en demi-cercle devant elle.

– Bon, je suppose que c'est dans ces moments-là qu'on attend du patron charismatique un discours galvanisant…

Malheureusement, j'ai peur de ne pas avoir assez de recul sur les événements pour en tirer de quelconques conclusions constructives. Je ne sais pas quoi dire si ce n'est que... Je pense que cette opportunité est de celles que l'on ne refuse pas. Cela n'arrive qu'une fois dans une vie, voire pas du tout... Depuis le début de la guerre, Leonora a perdu cet éclat qui en faisait un lieu chaleureux et agréable. Nous avons toutes un mari, un fiancé ou un frère parti à la guerre et nous pâtissons de cette absence. Cette opportunité est un souffle de vie dans un monde embrumé par la mort. Depuis ses débuts, Mlle Chanel est une figure de réussite que j'admire. En quelques heures, j'ai découvert la femme qu'elle est et j'en suis venue à l'apprécier. Beaucoup. Travailler pour elle sera un honneur pour moi et j'espère qu'il en sera de même pour vous. Rien ne changera, si ce n'est l'ampleur et la portée de notre travail. Je vous promets de continuer de veiller sur vous et... Si vous avez besoin de quoi que ce soit, je serai là.

Un silence ému s'installa à la suite du discours improvisé d'Éléonore.

– Et tu nous fais croire que tu ne sais pas faire de discours ? intervint Amaia avec un sourire ravi.

Éléonore la fixa interdite avant d'exploser de son rire tonitruant et si communicatif. En quelques secondes, toutes les couturières l'imitèrent. Qu'il faisait bon rire ! Malgré son absence récurrente ces derniers temps, le rire n'avait jamais autant été réclamé. Il possédait ce rare pouvoir d'alléger les âmes, de soulager l'esprit et d'apaiser le cœur.

20

9 octobre 1915

Joséphine tira une dernière fois sur sa cigarette avant de la jeter et de fouler le sol du Grand Hôtel. À huit heures du matin, la journée s'annonçait déjà étouffante. Pourtant il ne faisait pas plus chaud que d'habitude. Depuis quinze jours, elle avait cette terrible impression de suffoquer sans répit. Depuis que Louise avait reçu un télégramme lui annonçant l'évacuation en urgence de son frère, gravement blessé lors d'une offensive en Champagne le 25 septembre. S'ensuivirent six jours que Joséphine passa chez Louise, persuadée qu'à deux, elles parviendraient à se remonter le moral. Puis un nouveau télégramme vint les assurer du rétablissement d'Édouard : son pronostic vital n'était plus engagé et il serait transféré aussitôt que possible dans un des hôpitaux biarrots. Alors pourquoi, huit jours après cette nouvelle, manquait-il toujours à l'appel ? Quand allait-il arriver ? Joséphine ne tenait plus en place.

Lorsqu'elle traversa le hall, elle salua le docteur Poliakoff d'un sourire assuré. Après quelques échanges, il lui donna ses instructions pour la journée. Elle devrait s'occuper des bandages d'un estropié, de quelques piqûres de morphine à droite et à gauche, de distribuer des pilules, d'apporter les plateaux-repas à une dizaine de patients et de vérifier que les hommes dont elle s'occupait depuis leur arrivée continuaient de se rétablir. La routine. Elle commença par aller s'assurer qu'Hippolyte Moulin, un grand brûlé, avait pris son traitement et ne souffrait d'aucune infection. Elle aimait beaucoup ce jeune homme de vingt-cinq ans à l'esprit vif. Étudiant en architecture, il avait été mobilisé dès le début de la guerre. Son visage, couvert de bandages, avait été ravagé par un lance-flammes, comme quatre-vingts pour cent du reste de son corps. Il serait à jamais défiguré, mais il vivrait. Était-ce un cadeau du ciel ou une punition divine ? Difficile à dire.

– Mademoiselle Lacombe, vous êtes encore plus belle qu'hier, vous savez ! déclara-t-il d'une voix râpeuse, ses yeux marron pétillants de malice.

– Mon cher Hippolyte, si je ne vous connaissais pas, je penserais que vous essayez de me faire du charme…, répondit-elle d'un ton faussement accusateur en lui adressant un grand sourire. Alors, comment vous sentez-vous aujourd'hui ?

Entre discussions courtoises avec les patients les plus aimables et prises de bec avec ceux qui lui adressaient des remarques obscènes, elle n'avait pas le temps de s'ennuyer. Certaines journées s'avéraient plus impitoyables que d'autres, avec des rechutes spectaculaires chez certains hommes, la découverte malodorante d'une gangrène ou d'une infection purulente, des hurlements de douleur ou de peur chez ceux que l'horreur du champ de bataille hanterait jusqu'à la mort. Si les journaux ne décrivaient pas l'atrocité du front au quotidien, les pauvres blessés s'en chargeaient par leurs traumatismes. Ceux qui déliraient criaient que des rats venaient leur ronger les orteils, d'autres qu'il fallait se mettre à couvert. Les explosions des obus ennemis résonnaient encore dans leurs oreilles. La plupart d'entre eux n'avaient plus que la peau sur les os. Beaucoup d'infirmières n'avaient pas supporté d'être confrontées à une réalité aussi crue. Joséphine avait su développer cette carapace affective afin de protéger ses sentiments. Mais elle n'en ressortirait pas indemne. Perdue dans ses pensées, la jeune femme faillit percuter l'une de ses collègues, Alphonsine Mercier, une jeune Luzienne de bonne famille dont les deux frères étaient mobilisés sur le front de l'Est. Alphonsine suivait deux médecins qui poussaient un brancard sur lequel gisait un homme au visage bandé. Joséphine l'interpella.

– Alphonsine ! Tu vas bien ? Tu es pâle comme un linge…

– Oh, Joséphine ! C'est mon frère aîné, il a été blessé à l'Est… Je l'ai appris ce matin. On ne sait pas si… si…

Joséphine comprit ce qu'elle voulait dire et la serra aussitôt dans ses bras.

– Rentre voir tes parents. Je m'occupe de ce patient. Tu as besoin de repos et d'être entourée, ma belle.

Ravalant ses larmes, la frêle Alphonsine hocha la tête et remercia Joséphine de tout son cœur avant de partir. Celle-ci pénétra dans la chambre d'hôtel réhabilitée en salle d'hôpital, vidée de tous ses meubles, à l'exception de trois chaises et d'une commode, laquelle était flanquée de deux lits aux draps immaculés. Les deux médecins y déposèrent le corps inerte de l'homme au visage couvert de bandages, du front jusqu'au-dessus de ses lèvres. Elle s'enquit auprès d'eux de son état et demanda ce qu'elle devait faire. L'homme avait été défiguré par des éclats d'obus, ils ne connaissaient pas l'étendue des blessures car ils n'étaient pas présents lors de l'opération du docteur Poliakoff. Le reste du corps avait été épargné à l'exception de deux blessures par balles en voie de cicatrisation et d'une jambe, cassée en plusieurs endroits, qui mettrait longtemps à guérir. Avant de partir, l'un des infirmiers déposa son dossier sur la commode. Joséphine décida de le lire plus tard car l'homme venait d'esquisser un mouvement.

– Où suis-je ? murmura-t-il d'une voix éraillée à peine audible.

– Au Grand Hôtel de Biarritz. Vous venez de subir une opération, il semblerait que tout se soit bien passé. Le docteur passera vous voir en fin d'après-midi.

L'homme ne répondit pas. Joséphine en profita pour l'observer. Comme tous les soldats, il paraissait mal nourri, même si ses épaules anguleuses demeuraient larges et musclées. Le bas de son visage était couvert d'une barbe châtain de plusieurs jours qui l'empêchait de bien distinguer ses traits. Lorsqu'il sembla avoir recouvré ses esprits, il essaya de s'asseoir avec difficulté. Joséphine vola à son secours. Elle lui donna de l'eau et partit en quête d'un plateau-repas léger pour apaiser sa faim.

Pendant que l'homme avalait sa purée par petites bouchées, Joséphine lui décrivit Biarritz et lui raconta quelques anecdotes qui avaient déjà fait leurs preuves auprès des patients. Malheureusement, il semblait imperméable à tout récit. Même celui des péripéties d'Éléonore et Grigori à Pau ne provoqua pas la moindre réaction chez lui. Il semblait si malheureux. Si perdu. Si seul. Alors Joséphine se tut et l'épia en silence. Puis, n'y tenant plus, elle parla à nouveau :

– Y a-t-il quoi que ce soit que je puisse faire pour vous ? Quelqu'un à contacter peut-être ?

– Non… Ils sauront bien assez tôt.

– Vous ne devriez pas dire cela, je suis sûre qu'ils se font du souci pour vous, et le simple fait de vous savoir en sécurité les rassurera.

– Pas quand ils me verront sans mon pansement…

– J'ignore à quoi ressemble votre blessure, mais je doute que cela soit pire que ce que j'ai pu voir jusqu'ici. Vous n'êtes pas le premier défiguré dont je croise le chemin, vous savez !

– Comment vous appelez-vous, mademoiselle ? articula-t-il de sa voix cassée.

– Joséphine Lacombe, à votre service, monsieur, répondit-elle d'un ton qu'elle voulut enjoué.

L'homme tressaillit mais ne répondit pas. Puis il écarta le plateau et fit signe qu'il voulait se recoucher. Une fois de plus, Joséphine l'aida avec douceur. Alors qu'elle le tenait encore dans ses bras, il déclara, presque en chuchotant :

– La mort n'a pas voulu de moi, elle a choisi de me torturer plus longtemps… Laisse-moi. Je veux dormir.

Que voulait-il dire par là ? se demanda Joséphine. Apparemment, le pauvre homme n'avait plus toute sa tête. Encore une vie brisée. Quand tout cela s'arrêterait-il donc ? Elle saisit son dossier sur la commode en acajou, puis lui promit de prévenir le docteur Poliakoff pour qu'il passe le voir. Arrivée dans le grand corridor, elle ne put se débarrasser de cette étrange sensation qui l'envahissait. Alors, elle s'arrêta dans une chambre vide et ouvrit d'une main tremblante le dossier du patient. Une photo glissa, puis le dossier tout entier s'éparpilla sur le sol. À son tour, Joséphine s'effondra, les yeux rouges. Édouard Hiriart, trente-cinq ans. Commandant. 20e corps d'armée. L'homme qu'elle aimait. Aveuglée par les larmes, elle tenta d'étudier la photo, sûrement prise avant son opération. Sa pommette gauche paraissait écrasée, creuse presque, son arcade sourcilière avait été explosée et du milieu de son front à sa joue, en passant par ses tempes, une balafre béante marquait son visage. Le côté gauche semblait bouffi, grossier par rapport au côté droit, si parfait… Elle laissa échapper un cri déchirant et fondit en larmes. La respiration courte, elle tenta de se calmer et de ramasser les documents du dossier d'Édouard. Elle sécha ses larmes du revers de la manche, tachée du sang du patient amputé dont elle s'était occupée plus tôt dans la matinée, et sortit de la chambre.

L'homme qu'elle aimait était défiguré, n'était plus que l'ombre de lui-même. Pire, elle lui avait donné son identité et il en avait été plus affligé que soulagé. Qu'allait-elle dire à Louise ? Qu'allait-elle faire de cette information ? Elle ne pouvait pas l'abandonner, le pauvre Édouard savait que sa vie ne serait plus jamais la même, comme tous ces soldats détruits par des armes de guerre, toujours plus efficaces, toujours plus mortelles… En revanche, entre soigner un illustre inconnu et s'occuper de son amant, il y avait un monde. Elle ne pensait pas en avoir la force. La première chose qui l'avait séduite chez Édouard, c'était son apparence, sa beauté, son charme. Elle rechignait à reconnaître un comportement si vain et superficiel, mais il s'agissait de la triste vérité. Puis l'attraction physique avait évolué vers quelque chose de différent, de plus profond. Pourtant cela lui suffirait-il pour continuer cette relation ? Avait-elle le choix ? Quels que soient ses sentiments, elle ne l'abandonnerait pas. Elle demanderait à s'occuper de lui et l'aiderait, jour après jour, jusqu'à sa rémission. Jamais elle ne s'abaisserait à une telle lâcheté, jamais elle ne succomberait à une attitude si déplorable. Elle ne lui tournerait pas le dos, une fois sa beauté perdue. Leur courte histoire n'avait été que passion, le chapitre sur le point de commencer prenait un autre tournant. Si elle ne pouvait plus l'aimer, que ferait-elle ?

Joséphine lutta une fois de plus contre les larmes, puis s'arrêta en haut des escaliers. Elle ferait ce qui devait être fait. Point final.

Alors, le soir avant de rentrer chez Louise, elle prit son courage à deux mains et se dirigea vers la chambre d'Édouard. Quand elle entra, il était assis, le visage recouvert de cette capote de bandage, mais rasé de près. Ce menton masculin, cette belle bouche fine : il ne faisait aucun doute qu'il s'agissait bien de lui. Réprimant un frisson d'appréhension, Joséphine vint s'asseoir à côté du lit.

– Joséphine… C'est toi, je suppose ? demanda Édouard de sa voix méconnaissable.

– Oui…, souffla-t-elle avant de prendre sa main.

Il tressaillit.

– Je t'avais dit que vous le sauriez bien assez tôt. Quoi qu'il en soit, je ne veux pas de votre pitié, et encore moins de la tienne, Joséphine.

– Ça tombe bien, je déteste la pitié ! Bon Dieu, Édouard, je souhaite juste être là pour toi.

– Attends de voir mon visage et tu changeras d'avis.

– Je l'ai déjà vu, et je suis là. Tu auras beau être désagréable, je ne te lâcherai pas d'une semelle !

Édouard ne bougea pas, puis, doucement, serra sa main.

– Ma vie est brisée, je suis brisé… Alors j'espère qu'en voulant jouer les infirmières, tu ne me briseras pas le cœur.

Cette affirmation la prit de court. Que pouvait-elle y répondre alors qu'elle ne savait pas elle-même ? Elle redoutait de se poser cette question plus que tout. Édouard avait changé. Et si l'homme qui l'avait séduite par sa malice était mort sur le front ? Peut-être que seule son enveloppe charnelle, abîmée elle aussi, demeurait. Comment pourrait-elle tomber amoureuse d'un fantôme ? Et s'il l'aimait et que ses sentiments à elle avaient disparu, que se passerait-il ? Elle ne pouvait pas le trahir ainsi, pas après ce qu'il avait vécu.

– Je ne suis pas ton ex-fiancée, Édouard. Je ne t'abandonnerai pas.

Non, elle ne s'enfuirait pas. Jamais. Elle ne lui mentirait pas non plus. Elle ne lui ferait pas de belles promesses sans en être certaine. En attendant, elle ferait tout pour le voir sourire de nouveau. Alors, pour la première fois depuis des mois, Joséphine attendait quelque chose du futur. Pour la première fois depuis des mois, elle avait hâte d'être le lendemain.

21

Début octobre 1915

Il en avait fini avec le front. Son père s'était-il enfin souvenu de son existence ? Avait-il décidé de glisser quelques mots en sa faveur afin de lui éviter de retourner au cœur de ce bain de sang ? Cela lui réchauffait le cœur de savoir qu'il avait attendu de le voir frôler la mort par deux fois avant de daigner lever le petit doigt. Cette fois, à Varsovie, Grigori ne devait sa survie qu'à la chance. Il se souvenait du bruit, des cris, des tirs, de ses oreilles qui sifflaient, de la sueur mêlée à la boue qui l'aveuglait, de l'odeur qui lui donnait la nausée et des soldats ennemis, trop nombreux. Il ne comptait plus le nombre de jeunes hommes qu'il avait exécutés. De la chair à canon, comme lui, comme les ouvriers et paysans inexpérimentés venus grossir les rangs de l'armée impériale russe. Des hommes qui devaient eux aussi avoir une mère, une sœur, une fille ou une femme. Des hommes à qui l'on demandait de devenir des machines, des hommes qui n'avaient d'humain que l'apparence. Des pions aux yeux vides, des carcasses sans âme muées par le devoir, la peur, la haine ou le désespoir. Il avait été touché par trois balles.

La première lui avait effleuré le bras, la deuxième lui avait percé le ventre et la troisième s'était logée dans sa cuisse. À quelques millimètres près, son artère fémorale ou son foie auraient été perforés. Blessé dès les premiers jours de l'assaut, il avait pu être évacué en urgence, évitant ainsi la gangrène de sa jambe droite. Dieu savait qu'il ne supporterait pas de finir sa vie diminué et dépendant.

Depuis sa sortie de l'hôpital, il se déplaçait tant bien que mal avec des béquilles. Aujourd'hui il rentrait enfin à Petrograd, où le baron Alexandre von Kaulbars, à la tête du très récent bureau unifié de l'aviation et de l'aéronautique militaire, allait le recevoir à l'état-major en compagnie du chef d'état-major de la Stavka en personne, le général Alekseïev. Il s'attendait à retrouver certains industriels de l'aviation, sinon il ne voyait pas quel serait son rôle. Des avions, il ne connaissait que les rouages mécaniques, les besoins en termes de ressources afin d'en assurer la construction, les enjeux financiers et technologiques ou encore la stratégie commerciale d'une usine telle que la Russo-Balt. S'il s'était révélé un excellent négociateur et homme d'affaires, il savait que la stratégie militaire, qu'elle touche ou non à l'aviation, n'était pas son domaine.

La voiture s'arrêta devant l'entrée de l'état-major. Mon sort se joue maintenant, songea-t-il. Un homme lui ouvrit la porte et l'aida à s'extirper du véhicule. Grigori se sentait d'une humeur massacrante : déambuler dans l'immense bâtiment, en gravir l'escalier, surtout face à des hommes en pleine forme physique alors qu'il ne tenait pas debout sans ses maudites béquilles, l'exaspérait. À chaque marche, il laissait échapper un juron. Lorsqu'il pénétra enfin dans le bureau et non la salle qu'il s'attendait à voir, son père l'attendait, au milieu, toujours aussi raide. Un mauvais retournement de situation dont il se serait bien passé. L'homme de soixante et un ans le surprenait encore par sa stature. Grand, svelte et large d'épaules, il était doté d'une aura menaçante. Il possédait les mêmes yeux bleus que son fils, mais les traits de son visage émacié n'en avaient pas la finesse ni l'harmonie. Ses cheveux blancs épais et courts achevaient le portrait de cet homme impitoyable.

– Père, salua Grigori, rendu nerveux par son invalidité.

Nikolaï Meletski le jaugea sans un mot avant de lui indiquer un siège du revers de la main.

– Je ne m'attendais pas à ce que tu survives, déclara-t-il d'une voix froide.

Le sang de Grigori se glaça. Cet infâme personnage l'avait envoyé au massacre, et persuadé de ne plus le revoir, l'avait laissé partir à Varsovie cinq mois plus tôt sans un mot ni la moindre attention. Il se souvenait de cet ultime repas dans leur petit château du nord de Petrograd, où sa mère avait tenté de raisonner son mari, en vain. À la place, Nikolaï l'avait sommé de cesser ses babillages hystériques de pauvre idiote. Toute tentative de rébellion de sa part se voyait aussitôt écrasée par la méchanceté de Nikolaï, et Grigori ne le supportait plus.

– Il est vrai qu'un fils mort sur le champ de bataille pour défendre son pays est bien plus honorable qu'un fils blessé qui ne retournera plus en première ligne.

– Deux défaites sur deux batailles menées n'ont rien d'honorable en effet.

– Un homme seul ne peut remédier au manque général de préparation et d'organisation de notre armée. Vous n'auriez pas fait mieux, c'était perdu d'avance.

– Si tu continues sur ce ton, la prison te fera le plus grand bien.

– Bien ! Si c'est ainsi que je peux vous être utile, je me ferai un plaisir de partager mon pain avec les rats, ça ne me changera guère du front.

Son père frappa du poing sur la table, les traits déformés par la fureur.

– Assez ! Tu me fais honte ! Quoi qu'il advienne, tu chercheras donc toujours à me compliquer la vie ! Avec tes stupides idées pseudo-progressistes, ou encore à divorcer d'une princesse pour ton propre confort !

– Le sujet est clos.

– Pas pour moi. N'oublie pas d'où tu viens, Grigori. Jouer au rebelle ne t'attirera pas mes bonnes grâces. Je me fiche de tes caprices et n'aurais aucun scrupule à te renvoyer en première ligne au moindre écart. Il est grand temps que tu comprennes où est ta place. J'espère que je ne me fourvoie pas en t'accordant une dernière chance.

– C'était donc vous… Je trouvais cela étrange d'être mobilisé si vite étant donné ma position sociale. Sacrifier votre fils, c'est admirable, railla Grigori, amer. Désolé de vous décevoir une fois de plus, j'ai survécu. Qu'attendez-vous de moi, cette fois-ci ?

– Mon temps est trop précieux pour que je le perde à essayer de raisonner quelqu'un qui ne souhaite pas l'être.

– Vous n'avez jamais cherché à me comprendre.

– À quoi bon me fatiguer ? répliqua-t-il, las. Tu es comme ta mère et ta sœur, affaibli par cette sensibilité ridicule.

Grigori avait beau connaître son père, il était toujours sidéré par son incapacité à exprimer une autre émotion que la colère.

– Si cela peut vous rassurer, je ne vous comprends pas non plus. En tout cas, je ne regrette aucun des choix que j'ai faits, même s'ils ont provoqué votre haine à mon égard. Mes choix et mes pensées m'appartiennent, mon cœur aussi.

– Si je te haïssais, je me désintéresserais de ton sort. Mais tu es une source constante de déception. Enfin… Je suppose que tu ne peux guère faire pire que cette hérésie de divorce.

– Si, épouser une couturière.

Son père explosa d'un rire glacé.

– Je dois reconnaître que tu as de l'humour, même s'il n'est pas toujours de très bon goût.

– Il ne s'agissait…, commença Grigori, furieux de ne pas avoir été pris au sérieux.

– Tu n'es pas ici pour cela, le coupa-t-il d'une voix tranchante. Je n'ai pas de temps à perdre avec tes caprices de fillette. Dans quelques minutes, tu seras conduit dans une salle de réunion où t'attendront les membres les plus haut placés du génie aérien. Ils t'avaient déjà repéré avant le début de la guerre. Je trouvais qu'il te manquait encore quelques enseignements capitaux. J'espère que ces mois en première ligne te permettront de tirer les leçons nécessaires à ton évolution. N'oublie pas que je te fais une faveur, Grigori. Je te laisse travailler dans ce que tu aimes et je te garantis une vie loin des conflits.

Grigori serra les poings et tenta de maîtriser sa voix. Il ne gagnerait rien à énerver son père, si ce n'était un aller simple pour la première ligne.

– Merci, père. Je vous suis reconnaissant de me laisser une chance de faire mes preuves dans l'aviation militaire.

– Je ne te demande qu'une chose. Ne me déçois plus. Sinon, je n'aurais aucun scrupule à te renvoyer illico presto au front, boiteux ou non.

– Et je vous crois sur parole.

– Bien, je te verrai sûrement si tu daignes rendre visite à ton fils et ton ex-femme.

Grigori ne répondit pas à la provocation et hocha la tête

avant de se relever avec maladresse, et de saisir ses béquilles. D'un geste de la main, Nikolaï l'empêcha d'aller plus loin.

– Ne te méprends pas. Même si ta survie et tes défaites consécutives ne m'emplissent pas de fierté, je suis soulagé de ne pas avoir perdu mon fils unique à la guerre.

Stupéfait, Grigori s'immobilisa. Jamais son père ne lui avait fait une telle déclaration. Puis, il tourna les talons. En quelques mouvements de béquilles, il sortit rejoindre ceux qui détenaient les clés de son futur.

22

12 novembre 1915

Fin octobre, le docteur avait retiré le pansement d'Édouard. Quand Joséphine arriva dans sa chambre et vit que les bandelettes avaient disparu, son cœur manqua un battement. Édouard, assis et immobile, baissait la tête et cherchait, par tous les moyens, à éviter son regard. Nul doute qu'il redoutait une réaction de rejet de sa part. La jeune femme s'approcha et releva sa tête du bout des doigts, tâchant d'afficher un air aussi professionnel que possible. Pourtant elle tremblait. De soulagement surtout. Les blessures purulentes et boursouflées qu'elle avait pu observer sur la photo n'avaient rien à voir avec les cicatrices grossières striant la partie gauche de son visage. Sa pommette avait été reconstruite. De la plaie béante, il ne restait plus qu'une vilaine balafre rouge, qui blanchirait avec le temps. Seule son arcade sourcilière n'avait pu être réparée, et même si son sourcil repoussait sur les tissus rose pâle de peau nouvelle, son front resterait à jamais déformé. Quand l'envie de l'embrasser à pleine bouche la prit, elle sut que ses sentiments n'avaient pas changé. Elle le trouvait toujours aussi beau, malgré les stigmates du combat. Pourtant elle ne l'embrassa pas, elle devait lui laisser le temps de guérir à l'intérieur aussi. Les cicatrices qu'il portait sur son corps n'étaient rien face aux plaies ouvertes de son esprit. Ainsi commencèrent leurs sorties quotidiennes, du moins quand le temps le permettait, Édouard sur son fauteuil roulant et Joséphine qui le poussait en chantonnant. Sa jambe cicatrisait elle aussi, mais la fracture était si impressionnante que Joséphine doutait qu'il puisse courir de nouveau. Si cela pouvait lui éviter de remettre les pieds en première ligne, alors elle s'en réjouissait.

– Tu écris toujours ? demanda un jour Édouard, fuyant son regard comme à son habitude.

– Oui, plus que jamais, souffla Joséphine.

– Parle-moi de ce que tu écris.

Joséphine s'en donna à cœur joie. Chaque matin, elle lui lisait des passages rédigés la veille. Puis elle changea l'histoire afin de la rendre plus amusante, plus légère, mais pas moins profonde. Elle souhaitait le divertir et non l'accabler. Lorsqu'elle lisait, elle sentait son regard brûlant sur elle, mais dès qu'elle levait les yeux, il détournait la tête.

Depuis le retour d'Édouard, Joséphine prenait plus soin d'elle. Elle dormait mieux, mangeait plus et Éléonore se réjouissait de voir son amie en meilleure santé. Joséphine avait recouvré sa silhouette féminine. Pourtant Édouard ne disait rien. Le remarquait-il ? S'intéressait-il encore à elle ? Comment pouvait-elle lui faire comprendre qu'elle voulait toujours de lui, qu'elle le désirait plus que jamais ? Cette flamme, qu'elle pensait éteinte, avait peu à peu été ravivée, devenant un feu ardent. Joséphine avait toujours vécu de passions et d'impulsions, elle ignorait comment procéder avec douceur et tendresse. Elle continuait d'apprendre. Édouard avait changé, et elle devait l'accepter.

Un matin de décembre, alors qu'Édouard s'entraînait à marcher avec des béquilles, Joséphine lui demanda :

– Me parleras-tu de la guerre un jour ?

Édouard s'arrêta et la regarda avec horreur.

– Non. Il n'y a rien à dire. Tu ne comprendrais pas. Et puis, je ne veux pas y penser alors que mes amis y sont encore. Du moins, le peu qui reste.

Pour la première fois, il l'avait regardée en parlant. Le tourment qu'elle avait pu lire dans son âme lui avait arraché un frisson d'effroi. L'homme qu'elle avait connu était enfoui sous des couches de peine et de terreur. Elle ne savait guère comment lui porter secours. Néanmoins, elle n'abandonna pas.

Quand les pluies diluviennes s'abattirent sur la côte pendant plusieurs semaines, elle l'amenait chez Louise pour voir les enfants et écouter de la musique. Durant ces moments de convivialité, Joséphine en profitait pour se rapprocher de lui. Elle le touchait plus souvent, et s'autorisait même le soir à déposer un baiser sur son front. Telle une bête sauvage qu'on apprivoisait, Édouard se détendait peu à peu, accueillant ses gestes affectueux. Un soir, dans l'intimité de sa chambre d'hôpital, alors qu'elle s'apprêtait à partir, il lui attrapa le poignet et plongea son regard bleu dans le sien :

– Reste un peu plus longtemps, s'il te plaît.

Joséphine crut défaillir de bonheur à cette demande. Elle s'assit sur le bord de son lit et posa sa tête sur son épaule. Bercée par la chaleur de son corps, l'odeur de sa peau et son souffle régulier, elle s'endormit quelques instants, enveloppée dans une couverture de plénitude. Quand elle ouvrit les yeux, il murmura :

– Excuse-moi, je te fais faire des heures supplémentaires.

– Autant que tu veux… Cela m'avait manqué de…

– De te serrer dans mes bras, acheva-t-il mélancolique.

Joséphine sentit son ventre se contracter. Comme il lui avait manqué ! Sans s'en rendre compte, elle s'était rapprochée de lui et leurs bouches n'étaient plus qu'à quelques centimètres. Il ne tenait qu'à elle de combler l'espace, mais Édouard détourna aussitôt la tête.

– Tu devrais rentrer. Il est tard et tu es fatiguée.

– Édouard…

– Merci d'être là, Joséphine, mais je refuse que tu te sacrifies comme cela.

– Je suis bien trop égoïste pour me sacrifier. Je ne fais rien sans conviction, tu devrais le savoir.

Édouard hocha la tête, l'air absent. Le vide était revenu. Le lion avait regagné sa tanière. L'impression de reculer après chaque pas hantait Joséphine. Janvier 1916 était arrivé, la guerre continuait, la vie aussi, seul Édouard semblait coincé dans un mal-être que Joséphine ne parvenait à briser. Tous les jours elle le voyait, et tous les jours, le même manège recommençait. Le soulagement qu'elle avait pu ressentir en le sachant vivant s'était dissipé devant l'ampleur des dégâts invisibles causés par les combats. Joséphine souffrait de son indifférence. Elle lui offrait tout sans rien recevoir en retour et cela l'exténuait. Alors elle reporta son attention sur d'autres patients, certains plus tourmentés encore. Ces hommes restaient des inconnus. Leur douleur n'affectait pas Joséphine de la même manière que celle d'Édouard.

Elle continuait d'occuper son temps libre en compagnie d'Éléonore et de Louise. Charles venait d'être mobilisé à l'Est, mais restait en troisième ligne, comme journaliste de guerre.

Quant à Éléonore, en travaillant pour Coco Chanel, sa vie prenait un nouveau départ. Elle se dédiait corps et âme à sa position de choix dans cette maison de couture prestigieuse. Sa rigueur, son esprit et sa détermination faisaient d'elle un atout de taille. Quant à son amant, il travaillait désormais pour le génie aérien de l'Empire. Ses connaissances en aéronautique ainsi que ses analyses détaillées des erreurs stratégiques russes en avaient fait un élément trop précieux pour être sacrifié au front. Débarrassée de la peur de perdre le seul homme qu'elle ait jamais aimé, Éléonore pouvait se concentrer et s'adonner à ses autres passions, la couture et la mode.

Malheureusement, le corps d'Édouard guérissait. Il marchait mieux et bientôt il retournerait sur le front. Joséphine ne voulait pas le voir repartir, pas avant de… Pas avant de l'avoir vraiment retrouvé. Alors elle l'incita à se remettre à la peinture. Ce qu'il fit, mais seul. Il s'enterrait dans ce jardin secret. Quand elle aperçut, par accident, l'une de ses toiles, elle fut effrayée. Les paysages bucoliques et les portraits impressionnistes avaient laissé place à des couleurs fauves, du noir, beaucoup de noir et le thème de la mort, présent dans chaque trait. Quel était cet enfer que l'on imposait à tous ces hommes dans la fleur de l'âge ? Le monde avait perdu le peu de sens qu'il lui restait. Joséphine décida de l'amener sur la plage, vers Ilbarritz, où, à l'abri d'une falaise, il peindrait l'océan et elle lirait. Contre toute attente, il accepta. En cette fraîche matinée de janvier, tous deux s'adonnaient à leurs loisirs favoris sur cette longue plage déserte révélée par la marée basse. Depuis plusieurs minutes, Joséphine avait cessé de lire et se délectait de l'observation silencieuse de son ex-amant. Son profil, éclairé par les rayons rosés du soleil, était régulier, fin, volontaire et terriblement beau. Comme brûlé par le regard insistant de la grande brune, Édouard se retourna.

– Qu'y a-t-il ?

– Rien, j'apprécie le spectacle…, lui déclara-t-elle d'une voix suave.

– Veux-tu que je change de profil ? Je ne voudrais pas que tu oublies ce qui se cache de l'autre côté, répliqua-t-il amèrement.

– Je connais chaque détail de ton visage par cœur, et je les aime, pour la simple et bonne raison qu'ils font partie de toi.

Édouard détourna les yeux et reporta son attention sur sa toile. Exaspérée, Joséphine se leva et se posta face à lui.

– Je ne vois plus rien du paysage, Joséphine.

– Je m'en fiche ! Pourquoi tu ne me peindrais pas moi, plutôt ? Je ne suis plus assez bien pour être un modèle digne de ton talent ? Est-ce que je te répugne maintenant ? Tu sais quoi, j'en ai assez de me plier en quatre pour quelqu'un qui ne daigne même pas me regarder dans les yeux quand je lui parle ! J'étais prête à tout te donner ! Tout. Mais tu préfères t'enfermer dans ta torpeur plutôt que de t'autoriser à vivre. Tu ne fais aucun effort… Et je suis fatiguée. Je suis exténuée, Édouard ! Au final, il s'agit de mon propre cœur que je suis en train de briser en jouant les infirmières. J'ai…

Il ne lui donna pas le temps de finir sa tirade enflammée et la fit taire d'un baiser. Alors l'orage éclata entre eux et la foudre les frappa de cette évidence qui ne demandait qu'à être révélée. La chaste pression de ses lèvres sur celles de Joséphine se transforma en une étreinte passionnée. Il prit possession de sa bouche, renouant avec une fougue qu'il pensait éteinte, et la pressa contre son large torse en laissant ses mains redécouvrir son corps. Joséphine ne tenait debout que grâce aux bras d'Édouard. Ce baiser enivrant, délicieux, lui donna l'impression d'être enfin chez elle. Elle laissa ses mains caresser son visage. Il se recula aussitôt.

– Laisse-moi te toucher, mon chéri. Ne crains rien, murmura Joséphine.

Alors il éclata en sanglots. Joséphine le serra dans ses bras, le berça et embrassa chaque larme qui coulait le long de ses joues.

– Excuse-moi, Joséphine. J'ai été lâche. Si lâche… Depuis que l'on m'a enlevé ce maudit pansement et que je t'ai vue, je me suis persuadé que je ne pouvais pas t'avoir. Et pourtant, entre deux cauchemars, ton visage venait m'apaiser dans un rêve aussi doux que terrible. Si j'étais déjà fou de toi avant la guerre, j'ignorais pouvoir t'aimer au point que l'idée de te perdre me hante encore plus que le front.

– Tu ne vas pas me perdre. Mon cœur est à toi pour l'éternité. Juste mon cœur, tu me connais, je suis indépendante et n'appartiens à personne.

Alors pour la première fois depuis des mois, Édouard éclata de rire. Il la fit tournoyer en riant avant de la couvrir de baisers. Quand il la reposa au sol, elle reprit un air sérieux.

– Édouard, est-ce que tu veux m'épouser ?

Il la fixa, les yeux écarquillés. Cette femme cesserait-elle un jour de le surprendre ?

– C'est plutôt à moi de te le demander.

– Pourquoi ?

– Parce que c'est comme ça, je suppose…

– Eh bien, je n'aime pas faire les choses *comme ça*. Alors je réitère ma demande, et c'est la dernière fois : est-ce que tu veux m'épouser ?

– Plus que tout. Je ne te mérite pas, mais je suis égoïste. Je te veux, Joséphine Lacombe. Pour aujourd'hui, pour demain, pour la vie entière et même pour l'éternité. Viens ! dit-il en lui prenant la main et l'attirant sur le petit chemin qui remontait vers le rivage.

– Et ton chevalet ? Ta peinture ?

– Ils ne devraient pas bouger, et si c'est le cas tant pis. J'ai des choses plus importantes à faire.

– Comme quoi ? lui susurra Joséphine.

– T'acheter une bague de fiançailles pour commencer, et puis… Enfin si tu le souhaites… Je comprendrais que tu ne veuilles pas… J'ai envie de…

– Me faire l'amour jusqu'à ce que j'en oublie mon propre prénom ? proposa Joséphine, attendrie par cet homme brisé qui ne demandait qu'à reprendre confiance en lui.

Édouard hocha la tête avant de fuir son regard une fois de plus. Cette fois, Joséphine ne lui en laissa pas l'occasion et emprisonna son visage entre ses mains.

– Moi aussi je ne veux que toi, Édouard. Je ne veux que tes caresses. Je ne veux que ton amour. Regarde-moi ! Que vois-tu ? Je t'aime, Édouard. Je t'aime et te désire au point que si tu ne me fais pas l'amour dans l'heure, j'ai peur que mon cœur ne s'arrête pour toujours. Restons ici !

– Sur la plage ? On va mourir de froid !

– Alors je mourrai comblée. Viens.

Joséphine entrelaça ses doigts aux siens et l'attira derrière les rochers, à l'abri du vent et des regards.

Joséphine et Édouard se marièrent à l'église Sainte-Eugénie, le 15 février 1916, lors d'une cérémonie superbe rassemblant plusieurs centaines de personnes. Angélique, désormais en troisième année de droit et infirmière à mi-temps, fit l'aller-retour en provenance de Paris aux côtés des anciennes colocataires de sa sœur et de plusieurs grands noms du féminisme que Joséphine comptait parmi ses amies.

En cette journée d'allégresse, elle laissa de côté les dernières onces d'amertume qu'elle ressentait toujours à l'égard de son père. Comme le voulait la tradition, il devait l'amener jusqu'à l'autel, et elle souhaitait profiter de chaque instant de son mariage. Lucienne Lacombe ne put retenir ses larmes, et une fois la cérémonie prononcée, elle emprisonna Joséphine dans une étreinte désespérée, lui disant combien elle était fière d'elle. Ce qui ne l'empêcha d'ailleurs pas d'observer avec dédain le petit groupe d'activistes féministes tout droit venu de Paris. Certaines choses ne changeaient pas.

Éléonore, que Joséphine avait choisie pour témoin, lui avait également confectionné une somptueuse robe de mariée. Elle aussi pleura à plusieurs reprises. De bonheur pour son amie rayonnante, et de nostalgie, pour elle-même, loin de l'homme qu'elle aimait. Quant à Louise, Charles avait pu obtenir quelques jours de permission pour l'occasion, à sa plus grande joie. La petite Anne sautait partout dans sa robe blanche et entraînait son frère de deux ans partout où elle allait. En ces temps chaotiques, un tel concentré de félicité ravissait les convives et passants qui s'arrêtaient pour féliciter les mariés. Les festivités se prolongèrent jusqu'au petit matin.

Malheureusement, la convalescence d'Édouard touchait à sa fin. Ils profitèrent du mieux qu'ils purent de leurs dernières semaines ensemble, et le 6 mars, Édouard repartit en direction du centre de formation de Champagne. Diminué par sa jambe encore douloureuse et officier supérieur tout juste nommé lieutenant-colonel, il resta en troisième ligne à Verdun, à l'abri des tranchées boucuses. Désormais, il faisait partie de ceux qui envoyaient les soldats à l'abattoir.

23

Éléonore appréciait ses nouvelles responsabilités. Prise d'un regain d'élan créatif, elle avait présenté des croquis à Gabrielle et à sa sœur Antoinette au début de la saison. Malheureusement, elle avait découvert la veille qu'aucune de ses créations n'avait été retenue dans la sélection de Coco pour la collection d'été. Atteinte dans sa fierté, elle regretta d'avoir accepté de travailler pour une autre. Aussi attendait-elle le retour de Gabrielle pour lui en parler. En plus de cette frustration professionnelle, elle faisait face à plusieurs inquiétudes grandissantes. Toutes concernaient les deux hommes qui avaient partagé sa vie.

Grigori continuait de lui écrire de longues lettres, qu'elle recevait près d'un mois après leur envoi et dans lesquelles il évoquait son quotidien. Il semblait s'épanouir dans ce qu'il faisait et il le méritait, surtout après avoir connu l'enfer du front. Pourtant, son épanouissement l'inquiétait par moments. Qu'il lui proclame ou non son amour inconditionnel, il restait un homme, un homme puissant et séduisant. Elle craignait de voir une belle Russe prendre sa place, qu'il l'oublie. Elle en aurait le cœur brisé. Elle se forçait alors à espérer. Le revoir bientôt, l'épouser. Elle espérait qu'il l'aime et lui jure fidélité et amour pour l'éternité. Lorsqu'elle confiait ses soucis à Joséphine, cette dernière lui répliquait de ne pas s'inquiéter. Selon elle, Grigori était fou d'elle et, même s'il soulageait la faim qui le tiraillait dans les bras d'une autre, rien ne lui ferait pour autant oublier ses sentiments. Si un tel comportement paraissait normal pour Joséphine, Éléonore, elle, voulait l'exclusivité du corps et du cœur de Grigori. Elle essayait de se persuader que, tant qu'il l'aimait, tout irait bien. D'autant qu'il ne lui devait rien : ils n'étaient pas mariés, malgré l'amour qui les unissait.

Ignorer quand auraient lieu leurs retrouvailles la rongeait, car elle craignait de le perdre à tout jamais avant même de le revoir. Sa deuxième inquiétude concernait son ex-mari. Leandro avait disparu. Il s'était évadé, ce qui n'avait aucun sens. Il venait de se voir accorder le statut de prisonnier de première classe au début de l'année 1915, signifiant qu'il recouvrait une partie de sa liberté malgré son interdiction de quitter la Guyane. Sa dernière lettre datait de décembre 1915. Or elle recevait en général une lettre tous les deux mois, et depuis le début de la guerre, tous les trois mois. Cela faisait six mois sans nouvelles. Quelques semaines auparavant, elle avait reçu un courrier de l'autorité carcérale de Saint-Laurent-du-Maroni. D'après eux, le prisonnier dénommé Leandro Gastambide avait disparu de la surface de l'île. Une sueur froide lui avait traversé la colonne vertébrale en l'apprenant. Leandro n'avait rien à gagner à tenter de s'évader. Rien. Encore moins en temps de guerre. S'il tentait de regagner le continent européen, il risquait de devenir une cible pour les sous-marins allemands. Où était-il ?

Elle entra dans l'atelier. Les soixante-dix couturières s'affairaient déjà à la tâche. Parmi elles, Amaia reprisait une robe en jersey. La pauvre venait d'apprendre la mort de son mari à Verdun, et depuis elle ne disait plus un mot. Elle effectuait chacune de ses tâches sans conviction, son visage n'exprimait plus que le vide. La pauvre Suzanne était dans la peine aussi, son mari avait été gravement blessé et risquait l'amputation de l'un de ses bras. Ainsi, malgré l'euphorie autour de la nouvelle collection, parmi ces nombreuses petites mains, la plupart d'entre elles souffraient de la perte d'un être cher. Éléonore relativisait son sort. L'homme qu'elle aimait travaillait loin du front, et lui jurait son amour. Quant à ses craintes à propos de sa fidélité, il s'agissait là d'un luxe qu'elle ne pouvait pas se permettre. Il était vivant. Il l'aimait. Seul cela comptait. Elle passa derrière Amaia et posa sa main sur l'épaule osseuse de la grande blonde. Cette dernière se retourna et adressa à Éléonore un sourire triste. Éléonore l'attira à elle et la berça quelques instants, Amaia se relâcha. Les couturières de Leonora faisaient toutes partie de sa famille d'une certaine manière. Le lien qui les soudait sautait aux yeux, chacune d'entre elles veillait sur les autres et tentait de leur apporter un peu de réconfort, de joie ou de distraction. Même sous les ordres de Coco Chanel, Leonora demeurait Leonora. Après quelques mots adressés à Amaia, puis une rapide discussion avec une Suzanne très tendue, Éléonore se dirigea vers le bureau qu'elle partageait avec Antoinette. Derrière la porte, Gabrielle, élégante et filiforme dans sa robe en jersey, les traits pincés, l'attendait.

– Ah, tu es là ! lâcha Coco en écrasant sa cigarette.

– Oui, où voulais-tu que je sois ? répliqua Éléonore d'une voix tout aussi tranchante.

Elle était de mauvaise humeur. Antoinette, voyant que les

deux femmes s'apprêtaient à sortir les crocs, s'interposa et tenta de rétablir le calme.

– Éléonore, Gabrielle vient d'arriver, elle est là pour discuter de la collection d'été. On parlera aussi de l'organisation interne du magasin, j'ai étudié ta proposition d'assortiment et de disposition des mannequins…

– Antoinette…, l'interrompit Coco. Nous parlerons de cela plus tard. Éléonore, j'ai ouï dire que tu n'étais pas satisfaite de la collection.

Les informations remontaient vite… Antoinette avait dû lui raconter son emportement de la veille. Parfait, cela lui éviterait de tourner autour du pot.

– Non, en effet. Elle est très belle, mais j'aurais aimé que tu m'en parles avant d'ignorer chacune de mes propositions.

– Je dirige cette maison de couture, ces choix sont les miens.

– Cela ne t'empêchait pas de considérer mes créations et d'y accorder un peu plus d'attention. Tu ne m'as fait aucun retour sur ce que je t'avais envoyé, tu as juste jugé bon de tout supprimer de ta sélection. Sans un mot ! Alors non, je ne suis pas satisfaite !

– Je ne te demande pas d'être satisfaite, je te demande de satisfaire nos clientes par ton travail. Tu y arrives très bien, je ne t'ai pas embauchée pour ta folie des grandeurs !

– Ma folie des grandeurs ? s'offusqua Éléonore en portant une main à son cœur. Je t'ai seulement envoyé mes croquis détaillés, je ne te demandais pas de tous les intégrer à la collection, seulement de les considérer et de me dire ce que tu en pensais !

– Écoute, j'ai regardé, c'était intéressant, mais pas assez audacieux…, répliqua Coco, lasse. Tu travailles pour moi et plus pour ta boutique, c'est comme ça. Et puis j'ai beaucoup de choses à faire, alors tu m'excuseras si je n'ai pas le temps de justifier chacune de mes décisions !

– Gabrielle…, essaya Antoinette qui voyait la situation dégénérer, sans succès.

– C'est un comble ! Je veux bien que tu aies du travail, mais dois-je te rappeler que les cent personnes qui travaillent ici, les milliers de pièces créées et distribuées, sans Antoinette et moi, tout cela n'aurait pas lieu ? Oui, tu as des idées révolutionnaires, mais cela ne fait pas tout ! Tu nous dois un minimum de considération !

– Tu n'es pas irremplaçable, ma chère. Si tu n'es pas contente, va donc travailler au Biarritz-Bonheur !

– Comment oses-tu ? Tu n'as même pas regardé ce que je t'ai envoyé, je le sais ! Tu n'as pas pris une minute pour le faire… Tout ça pour passer du temps avec un homme que tu n'épouseras jamais !

La main de Gabrielle Chanel frappa la joue d'Éléonore. Cette dernière porta aussitôt ses doigts gantés à son visage, plus choquée que meurtrie. Devant elle, Coco tremblait de rage, jamais Éléonore ne l'avait vue ainsi.

– Sors d'ici ! siffla Coco.

– Gabrielle, attends ! intervint Antoinette. Elle… Vous… Calmez-vous, bon sang ! Essayez de discuter comme deux adultes, je vous en conjure. À l'heure qu'il est, toutes les couturières doivent être en train de faire la queue devant la porte pour écouter ce qu'il se dit !

– Qu'elles ne s'en privent pas, tant qu'elles ne prennent pas de retard…, railla Coco.

Éléonore se faisait violence pour ne pas exploser de rage, mais une telle furie ne ferait qu'attiser la tension entre elles.

– As-tu regardé mes croquis, oui ou non ? demanda-t-elle froidement.

– Non.

– D'accord. Tu viens juste de me mentir donc ?

– Écoute…

– Non, cette fois, c'est toi qui vas m'écouter ! Je ne te demande pas grand-chose, mais un peu d'honnêteté ne serait pas malvenue. Maintenant que tu es là, et que tu as du temps libre, je vais te montrer ce que je proposais et tu vas me dire ce que tu en penses.

Gabrielle la toisa longuement en silence, les sourcils froncés. Puis elle poussa un soupir et s'assit sur le rebord du bureau.

– Très bien. Apporte-les-moi cet après-midi, comme ça nous en discuterons ensemble demain.

– Parfait, opina Éléonore, avant de s'asseoir à son tour.

Seule Antoinette restait debout, à regarder sa sœur et sa collègue se détendre enfin.

– Excuse-moi, Gabrielle…, commença Éléonore, consciente qu'elle n'aurait jamais dû la provoquer sur sa situation avec Boy.

Boy Capel n'épouserait jamais Gabrielle, qui était sa maîtresse depuis sept ans. Le jour où il se marierait, ce serait au bras d'une aristocrate anglaise et non d'une couturière issue d'un milieu populaire. Elle serait la femme qu'il aimait le plus au monde, mais pas la seule. Jamais la seule. Les yeux de Gabrielle trahissaient l'infinie tristesse d'une femme égarée.

– Le pire, c'est que ce que tu dis est vrai. C'est ce qui fait mal. Je te demande de m'excuser, j'aurais dû prendre du temps pour toi. Tu le mérites plus que quiconque. Je…

– C'est oublié, conclut Éléonore avec un sourire.

– Merci. Je suis heureuse de te revoir, répliqua Coco en relâchant les traits de son visage.

– Bon, maintenant que vous êtes réconciliées, et si on

s'y mettait ? ajouta Antoinette, une pointe d'humour dans la voix.

Le lendemain, Gabrielle proposa à Éléonore d'intégrer une de ses robes de soirée. Elle la remercia mille fois. Enfin, elle se relançait dans la danse de la création. Si elle ne voyait aucun inconvénient à vendre ses idées sous le nom d'une autre marque que la sienne, elle demeurait convaincue qu'un jour, Leonora rouvrirait ses portes, forte de cette expérience chez Coco Chanel. Peut-être s'y pencherait-elle après la guerre, pour peu que cette guerre se finisse un jour.

Au mois de novembre, Édouard se vit accorder quelques jours de permission. Joséphine appréhendait son retour autant qu'elle l'attendait. Par ses lettres, de plus en plus rares, il lui avait dressé le portrait d'un homme brisé par la vie, un homme que même l'amour ne parvenait pas à réchauffer, un homme qu'elle aimait malgré tout, mais qu'elle craignait de perdre à tout instant. Quand il arriva, la timidité et l'insécurité dont il avait fait preuve après sa blessure l'année auparavant ressurgirent. Comme si ses pensées se trouvaient une fois de plus prisonnières des barbelés du front. Elle ne lui laissa pas le temps de douter, pas cette fois. Elle entreprit de lui prouver combien il lui avait manqué et à quel point elle appréciait être sa femme. Après six jours à Biarritz, dont une majorité passée avec Joséphine, Édouard retrouva peu à peu son engouement d'antan. Le reste de son séjour se déroula dans la joie et la bonne humeur, teinté par des inquiétudes dont Joséphine ne parvenait pas à se délester. Plus les jours avançaient, plus le départ d'Édouard approchait, plus la peur de le perdre la tenaillait, terrifiante et obsédante. Il ne devait pas partir. Pas de nouveau. Dès qu'il était loin d'elle, elle ne parvenait pas à empêcher son esprit d'imaginer l'horreur d'une funeste fin. Il ne participait plus aux offensives, mais... Un accident arrivait si vite. Elle ne le supporterait pas. Pourtant, elle ne lui montra rien de son tourment et s'efforça de garder le sourire en toute occasion. Un soir, Édouard décida de briser la glace.

– Tu es tendue. Qu'y a-t-il ? demanda-t-il alors qu'ils étaient assis dans le salon de leur petite maison, achetée à l'occasion de leur mariage.

– Rien, je dois être fatiguée. Rien de plus, mentit Joséphine en feignant un bâillement.

– Non, depuis quatre jours, je sais que quelque chose te tracasse.

Joséphine se perdit dans son regard et y décela de l'inquiétude. Elle lui devait la vérité.

– Je ne veux pas que tu repartes.

– Je n'ai pas le choix..., se rembrunit Édouard. Crois-moi, je préférerais traverser l'Atlantique à la nage jusqu'aux États-Unis plutôt que de retourner à Verdun. Mais je me sens vivant. L'adrénaline du combat, je l'organise et c'est excitant. Et terriblement dur aussi. C'est difficile à exprimer.

Joséphine se leva de son fauteuil et vint s'asseoir sur ses genoux, caressant doucement les cicatrices de son visage.

– Je ne supporterai pas de te perdre, murmura-t-elle en l'embrassant sur le front.

– Tu ne me perdras pas, je ne suis plus en danger. Plus comme avant. Tout ira bien.

Pourtant, elle le perdait un peu à chaque fois. Lorsqu'il s'enfonçait dans les traumatismes de son esprit, il en revenait plus meurtri qu'avant. La meilleure volonté du monde ne suffirait jamais à réparer ce qui avait été brisé. Même si elle louait son léger boitillement à la jambe gauche qui l'éloignait du front, ce handicap pesait aussi sur son moral. Il détestait se sentir diminué. Il détestait voir d'autres pions être sacrifiés à sa place.

– Je t'aime, Édouard. Ne l'oublie jamais. Surtout quand tu te sentiras triste, et si ça ne te suffit pas, dis-toi que ta sœur t'aime aussi, dis-toi que l'on ne te tournera jamais le dos.

– Je sais. Et quand tout cela sera derrière nous, je ferai tout en mon pouvoir pour te montrer combien je t'aime aussi, mon ange gardien.

Ses mots apaisèrent l'angoisse de Joséphine. Elle n'avait d'autre choix que de lui faire confiance et continuer d'espérer. Elle ne pouvait guère faire plus si ce n'était continuer sa vie d'infirmière et d'écrivain, dans l'attente interminable de la fin de la guerre. Puis, elle reprendrait sa lutte pour le vote des femmes et elle soutiendrait Angélique, qui alternait toujours ses cours, devenus plus rares et étalés, avec son travail de bénévole au Grand Palais, transformé en hôpital militaire depuis le début de la guerre. Persuadée que sa cadette parviendrait à obtenir son diplôme de droit, Joséphine se sentait plus sereine. Cette guerre finirait bien par s'achever, et sa sœur deviendrait l'une des plus grandes avocates que la France ait jamais connues. Il suffisait de lire ses lettres pour le savoir. Joséphine n'avait jamais été aussi fière. Tant pour Louise que pour Joséphine, cette visite fut une bénédiction. Édouard repartit à l'Est animé d'un nouveau souffle, protégé par une bulle d'amour qui l'aida à survivre à l'enfer qui l'attendait.

24

Mars 1917

Depuis plus d'un mois, les usines tournaient au ralenti, les matériaux n'arrivaient plus, les commandes prenaient du retard, les ouvriers ne venaient qu'un jour sur trois. Après l'anniversaire de la révolution de 1905, les grèves s'étaient multipliées, au point que désormais, chaque jour, les rues de Petrograd se voyaient occupées par des travailleurs en colère. Jusqu'à mi-février, à part quelques hommes convaincus du bien-fondé d'un tel mouvement, l'usine d'aéronefs de la Russo-Balt fonctionnait encore normalement et les avions se construisaient dans les délais. Pourtant, tandis que Grigori travaillait de concert avec le directeur de l'administration de l'aviation, le colonel Nemchenko, pour maintenir la production et limiter les retards, il craignait que les troubles grandissants ne les bloquent dans leur entreprise.

Depuis le 27 février, les rues de Petrograd ne désemplissaient pas d'hommes et de femmes réclamant à tue-tête la fin de la guerre, l'essor de la république et surtout du pain pour se nourrir. Les usines se vidaient peu à peu, les travailleurs, devenus incontrôlables, se rebellaient contre l'autorité. La bonne volonté de Mikheil et d'Igor se voyait engloutie par les protestations haineuses à l'égard de la direction. En mars, après une première semaine chaotique durant laquelle Grigori parvenait à peine à se déplacer tant les manifestants occupaient la quasi-totalité des axes principaux, le grondement furieux du peuple oppressé s'anima d'un nouveau souffle. Un souffle d'amertume, de haine et de faim. Ce matin-là, Grigori se surprit à traverser sans peine le pont de la Trinité, gardé par plusieurs postes de police, installés pendant la nuit. Sans doute, ce dispositif ne supporterait-il pas la marée humaine qui s'amassait sur l'île Petrograd. La Neva, encore gelée, servirait de relais vers le quartier central de l'île.

Il se rendait à l'usine principale de la Russo-Balt pour y retrouver les autres référents et dirigeants de l'entreprise. Cette réunion, organisée dans l'urgence, l'inquiétait. À ses yeux, il s'agissait là de la première d'une longue série, surtout si le soulèvement populaire gagnait du terrain. La voiture se fraya un chemin parmi la foule, de plus en plus dense, amassée sur la chaussée. Des visages émaciés, durs, rougis par le froid glacial, observaient avec dédain le véhicule. Il croisa le regard d'un garçon blond, aux yeux injectés de sang et aux joues creuses. Quand la vitre fut à sa portée, il jeta dans un crachat toute sa haine à l'égard de la classe dominante. Grigori se sentit indigne et honteux d'appartenir à cette élite dorée qui ne connaissait ni faim ni misère. Il comprenait la colère que ces hommes et ces femmes nourrissaient contre ce gouvernement d'oligarques dont seuls les propres intérêts méritaient d'être examinés.

Grigori craignait pour son avenir, et surtout celui de son fils. Néanmoins, il soutenait silencieusement une telle révolte. Les mœurs devaient changer, l'autocratie impériale ne représentait plus qu'un vestige que l'aristocratie tentait en vain de maintenir à flot. La Russie devait absolument se moderniser, et ne laisser à la famille impériale qu'une fonction symbolique et fédératrice. Malheureusement, la corruption infiltrait chaque strate politique et achevait de pervertir l'organe pseudo-démocratique de la Douma. Ces soulèvements n'étaient que les prémices d'une révolution sociale, il en avait le pressentiment. Lorsqu'il arriva à l'usine, une marée d'ouvriers en bloquait l'accès. Sa voiture fut malmenée jusqu'à ce qu'il parvienne à l'entrée du bâtiment.

– Grigori ! cria Mikheil en venant à sa rencontre. Igor n'a pas pu venir, sa femme est malade en ce moment. Le conseil d'administration vient de se réunir, le représentant assigné à la production de soutien à l'effort de guerre est là aussi. Ils t'attendent.

Grigori remercia Mikheil avant de pénétrer dans la salle de réunion. Le vice-président du conseil d'administration s'interrompit pour le saluer d'un mouvement de la tête avant de continuer son rapport. Grigori détestait être en retard. Il faut dire que ces idiots l'avaient fait prévenir à son domicile alors qu'il passait la semaine chez Natasha, pour voir Piotr. Le rapport n'indiquait rien de nouveau, Grigori n'en était pas surpris. Gagnés par l'élan général et une solidarité nouvelle, les ouvriers avaient déserté leurs postes de travail. Une partie d'entre eux manifestait devant l'usine, une autre avait choisi de grossir les rangs de la fourmilière humaine qui envahissait les rues.

– Notre action est limitée. Nous n'allons pas les raisonner alors que nous faisons partie de cette élite contre laquelle ils protestent. Je vais demander à M. Seversky de leur parler, il a toujours été très respecté des ouvriers. S'il peut en convaincre – ne serait-ce qu'une infime partie – de continuer, nous pourrons achever les tâches les plus urgentes en attendant que la situation se calme. Ce que nous devons à tout prix limiter, c'est la casse. Cela génèrerait des coûts difficilement recouvrables en cette période. Alors barricadez l'usine et la salle de production, ne laissez entrer que les ouvriers présents sur la liste qu'Igor vous remettra. Nous n'avons pas droit à l'erreur, déclara Grigori avec fermeté.

Lui, qui voulait seulement construire des avions pour son propre plaisir, se trouvait plongé au cœur d'une crise massive… Mais il ressentait une certaine excitation associée à ses nouvelles fonctions de directeur de la production.

Petrograd, le 20 mars 1917

Maya Lyubov,

Quelle étrange période que celle que nous traversons ! Ma belle Saint-Pétersbourg, devenue Petrograd, était à feu et à sang cette semaine. Des nuées humaines se sont emparées des rues, ont protesté, ont pris d'assaut le palais de Tauride, assistées des soldats. Des policiers ont été massacrés, des bâtiments brûlés, des vitrines éventrées, des magasins pillés. Ils ont même tenté de pénétrer dans ma maison de ville, en vain, heureusement. Piotr est chez Natasha, plus au nord, il ne risque rien.

La Douma a été dissoute, un comité provisoire a été choisi par les anciens. Le Soviet de Petrograd a été restauré. Parmi leurs premières décisions : la destitution des ministres du tsar et la suppression du conseil des ministres. Nicolas II a abdiqué, et depuis le Petrosoviet a voté l'arrestation des membres de la famille impériale. Le monde tel que je l'ai toujours connu part en fumée. J'ai envie de croire qu'il s'agit là d'une bonne chose, mais j'en doute. Il y a trop de violence et de haine. Quelle évolution à venir ? Des têtes vont tomber à un moment ou à un autre.

N'ai-je pas toujours dit que les Russes appréciaient s'inspirer des Français ? J'espère qu'ils ne décideront pas de construire des guillotines et d'y décapiter la famille impériale, ce ne serait pas le plus glorieux des emprunts à votre histoire.

Enfin, nous verrons bien. Visiblement, la production industrielle va bientôt reprendre, encadrée par de nouvelles règles et de nouveaux droits pour les ouvriers. Igor m'a fait part d'un prototype d'avion sur lequel il travaille, il est magnifique. Si la Russie flanche, l'ingénierie aéronautique a encore de beaux jours devant elle.

Mais tout ce qui compte, c'est que chaque matin en me levant, chaque soir en me couchant, je pense à toi. Si tu étais là, à mes côtés, il me faudrait bien plus qu'une petite révolution pour me troubler. Tu serais là, et cela seul importerait.

Nous travaillons de plus en plus sur la production d'avions français et des ingénieurs de ton pays sont arrivés. J'ai bon espoir de négocier une visite en France dans le courant de l'année, ce ne sera pas sans danger, mais je m'accroche à cette idée réjouissante qui pourrait m'amener à te revoir.

Je t'aime, mon Éléonore,

Grigori

Biarritz, le 10 avril 1917

Mon cher Grigori,

J'ai suivi du mieux que j'ai pu cette révolution dans les journaux. Les avis sont mitigés : la gauche y voit la victoire du prolétariat contre les responsables de la guerre, la droite se demande bien où elle mènera : vers un progrès social ou bien une dangereuse période d'anarchie.

Te savoir au milieu de ce soulèvement politique m'inquiète… Si, comme tu le crains, des têtes venaient à tomber, tu serais en danger. Promets-moi de ne pas jouer au héros, de mettre ta famille en sécurité, et par-dessus tout, de te mettre toi en sécurité !

Comme j'aimerais que tu viennes ! Tu me manques tellement que je ne sais comment l'exprimer, et même si j'apprécie chaque minute de cette nouvelle aventure aux côtés de Coco Chanel, je n'ai qu'une idée en tête : te revoir.

Je t'aime plus encore,

Éléonore

Grigori venait de relire la lettre d'Éléonore pour la quinzième fois, et son cœur s'emballait comme à la première. Elle lui manquait terriblement. Malgré la photo qu'il conservait d'elle sur son bureau, leurs souvenirs ensemble s'estompaient. Il avait beau l'aimer de tout son cœur, elle lui semblait tenir plus du songe que de la réalité, comme si la distance l'effaçait peu à peu de sa mémoire et rendait son souvenir agréable tout en atténuant la douleur de son absence. Il se posait de plus en plus de questions sur ses sentiments, quatre ans sans voir Éléonore lui donnaient l'impression d'être en deuil. Un deuil qu'il vivait de plus en plus mal.

Lors des deux premières années de la guerre, il n'avait guère eu l'occasion de penser à s'abandonner aux bras d'une autre, mais après le retour d'un semblant de calme et de normalité dans sa vie, la tentation d'apaiser sa frustration s'était accrue. Cela faisait un an et demi qu'il luttait contre lui-même. S'il s'autorisait à flirter et à charmer la gent féminine lors des réceptions, il se refusait à aller plus loin. Le sacrifice n'en valait pas la peine car il y perdrait les derniers souvenirs de la seule femme qu'il ait jamais aimée, et qu'il aimait encore, alors qu'elle vivait à des milliers de kilomètres. Si tout se passait tel qu'il l'espérait, il la verrait d'ici la fin de l'année.

Oui, elle lui manquait. Surtout dans cette période troublée où plus rien n'avait de sens. Les réformes se multipliaient. Le Soviet de Petrograd souhaitait faire table rase de plusieurs siècles d'histoire. La Russie marchait vers la liberté, vers l'égalité, mais à quel prix ?

Son père avait été arrêté, comme beaucoup de généraux tsaristes. Il ne risquait pas grand-chose, à part une éviction de tout organe décisionnel. Il perdrait ce pouvoir qu'il aimait tant. Cela lui permettrait-il de se remettre en question ? En revanche, il risquait de mettre en péril toute sa famille. En cas de soupçon de complicité, Grigori n'hésiterait pas à s'opposer à lui, il en allait de la sécurité des siens. Sa pauvre mère, si forte pour ses enfants malgré un mari odieux. Sa mère à qui l'on venait de diagnostiquer un cancer. Sa mère que la maladie emporterait dans un an, deux tout au plus. À cette pensée, son cœur se serra ; et la haine qu'il portait à l'égard de son père redoubla.

Si son père s'accrochait au mirage impérial et autocratique, de son côté, Grigori ferait tout en son pouvoir pour exprimer son soutien au nouveau régime, qu'il soit sincère ou non. Une fois la guerre terminée, dans le cas où la situation deviendrait invivable pour l'ancienne noblesse russe, il partirait s'installer en France, à Biarritz, avec Éléonore. Tatiana, son mari et ses enfants suivraient, il en était certain. Pour l'instant, la question ne se posait pas. L'état-major des armées subissait une réorganisation interne, le génie aérien n'en était pas exempt. Malgré tout, Grigori ne craignait pas pour sa position. Il connaissait ses qualités et ses atouts, en peu de temps, il s'était rendu quasi indispensable.

Il alluma une cigarette, une habitude prise sur le front. Demain, la nouvelle direction se réunirait afin d'entériner le nouveau fonctionnement interne de l'aviation et de l'aéronautique militaires. Il ignorait l'ampleur des changements, mais dans son petit bureau de l'état-major, il se sentait en sécurité. Tout allait trop vite, les mentalités n'avaient pas assez évolué pour accepter un tel bouleversement, une grande partie de la population restait fidèle à l'Empire. Une autre en voulait toujours plus. On toqua à sa porte.

– Entrez, lança Grigori en expirant une bouffée de fumée.

Mikheil apparut, le visage sombre.

– J'ai parlé à Igor, il est sur la sellette.

– Comment cela ? s'inquiéta Grigori en écrasant sa cigarette.

– Ils veulent revoir l'organisation interne… Ton nom est mentionné aussi.

– Peut-être, mais je ne risque rien, Igor non plus. Pour asseoir sa légitimité, le Soviet ne peut pas faire table rase, pas à ce niveau. Ce n'est qu'une simple menace, dans le cas où nous n'accepterions pas la nouvelle autorité.

– Pour l'instant, alors…

– Oui, tant que le Soviet est tempéré par le comité temporaire de la Douma.

Mikheil s'assit lourdement sur la chaise en face du bureau de Grigori. Il avait maigri depuis le début des troubles, Grigori aussi.

– Moi qui soutenais l'initiative, je les trouve assez désorganisés… Et si cette désorganisation amène l'ingérence, je ne pense pas que ce nouveau gouvernement perdurera.

– J'ai peur qu'ils se décrédibilisent auprès du peuple. Soit le gouvernement provisoire récupère l'intégralité de son pouvoir, soutenu par la majorité, et les choses rentreront dans l'ordre ; soit le prochain soulèvement apportera un changement moins démocratique.

– Pourquoi dis-tu ça ?

– Un pressentiment… Et mon intérêt pour les troubles révolutionnaires en France, au cours des siècles…

– Ah… Donc pour l'instant, tu penses ne rien risquer et garder ton poste ?

– Oui. Ils ne peuvent pas me démettre de mes fonctions sous prétexte qu'ils soupçonnent mon père de chercher à rétablir le pouvoir impérial. Ils n'ont aucune preuve contre lui, et encore moins contre moi. Tout ce changement est encore récent. C'est donc normal que ce soit si désorganisé. Laissons passer quelques mois encore, en espérant que la guerre cesse, sinon j'ai peur que mes craintes ne deviennent des faits établis.

– Bonté divine… Je n'aurais jamais pensé que le passage d'un empire à un régime plus démocratique serait si exténuant.

– C'est aussi parce que nous sommes en guerre, mais je te rejoins là-dessus : je suis fatigué, moi aussi.

– Ça se voit, le nargua Mikheil.

– Et toi ? Tu t'es vu ?

– Au moins, j'ai retrouvé la silhouette de mes vingt ans. Quant à toi, mon vieux, tes cernes vont bientôt occuper toutes tes joues ! Heureusement que tu ne perds pas tes cheveux comme Igor !

– Non, mais je commence à avoir des cheveux blancs…

– À trente-cinq ans, c'est normal… Et ça te va bien, au cas où tu douterais de tes capacités à reconquérir ta dulcinée. Tu penses obtenir l'autorisation de partir en France sous couvert de collaboration aéronautique ?

– Je fais tout mon possible, en tout cas…, avoua Grigori, le regard anxieux.

– J'ai bien envie de la rencontrer un jour, cette couturière qui a fait de mon meilleur ami un homme dévoué et amoureux.

– Un homme affamé surtout…

– Qui a dit que tu devais être fidèle en tout temps ? À période exceptionnelle, réponse exceptionnelle.

– Je ne peux pas. Et ce ne sont pas les tentations qui manquent.

– Bon sang ! Tu es gravement atteint, mon vieux ! soupira Mikheil.

– Terriblement amoureux surtout.

*

Les semaines qui suivirent, les combats continuèrent. Au front, les offensives russes reprirent de plus belle au cours du mois de juillet et se couronnèrent d'un échec cuisant. Les soldats, sous l'impulsion des Bolcheviks, ne souhaitaient plus se battre. Après cette défaite, la protestation populaire exigea la fin de la guerre. Au moins, dans ce contexte de regain d'intérêt pour les opérations militaires, Grigori avait enfin obtenu l'autorisation de partir avec Mikheil pour Paris, où il travaillerait de concert avec le génie aérien français. En octobre, si la traversée maritime se passait sans complications, il reverrait enfin Éléonore.

Soucieux de voir de leurs propres yeux le rassemblement populaire, pour démêler le vrai du faux des informations qu'on leur transmettait, Grigori et Mikheil s'étaient faufilés parmi la foule qui réclamait tant la paix que le pouvoir au Soviet ou aux Bolcheviks. Marchant au pas de la masse d'hommes ou de femmes aux vêtements ternis par le temps et usés par la vie, ils tentaient de se fondre parmi eux. Ils se jetaient par moments des regards obliques emplis d'inquiétude. Autour d'eux, les gens arrivaient par groupes, si bien que le cortège finit par occuper presque toute la largeur de la route.

– J'en ai assez vu, déclara Grigori en faisant signe à Mikheil de le suivre. Ils vont vers le palais de Tauride, cela risque de devenir dangereux.

Au moment où ils bifurquèrent du cœur du défilé, des tirs d'artillerie retentirent devant eux, au coin de la perspective Liteïny. Aussitôt des cris s'élevèrent parmi la foule. Grigori entraîna Mikheil par le bras contre la grille d'un immeuble. Elle céda sous leur poids et ils se retrouvèrent dans une cour intérieure.

– Qu'est-ce qu'il se passe ? demanda Mikheil, un pli soucieux entre ses sourcils.

– Je ne sais pas qui tire… J'ignore si c'est le gouvernement provisoire mais on va devoir partir rapidement. S'ils procèdent à des arrestations et que nous sommes dedans…

Grigori fut interrompu par deux femmes affolées qui déboulèrent dans la cour. Parmi elles, un visage familier.

– Karolina ?

– Grigori ? s'étonna la jolie blonde aux joues rosies par l'effort.

Que faisait-elle là ? Grigori n'en croyait pas ses yeux : la dernière fois qu'il avait vu la jeune Polonaise, Varsovie appartenait encore à l'Empire russe.

– Que faites-vous à Petrograd ? Et ici ? demanda-t-il, intrigué.

– C'est une longue histoire… Ma mère avait de la famille ici. Mon grand-père… Il est… Mais mon grand frère va bien, Andreï aussi, il est avec ma tante. Je…, répondit-elle en détournant le regard avec tristesse.

– Je suis désolé. Votre grand-père était un homme bien ; sans lui, sans vous, je ne serais pas là aujourd'hui.

– Oui, d'ailleurs… Ne m'aviez-vous pas dit que vous

étiez d'ascendance noble ? Qu'est-ce que vous faites dans une manifestation portée par les Bolcheviks ?

– Encore une de ses excellentes idées ! maugréa Mikheil en empoignant l'épaule de Grigori avec force, puis il dévisagea la petite blonde. Je suis Mikheil, un ami assez stupide pour le suivre dans ses ambitions de journaliste de terrain !

– Mes ambitions… ? Je voulais seulement comprendre ce qu'il se passait réellement, je n'y peux rien si…

Sa tentative de justification fut royalement ignorée. Karolina observa Mikheil avec méfiance, puis reporta son attention sur Grigori.

– Moi non plus, je n'étais pas là pour la manifestation. J'y ai aperçu Olga, une amie de ma famille, annonça-t-elle en désignant la femme d'âge moyen qui l'accompagnait.

– Moi, je suis là pour ça ! Et je dois rejoindre mes camarades. Je ne pense pas avoir grand-chose à vous dire, messieurs, répliqua la dénommée Olga froidement.

Elle exerça une pression sur le bras de Karolina avant de filer vers le portail, où l'on voyait parfois passer des gens qui couraient, des chevaux qui galopaient et d'où provenaient tous types de cris, que ce fût de douleur, de haine, de désespoir ou autre.

– Charmante…, railla Mikheil.

– Nous ne devrions pas tarder à partir, nous non plus, remarqua Grigori. Où habitez-vous, Karolina ?

– Un peu plus loin, rue Nekrasova, à une vingtaine de minutes à pied. Pas besoin de me raccompagner. Je suis une grande fille ! répliqua-t-elle en levant le menton.

Elle est vraiment ravissante, songea Grigori. Alors il poursuivit avec un sourire charmeur malgré lui :

– Je sais, et je le vois. Pourtant ce n'est pas négociable !

Et puis ce sera une bonne occasion de nous parler. Cela fait longtemps que…

– Vous êtes différent…, commenta Karolina en plissant les yeux.

Mikheil étouffa un rire qui lui valut un regard noir de la part de Grigori.

– Je ne te demanderai pas d'où tu connais cette charmante demoiselle, mais je l'aime bien, commenta le blond.

– Ne va pas t'imaginer quoi que ce soit, imbécile !

– Loin de moi cette idée, mais connaissant ta réputation d'antan, je ne peux que m'inquiéter pour la vertu de cette ravissante jeune femme.

Les yeux de Karolina lançaient des éclairs vers Grigori comme vers Mikheil.

– Vous…, commença-t-elle d'une voix tremblante.

– Excusez-moi. En voulant taquiner mon ami, je vous ai blessée, là n'était pas mon intention. Croyez-moi, je mettrai un point d'honneur à protéger votre vertu jusqu'à votre domicile.

– Tais-toi, Mikheil…

Karolina soupira avant d'afficher un sourire amusé.

– Si vous êtes comme Grigori, alors vous êtes un homme d'honneur aussi. J'accepte que vous me raccompagniez, mais gardez vos distances ! Pour le bien de ma vertu, puisqu'elle semble si importante à vos yeux.

Ce fut au tour de Grigori de réprimer un rire. Karolina avait changé. Elle semblait avoir acquis un semblant de repartie.

– Allons-y, murmura Grigori en jetant un coup d'œil à la rue, toujours en désordre. Dépêchons-nous de rejoindre l'embranchement de la rue Nekrasova, il n'y a pas de policiers en vue.

Le trio se hâta de gagner le croisement entre les deux axes, où celui de Nekrasova paraissait bien calme en regard de l'agitation violente qui s'était déplacée au sud de la perspective Liteïny. Lorsqu'ils furent hors de danger, ils marchèrent plus tranquillement, côte à côte jusqu'au rétrécissement du trottoir. Là, Mikheil et Karolina passèrent devant, avant d'entamer une discussion qui n'incluait pas Grigori. Il se sentit d'abord vexé, puis amusé et enfin intrigué. Arrivés devant le bâtiment où résidaient Karolina et sa famille, Grigori se décida à rejoindre la conversation.

– Je ne veux pas vous interrompre, mais… Mikheil, peux-tu me laisser parler à Karolina ? demanda-t-il un peu plus sèchement qu'il ne l'aurait souhaité.

Mikheil lui jeta un regard surpris et marmonna quelque chose dans sa barbe avant de s'éloigner de quelques mètres. Quant à Karolina, elle fixait Grigori.

– Excusez-moi. Je… Je souhaitais seulement savoir comment vous alliez, sincèrement…, déclara-t-il, l'air presque penaud.

– Oh… Eh bien, mon grand-père me manque… Mon grand frère a été blessé et il ne retournera plus au front. Il a perdu sa main gauche, mais il va bien. Il va sûrement venir à Petrograd dans les prochains mois. Et je m'occupe d'Andreï. Il a beaucoup grandi d'ailleurs. Vous devriez nous rendre visite. Emmenez votre ami, s'il le souhaite bien sûr. Et il ne faudra pas dire à ma tante que vous êtes un aristocrate, elle soutient les Bolcheviks.

– Je suis heureux de voir que vous allez bien et je serai ravi de vous rendre visite. Je tâcherai d'amener Mikheil avec moi.

Karolina hocha la tête, puis elle détourna les yeux. Ses joues prirent une légère teinte rosée.

– Vous avez épousé votre Française finalement ?

– Pas encore… J'espère pouvoir y remédier avant la fin de l'année.

– Bien…, fit-elle, un soupçon de déception dans sa voix cristalline.

Grigori lui remonta le menton du bout des doigts, la forçant à le regarder dans les yeux.

– L'idée a beau être plaisante, je ne suis pas l'homme qu'il vous faut, Karolina. Mikheil non plus, d'ailleurs… Mais bon, il a au moins comme qualité de savoir choisir ses amis.

– J'avais tort en vous croyant humble la dernière fois. Vous êtes terriblement arrogant, s'amusa Karolina.

– Je sais.

– Pensez-vous que Mikheil et vous serez capables de vous faire passer pour des hommes du peuple pendant une soirée ?

– Ne vous inquiétez pas, nous ne vous ferons pas honte.

– Oh je sais, je ne… Ce n'était pas ce que je voulais dire.

– Je vous taquine ! Tout va bien. Nous serons ravis de venir vous voir.

Grigori prit congé de la jeune femme, et Mikheil lui adressa un dernier salut auquel elle répondit en rougissant de plus belle.

Les mois qui suivirent, Mikheil se rendit de plus en plus souvent au domicile de Karolina et de sa famille. Grigori l'accompagna aussi, à plusieurs reprises, amusé de voir son ami tomber amoureux de la jolie Polonaise. L'été passa, et avec lui une tentative échouée de coup d'État. Ce qui eut pour effet d'insuffler un nouvel élan de violence et de protestation parmi les opposants au gouvernement et surtout parmi les Bolcheviks, toujours plus nombreux. À ce stade-là, Grigori ne s'en souciait guère, il comptait chaque jour qui le séparait d'Éléonore. Il arriverait le 13 octobre à Paris. Elle le rejoindrait, et il avait lu dans sa lettre le bonheur qu'une telle annonce lui procurait. Elle aussi n'attendait que cela.

25

Paris. Enfin Éléonore allait découvrir la capitale ! Pourtant, en ce 15 octobre 1917, elle doutait que l'humeur soit à la fête comme elle aurait pu l'être quelques années auparavant. Selon Gabrielle, la vie continuait dans la peur, l'angoisse et même dans l'excès, afin d'oublier la mort qui planait. Gabrielle s'y rendait souvent pour voir Boy, mais elle ne reconnaissait guère cette ville jadis si festive. Par la fenêtre, Éléonore distinguait quelques bâtiments se dessiner à l'horizon, à peine éclairés par les premiers rayons du soleil. Bientôt, Paris se dévoilerait sous ses yeux. Elle avait peu dormi cette nuit, envahie par l'excitation du voyage. Elle ne se sentait cependant pas fatiguée, loin de là.

Quand le train s'arrêta, elle se trouva plongée dans un tumulte impressionnant. Un brouhaha ambiant de coups de sifflet, de crissements de locomotive, de rires et de pleurs et de clameurs lointaines. Soudain on prononça son nom avec hésitation. Elle tourna la tête et vit un jeune garçon roux qui la regardait avec un sourire timide. Comprenant qu'il s'agissait là de son seul comité d'accueil, elle lui indiqua ses valises et ils se mirent en chemin vers la sortie. Dans la gare, des femmes vêtues de noir ou de gris marchaient aux côtés d'enfants dont l'innocence semblait mise à mal par l'atmosphère pesante et, partout, des soldats en bleu tentaient de garder la tête haute et déambulaient en direction ou en provenance des quais. À Biarritz, les uniformes restaient majoritairement absents du paysage, mais à Paris ils étaient omniprésents.

Assise à l'arrière d'une voiture décapotable dernier cri, Éléonore observa les immeubles haussmanniens défiler sous ses yeux. Le froid lui piquait le visage, mais elle trouvait plutôt cela revigorant après plus de douze heures enfermée dans un train. Avec son beau chapeau et son grand manteau en fourrure Coco Chanel, elle avait tout d'une ravissante ambassadrice de la marque. Arrivée avenue Montaigne, la voiture s'arrêta devant le Plaza Athénée. Le bâtiment s'élevait plus haut que les autres constructions mitoyennes de la même époque, avec ses stores rouges et ses grandes baies vitrées. Le garçon roux la guida jusqu'à la réception et se retira dès qu'Éléonore l'eut généreusement remercié de son service. Soudain seule, son assurance laissa place à une intimidation grandissante. Que faisait-elle dans cet établissement de luxe ? Qu'allait-elle annoncer ? Qu'avait prévu Grigori ?

– Bonjour… Je… M. Meletski m'attend. Je viens d'arriver.

Le vieil homme de l'accueil l'observa derrière ses petites lunettes rondes, puis son visage s'illumina d'un sourire chaleureux.

– Oui, madame Meletski, bienvenue ! Votre mari m'avait prévenu de votre arrivée, il a dû s'absenter pour partir en périphérie hier matin. Il doit revenir dans le courant de la journée. Je vais faire monter vos affaires dans la suite. Puis-je vous proposer de patienter dans le salon, ou dans le restaurant si vous souhaitez prendre un petit déjeuner ?

Bien que déçue de ne pas être accueillie dès son arrivée par Grigori, Éléonore hocha la tête, affamée et curieuse de découvrir l'hôtel. Son mari… Désirait-il toujours l'épouser ? Et s'il préférait ne pas se remarier, et si… Et si, à force de temps passé avec Natasha et son fils, il regrettait son choix, que ferait-elle ? Elle ne devait pas s'inquiéter ainsi. Et pourtant, une petite voix lui murmurait qu'après tant d'années passées loin de l'autre, peut-être n'aimait-il plus qu'un songe, une image, une représentation d'elle que la réalité viendrait teinter.

Après un copieux petit déjeuner pris près d'une des grandes fenêtres donnant sur la cour intérieure, Éléonore fut conduite à la chambre. Une fois de plus, Grigori n'avait pas choisi la plus modeste. L'entrée débouchait sur un salon boisé du sol au plafond et dont le parquet Versailles se voyait couvert d'épais tapis orientaux. Sur le mur droit, une sublime cheminée en marbre surmontée d'un miroir ; à gauche, une double porte s'ouvrait sur la chambre richement décorée. Tout n'était que dorures et boiseries, de nombreux miroirs recouvraient les murs, ce qui acheva de dérouter Éléonore. Le lit, immense, paraissait bien plus confortable que la couchette du train de nuit. Alors, sans plus attendre, elle défit son chapeau, retira ses gants, son manteau et s'allongea sur le lit avec un gémissement soulagé. Aussitôt elle s'endormit.

Lorsqu'elle se réveilla, midi était passé et Grigori n'était toujours pas rentré. L'excitation se transformait peu à peu en profonde anxiété. Cela faisait quatre ans qu'ils ne s'étaient pas vus. Bien sûr, ils s'écrivaient quand ils le pouvaient, recevant souvent une lettre sur deux tant le service postal international se voyait bouleversé par le conflit. Qu'allait-il penser en la voyant ? Elle avait trente et un ans maintenant, ce n'était plus la jeune femme fraîche et pimpante de l'été 1910 ou même de 1913…

Elle se débarrassa de sa tenue de voyage, choisit parmi ses toilettes une robe blanche à corset, très largement décolletée, puis se glissa dans un bain chaud aux huiles essentielles. À peine dix minutes plus tard, elle entendit la porte d'entrée de la suite s'ouvrir. Dans un sursaut elle sortit de la baignoire, se sécha comme elle le put et attrapa sa robe de chambre en soie. Ses cheveux trempés, qu'elle tenta de démêler en quelques coups de brosse, mouillèrent presque aussitôt le vêtement.

– Éléonore ? demanda depuis le salon cette voix grave qui lui avait tant manqué.

Il était là ! À quelques mètres seulement derrière cette porte ! Elle sortit en trombe de la salle de bains. Debout, les mains dans les poches, plus nonchalant que jamais, il était toujours aussi grand, svelte, plus beau que jamais. Elle découvrit ses yeux bleus maquillés de petites rides plus creusées qu'à son départ de Biarritz en septembre 1913. Grigori l'enlaça si fort qu'elle en eut le souffle coupé.

– Mon amour… Tu es là… Oh mon Dieu…, commença-t-il avant d'être réduit au silence par les lèvres avides d'Éléonore.

Leur baiser exprima le manque qu'ils avaient pu accumuler ces quatre longues années, l'amour qu'ils ressentaient l'un pour l'autre, le désir inassouvi de deux êtres passionnés, la joie de ces retrouvailles tant attendues. Son odeur envahit Éléonore, teintée d'une senteur nouvelle, celle de la cigarette. Quatre ans ! Comment avait-elle pu vivre quatre ans loin de cet homme ? En quelques mots seulement, il pouvait s'emparer de son cœur et en devenir l'unique chef d'orchestre, il savait insuffler dans son corps une chaleur rassurante dont lui seul possédait le secret. Il avait pris possession de son âme tout entière, le voir suffisait à effacer ses soucis. Respirer son odeur suffisait à l'apaiser. Savoir qu'il l'aimait suffisait à son bonheur. Vivre d'amour et d'eau fraîche semblait alors possible, avec lui, seulement lui.

Les vertiges des retrouvailles éclipsèrent leur objectif de sillonner la ville. Si Grigori lui promit de lui montrer les lieux phares de la capitale un autre jour, il resta catégorique quant à sa volonté de l'emmener dîner en face de l'Opéra. Alors à sept heures du soir, ils quittèrent enfin leur suite, richement habillés et apprêtés. La voiture les déposa devant le Café de la Paix. Éléonore s'arrêta quelques instants afin d'observer l'opéra Garnier dont elle avait tant entendu parler. Elle comprenait désormais l'admiration qu'une telle construction suscitait chez les Parisiens comme chez les étrangers. Aussi grandiose qu'intimidant, le bâtiment brillait de mille feux sous les illuminations nocturnes de la ville, révélant ainsi les anges dorés disposés autour du dôme de cuivre. Devant une telle démonstration de faste et d'opulence, elle rêvait d'en explorer l'intérieur.

– C'est magnifique…, commenta-t-elle, les yeux pleins d'étoiles.

– J'ai réservé une loge pour la première représentation de la saison. *Jeanne d'Arc* de Verdi le 24 novembre.

– Oh ! Merci, mon chéri ! s'excita Éléonore avant de lui déposer un baiser furtif sur la joue.

Une fois le repas achevé, Grigori lui proposa d'effectuer une courte marche digestive jusqu'à leur hôtel afin de lui montrer les plus belles avenues parisiennes qui, parées du mystère de la nuit, se révélaient sous un autre jour. Paris la nuit semblait sorti d'un conte de fées.

– Je comprends désormais l'engouement autour de Paris… Cette ville est sublime. L'Opéra, les bâtiments, les rues, la Seine… Tout ! Oh, et ce pont ! s'exclama-t-elle en désignant du doigt le pont Alexandre-III vers lequel ils s'avançaient.

– Quel œil, mon amour ! Ce pont symbolise l'alliance et l'amitié franco-russes. Il a été inauguré lors de l'Exposition universelle de Paris en 1900.

– Vraiment ?

– Oui, et il possède même un homologue à Saint-Pétersbourg, enfin Petrograd maintenant. Je ne m'y ferai jamais, j'en ai bien peur… Il se nomme le Troïtsky Most chez nous. Le pont de la Trinité.

– C'est amusant de se trouver là. Nous deux. Un Russe et une Française.

– N'est-ce pas ? Si ce pont célèbre l'amitié entre nos pays, nous en célébrons l'amour.

Attendrie, Éléonore resserra son emprise sur son bras et posa sa tête sur son épaule. Lorsqu'ils arrivèrent en face des Invalides, Grigori s'arrêta.

– Avant la guerre, je comptais t'amener au pont de la Trinité. Ce pont prend une autre symbolique à nos yeux. Nous devenons ce lien indestructible entre deux rives séparées par les combats, par la distance, par le devoir, par les vicissitudes d'une vie dont nous ne maîtrisons guère le courant. Pourtant, cette vie, je serais prêt à la vivre mille fois si cela signifie que je peux en passer ne serait-ce que quelques heures à tes côtés. Je chérirai chaque moment en ta compagnie pour toujours. C'est pourquoi je te le demande à nouveau : Éléonore Marie Aimée Fourneau, veux-tu m'épouser et passer le reste de ta vie à me supporter, à aimer me détester et m'aimer comme je t'aime ?

Dans ce décor nocturne, subtilement éclairé, romantique et bucolique, le spectacle de Grigori agenouillé face à elle, une bague entre ses mains, devait être la vision la plus sublime qu'Éléonore ait jamais eue.

– Oui ! Bien sûr que je veux t'épouser. Oh mon…

Elle ne parvint pas à achever sa phrase tant l'émotion lui serrait la gorge. Ému, il la regarda retirer ses gants et tendre sa main gauche.

– Ah oui, c'est la main gauche ici.

– Comment ça ?

– En Russie, l'alliance se porte sur l'annulaire droit.

– Ah… Eh bien, comme tu veux. Choisis.

Éléonore lui proposa alors ses deux mains.

– Vraiment ? demanda-t-il, surpris. Nous sommes en France, je me plie à la tradition locale.

Une fois la bague passée au doigt, Éléonore se jeta dans ses bras et ils s'embrassèrent avec fougue. Puis, alors qu'ils se regardaient front contre front, blottis l'un contre l'autre, Éléonore se sentit gagnée par un fou rire irrépressible face à l'absurdité de la situation. Quel autre couple se demandait sur quelle main porter l'alliance ? Elle tenta de lui expliquer, mais ne parvint pas à finir, emportée une fois de plus par le rire. Grigori la regardait avec autant de surprise que d'amusement. La situation était absurde, il devait le reconnaître.

– Quand tu te seras remise de tes émotions, il faudra repartir, les balades nocturnes en période de guerre sont peu recommandées, déclara-t-il, attendri.

– Comment peux-tu te contenir à ce point ? demanda Éléonore en essuyant les larmes au coin de ses yeux.

Grigori haussa les épaules et l'embrassa une nouvelle fois au coin des lèvres avant de reprendre le chemin de l'hôtel. Le Russe demeura silencieux, l'air songeur, si bien qu'Éléonore finit par briser le silence.

– Qu'y a-t-il, tu me sembles ailleurs ?

– Rien, je songeais à toutes ces années… À maintenant et à notre mariage. J'aimerais t'épouser avant de repartir en décembre... Comme ça, si quoi que ce soit m'arrivait, tu... Tu...

– Ne dis pas cela ! Rien ne t'arrivera, imbécile ! Et oui, je veux t'épouser au plus vite. Au diable la cérémonie, je n'ai que faire d'un grand banquet. Ton amour me suffit. Et du foie gras avec du champagne.

– Tu ne perds pas le sens des priorités, se moqua-t-il. Marions-nous au plus vite alors.

– Quand ?

– La semaine prochaine. Toi, moi, le maire, Mikheil et un autre témoin. Rien de plus.

– Oui..., chuchota Éléonore, les yeux brillants d'émotion.

Après des années de séparation et de peur, ils étaient enfin réunis. Pour peu de temps, mais ils en savoureraient chaque minute, bien conscients que la guerre était une faucheuse aussi aléatoire qu'impitoyable. Grigori souhaitait que ce sentiment de plénitude ne s'arrête jamais. Cette femme qui avait su l'envoûter au premier regard deviendrait son épouse dans quelques heures. Cette pensée excitait ses sens et il ne parvenait pas à dormir. Aussi, ne voulait-il pas perdre de vue ce beau visage rendu paisible par le sommeil, comme oublieux du tumulte du monde. Lovée entre ses bras, Éléonore dormait profondément, ses longs cheveux éparpillés autour d'elle, ses cils sombres qui parfois tremblaient sous l'effet d'un rêve. Elle lui rappelait ces tableaux préraphaélites, si virginale dans sa chemise de nuit blanche, si innocente avec ses lèvres entrouvertes ; un visage candide à peine marqué par de petits sillons que l'âge venait tracer de son encre indélébile.

Tout en caressant ses cheveux, il repensait à ces années perdues. Pourquoi avait-il été mobilisé lui aussi ? À deux reprises il avait failli perdre la vie, à Tannenberg et à Varsovie.

D'abord capturé par les Allemands, puis rapatrié en Russie, parmi les blessés. À deux reprises, il s'en était fallu de quelques centimètres. Un coup de baïonnette dans la poitrine, à peine au-dessus de son cœur, une balle dans la cuisse et une dans le ventre, aucun organe n'avait été touché. Éléonore avait effleuré chaque cicatrice de ses doigts, les avait embrassées, puis s'était énervée contre lui et son intrépidité masculine. Typique. Il sourit à cette pensée, toujours aussi attendri par les effusions de son amante.

– Pourquoi tu souris ? demanda-t-elle dans un soupir en ouvrant un œil.

– Et toi, pourquoi tu ne dors pas ?

– Je t'entendais penser dans mes rêves…

– Allons bon, fit Grigori en embrassant son front.

– Et puis je viens de faire un rêve étrange.

– Un mauvais rêve ? Tu avais pourtant l'air si paisible…

– Je ne sais plus, une histoire de robe de mariée et de sous-marin allemand… Puis il y avait un drapeau rouge aussi. Et je ne trouvais pas mes chaussures !

– Tu es encore plus folle que ce que je craignais, mon amour.

– Dit celui qui m'observe quand je dors.

Grigori explosa de rire, ce qui acheva de réveiller Éléonore. Puis, incapables de se rendormir, ils se préparèrent pour se rendre à la mairie où Mikheil et un autre collègue de Grigori les attendaient. Grigori n'aurait pas imaginé son mariage avec Éléonore ainsi, mais sa vie suivait un chemin de traverse, balayé par les embruns de l'imprévu. À cause de cette maudite guerre, une fois de plus. Et de son père. Il jubilait à l'idée de lui annoncer cette union scandaleuse, même s'il ignorait quand il serait amené à le revoir, ce dernier restant introuvable depuis la tentative de coup d'État, quelques mois plus tôt.

La cérémonie fut brève mais intense. Mikheil y prononça un court discours, s'épanchant sur son amitié pour Grigori et sa joie de rencontrer, enfin, la femme qui faisait battre son cœur. Non sans révéler quelques anecdotes sur le marié, dont l'intéressé se serait volontiers passé, mais qui ravirent Éléonore au point de la faire, une fois de plus, pleurer de rire. Puis ils partagèrent une coupe de champagne et quelques canapés. Avant le crépuscule, les jeunes mariés se retirèrent. Pour l'occasion, Grigori avait fait jouer ses connexions et leur avait déniché un ravissant petit château au sud de Versailles, pour deux jours. Quand ils arrivèrent devant la grande bâtisse, Éléonore ne retint pas son excitation. Le soleil couchant éclairait la façade de pierres blanches d'une lumière orangée et, une fois à l'intérieur, Éléonore s'extasia devant chaque meuble et chaque objet de décoration.

– C'est magnifique…, murmura-t-elle en observant le ballet de domestiques dans l'immense escalier en marbre menant à l'étage.

– Je savais que cet endroit te plairait. Il appartient à une de mes connaissances d'Oxford, il y vient rarement. Si tu le souhaites, je t'offrirai un château en cadeau de mariage, mais je parie que tu voudras me le rembourser.

– N'ai-je donc plus aucun secret pour toi ? s'amusa Éléonore en lui jetant un sourire espiègle.

– Non, ma chère épouse. Plus aucun. Et pourtant, tu ne cesseras jamais de m'étonner et de me surprendre, remarqua-t-il en s'approchant d'elle et en glissant ses bras autour de sa taille.

– J'espère bien, monsieur mon mari. Une femme se doit

d'être ingénieuse pour garder sous son charme l'objet de ses convoitises.

– Et moi, comment puis-je te garder à jamais ?

– En m'aimant.

– Pour toujours.

– Et en venant habiter avec moi dès que possible. J'en ai assez de te voir partir.

– Si j'avais su que cette maudite guerre éclaterait, j'aurais remué ciel et terre pour accélérer mon divorce et t'épouser avant que tout cela ne commence, grogna-t-il en resserrant son étreinte.

– Je regrette tout ce temps perdu, mais je suis là avec toi maintenant. Il n'y a que cela qui compte.

– Tu as raison. D'ailleurs, même si je trouve que cette robe te va à ravir, j'ai hâte de te l'enlever. Tu me rends fou, murmura-t-il en frôlant son oreille du bout des lèvres.

26

Éléonore Fourneau s'appelait désormais Éléonore Meletski, et portait son nouveau nom avec fierté. Dans les jours qui suivirent leur retour du château, ils eurent l'étrange impression de vivre dans une bulle de bonheur. Éléonore ne pouvait pas s'empêcher de jeter, en tout temps, des coups d'œil furtifs à sa bague, preuve matérielle de leur mariage, que la presse se chargea d'officialiser peu de jours après. Leur quotidien ne changea pas. Cette étrange routine à l'hôtel, où Grigori passait ses journées à rencontrer des ingénieurs, des hommes d'affaires, des généraux, des pilotes, avant de retrouver Éléonore pour la soirée. Elle travaillait dorénavant à plein temps pour la boutique de chapeaux de Gabrielle et se penchait sur la création et l'élaboration d'une boutique parisienne de haute couture. Lorsqu'ils avaient quelques jours de liberté, ils partaient en voiture vers la banlieue versaillaise où ils séjournaient dans le château ayant abrité leur bref voyage de noces, loin de l'atmosphère étouffante d'une ville marquée par l'effort de guerre. Comme il était plaisant de se présenter à des réceptions comme couple marié, de raconter aux curieux une version enjolivée de leur impossible histoire d'amour.

Ils jouaient de cette image, un Russe et une Française, un officier et aristocrate féru d'aviation, une couturière. Une idylle inattendue, incongrue, impossible et d'autant plus romantique. Une lueur d'espoir dans cette triste pénombre embrumée par le chagrin et la mort.

Joséphine passa leur rendre visite, quelques jours, au début du mois de novembre. Elle se préparait à publier son deuxième livre, un roman sur le quotidien d'une infirmière de guerre, et multipliait les rendez-vous avec son éditeur. Surtout, elle attendait Édouard. Il lui écrivait souvent, mais son moral était très atteint par les mutilations des soldats, préférant désormais l'opprobre ou la corde à l'horreur du front. Heureusement que la perspective de revoir sa sœur, Angélique, désormais bien installée dans son environnement parisien, et en pleine préparation de son doctorat en droit, soulageait Joséphine de ses tourments. Angélique aussi vivait avec le poids de la guerre, ses quelques heures hebdomadaires à l'hôpital du Grand Palais suffisaient à peser sur son moral. Mais pour rien au monde, elle n'arrêterait. Ce livre, que Joséphine s'apprêtait à publier, s'inspirait beaucoup de sa sœur cadette, de sa personnalité et de son combat.

Un soir, elles dînèrent toutes les trois, pour le plus grand bonheur d'Éléonore qui s'était prise d'affection pour Angélique. Au mariage de Joséphine, Angélique lui avait paru si mûre, si adulte ; mais à Paris, par son aisance et sa tranquillité à toute épreuve, Éléonore se demanda si Angélique n'était pas devenue plus sage que Joséphine et elle-même réunies. Ce sérieux apparent ne les empêcha pas de profiter d'une soirée de joie et d'allégresse.

Malheureusement les troubles politiques ne tardèrent pas à se présenter, une fois de plus, devant leur perron, menaçant le monde de Grigori, et par extension, celui d'Éléonore. Mikheil écourta son voyage, pour rentrer au plus vite en Russie et suivre cette évolution de près. Alors que l'inquiétude de Grigori par rapport à la situation politique de son pays grandissait, il apprit que les maximalistes avaient renversé le gouvernement provisoire et pris le contrôle de Petrograd. Ce soir-là, Éléonore le passa seule. Elle ignorait où il était et quand elle se réveilla le lendemain matin, il avait déjà quitté l'hôtel. Alors elle sut. Elle sut qu'il avait changé, qu'il était devenu un homme d'action, un homme de responsabilités. Il n'appréciait pas les conflits, mais s'était battu pour la Russie, à plusieurs reprises, puis avait travaillé pour l'aviation de guerre, pour l'Empire. Il n'abandonnerait pas son pays, alors qu'il sombrait dans les profondeurs du bolchévisme.

Pendant cinq jours et cinq nuits, elle ne le vit pas, et n'eut aucune nouvelle de lui. Son cœur se brisa à l'idée que, si tout continuait de dégénérer, son amour pour lui ne suffirait pas à le retenir. Après tout, il avait le sens du devoir. Elle aurait préféré être son seul devoir. Malheureusement, il avait eu une vie avant elle, et cette vie, il continuerait à la vivre sans elle. Elle avait épousé un rêve plus qu'une réalité. Ce mariage consacrait leur amour, mais la vie s'efforçait de les éloigner.

Cet après-midi-là, alors qu'elle lisait le dernier manuscrit de Joséphine, Grigori rentra enfin. Il se débarrassa de sa cravate et de sa veste, puis plongea son regard fatigué dans celui d'Éléonore.

– Dois-je supposer que la crise politique est passée puisque tu daignes rentrer ? demanda-t-elle froidement.

Elle s'attendait à ce qu'il s'énerve lui aussi, mais il n'en fit rien. Exténué, il s'assit dans le fauteuil face à elle.

– Elle ne l'est pas. Lénine et les autres tiennent les rênes. J'ai appris que mon père était parti rejoindre les généraux résistants dans le sud, ceux qui ont tenté un coup d'État militaire cet été.

Éléonore hocha la tête et ne dit rien. Il parlait avec détachement, sans se soucier de ses sentiments, de son désarroi, de ces cinq nuits où il avait déserté. Grigori avait passé les jours précédents avec l'ambassadeur de Russie ainsi que d'autres personnalités présentes à Paris. Aucun d'eux ne soutenait la révolution, tous craignaient le pire, seul Grigori espérait voir ce nouveau gouvernement apporter un changement positif, et par-dessus tout, la paix. L'aviation avait été le cadet de ses soucis ces derniers temps, seules comptaient l'évolution politique de son pays et la sécurité de sa famille. Si cette nouvelle organisation du paysage politique russe virait autocratique, comme l'affirmaient les Russes et les experts rencontrés depuis le coup d'État, il ne répondait plus du futur des siens.

Lorsqu'il rentra, exténué et soucieux, il se rappela que sa famille ne se résumait plus à ses parents russes, elle incluait désormais sa femme. Il ne pouvait pas la maintenir dans l'ombre. Elle était distante, froide, furieuse. Il vint s'agenouiller près d'elle, fermant doucement le livre qu'elle tenait entre ses mains. Elle le fixa sans ciller.

– J'étais à l'ambassade... J'aurais dû te prévenir, mais tout s'est enchaîné si vite que je n'en ai pas eu le temps, avoua-t-il, honteux.

– Je sais où tu étais, souffla-t-elle avant de se lever et de le repousser par la même occasion.

Grigori se redressa aussitôt et la prit dans ses bras. Il couvrit le sommet de son crâne de baisers.

– Mon amour…, murmura-t-il entre deux baisers.

– Que vas-tu faire maintenant ?

– T'allonger sur ce lit et…

– Non, pas cela, dit-elle en réprimant un sourire. Je veux dire : que vas-tu faire de cette situation ?

– Je ne sais pas… Pour l'instant, tout est possible. Le nouveau gouvernement peut être renversé comme il peut aussi asseoir son autorité. On parle de famine, de combats sanglants entre les fidèles au gouvernement provisoire et les Bolcheviks. Je ne peux pas prédire le futur. Ce dont je suis sûr en revanche, c'est qu'une fois la paix déclarée, je viendrai à Biarritz.

– Et entre-temps, tu retourneras là-bas.

– Je n'ai pas le choix, il en était convenu ainsi…

– Je sais, mais…

Éléonore releva la tête et plongea son regard vert dans le sien. Elle était au bord des larmes.

– J'aimerais venir avec toi, affirma-t-elle en lui caressant la joue.

Allons bon, pensa-t-il. Quand il l'avait suppliée de venir le voir, elle avait refusé, et maintenant que Petrograd était à feu et à sang, elle souhaitait venir. Que lui avait-il pris de tomber amoureux d'une telle femme ? Il soupira et recouvra sa jolie bouche entrouverte de ses lèvres avides. Elle ne le repoussa pas, au contraire, elle se serra contre lui et répondit à son baiser avant de s'éloigner et de le regarder d'un air blessé.

– Cela signifie que tu ne veux pas que je vienne, n'est-ce pas ?

– Non… Je ne supporterai pas de te savoir en danger à cause de moi.

– Je suis une adulte, Grigori. Je peux prendre mes propres

décisions. Et ma décision est de te suivre, je saurai me rendre utile et…

– Non, Éléonore ! Tu ne comprends pas. J'ignore quelle est la situation là-bas, les communications sont surveillées et… Je ne veux pas t'embarquer dans une aventure qui pourrait te coûter la vie. Et puis, je n'en aurai pas pour longtemps, surtout si la guerre prend fin. Je mettrai ma sœur, mon fils et ma mère en sécurité, et je partirai te rejoindre.

– Et ton ex-femme ? Elle a aussi son mot à dire quant au futur de ton fils…

Grigori n'avait pas pensé à Natasha.

– Je me chargerai de Natasha, elle ne sera pas un obstacle à mon bonheur ni au tien.

– À t'entendre, j'ai l'impression que tu vas la jeter dans la Neva et partir avant que son corps ne soit découvert, dit Éléonore.

– Parce que tu me croirais capable d'une telle atrocité ?

– Qu'en sais-je, tu as bien des secrets, non ?

Elle avait dit cela pour le blesser. Pour le mettre à l'épreuve. Il détestait la voir sortir les crocs. Il fut un temps où il aimait cet aspect chez elle, cela faisait partie du jeu de la séduction, mais pas lorsqu'elle avait pour seul but de lui porter un coup bas. Un autre jour, il se serait énervé à son tour ; aujourd'hui, il était trop fatigué pour répondre à sa provocation. Il s'écarta d'elle et prit son menton pour la forcer à le regarder. La fureur dansait encore dans ses yeux.

– Tu me connais mieux que n'importe qui, ma belle bécasse. Je veux que tu sois heureuse, je veux t'aimer, mais j'aime aussi ma famille et je ne peux pas les laisser alors que le monde s'effondre autour d'eux…

– Mais tu préfères me tenir éloignée de toi lorsque tu joueras au héros.

– Oui, par égoïsme. S'il t'arrivait quoi que ce soit, je ne me le pardonnerais jamais…

Éléonore l'observa avec surprise, puis une flamme vint animer son regard vert.

– Je comprends, mais je saurai te convaincre…, lui susurra-t-elle.

– Éléonore, la gronda-t-il.

Entre chaque baiser, elle lui chuchota des mots d'amour, et face à ses déclarations, le cœur de Grigori manqua de s'arrêter. Un élan de tendresse, empreint de nostalgie, s'empara de lui. Non, il ne voulait pas partir lui non plus, il ne voulait pas la laisser, même si, une fois de plus, il n'avait pas le choix.

– Soyons Grigori et Éléonore quelques instants encore, mon amour, suggéra-t-il en faisant écho à ce qu'elle lui avait dit, cinq ans auparavant, alors qu'il s'apprêtait à repartir en Russie.

– Oui, jusqu'à ce que nous puissions l'être pour l'éternité. Si Dieu le veut.

Alors il l'embrassa avec fièvre, déversant dans chaque pression de ses lèvres, chaque caresse de sa langue, tout l'amour qu'il lui portait. Après ce jour, il s'efforça d'être de plus en plus présent, allant jusqu'à perdre de vue l'objectif de ce voyage. Il manquait quelques rendez-vous, s'échappait au milieu d'une réunion, s'excusait de ne pas pouvoir venir lors des dîners professionnels, afin de passer le plus de temps possible à ses côtés.

Tout bonheur avait une fin. Et s'il avait ignoré les recommandations de ses pairs, il ne pouvait guère faire la sourde oreille plus longtemps alors qu'il venait de recevoir un télégramme de Mikheil, le sommant d'avancer son départ afin d'éviter de potentielles suspicions à son arrivée. Bien sûr, tous avaient raison. Le pouvoir était dans des mains bien différentes de celles qui le détenaient à son départ. Et s'il n'était plus le bienvenu dans son propre pays ? Qu'avait fait son père ? Et si sa stupide loyauté mettait en péril la sécurité de toute sa famille ? Comment pourrait-il les sauver ? Et Mikheil ? Et Karolina ? Et… Trop de questions se bousculaient dans sa tête à mesure que la date du départ approchait. Il devait partir le 15 décembre, finalement, il quitterait le sol français le 2, et donc Paris, un jour plus tôt.

La veille de son départ, il passa la journée avec une Éléonore soucieuse et triste. Quand il lui fit l'amour cette nuit-là, il eut ce terrible pressentiment de la serrer dans ses bras pour la dernière fois. Au fond de lui, il aurait aimé la voir embarquer pour Petrograd à ses côtés, ne serait-ce que pour prolonger l'instant et reculer le terrible moment des au revoir, mais il l'aimait assez pour défier son égoïsme. Le matin venu, elle l'accompagna, une fois de plus, à la gare. Cette douloureuse scène d'adieux commençait à devenir une habitude. Une de ces habitudes dont ils se seraient bien passés tous les deux.

– J'ai peur, Grigori, avoua-t-elle en plongeant ses yeux verts embués de larmes dans les siens.

Lui aussi avait peur. Mais il ne pouvait pas le lui avouer, il se devait de la rassurer, de la persuader que tout irait bien, qu'il rentrerait bientôt, sain et sauf.

– Ne t'inquiète pas, mon amour. Tout ira bien. Si tout se passe comme prévu, le nouveau gouvernement cherchera à mettre fin à la guerre et… Alors je pourrai venir m'installer à Biarritz.

– Et abandonner ton pays à la dérive bolchévique ?

Elle savait combien une telle décision lui coûterait. Il n'était pas plus patriote qu'un autre avant cette guerre interminable, mais après avoir failli mourir plusieurs fois au service de la

Russie, il se sentait lui aussi responsable de l'avenir de son pays.

– Pour toi, je le ferai.

– Je ne supporterais pas de te voir vivre avec l'amertume et le regret de n'avoir rien fait…, énonça-t-elle, malheureuse.

– Je préfère ne rien faire que de te perdre. Je te l'ai dit : tu es mon monde, Éléonore. Sans toi, la Terre ne tourne plus, le Soleil ne se lève plus, la Lune n'éclaire plus la nuit. Alors oui, je reviendrai, dès que je le pourrai. Le plus tôt possible, je l'espère. Je reviendrai, je te le promets.

– Je t'attendrai.

Ils partagèrent une dernière étreinte et Grigori monta dans le train. Lorsque celui-ci démarra, il regarda la silhouette d'Éléonore rapetisser à mesure qu'il s'éloignait de la gare. Quelle était cette étrange boule au ventre qui lui tordait l'estomac ?

27

5 décembre 1917

Ce matin-là, devant le marchand de journaux de la place de la Liberté, une femme s'effondra. Les passants ayant assisté au spectacle s'approchèrent de la malheureuse, visiblement évanouie. Une dame au visage recouvert d'une voilette noire la reconnut.

– C'est l'associée de Gabrielle Chanel. Madame Éléonore Fourneau… Même si je crois qu'il ne faut plus l'appeler comme ça maintenant, elle s'est remariée. Je l'ai lu dans le journal.

On appela un médecin et on l'amena à la boutique Coco Chanel, située à quelques mètres seulement. Aussitôt, les couturières s'occupèrent de leur patronne. Quand Éléonore revint à elle, elle se trouvait allongée sur un canapé plutôt inconfortable, entourée des visages inquiets de ses couturières. Un homme qu'elle ne connaissait pas se pencha vers elle avec un sourire.

– La voilà qui reprend ses esprits. Comment vous sentez-vous, madame Meletski ?

Meletski. À l'annonce de son nom, elle retrouva la mémoire

et la panique s'empara d'elle à nouveau. Alors elle se leva d'un bond, toute tremblante et prit sa tête entre ses mains, comme pour essayer d'effacer le mal qui la rongeait. Les souvenirs revenaient. Le kiosque de la place de la Liberté. Elle achetait la gazette du jour, et, alors qu'elle parcourait des yeux la première page du journal, une minuscule rubrique attira son attention. Naufrage en mer du Nord. Un navire commercial français abattu par des sous-marins allemands. Qu'il y ait des survivants ou des prisonniers paraissait peu probable, en revanche la liste des passagers était indiquée. Aussitôt Éléonore tourna les pages et chercha la liste des yeux, prise d'un terrible pressentiment. Non, ce n'était pas possible. Pas maintenant. Pas lui. Malheureusement, Grigori Nikolaïevitch Meletski était à bord. Un cri d'effroi se perdit dans sa gorge alors que les ténèbres l'envahissaient. Les ténèbres ne durèrent pas assez longtemps. Pas assez pour effacer la douleur qui l'étouffait, le désespoir qu'elle ressentait. Elle refusait d'admettre que l'homme qu'elle aimait était mort. Elle devait vérifier une fois encore, peut-être avait-elle mal lu… Que savaient-elles, ces couturières dont les regards navrés ne la quittaient pas ?

– Le journal…, gémit-elle en contenant ses sanglots.

Amaia le lui donna, l'air triste, trahissant sa compassion, celle d'une femme ayant, elle aussi, connu le deuil. À cet instant, Éléonore comprit qu'aucune tentative de réconfort ne pouvait fonctionner, il s'agissait d'un baume temporaire bien peu efficace contre une plaie béante que le temps lui-même peinerait à refermer. C'était un cauchemar auquel elle ne pouvait échapper, elle ne pouvait pas défaire le cours du destin. Les mains tremblantes, elle tenta d'ouvrir le journal, s'y reprenant à plusieurs fois. Quand enfin, elle trouva la page, elle fut irrémédiablement attirée par un nom, un seul. Celui de son mari.

– Non... Non...

Elle éclata en sanglots. Alors que les larmes cascadaient le long de ses joues, elle s'adressa, dans une plainte désespérée, à toutes les personnes dans la pièce.

– PARTEZ ! Tous ! S'il vous plaît...

Sans un mot, Amaia et Suzanne firent signe aux autres de sortir, puis à leur tour quittèrent la pièce, laissant ainsi à Éléonore l'intimité dont elle avait besoin pour pleurer la mort de son seul amour. Et elle pleura. Elle pleura leurs souvenirs heureux et ceux qui ne verraient jamais le jour, arrachés par la mort. Elle pleura cette vie qui lui avait été volée. Elle pleura cet amour perdu, source de tant d'espoirs avortés. Elle pleura ce cauchemar dans lequel elle resterait enfermée à jamais. Il n'y avait pas de retour en arrière, il n'y aurait plus de matins heureux entre ses bras, de baisers volés à chaque lucarne d'intimité, de mots tendres glissés à voix basse pendant un repas, de fous rires partagés, de débats exaltés ni de déclarations enflammées. Le souvenir encore brûlant de ses caresses s'estomperait au fil du temps, ses beaux yeux rieurs n'existeraient plus que sur des photos vieillies par les années, le son de sa voix se perdrait dans le brouhaha du quotidien. Sa mémoire tenterait de l'effacer peu à peu mais son cœur ne l'oublierait pas, et le vide laissé par sa mort ne serait jamais comblé. Elle le savait, frappée de cette évidence indiscutable : elle le pleurerait jusqu'à sa propre mort.

Elle se sentait coupable de ne pas avoir cherché à passer plus de temps avec lui à l'époque où elle ignorait encore le chemin que prendrait leur histoire, à l'époque où ses sentiments demeuraient incertains, à l'époque où elle pensait avoir tout le temps du monde pour se décider. Elle n'avait pas cru à l'amour et pourtant il avait tout balayé sur son passage, lui inculquant cette impression d'incomplétude. Une incomplétude comblée, à son grand désarroi – la hantise de la femme indépendante qu'elle était –, par Grigori. À deux, ils formaient un tout. Seule, elle prenait conscience du bonheur d'être deux face au reste du monde, elle avait accédé à un nirvana, un idéal que sa mort rendait inatteignable. Sans lui, elle ne l'aurait peut-être jamais connu. Maintenant qu'il était parti, elle ne ressentirait plus jamais cette complétude. Il ne reviendrait plus.

Il lui avait menti. Il n'avait pas le droit de la trahir ainsi, pas le droit de l'abandonner après lui avoir prouvé qu'elle ne pouvait vivre sans lui. Puis, au chagrin et à la rage succéda le déni. Avant de couler les navires, certains sous-marins arrêtaient l'équipage et le faisaient prisonnier ; d'autant plus lorsqu'il s'agissait de simples civils. Peut-être était-ce aussi le cas pour ce navire… Selon le journal, la capture de prisonniers était peu probable, mais pas impossible. Un espoir demeurait. Un espoir auquel elle s'accrocha. Un espoir qu'elle révéla immédiatement à Joséphine lorsque cette dernière entra en trombe dans la pièce, encore vêtue de sa tenue d'infirmière.

– Oh, Éléonore… Mon Dieu, Éléonore… Je n'ose pas imaginer, je suis…, commença la grande brune visiblement bouleversée.

– Non, Joséphine… Il n'est pas mort.

– Quoi ? Comment le sais-tu ?

– J'en suis persuadée. Il est vivant, hoqueta Éléonore en esquissant un sourire baigné de larmes.

– Oh… Éléonore…

Joséphine la serra dans ses bras de toutes ses forces, l'estomac noué. Elle n'avait pas la force de lui faire entendre raison.

Mais après tout, disparu en mer ne signifiait pas forcément mort. Joséphine resta avec elle le temps de voir ses larmes se tarir, puis décida de venir s'installer chez elle. Il n'était pas question qu'elle la laisse se languir et ruminer son chagrin. Éléonore ne souhaitait pas devenir comme son père, elle ne voulait pas être, à son tour, une coquille vide ravagée par la mort de son unique amour. Joséphine ne lui en donnerait pas l'occasion. Si la douleur et la peine l'accompagneraient toute sa vie, Éléonore avait encore un destin à accomplir et Joséphine y veillerait dur comme fer.

Malgré le regain d'espoir d'Éléonore, l'absence de nouvelles dans les semaines qui suivirent jouèrent sur son moral fragile. Joséphine se rendait moins souvent à l'hôpital, prenant désormais soin d'Éléonore. Antoinette et Gabrielle Chanel avaient décidé de lui accorder le temps nécessaire à sa rémission. Elles n'ignoraient pas que ces plaies guérissaient difficilement, parfois jamais. Elles savaient combien Éléonore et Grigori s'étaient aimés. Devant la fragilité de son amie, Joséphine s'inquiétait de sa propre réaction si Édouard mourait au front. Pourtant, une petite voix au fond d'elle-même la persuadait de sa survie. Dotée de cette certitude défiant tout pragmatisme, elle comprit alors l'acharnement avec lequel Éléonore s'employait à croire que Grigori était vivant. Comment évoquer une autre possibilité ? Elle aussi s'accrochait à cet espoir de voir Édouard survivre et la rejoindre quand cette guerre se terminerait enfin.

Puis au milieu du mois de janvier, Éléonore tomba malade. Au début, les étourdissements, les nausées et la fatigue inquiétèrent Joséphine. Pour certains soldats dépressifs, il n'était pas rare de les voir se laisser dépérir. Elle fit venir un médecin qui la rassura aussitôt sur l'état d'Éléonore : elle était enceinte de trois mois. Joséphine hésita à le lui annoncer. Comment réagirait-elle ? Cet enfant, fruit d'un amour sacrifié, ne connaîtrait malheureusement jamais son père, victime innocente de cette guerre impitoyable.

*

Malgré l'espoir, le doute subsistait. Les semaines passaient et cette lettre tant attendue, écrite de sa plume si masculine, n'arrivait pas. Éléonore voyait son optimisme disparaître sous le poids de ses craintes. Se pouvait-il qu'il soit réellement mort ? Dire qu'elle avait refusé l'amour, préférant se marier par amitié, pour finalement divorcer, tomber amoureuse, se remarier et devenir l'une de ces veuves au cœur brisé… Quelle ironie ! À croire que l'on n'échappait pas à son destin. Peut-être était-ce celui de sa famille que de pleurer la perte de son âme sœur…

Son père était passé la voir à plusieurs reprises. Désormais c'était lui qui se sentait obligé de prendre soin d'elle, comme elle l'avait fait pour lui autrefois. Elle n'avait jamais compris le désespoir de son père jusqu'ici. À présent, elle saisissait l'étendue de sa douleur, elle comprenait pourquoi il avait perdu pied et ne s'était jamais véritablement remis de la disparition de son épouse. Dans ses prunelles, cette tristesse infinie que rien ne parvenait à dissiper. Depuis, Éléonore et son père ne se voyaient guère plus d'une fois par an. Éléonore en avait d'abord été attristée, puis grâce à sa tante, ses amies, Leandro et Jeanty, elle s'y était accoutumée. Elle comprenait pourquoi il gardait ses distances. Éléonore était le portrait craché de sa mère. Son père n'avait pas fait son deuil ; même au bout de quinze ans. Aujourd'hui cependant, il venait soutenir sa fille, pour l'accompagner dans la douleur. Elle lui en fut infiniment reconnaissante.

Pendant de longues semaines, elle ne quitta pas son lit. Ses amis, sa famille, tous venaient lui rendre visite. Sa tante passa elle aussi, écourtant son voyage au Portugal pour elle. Même elle ne parvenait pas à lui rendre le sourire. Joséphine aussi insistait pour passer du temps avec elle, l'amener sur la plage, lui changer les idées, disait-elle. En vain. Comment Éléonore pouvait-elle penser à autre chose qu'à son bonheur avorté ? Plus le temps passait, plus la probabilité de revoir un jour Grigori vivant s'amenuisait. Chaque jour, elle sentait son cœur se serrer un peu plus, lui brûlant la poitrine, piétinant le peu d'espoir qu'il lui restait. Pourtant, une fois la nuit tombée, Grigori lui rendait visite dans ses rêves. Parfois, il l'embrassait, la prenait dans ses bras en lui répétant que tout irait bien, qu'ils pouvaient être Éléonore et Grigori quelques instants encore, puis il disparaissait dans le brouillard du retour à la conscience. Alors elle luttait, elle fermait les yeux, refusant de voir la triste réalité de son lit trop grand et trop vide. Elle l'appelait dans ses songes, espérant de toutes ses forces qu'il reviendrait. Mais il ne revenait jamais. Une fois le matin venu, il l'abandonnait encore et encore.

Ainsi, chaque soir, elle espérait le retrouver dans son sommeil, le seul endroit où il vivrait à jamais, la hanterait pour toujours. Dans ses rêves, elle voyait parfois un sous-marin allemand, de l'eau froide et profonde, et un bateau marchand. Le navire sur lequel il se trouvait, debout sur le pont, ses cheveux noirs décoiffés par le vent. Puis la torpille arrivait et l'instant semblait interminable. Et enfin le choc. Terrible. Le navire volait en éclats, propulsant Grigori par-dessus bord où, assommé par le choc, il sombrait à jamais dans les profondeurs opaques de la mer du Nord. Après ces cauchemars, elle se réveillait toujours le visage baigné de larmes. Toute l'horreur du monde l'accablait de son irrévocabilité. Elle criait tout son chagrin dans son oreiller pour en étouffer le bruit au maximum, afin de ne pas réveiller la pauvre Joséphine qui s'occupait si bien d'elle. Dans ces moments-là, sa mère lui manquait plus que jamais. Elle aurait tant donné pour se lover dans ses bras et se laisser bercer par ses paroles apaisantes et sa magie réconfortante. Elle aurait voulu ne jamais être devenue adulte.

Sa santé déclinait depuis quelques jours et elle s'en moquait. Peut-être rejoindrait-elle Grigori plus tôt que prévu… Mais Joséphine s'était empressée d'appeler un médecin. Il ne resta pas longtemps et repartit sans un mot. Peu après, Joséphine vint s'asseoir sur le rebord du lit.

– Tu es enceinte, murmura-t-elle.

Un séisme dans la poitrine, dans le ventre. Une irrépressible envie de hurler et de pleurer. Le choc la bouleversait. Grigori vivait encore. En elle. Son enfant. Leur enfant. Le fruit de leur amour. À l'horreur se superposait la joie ; à la détresse, l'espoir ; à la peur, l'envie. Elle posa aussitôt ses mains sur son ventre encore plat, comme pour sentir ce bébé qu'elle aimait déjà plus que tout au monde. Les larmes coulèrent le long de ses joues et elle hoqueta en se redressant. Elle attrapa le bras de Joséphine et plongea son regard embué dans le sien.

– Je vais avoir un enfant. Notre enfant… C'est aussi terrible que merveilleux.

– Il t'a laissé un dernier cadeau avant de partir cette fois.

– Oui…

À ce moment, Éléonore comprit que seul cet enfant comptait. Pour lui, elle vivrait, elle se battrait pour redevenir la femme qu'elle était. La femme dont Grigori était tombé amoureux.

– Je vais retourner travailler à la boutique, dès demain.

– Quoi ? Non, tu as besoin de repos ! s'étrangla Joséphine.

– J'en ai eu assez ! Je me morfonds depuis deux mois. Je ne peux plus continuer ainsi. Cet enfant est un signe du Ciel, un cadeau que je chérirai pour l'éternité. Je ne me laisserai pas abattre par le chagrin. Je ne le veux pas. Quand mon père est venu, il m'a dit que j'étais forte, bien plus forte que lui. Il a foi en moi, il savait que j'allais renaître. La douleur est toujours là, elle le sera jusqu'à la fin de ma vie. Il ne se passera pas un jour sans que je pense à lui, sans que je l'aime, mais je dois continuer. N'était-ce pas mon but premier que de devenir une couturière connue et reconnue ? Eh bien, j'ai pris ma décision. Quand la guerre sera finie, Leonora rouvrira ses portes et partira à la conquête de la France.

Joséphine la fixa, abasourdie.

– Tu ne peux pas savoir à quel point je suis heureuse de te retrouver, l'œil pétillant et la voix vibrante de ce futur galvanisant !

– Une partie de moi est morte avec lui, mais je n'ai pas le droit de renoncer. Pas maintenant. Oh, Joséphine ! Je…

– Oui ?

– Je crois que le futur n'a jamais été aussi radieux, il sera douloureux parfois mais il sera beau. Je ferai en sorte qu'il le soit.

– Je serai là pour t'aider, nous le serons tous. Tu as des amis, de la famille, et bientôt ta famille s'agrandira. Tu deviendras une mère extraordinaire, Éléonore. Où qu'il soit, je sais que Grigori sera fier de toi. Comme ta mère elle aussi l'est.

– Merci, Joséphine, murmura-t-elle d'une voix tremblante.

– Voyons… Je…

– Merci pour tout. Tu es la meilleure amie dont on puisse rêver. Maintenant je me rends compte que sans l'amitié, la vie ne vaut pas la peine d'être vécue.

– Et tu as raison. Je serai toujours là pour toi. Quoi qu'il advienne. Comme je sais que tu le seras toujours pour moi.

En février, Gabrielle lui fit part de sa volonté de recentrer son activité à Paris. Elle venait d'acheter une autre adresse rue Cambon et souhaitait y installer un atelier de couture encore plus grand que celui de Biarritz. Éléonore comprit aussitôt qu'une telle décision impliquait sûrement la fin progressive de la maison de couture de Biarritz. Connaissant son envie d'être à son compte, Gabrielle lui proposa un marché : continuer à travailler pour elle jusqu'à la fin de la saison estivale, puis venir l'aider à implanter sa boutique parisienne, le temps d'accoucher. Quand elle souhaiterait reprendre son activité, Éléonore aurait le choix entre superviser les opérations à Paris, ou se relancer dans sa propre aventure, forte de ses années d'apprentissage aux côtés de Gabrielle. Une telle proposition plut aussitôt à Éléonore, et elle remercia chaleureusement Gabrielle de sa compréhension et de son amitié.

– Ne me remercie pas. J'essaye de te garder auprès de moi un maximum en espérant que tu ne te relances pas dans Leonora. Tu seras une redoutable concurrente un jour… Mais ce serait un honneur.

– Ce n'est pas pour tout de suite, je te rassure. Je n'ai pas encore l'énergie pour une telle entreprise. Je verrai après la naissance de l'enfant.

– Je suis heureuse que tu sois de retour parmi nous, annonça Gabrielle sincèrement.

– Merci. Moi aussi.

– Penses-tu être capable de retomber amoureuse un jour ?

– Non… Ou en tout cas, je ne connaîtrai jamais plus cette intensité. Notre amour était unique, intemporel et éternel. Quand on a connu une telle passion, j'ai peur qu'il soit impossible de ne pas l'ériger en exemple, de ne pas la chérir pour toujours.

– Je vois ce que tu veux dire…

– C'est ce que tu ressens pour Boy, n'est-ce pas ?

– Je le crains.

– Non, c'est une chance de connaître une telle intensité. Même si tu ne l'épouseras jamais, tu continueras de l'aimer à ta manière, et lui aussi.

– Nous verrons bien. De toute façon, je ne peux pas lui donner d'enfant…, lui avoua Gabrielle d'un ton chagriné.

– On ne sait jamais… Peut-être que…

– Non, la coupa Gabrielle. Je ne peux pas. Je le sais. J'ai… J'ai dû me faire avorter et… Et cela m'a rendue stérile. Je ne faisais pas très attention à l'époque…

– Je suis désolée.

Les mois suivants passèrent à toute vitesse, et Éléonore voyait son ventre gonfler de semaine en semaine, si bien qu'arrivée à huit mois de grossesse, elle dut se résoudre à s'arrêter. Le mois de juillet s'annonçait chaud. La guerre, elle, continuait, mais semblait s'essouffler, comme si la fin approchait. Édouard avait eu une longue permission, et Charles, ayant gravi les échelons du journalisme de guerre, supervisait désormais la collection et le traitement des images arrachées au front. Ainsi il venait plus souvent à Biarritz, au grand bonheur de Louise, Anne et Eugène, désormais âgé de quatre ans. Si elle se réjouissait de voir ses amis réunis et heureux, elle connaissait la douleur que la mort laissait derrière elle. Une douleur dont l'intensité ne faiblissait pas. Dès qu'elle pensait à Grigori, elle ressentait un vide dans son cœur, elle rassemblait toutes ses forces pour ne pas fondre en larmes. Pourquoi disait-on qu'avec le temps, le chagrin disparaissait et seuls les souvenirs heureux demeuraient ? Même si sa vie continuait, et même si elle l'appréciait beaucoup par moments, son absence la saisissait toujours avec la même intensité.

Lors d'une soirée particulièrement étouffante du mois de juillet, alors qu'elle dînait chez Louise et Charles, avec Édouard et Joséphine, Éléonore fut prise de terribles douleurs. Un liquide chaud glissa le long de ses cuisses et elle cria en tentant de se lever de sa chaise. Louise, qui avait déjà connu deux accouchements, se précipita vers son amie.

– Charles, va chercher le médecin ! Elle va accoucher, s'écria Louise d'une voix aussi cristalline qu'autoritaire.

Édouard prit Éléonore dans ses bras et la porta dans une chambre d'amis. La parturiente attendit l'arrivée du médecin avec une surprenante sérénité, que de douloureuses contractions venaient interrompre de temps à autre. Une fois le docteur arrivé, seules Louise et Joséphine furent autorisées à rester dans la pièce. Petit à petit, un terrible sentiment de vide s'empara à nouveau d'Éléonore, un peu plus présent chaque fois qu'elle reprenait ses esprits, entre ses accès de douleur. Où était Grigori ? Elle avait besoin de lui ! Les fois où elle s'était imaginé leur futur, elle se voyait en train d'accoucher avec lui à ses côtés, serrant fort sa main et lui murmurant des paroles rassurantes. Lorsque plusieurs heures plus tard, les cris du nourrisson se superposèrent aux siens, exténués, Grigori n'était pas là. Il ne le serait plus jamais. La fatigue, la douleur, l'excitation disparurent l'espace de quelques instants et elle pleura. Elle pleura cet enfant qui ne connaîtrait jamais son père. Puis, le médecin ne lui donna pas l'occasion de se morfondre plus longtemps.

– C'est une magnifique petite fille ! s'écria-t-il.

Éléonore posa les yeux sur sa fille. Sur ce petit bout de

chou, encore sale et plissé, qui ne cessait de geindre. Jamais elle n'avait vu de chose plus belle au monde. Elle ressentit une joie sans pareille, un amour profond, débordant, pour ce petit être qu'elle chérissait déjà plus que tout au monde. Oh, comme elle aimait sa fille ! Elle était si belle. La petite se calma dès qu'elle fut posée contre la poitrine de sa mère. Elle ouvrit ses yeux fripés et les plongea aussitôt dans ceux d'Éléonore. Son cœur fit un bond dans sa poitrine. Sa fille avait les yeux de son père. Que les bébés aient tous les yeux bleus ne l'arrêta pas dans son affirmation, ce bleu était unique, c'était celui de son amant, son mari, son amour.

– Tu as réfléchi à un prénom ? demanda Joséphine, la tirant de ses pensées.

– Je vous présente Tatiana, annonça Éléonore avec un sourire nostalgique et fatigué.

Tatiana était le prénom de la sœur de Grigori, elle savait combien il l'aimait, ainsi elle lui rendait hommage à sa manière.

– Tatiana Grigorova Meletski…, murmura-t-elle. Bienvenue sur terre, ma petite chérie.

28

Juin 1918 – début août 1918

Après d'interminables mois aux mains des Allemands, Grigori était terrifié à l'idée de retourner dans son pays et ignorait à quoi s'attendre là-bas. Pendant sa captivité, il avait suivi, de loin, les évolutions politiques et militaires et savait que cet armistice honteux, signé avec l'Allemagne et l'Autriche-Hongrie, ne signifiait en rien la fin des troubles qui menaçaient la stabilité de la Russie de Lénine. Mais cette pseudo-paix lui permettait de regagner son pays, tout du moins ce qu'il en restait. Il n'avait eu aucune nouvelle du monde extérieur, malgré le traitement convenable qu'il avait reçu. Si les Allemands lui avaient laissé la vie sauve avant de couler le navire, il ne s'agissait que d'une manœuvre stratégique pour obtenir des renseignements sur les forces russes. À la grande déception de ses geôliers, Grigori ne possédait aucune des réponses aux questions posées. Alors ils se désintéressèrent de lui ; et sa vie, malgré le manque de libertés, devint monotone et assez confortable pour celle d'un prisonnier. Cette fois, il ne chercha pas à s'enfuir, conscient de ne pas avoir la même marge de manœuvre ni de moyens de pression équivalents. Il avait dû prendre son mal en patience.

Entre février et mai, il n'avait cessé d'écrire à Éléonore, à Tatiana, ainsi qu'à Natasha afin de recevoir des nouvelles de son fils. Aucune de ses lettres ne reçut de réponse et il finit par penser qu'aucune d'elles n'avait quitté les mains de ses geôliers. Il eut beau les supplier, ils restaient d'une passivité exaspérante. Grigori tenta même de les soudoyer, mais rien n'y fit. Il ne reçut aucune réponse de la part de sa famille. Si ces derniers le pensaient mort, il n'osait guère imaginer la réaction que provoquerait son retour. Surtout pour Éléonore. Sa femme. Sa magnifique femme. Sa belle bécasse. Il espérait qu'au fond d'elle-même, elle trouverait la force de le croire encore en vie, car, dès qu'il en aurait l'occasion, il lui confirmerait son existence, et son amour. Son cœur se serrait dès qu'il pensait à elle. Malgré tout, il se félicitait de ne pas avoir cédé à son caprice de l'accompagner. Si elle avait été capturée par les Allemands, Dieu seul savait quelles immondices elle aurait pu subir. Tout cela par sa faute. Non, à la place elle était saine et sauve, et lui, reviendrait dès que possible.

Malheureusement, à son arrivée à Petrograd, tout paraissait à la fois différent et semblable. Les bâtiments colorés, vert pastel, rose pâle, bleu ciel, étaient toujours là, mais la fréquentation du quartier avait changé. Plus de vieilles dames richement vêtues, de jeunes aristocrates impétueux sur le point de monter dans leur voiture dernier cri, de couples distingués flânant dans les rues. À la place, des soldats, des inconnus aux visages couperosés par une vie de pauvreté. Grigori dut même demander le nom de la rue pour s'assurer d'être au bon endroit. Devant ce qui avait été autrefois sa maison de ville, un étrange pressentiment le précéda. Et si… Et si, le croyant mort, il avait tout perdu ? Que savait sa famille ? Le pensaient-ils disparu, mort ou prisonnier ? Les retrouvailles risquaient d'être mouvementées. Il leur rendrait visite une fois lavé et changé, puis se dépêcherait d'organiser leur fuite du pays.

Lorsque la porte d'entrée du bâtiment s'ouvrit, Grigori ne reconnut pas le domestique. Avec ses vêtements bon marché et usés, l'inconnue à l'air farouche n'avait rien d'une servante. Son estomac se noua. Après avoir bredouillé à la vieille femme qu'il habitait là, elle le laissa entrer, en le fixant d'un air suspicieux. Oh non… Cette maison n'était définitivement plus la sienne. L'entrée avait été murée, elle paraissait minuscule et la lumière rosée du crépuscule peinait à s'y frayer un chemin. Elle s'ouvrait autrefois sur un premier salon richement meublé, l'une des pièces préférées de Grigori. Quel sort lui avait-on réservé ? Il réprima un frisson et s'obligea à avancer malgré l'impression d'avoir été volé et délogé de chez lui. Résigné, il emprunta l'escalier de service, l'autre lui étant inaccessible car situé dans le hall caché par l'affreux mur. Une boule se forma dans sa gorge, et il eut l'impression de suffoquer.

À l'étage, il fut surpris par un brouhaha assourdissant et osa à peine pénétrer dans ce qu'il restait de son deuxième salon et du bureau. Autour de la grande table en acajou, des hommes et des femmes mal vêtus jouaient aux cartes en fumant et en buvant. Des exclamations joyeuses et indignées s'élevaient sous les yeux abasourdis de Grigori. Quel était ce cauchemar ? Qu'avait-on fait de sa maison familiale ? À sa mort, elle aurait dû revenir à son fils, bien que trop petit pour y habiter seul, et non à ces gens sortis de nulle part. La plupart des meubles avaient disparu, remplacés par des piles d'objets non identifiés, ajoutant à l'aspect désordonné de la pièce. Il repéra deux chaises de style Catherine II éventrées et estropiées, poussées dans un coin, à la vue de tous. Un tapis persan avait été roulé et posé contre la bibliothèque, vidée de ses ouvrages ; un autre, laissé au sol, paraissait crasseux et abîmé. À cet instant, un homme cendra sa cigarette à même le tapis et Grigori observa, estomaqué, la braise former un cratère sur cette pièce centenaire.

– Eh ! Regardez, on a un visiteur ! s'écria en désignant Grigori un homme mal rasé à qui il manquait des dents.

Tous les regards se tournèrent vers lui. Qui étaient ces gens ? Où était passée sa famille ? Il avait longuement voyagé depuis l'Allemagne, avec des soldats et des officiers relâchés au nom du traité de paix, et ne possédait rien d'autre que ce misérable sac juché sur son épaule. Il n'était pas rasé et ne sentait pas bon. Au moins, il s'adaptait à ses hôtes.

– Tu viens habiter avec nous, mon chou ? demanda une femme blonde d'une quarantaine d'années au décolleté vertigineux.

– Pas vraiment, je comptais plutôt rentrer chez moi, maugréa Grigori en balayant la table du regard.

– Chez toi ? Y a plus de chez toi, mon chou ! Ici tout appartient à tout le monde. Tu reviens du front ? Si tu veux, tu peux rester ici cette nuit ; mais demain, faudra que t'ailles te récupérer un endroit où pieuter. T'es mignon, mais c'est pas la charité ici.

Sur ces mots, le groupe explosa de rire.

– Je suis ici chez moi ! s'agaça-t-il. Vous êtes dans mon salon, il s'agit de ma table sur laquelle vous renversez votre alcool à deux sous et de mon tapis que vous brûlez sans états d'âme !

Nouvelle effusion de rires, plus tonitruante et plus longue que la précédente. Grigori se sentait ridicule. Et il n'avait jamais été aussi furieux.

– Maintenant tu vas nous avouer qu'avec ton maigre baluchon et ton costume élimé, tu es un membre de la famille impériale ? vociféra l'homme qui l'avait remarqué en premier.

– Ferme-la, Vadim ! interrompit un nouvel arrivant dans la pièce.

L'homme, d'à peine quarante ans, semblait tout droit issu du passé que Grigori avait quitté à son départ pour la France. Richement paré d'une robe de chambre en velours et rasé de près, il fixait Grigori et le petit groupe d'un regard polaire. Il n'était pas grand, et le vêtement flottait sur sa frêle silhouette. Pris d'un doute, Grigori fit quelques pas vers lui, les yeux rivés sur cette robe de chambre. C'était la sienne !

– Que faites-vous dans ma robe de chambre ? siffla-t-il en serrant les poings.

– Votre robe de chambre ? Je l'ignorais. Tout ceci était donc à vous ? Avant…

– Oui, et j'aimerais le récupérer.

– Je crains que ce ne soit pas possible. Et avant de vous en prendre à moi, je n'y suis pour rien ! Je suis poète, pas soldat, ni même politicien. Sortons du salon, il empeste l'alcool…

Grigori opina et l'accompagna dans la pièce qui avait été un jour son bureau. Heureusement, malgré la disparition de la plupart des objets de décoration, la pièce demeurait propre et agréable.

– Vodka ? lui demanda le poète en se servant dans son propre placard à alcool.

Grigori hocha la tête, oscillant entre l'envie de rire ou de pleurer, il aurait besoin de plusieurs verres pour oublier le chaos qu'était devenue sa vie. Il s'assit devant le bureau, comme un invité ; son hôte, lui, s'installa sur ce qui avait été jusque-là son fauteuil, et avant celui de son père. S'il savait… Cette pensée lui arracha un sourire sans joie alors qu'il portait la boisson à ses lèvres. L'alcool lui brûla agréablement la gorge et aussitôt, il avança son verre pour se faire resservir.

– Qui sont-ils ?

– Des ouvriers, vétérans, membres du parti, balayeurs et même fermiers venus d'ailleurs…

– Et la femme ?

– Elle se dit actrice, je pencherais plutôt pour prostituée à la retraite.

Grigori rit jaune. Il allait finir par apprécier cet imposteur qui se servait impunément dans ses affaires. Mieux valait que ce soit lui plutôt que l'un de ces sauvages dont le vomi ne tarderait pas à maculer sa superbe table Alexandre Ier. Et son tapis…

– Vous pouvez rester ici, le temps de voir clair dans vos affaires.

– C'est trop aimable, railla Grigori.

– Je ne prétends pas savoir ce que vous ressentez, mais vous n'êtes pas le seul dans cette situation. Prenez un bain, rasez-vous, récupérez quelques vêtements – ceux qui n'ont pas été pillés ou déchirés en tout cas – et partez à la recherche de vos proches. C'est le seul conseil que je puisse vous offrir.

– Pourquoi ?

– Parce que si cette maison vous a bel et bien appartenu, alors vous deviez faire partie de la noblesse, ou du moins, être très riche. Pourquoi n'arrivez-vous que maintenant ?

– J'étais prisonnier des Allemands…

– Ah… Eh bien, vétéran ou pas, vous pourriez être en danger. Et votre famille aussi. Restez ici le temps qu'il vous faudra pour vous remettre sur pied, et fuyez le pays ou rejoignez les Blancs tant que vous en aurez l'opportunité. Les choses ont changé. Surtout pour les gens comme vous.

Grigori resta silencieux. Il était trop tard pour partir à la recherche des siens, et sa fatigue l'empêchait d'y voir clair. Ou était-ce la vodka ? L'homme avait raison, il devait se reposer avant toute chose. Il accepta la proposition du poète et profita d'un long bain et d'un rasage soigné. Quant à ses cheveux, ils attendraient de voir la main avisée d'un coiffeur digne de ce nom. Sans surprise, le poète dormait dans les vestiges de sa chambre, seuls son lit et les meubles trop grands pour être volés demeuraient. Il fouilla chaque armoire à la recherche des reliquats d'une vie qu'il ne retrouverait jamais, et parvint à rassembler un pantalon et deux chemises ainsi qu'un gilet, abîmé et roulé en boule au fond du placard. Il se força à garder toute pensée loin de lui, de peur de perdre ses dernières bribes d'équilibre mental s'il réfléchissait trop à la situation. Pour la première fois de sa vie, il se sentait désemparé, sans perspective et sans espoir. Aussi détesta-t-il retrouver sa maison d'antan ainsi malmenée et vilipendée. Il avait l'étrange sensation de ne pas être chez lui. Caressant l'espoir de revoir sa sœur, sa mère et son fils dès le lendemain, il trouva enfin le sommeil.

Lorsqu'il quitta son ancienne demeure, le soleil éclairait de ses premiers rayons les façades pastel des immeubles pétersbourgeois. La tête couverte d'un béret de laine, il se mêla aux piétons et monta dans un tramway en direction du château familial. Malgré le ciel bleu et la lumière matinale, il ne parvenait pas à se départir du mauvais pressentiment qui lui retournait l'estomac. Chaque seconde qui passait resserrait un étau invisible sur les dernières bribes de liberté qu'il lui restait. D'un pas lourd, il franchit le portail entrouvert et remonta l'allée en gravier, parsemée de mauvaises herbes. Ce jardin, autrefois si luxuriant, était désormais à l'abandon. Il gravit les marches du perron et souleva le heurtoir à plusieurs reprises. De longues minutes plus tard, la porte s'entrouvrit.

– Natasha ?

Elle n'hésita pas plus longtemps pour l'attraper par la manche et le précipiter à l'intérieur de l'entrée, vidée de toute décoration. Vieillie, sa large silhouette s'était beaucoup affinée et sa longue chevelure blonde ressemblait à de la paille asséchée par la canicule. Elle l'observait comme si elle voyait un fantôme, pâle et les yeux écarquillés.

– Vous êtes vivant ?

Comme il le craignait, ses lettres n'avaient jamais atteint leur destinataire final.

– Comme vous pouvez le voir, je le suis. Que se passe-t-il ici ?

– La même chose que dans le reste de la Russie. Votre famille comme la mienne a été dépossédée de tous ses biens. Mon père a été exécuté, ma mère et ma sœur arrêtées. Votre père est quelque part, retranché avec d'autres généraux et officiers volontaires pour tenter de reconquérir le pays. Nous sommes sous surveillance, et seule la santé de votre mère nous autorise à rester ici.

– Comment va-t-elle ? l'interrompit-il, soucieux.

– Mal… Elle n'en a plus pour longtemps.

– Et Piotr ?

– Il dort encore.

Il la fixa, le visage déformé par un mélange de douleur et de soulagement.

– Vous ne croyiez quand même pas que j'allais l'abandonner ? J'aime notre fils, Grigori.

– Je sais bien, Natasha, vous êtes une bonne mère. Et vous êtes une femme bien.

– Mais je ne vous suffisais pas. Je connais la chanson, vous pouvez économiser votre salive.

Il méritait amplement sa rancœur. Si leurs échanges avaient été cordiaux lorsqu'il dirigeait encore la production industrielle aéronautique, ils avaient pris soin d'éviter de parler de la France, de la mode, de Biarritz et surtout de toute vie sentimentale. Natasha avait beaucoup souffert de ce divorce, il le savait et s'en voulait d'être la cause de tous ses maux. Qu'y pouvait-il ? Ne méritait-il pas d'être heureux, lui aussi ? Pas que cela eût une quelconque importance à cet instant-là.

– S'ils apprennent que vous êtes en vie, ils viendront vous arrêter. Vous êtes le fils d'un ennemi des Bolcheviks. Vous êtes un officier de l'armée impériale, vous représentez un danger pour eux. Et Mikheil ne pourra rien pour vous.

– Mikheil ? Que devient-il ?

– Il a retourné sa veste. Il travaille pour Lénine et sa Polonaise. Néanmoins, je dois avouer que sans eux, les choses auraient été bien plus compliquées pour nous.

– Comment ai-je pu manquer tant de choses ?

– C'est ce qui arrive lorsque l'on revient d'entre les morts. Venez, allons voir Tatiana, elle est au chevet de votre mère. Ses enfants sont là, eux aussi. Seul son mari manque à l'appel. Il semble s'être volatilisé.

Pauvre Tatiana, elle aimait tant son époux. Dans quel état la trouverait-il ? Dans la grande chambre où Natasha l'avait mené, les épais rideaux filtraient la lumière matinale, lui donnant une couleur ocre et plongeant la pièce dans une semi-pénombre. Tatiana se tourna immédiatement lorsqu'elle le vit arriver. Dans un bruissement de tissus, elle fut dans ses bras et l'enlaça avec toute la force dont elle était capable.

– Grichka… Grichka, c'est bien toi ? Tu es vivant…

– Oui, Tania. Comment vas-tu ?

– Mieux. Mieux, car tu es là, répliqua-t-elle dans un sanglot. Elle aussi semblait plus mince, sa silhouette s'était comme allongée. Dans la pénombre, sa peau nacrée ressortait. Avec ses yeux bleus perçants et la noirceur de ses cheveux, elle avait tout d'une apparition spectrale. Il l'embrassa sur le front et se dégagea de son étreinte pour s'approcher du lit où gisait sa mère. Son teint cireux et sa maigreur ne laissaient aucun doute sur l'issue funeste de sa maladie. Elle battit des cils dans un effort démesuré et posa son regard vitreux sur son fils. Aussitôt, il lui prit la main et exerça une pression rassurante sur ses frêles phalanges.

– Mère…, sanglota-t-il, soudain submergé par toutes les émotions qu'il avait maintenues au plus profond de lui-même, des mois durant.

– Ne pleure pas, mon fils. Mon garçon… Je savais que tu étais vivant quelque part. Ils me croyaient folle, mais je le savais. Je le sentais.

Ils restèrent ainsi quelque temps. Puis lorsque sa mère s'endormit, Grigori se dirigea aussitôt vers la chambre de son fils. À sa vue, Piotr ne retint pas ses larmes et sauta dans ses bras, arrachant la promesse à son père de ne plus jamais le quitter. Ce dernier décida de passer les jours suivants au château, devenu bien silencieux et poussiéreux en l'absence de domestiques. Il profita de ces semaines pour renouer avec son fils qui ne le lâchait pas d'une semelle. Le reste du temps, il le partageait entre Tatiana et sa mère, dont les forces diminuaient jour après jour. Natasha lui paraissait changée par la vie, comme assagie par la rudesse des récents événements. Loin de la princesse superficielle et égocentrée, elle était devenue une femme silencieuse, avisée. Devant cette nouvelle Natasha, Grigori ne put s'empêcher de penser que leur mariage aurait pu être moins pénible si elle avait été aussi posée et réfléchie avant. Au bonheur d'être réunis se mêlait le désespoir de voir leur mère mourir à petit feu. Tatiana ne parvenait pas à cacher sa tristesse, et Grigori s'empressa de rattraper le temps perdu et de prendre soin de sa sœur. Mais il se sentait terriblement impuissant. Non seulement sortir, même dans le jardin, lui était impossible sous peine d'être repéré, identifié et arrêté par ceux qui surveillaient la demeure, mais en plus il ne pouvait rien faire pour apaiser l'agonie de sa mère.

Un soir, sa mère lui demanda, dans un élan de lucidité malgré son extrême faiblesse :

– As-tu des regrets, Grichka ?

– Je ne sais pas... Sûrement...

– Ma vie est un cimetière de regrets. De chaque occasion ratée de quitter ton père et de m'enfuir. Même si je suis heureuse d'être entourée de mes enfants et mes petits-enfants chéris aujourd'hui. Chaque moment passé avec vous, je le garde précieusement dans mon cœur. Je vous aime tant, et suis si fière de vous. Et de toi, Grichka. J'avais tellement peur que tu ne marches dans les pas de ton père...

Une quinte de toux l'interrompit et la laissa pantelante, de longues minutes. Grigori l'observait, envahi par l'émotion.

– Heureusement, toi tu es un homme bien, un garçon intelligent. Promets-moi de ne plus monter dans ces engins volants, c'est bien trop dangereux.

– C'est ma plus grande passion, mère...

– Tu es toujours aussi têtu. J'espère qu'elle sait te tenir tête, ta couturière.

Après l'annonce de son divorce, sa mère l'avait bombardé de questions, cherchant à comprendre quelles raisons avaient pu le rendre fou au point d'intenter une telle procédure. Quand il lui avait parlé d'Éléonore, elle avait été choquée, avant d'accueillir sa décision et d'apprécier cette jeune femme qu'elle n'avait vue qu'en photo. Comme à son habitude, elle n'en avait rien dit à son père. Avant son départ en France, elle lui avait avoué rêver de rencontrer cette femme qui avait su dompter son cœur. Malheureusement, elle ne rencontrerait jamais Éléonore.

– Mieux que quiconque, mère. Vous l'adoreriez. Elle est aussi volontaire que Tatiana, vive et libre. Et si belle.

– Alors je partirai en te sachant amoureux. Promets-moi de veiller sur Tatiana, elle aura besoin de ton soutien, surtout si… Enfin… Je compte sur toi. Et Natasha, la pauvre enfant, elle n'est pas méchante et elle est si bonne avec Piotr.

– Je n'abandonnerai personne, je vous le promets.

Alors sa mère hocha la tête, resserrant sa prise sur son bras avant de la relâcher en douceur pour sombrer dans le coma.

L'annonce de sa mort emporta avec elle les derniers espoirs de la famille. Grigori fabriqua lui-même le cercueil, et ils l'enterrèrent dans le parc, près de la roseraie, s'indignant d'une telle injustice à l'égard d'une femme si pieuse, et pleurant la perte de leur mère adorée. C'était la première fois que Grigori sortait du château. Et ce fut suffisant pour que, dès le lendemain à l'aube, les hommes de la Tcheka, la police combattant la contre-révolution, se présentent à leur porte avant de les embarquer. Toute sa famille se trouvait en danger, d'abord à cause du père de Grigori, et maintenant par sa faute. Alors que la porte de la cellule se refermait sur lui, Grigori pensa que sa mère avait eu tort : il ne valait pas mieux que son père.

29

VICTOIRE, L'ALLEMAGNE A ACCEPTÉ TOUTES LES CONDITIONS DES ALLIÉS titrait *La Gazette de Biarritz* dans l'édition du soir du 11 novembre 1918. Chaque jour depuis quelques mois, l'ancien journal hebdomadaire, devenu quotidien par la force des événements, affichait en première page les victoires écrasantes des forces alliées soutenues par les Américains. L'humeur s'en voyait améliorée et la ville recouvrait peu à peu la vie. Cette victoire finale en consacrait chaque seconde. Cette victoire que l'on n'attendait plus. Cette victoire dont l'annonce triomphante avait été accueillie par des cris d'allégresse en ce début d'après-midi. Cette victoire dont chacun voulut taire le coût, son lot de larmes et de douleur, le temps de s'oublier dans la célébration euphorique de cette renaissance. Et qui n'effacerait jamais l'enfer de quatre années de massacre. Depuis le début du mois de novembre, l'issue ne laissait plus de place au doute, seule demeurait la question du jour où cet interminable chapitre prendrait fin. Ce jour était enfin arrivé. Éléonore avait souhaité le passer avec Joséphine, à discuter de la vie, d'un peu de politique et de l'avenir. Et profiter de chaque seconde auprès de Tatiana qui, à quatre mois, grandissait à toute vitesse.

Il était 13 h 58 quand Éléonore et Joséphine entendirent la sirène des sapeurs-pompiers annonçant la fin officielle des hostilités et la signature de l'armistice. Incrédules, elles se regardèrent avant de tomber, en larmes, dans les bras l'une de l'autre. Les pensées d'Éléonore allèrent à Grigori, tombé en civil, dans un combat dont il ne voulait rien entendre, puis à sa fille, sa magnifique fille, née de cet amour malheureux, et devenue sa nouvelle raison de vivre et de se battre. Quant à Joséphine, ses poumons s'emplirent d'un air nouveau, comme si, depuis le 31 juillet 1914, elle avait cessé de respirer. Édouard lui reviendrait enfin, et elle ne le laisserait plus partir. Plus jamais. Après avoir séché ses larmes, Éléonore confia Tatiana à la nourrice, se coiffa d'un chapeau et rejoignit Joséphine qui l'attendait en trépignant sur le perron de la villa. Les maisons se vidaient de leurs occupants qui envahissaient, en un convoi euphorique, chaque coin de rue. Domestiques, hommes d'affaires ou cuisiniers se mêlaient sans distinction à l'effusion de joie, échangeant des poignées de main chaleureuses à tout-va. Les deux amies s'ajoutèrent à la foule amassée place de la Liberté. Elles retrouvèrent les couturières de chez Coco Chanel et Antoinette tout sourire devant la boutique. Éléonore se jeta dans leurs bras, mêlant rires et larmes. Devant les terrasses déjà pleines à craquer, Antoinette proposa aux couturières et à leurs proches d'ouvrir une bouteille de champagne dans l'atelier.

À quatre heures et demie de l'après-midi, déjà enivrées, tant par l'alcool que par l'euphorie ambiante, Éléonore et Joséphine se frayèrent un chemin place de la Liberté. Elles aperçurent Charles, revenu depuis quelques semaines déjà, et Louise au balcon d'une des maisons donnant sur la place de la mairie. Après une série de gestes incompréhensibles qui donna lieu à une énième crise de rire, la porte du bâtiment s'ouvrit et un homme d'une quarantaine d'années les invita à monter. La maison débordait de monde, le champagne coulait à flots. Joséphine et Éléonore rejoignirent Charles et Louise sur le balcon. À peine eurent-elles mis le nez dehors que le maire, M. Pierre Forsans, annonça avec enthousiasme un concert improvisé de l'orchestre du Casino Municipal, et les musiciens jouèrent aussitôt avec passion chaque hymne allié. Puis vint le tour de *La Marseillaise* que la célèbre soprano, Marie Lafargue, entonna de sa voix puissante et mélodieuse, avant d'être rejointe par le chœur de la foule. La soirée se poursuivit tard dans la nuit, si tard qu'Éléonore, Joséphine, Charles et Louise ne rentrèrent que tôt le lendemain matin.

Les jours suivants se passèrent dans une euphorie similaire, voyant peu à peu revenir du front les survivants de ce cauchemar enfin terminé. Édouard en faisait partie. Gagnée par l'excitation, Joséphine faisait les cent pas sur le quai de la gare du Midi. Sitôt que le train s'immobilisa, ses yeux passèrent d'une voiture à l'autre, dans l'espoir de l'apercevoir à l'une des fenêtres. Louise, sa mère, Charles et les enfants attendaient à ses côtés sur le quai. Quand Édouard sortit enfin du wagon, Joséphine se jeta dans ses bras. Édouard lui adressa un sourire fatigué, une fois qu'elle l'eut libéré.

– C'est fini, c'est enfin fini, lui murmura-t-elle en prenant son visage entre ses mains.

Il l'embrassa fougueusement, puis se tourna vers sa sœur et la prit dans ses bras.

Un déjeuner dominical, le premier d'une longue série, eut lieu, dans le petit manoir des Lacombe, en présence du pater familias, de Lucienne Lacombe, au visage illuminé par un sourire ô combien heureux, de Marthe accompagnée de son mari, d'Angélique, de Joséphine et Édouard. Si cette famille demeurait bancale, le plus dur était derrière eux. Lucienne Lacombe avait visiblement pardonné à son mari, au grand bonheur de ce dernier, et s'autorisait des démonstrations affectives envers ses filles, qui les surprenaient autant qu'elles les ravissaient. Marthe minaudait au bras de son vétéran de guerre, qui n'avait quasiment pas mis un pied au front, mais en parlait comme s'il avait combattu dans les tranchées à Verdun. Joséphine serrait la main d'Édouard sous la table. Depuis qu'il était rentré, elle ne pouvait s'empêcher de le toucher, comme pour vérifier que cet homme à ses côtés était bien réel. Mais aussi pour lui faire part de son soutien à l'écoute de cet insupportable récit pseudo-chevaleresque. Édouard détestait Hippolyte d'Arcangues, il représentait tout ce qu'il méprisait, mais Joséphine lui savait gré de faire abstraction de son animosité quand il l'accompagnait dans sa famille. Lorsqu'elle jeta un coup d'œil à l'assiette d'Édouard, elle comprit alors qu'il avait trouvé une autre manière de passer sa colère. Le poisson et les légumes au four s'y trouvaient réduits en une bouillie informe qu'Édouard triturait de sa fourchette, à intervalles réguliers, comme pour oublier qu'il aurait préféré enfoncer cette même fourchette dans le gosier d'Hippolyte pour le faire taire. Exception faite de l'agacement d'Édouard, le repas se déroula dans la bonne humeur et la bénédiction d'être enfin au complet. En revanche, même si l'on félicita Joséphine pour ses succès littéraires, on ne s'attarda pas plus longtemps sur le contenu de ses livres. De même pour Angélique, les questions se portèrent plus sur le confort de sa vie parisienne et ses perspectives matrimoniales que sur sa réussite universitaire. Si le monde évoluait, certaines choses, en revanche, ne changeaient pas.

Quant à Éléonore, elle n'attendait personne. Il n'y aurait

pas de retrouvailles joyeuses, ni de baisers passionnés ou de mots doux pour elle. Même si le bonheur de ses amis lui rappelait la perte du sien, elle ne pouvait s'empêcher de se réjouir pour eux. Après la naissance de Tatiana, elle avait confié aux anciennes employées de Leonora son choix de rouvrir boutique en juillet, leur proposant par la même occasion de reprendre leur position, moyennant une légère hausse de salaire. Même Suzanne, à qui Coco avait proposé un haut poste dans l'atelier parisien, décida de retourner auprès d'Éléonore et du cocon familial qu'était Leonora. Une partie des couturières avaient perdu à la guerre un ou plusieurs membres de leur famille, dont, pour beaucoup, leur mari. Aussi auraient-elles pu profiter du nouveau départ que leur offrait Paris. Leur loyauté à l'égard d'Éléonore, leur première employeuse, les liait à vie à ce joli magasin de la rue Mazagran qui avait su ravir les dames, des années durant, et saurait les enchanter, les décennies à venir.

Dès le mois de janvier, les travaux pour rénover la boutique commencèrent. L'espace dédié à la vente serait bien plus grand et épuré, le premier étage accueillerait un deuxième salon d'essayage, une salle d'assemblage et le dernier étage deviendrait l'atelier. Sa collection d'été-automne était déjà prête ; et une fois la maison réaménagée, les vingt couturières de Leonora et douze autres employées qui avaient refusé d'aller à Paris se lancèrent dans l'assemblage des premières pièces. Leonora avait mûri, évolué et vécu, comme sa créatrice. L'extravagance de la jeunesse avait laissé place à la simplicité et l'élégance d'une femme accomplie qui se connaissait, dans la joie comme dans la souffrance, dans l'amour comme dans la haine. Une femme qui avait préféré le défi à la facilité, avide de vie et de futur, une femme qui, comme toutes celles ayant vécu la guerre, se devait de tout recommencer. Le monde tel qu'elle l'avait connu n'était plus : désormais les femmes s'imposaient, les machines de toutes sortes peuplaient les ateliers, les routes et même les airs, où tout était à reconstruire. Le monde de sa fille. Voilà pourquoi elle se devait de faire de Leonora un petit royaume paisible et joyeux.

La boutique d'Arcachon rouvrirait, aux côtés de nouvelles boutiques sur la côte est et ouest, et peut-être même à Bordeaux ou à Lyon. En revanche, elle ne s'implanterait jamais à Paris. Elle ne voulait pas y retourner. Paris lui rappelait cette parenthèse joyeuse, ce doux rêve éphémère, cet interlude amoureux qu'elle avait partagé avec Grigori. À jamais, elle associerait Paris à son amour perdu.

Le printemps montrait ses premiers signes, alimenté par les pluies diluviennes qui s'abattaient sur le Pays basque depuis le début du mois de mars. Joséphine préparait la publication d'un nouveau livre en septembre, un essai cette fois-ci, traitant de l'engagement des femmes pendant la guerre. Elle l'avait intitulé *Le Deuxième Front*. Éléonore trouvait qu'il s'agissait de la meilleure œuvre de son amie. Joséphine y analysait les contributions des femmes à l'effort de guerre, recueillant des témoignages divers. Ouvrière, infirmière, médecin, conductrice, vitrière, résistante, aviatrice, soldat, laboureuse, paysanne, philanthrope, militante pacifiste, suffragette et tant d'autres. Elle n'en oublia aucune. Depuis la victoire décisive des Alliés dans la Marne en août, elle avait entrepris de sillonner la France à la recherche de ces destins incroyables, noircissant des pages et des pages après chaque rencontre, si bien qu'en quelques mois, son livre fut achevé.

Alors que Joséphine se préparait à rentrer à Paris, pour accompagner sa sœur dans sa préparation du barreau et s'y installer avec Édouard, elle passait la majeure partie de son temps libre aux côtés d'Éléonore. Un matin de juin, elles profitèrent de la fraîcheur matinale pour discuter du futur.

– Je vais assurer la vice-présidence de l'Association pour le droit des femmes. Je vais enfin pouvoir m'investir à temps plein dans ce qui me tient à cœur, annonça Joséphine en s'éloignant de la rambarde du pont du rocher de la Vierge.

– En voilà une bonne nouvelle ! s'exclama Éléonore. N'est-ce pas l'avocate dont Angélique parle tout le temps qui la dirige ?

– Oui, c'est elle. Maria Vérone. Cette femme est absolument incroyable. Elle fait partie des pionnières du barreau et rien ne l'arrête dans sa quête de l'égalité. Alors, quand elle est venue me voir parce qu'elle avait eu vent de mes recherches pour mon livre, j'ai bien cru que mon cœur allait s'arrêter. Et j'ai failli m'étouffer lorsqu'elle m'a proposé de travailler avec elle !

– J'imagine bien. J'ai réagi de la même manière lorsque Gabrielle est venue me voir à Leonora. Pourtant, à l'époque, elle était bien moins établie que maintenant.

Joséphine étouffa un petit rire, puis reprit sur un ton plus sérieux :

– C'est une bonne chose que tu rouvres Leonora. Vraiment.

– Oui. Non seulement je suis fière de ma nouvelle collection mais en plus je suis confiante en l'avenir. J'ai tant appris ces dernières années. J'ai décidé de confier à Suzanne la direction des opérations pour avoir plus de temps avec Tatiana.

– En tant que marraine, je souhaiterais participer à l'éducation idéologique de ta fille, si tu le veux bien.

– Toute proportion gardée ! Je souhaiterais garder ma fille loin des manifestations et des arrestations qui en découlent !

– Je ne me suis jamais fait arrêter…, protesta Joséphine.

– Tu y as souvent échappé de peu.

– Oui… Mais, lorsque nous aurions le droit de vote, et nous l'aurons bientôt, je serai là pour guider ta fille afin de rendre son implication politique la plus utile et efficace possible.

– Quand bien même nous aurions bientôt ce maudit droit de vote, je n'ai pas hâte de voir ma fille majeure, amoureuse ou étudiante à huit cents kilomètres de chez moi !

– Attends déjà qu'elle ait toutes ses dents et on en reparlera ! s'esclaffa Joséphine.

– D'ailleurs, que pense Édouard de ton futur de militante féministe ?

– Eh bien, je crois que la guerre l'a rendu docile. Ou est-ce Angélique, Louise et moi ? Comment échapper à nos discours militants ? Il ne s'engagera jamais activement à mes côtés, mais il me soutiendra si je le lui demande. Je pense que mon implication pourrait être parfois source de conflit, mais rien d'insurmontable. Il m'aime telle que je suis et a fini par croire en ce que je défends.

– Un avenir radieux, en résumé, conclut Éléonore avec un sourire jusqu'aux oreilles.

– Espérons-le !

Les deux femmes s'engagèrent dans la rue Mazagran qui menait à l'atelier de Leonora.

– C'est fou ce que la ville peut être calme lorsque la saison n'a pas commencé…, remarqua Éléonore face à la rue déserte.

– Tout semble si normal ici. Comme si rien n'était arrivé… Maintenant, nous avons un tramway, des voitures qui circulent à tout-va et tant de projets à venir !

– J'ai l'impression que la technologie évolue plus vite que nous.

– Regarde là-bas, dit-elle en désignant Leonora. On dirait que cet homme se demande quand ta boutique va rouvrir ses portes.

Éléonore eut une bouffée d'espoir. À mesure qu'elles avançaient vers l'homme qui se tenait devant la vitrine vide, la déception s'empara d'elle. Non, il ne s'agissait pas de Grigori. Mais lorsqu'elles s'arrêtèrent à quelques mètres de lui, l'homme tourna la tête et elle le reconnut aussitôt. Ce regard brun pétillant, ce nez un peu tordu, cette chevelure en désordre.

– Leandro ? s'étrangla Éléonore en plongeant son regard dans celui de son ex-mari.

30

Février 1919 – novembre 1919

Grigori était de retour à Petrograd, dans cette même cellule où tout avait commencé. La première marche de sa descente aux enfers. Interrogé, puis accusé de s'être fait passer pour mort afin d'aider son père à rejoindre les rangs des contre-révolutionnaires. L'armée blanche. Apparemment, son père en était l'une des figures de proue. Partagé entre l'admiration pour la dévotion de son père envers sa patrie et la haine qu'il lui portait, Grigori se sentait plus perdu que jamais. Depuis son arrestation au début du mois d'août 1918, il n'avait plus revu ni Tatiana, ni Natasha, ni Piotr. Mais il savait son fils en sécurité, ayant reçu quelques lettres de lui pendant son séjour en camp de redressement. En revanche, il ignorait tout de l'endroit où Piotr était. Il avait passé près de deux mois dans une cellule avant d'être envoyé dans un camp de travail avec d'anciens officiers récalcitrants à soutenir l'armée rouge, des nobles trop patriotes pour leur propre bien, et de riches citoyens, bourgeois ou koulaks, qualifiés d'ennemis de classe.

Le camp était situé quelque part aux alentours d'Obdorsk,

dans le nord du pays ; en hiver, la température frôlait les moins trente degrés. Grigori faillit mourir d'une pneumonie, et beaucoup de ses codétenus succombèrent à la maladie. S'il devait s'estimer chanceux d'être encore en vie, l'horreur de son quotidien lui laissait parfois penser que la mort serait une issue plus heureuse. D'autant qu'il ignorait ce qu'il était advenu de sa sœur et de son ex-femme. Parmi les prisonniers, il avait retrouvé Dimitri, le mari de Tatiana. Les deux hommes s'appréciaient et ce séjour forcé scella leur amitié. Même si la nourriture manquait cruellement de goût, ils en avaient assez pour garder leurs forces. En revanche, l'hygiène laissait à désirer. Sans parler de l'isolation inexistante et du manque de confort de leurs dortoirs. Face à cela, ses mois de prisonnier chez les Allemands tenaient plus d'une croisière en première classe. Tous deux avaient tenté de s'échapper, à deux reprises. En vain. En guise de punition, ils durent travailler plus longtemps que les autres, se chargeant des tâches les plus pénibles. Heureusement, le camp manquait d'organisation et les soldats passaient plus de temps à se disputer qu'à les surveiller. Jouer avec les rivalités entre les uns et les autres fut un jeu d'enfant pour Grigori et Dimitri, leur permettant ainsi d'obtenir des rations supplémentaires ou des vêtements plus chauds pour se protéger du froid polaire.

Du jour au lendemain, on les convoqua devant le directeur du camp. Ce dernier leur annonça, de sa voix grasse et dédaigneuse, qu'ils seraient renvoyés à Petrograd et Grigori craignit le pire.

Plusieurs jours après son arrivée, alors qu'il essayait tant bien que mal de dormir sur le minuscule banc de bois, censé faire office de lit, un cliquetis de clé se fit entendre, suivi par les pas lourds d'un homme pénétrant dans la pièce. Lorsqu'on lui apportait à manger, personne n'entrait. Cet homme était là pour lui. Les poings liés derrière le dos, Grigori gravit les marches, suivi par son geôlier. Quelques minutes plus tard, l'homme le projeta dans une pièce. Grigori retrouva de justesse son équilibre et jeta un coup d'œil à son interlocuteur. Assis sur le rebord du bureau, il ne s'agissait ni d'un général ni d'un prince.

– Tu as une mine affreuse..., remarqua Mikheil, un pli soucieux sur son grand front.

Grigori fut aussitôt pris d'une bouffée de colère. Comment avait-il pu l'abandonner dans ce maudit camp ? Serrant les poings, il tenta de se calmer : attaquer Mikheil ne jouerait pas en sa faveur. Il n'y gagnerait qu'un aller simple pour la Sibérie. Son ancien collègue l'observait. Il semblait en bonne santé, peut-être un peu plus large que dans ses souvenirs, il aurait pu paraître épanoui si ce n'étaient les cernes creusant son regard, et les rides striant son front. Mikheil paraissait bien plus âgé que ses trente-sept ans.

– Toi aussi, mon vieux, siffla Grigori entre ses dents.

– Je sais... C'est le prix à payer pour rester en vie.

– Cela en valait la peine ?

– De rester en vie ?

– Non, de vendre ton âme au diable ?

Une étrange lueur passa dans le regard de Mikheil. Le grand blond s'avança vers Grigori d'un pas lourd puis s'arrêta, une fois devant lui.

– J'ai fait ce qu'il fallait. Karolina connaissait beaucoup de personnes haut placées chez les Bolcheviks. Nous nous sommes mariés peu de temps après l'annonce de ta supposée mort. Elle était enceinte et...

– Tu me pensais mort, toi aussi ?

– Ton navire avait été torpillé par des sous-marins allemands.

Nous n'avons reçu aucun démenti, aucune nouvelle nous permettant de te croire vivant. Que voulais-tu que nous fassions ?

– Quitter le pays ?

– Ce n'est pas aussi simple, Grigori.

– Ça ne peut pas être si compliqué.

– Tu n'en sais rien.

Il avait raison, il n'en savait rien. Grigori ravala sa fierté et plongea son regard dans celui de Mikheil, le pressant de continuer son récit.

– Après notre mariage, j'ai commencé à travailler pour le régime. Cela m'a permis de protéger ta famille de l'arrestation. Puis tu as refait surface. Et avec toi, les théories selon lesquelles tu avais suivi ton père pour combattre les Rouges. Malgré mon bonheur de te savoir en vie, je n'ai rien pu faire.

Grigori resta silencieux. Mikheil ne l'aurait jamais trahi, il le savait. Il était son plus proche ami, son frère de cœur, un homme dont la fidélité résistait à toute épreuve.

– Où est Piotr ? demanda-t-il.

– Avec le fils et la fille de Tatiana, chez la tante de Karolina. Elle en a obtenu la garde le temps de leur trouver une famille d'accueil. Étrangement, le dossier ne semble pas donner suite…

– Je n'aurais pas dû douter de toi, tu es mon ange gardien, Mikheil.

– Évite de le dire haut et fort, ou bien je risque d'être déchu de ce paradis rouge, répliqua Mikheil en chuchotant, un sourire illuminant ses traits fatigués.

– Je ne dis plus rien, je préfère t'écouter, rétorqua Grigori en souriant à son tour.

– Parfait. De toute manière, je connais déjà tes questions. Tatiana va bien, elle a aussi été envoyée en camp de redressement. Contrairement à toi, elle y est partie d'août à novembre, puis a été rapatriée à Petrograd pour être interrogée. Quand ils ont compris qu'elle ne leur serait d'aucune utilité, ils l'ont renvoyée dans un camp de travail au nord-est de Petrograd. C'était fin janvier, elle n'y sera restée qu'une semaine.

– Elle est à Petrograd alors ?

– Oui, dans une cellule, comme toi, mais plus pour longtemps.

– Comment ça ?

– J'ai réussi à convaincre mes supérieurs que tu serais un atout considérable pour faire du nouveau régime un pionnier mondial dans la course à l'aéronautique.

– Allons bon… Si je comprends bien, ma « liberté » dépend de ma bonne volonté à servir un régime qui m'a tout pris…

– Oui. Mais avec le temps, tu pourrais récupérer une partie de tes biens et la garde de ton fils.

– Je serai obligé de rester en Russie, n'est-ce pas ?

– Oui.

Grigori arpenta la pièce, les mains toujours liées derrière le dos. S'il choisissait cette voie, il récupérerait une partie de ce qui lui était dû et continuerait de travailler sur ce qui lui plaisait. En somme, une vie qui aurait pu lui convenir si une deuxième option ne s'offrait pas à lui : la fuite. Il ne supportait plus l'idée de se sacrifier pour un pays tombé aux mains d'autocrates, dont l'unique but était d'asservir le peuple avec des promesses d'égalité. Non, il devait fuir tant qu'il le pouvait encore. S'il le pouvait. Au diable l'honneur et le devoir, il n'avait jamais prétendu vouloir devenir comme son père. Au début de la révolution, il avait souhaité se battre pour voir son pays évoluer, mais aujourd'hui il n'avait plus aucun espoir dans le futur de la Russie. Les Bolcheviks avaient tout gâché, ils ne valaient pas mieux que le pouvoir qu'ils avaient démis. Sous couvert de garantir les intérêts populaires, ils avaient pris les rênes du pays et l'avaient mis à feu et à sang. Les Blancs contre les Rouges. Le passé contre le futur. La peste contre le choléra. Il n'y aurait pas de vainqueur, seulement un perdant : le peuple russe. Au diable sa conscience patriotique, la Russie pour laquelle il s'était battu avait disparu.

– Mikheil, je n'appartiens plus à ce monde, je dois partir.

Son ami laissa échapper un rire sans joie.

– Bon sang, Grigori, tu n'entendras donc pas raison…

– Je ne vois pas comment je pourrais rester.

– Je sais. Je me doutais bien que ce ne serait pas si facile. Ça ne l'est jamais avec toi.

– Si je reste, je ne serai jamais complètement libre, ni en sécurité. Si je pars, Tatiana, Dimitri et leurs enfants devront quitter le pays aussi. Sinon ils seront en danger. Je ne pourrai dormir sur mes deux oreilles qu'en nous sachant loin d'ici.

– Je comprends, mais… Tu sais que si jamais ils apprennent que j'ai participé de près comme de loin à ton évasion, je serai en très mauvaise posture. Ma famille aussi.

– Je m'en doute bien. Viens avec nous.

– Impossible, Karolina ne voudra jamais, avoua Mikheil en se massant la mâchoire.

Ils se fixèrent en silence quelques instants. Ils connaissaient le cours de leurs pensées respectives, un regard leur suffisait. Grigori savait ce que Mikheil s'apprêtait à faire. Il devait l'en empêcher, mais il sentait son égoïsme refaire surface. La sécurité de sa famille passait avant toute chose. Des souvenirs rejaillirent. Des souvenirs de leur amitié, de leurs aventures, de leur passion commune pour l'aviation. Mikheil était comme un frère pour lui. Plus que quiconque. Aussitôt, il sut qu'il ne pouvait pas accepter son aide ; il devait se débrouiller seul.

– Je peux…, commença Mikheil.

– Non, l'interrompit Grigori. Oublie ce que j'ai dit. Ne te

mets pas en danger pour moi. Je ne suis pas un homme de devoir, mais je ne suis pas non plus un salaud. Tu es mon meilleur ami, Mikheil. Je ne me pardonnerais jamais de vous savoir, toi et les tiens, enfermés dans un camp par ma faute.

– Grichka…

– Ma décision est prise, je vais accepter cette opportunité. Je travaillerai pour le régime.

Pour l'instant, garda-t-il pour lui, même s'il se doutait que Mikheil connaissait le fond de sa pensée. Il ne renoncerait jamais à sa volonté de rejoindre la France, où une vie meilleure l'attendait. Si elle l'attendait encore.

Pendant un mois, Grigori enchaîna les interrogatoires, perdant petit à petit l'espoir de revoir un jour la lumière du jour. Puis un matin de mars, on l'amena dans un bureau similaire à celui de Mikheil, où l'attendait Aleksandr Onufriev, ancien dirigeant de l'usine aéronautique Dux de Moscou. À ses côtés, d'autres hommes siégeaient en silence, dont Mikheil. Onufriev était devenu le commissaire à la gestion de l'aviation navale et de l'aéronautique. Il expliqua à Grigori qu'après inspection de son dossier, ils acceptaient de l'assigner à la direction de la production d'une nouvelle usine sur le point d'ouvrir à Moscou, la nouvelle capitale de la Russie communiste. Enclavée au cœur des terres, la ville n'offrait aucune échappatoire possible. Grigori ne voulait pas non plus travailler pour ce roquet de Lénine, encore moins pour ses sbires. Mais quel choix avait-il ? On lui proposait un moyen de prouver son allégeance, de gagner la confiance de ses supérieurs, le temps de trouver la meilleure manière de les trahir sans en payer le prix.

Sa bonne volonté feinte permit à Tatiana de recouvrer sa liberté et la garde de ses enfants. En revanche, il ne put rien faire pour Dimitri qui fut gardé prisonnier à Petrograd. Tatiana aussi restait sous surveillance rapprochée. Lui put voir

Piotr avant de partir, mais n'eut pas le droit de l'emmener avec lui. On lui assigna un petit appartement au premier étage d'un immeuble moscovite, à plusieurs kilomètres du centre-ville, où s'entassaient des ouvriers et des Bolcheviks insignifiants. Ainsi que des membres de la Tcheka en civil. Il ne s'attendait pas à ce qu'on lui fasse confiance, mais il n'aurait jamais imaginé une telle surveillance autour de lui.

Lorsqu'il prit ses fonctions de directeur de la production, il se donna corps et âme dans ce nouveau travail, non seulement par passion pour les avancées techniques et technologiques quasi quotidiennes, mais aussi car, s'il se démarquait par ses talents, il finirait bien par devenir assez indispensable pour qu'on lui accorde certains de ses souhaits. L'usine était spécialisée dans la production de moteurs d'avions, qui, une fois terminés, étaient envoyés dans une manufacture voisine fabriquant la structure des nouveaux prototypes aéronautiques. Pour l'instant, l'*Ilya Muromets* de son ami Igor ne parvenait pas à être égalé et ne le serait sûrement pas avant quelques années. Contrairement à Grigori, Igor avait pu fuir la Russie dès que la situation avait commencé à dégénérer. À ce que Mikheil lui avait raconté, Igor lui avait proposé de l'accompagner à Paris, mais il avait refusé. Il ne pouvait pas abandonner sa famille. Alors Mikheil s'était adapté pour survivre et était devenu un camarade convaincu.

Après plus de trois mois de routine, Grigori reçut enfin la visite de plusieurs membres du RKKVF, dont Mikheil, afin d'évaluer son travail. Quand il fut avéré que les résultats dépassaient de très loin les objectifs fixés, Grigori sentit un poids se libérer de ses épaules. Le soir de la visite, les commissaires et inspecteurs l'invitèrent à dîner ainsi que ses associés. Aussi discrètement que possible, il parvint à échanger quelques mots avec Mikheil qui lui apporta des nouvelles de sa famille, en bonne santé et surveillée de tous les côtés. Soudain Mikheil parut à court de mots. Angoissé par l'hésitation de son ami, Grigori le pressa de continuer. Baissant encore le ton, si bien que Grigori ne comprit qu'un mot sur deux, Mikheil se résolut à parler.

– Ton père est mort, chuchota-t-il alors qu'ils attendaient dans le hall d'entrée du restaurant.

Le cœur de Grigori manqua un battement. Le fait de se savoir orphelin le prit de court. Il aurait aimé se confronter à son père une dernière fois, savoir ce qu'il pensait réellement de lui. Au plus profond de lui, il avait gardé l'espoir d'entendre de sa bouche des paroles d'amour et de fierté. Ces mêmes paroles qu'il disait à Piotr dès qu'il en avait l'occasion.

– Quand ? Comment ?

Mikheil jeta des coups d'œil furtifs autour de lui avant de répondre :

– Il y a cinq mois, tué par l'armée rouge. C'est l'attestation de sa mort qui a permis l'acceptation de ta libération. Je n'ai pas pu te le dire avant, excuse-moi.

Mikheil lui tapota l'épaule dans un geste qui se voulait consolateur, avant de rejoindre le groupe sur le point de s'asseoir à table. Son père était mort. Soit. Cela ne changeait rien à sa situation. Cet homme tyrannique et cruel avait enfin quitté la surface du globe, mais sa mort n'avait pas suffi à lui rendre sa liberté.

Les mois passèrent, les combats continuèrent, les arrestations se firent plus fréquentes, l'insécurité augmenta, la peur avec elle. La terreur s'installa. L'histoire se répétait. Grigori avait implanté une nouvelle organisation du travail et des tâches sur la chaîne de production pour augmenter la productivité.

Ses bons résultats attirèrent l'attention du RKKVF ainsi que du commissariat à l'industrie qui l'invitèrent à partager ses secrets devant un comité à Petrograd.

Son premier retour à Petrograd depuis sept mois. Le mois d'octobre 1919 se terminait et il perdait peu à peu l'espoir de revoir un jour sa femme dont tout le monde ignorait l'existence, le pensant toujours divorcé et célibataire. Seul Mikheil savait, dernier témoin vivant de ce mariage. Il avait d'ailleurs trouvé parmi ses vieilles affaires une photo froissée d'Éléonore et la lui avait remise en cachette lors de sa visite à Moscou. Éléonore lui paraissait si lointaine désormais. Si inaccessible. Elle devait le penser mort. L'avait-elle oublié ? Comment allait-elle ? Où était-elle ? Parfois, lorsqu'elle lui manquait trop, il se plaisait à imaginer son quotidien. Tout de blanc vêtue, comme à la mode d'avant-guerre, virevoltant entre les étoffes, avec l'insouciance de ses vingt-cinq ans, Éléonore souriait dans son ancienne boutique, discutant avec une cliente.

Il refusait de croire qu'il ne la reverrait jamais. Alors, lorsqu'il reçut l'autorisation de revoir Natasha, Tatiana et Piotr, il sut qu'il devait tenter sa chance ou, tôt ou tard, il les perdrait eux aussi. Le bolchévisme avait grignoté jusqu'à la moelle les derniers vestiges de la Russie d'antan, rasé des siècles d'histoire, fait taire les indésirables. Faire table rase et tout recommencer, voilà ce que le communisme offrait à des millions d'ignorants accablés par la pauvreté et le désespoir. Si Grigori se souciait des plus démunis et de leur sort, il ne croyait guère en cette doctrine aux mille promesses d'égalité. Il ne pouvait plus continuer à vivre avec cette épée de Damoclès au-dessus de sa tête. S'il ne parvenait pas à arrêter l'inéluctable marche du temps, il pouvait tenter de repousser son heure et fuir. Alors qu'il marchait en direction de l'appartement où demeurait sa famille, il croisa Karolina avec Mikheil. Elle s'approcha aussitôt pour l'enlacer, mais fut retenue par Mikheil et fit un mouvement de tête. Elle semblait plus épanouie et plus en forme que la maigre jeune fille rencontrée en Pologne. Coupant court à leurs retrouvailles, Mikheil glissa un papier dans la poche de Grigori et lui murmura à l'oreille :

– Quitte le pays demain soir, après avoir rencontré le comité. Tu trouveras toutes les informations dont tu as besoin dans ta poche.

Grigori l'attrapa par le bras.

– Es-tu certain d'être en sécurité ? demanda-t-il, soucieux.

– Quasiment.

– Jure-moi que tu ne prends pas de risques inutiles pour moi !

– Aucun que je ne pense pas être en mesure de gérer.

– Imbécile !

– Je ne t'aiderais pas si cela me mettait en danger. Crois-moi, j'ai pris mes dispositions. À toi de jouer.

Grigori resta silencieux quelques secondes avant d'opiner.

– Je ne sais pas comment te remercier, Mikheil…

– Reste en vie et ne te fais pas prendre, conclut-il avant de s'éloigner de Grigori, lui adressant un dernier regard avant de poser sa main sur la taille de Karolina pour la forcer à poursuivre son chemin.

Grigori observa le couple s'éloigner, conscient de voir son meilleur ami pour la dernière fois. Le lendemain, lui et sa famille quitteraient définitivement la Russie. Il pressa le pas vers l'appartement où l'attendaient son fils, son ex-femme, sa sœur et ses neveux. Chaque entrée et sortie du bâtiment se voyait notée par un agent. Comment Mikheil pouvait-il l'imaginer capable de se dérober à cette garde omniprésente ? Comment mettre en péril le reste de sa famille ? Connaissant Mikheil, il n'aurait jamais proposé une telle folie sans en avoir, au préalable, étudié chaque aspect. Mettant de côté sa fébrilité, il pénétra pour la première fois dans ce grand appartement et eut à peine le temps de s'annoncer que son fils se précipita dans ses bras. Ravalant ses larmes, Grigori lui rendit son étreinte, trop heureux de le revoir. Malgré leurs mines fatiguées, sa sœur, ses neveux et même Natasha lui adressèrent un sourire radieux et empli de soulagement.

– Tu me sembles en bonne santé et bien nourri, malgré tout, commenta sa sœur en époussetant une peluche imaginaire sur sa veste, les yeux rougis par les larmes.

– Comme nous tous, je survis comme je peux.

– Et pourtant, tu continues de briller par tes talents... Encore quelques mois et nous ne serons plus des parias. Il ne manquerait plus que l'on nous reçoive avec les honneurs dans l'un de leurs simulacres de soirées !

Entendant le dégoût dans sa voix, Grigori lui chuchota de faire attention à ce qu'elle disait, au cas où ils seraient surveillés. Puis repéra d'un coup d'œil les quatre domestiques, qui n'avaient du personnel de maison qu'une fonction aussi temporaire que factice. Il demanda qu'on lui prépare un bain et se retira dans la salle de bains avec sa sœur. Il lut le message de Mikheil et le brûla immédiatement après. Quand il fut assuré qu'aucune oreille indiscrète n'aurait vent de ses propos, il expliqua la situation à Tatiana.

– Mikheil a un plan. L'un des quatre faux domestiques de cet appartement a été grassement payé pour nous remettre des laissez-passer pour la Finlande. Après mon rendez-vous avec le comité demain soir, je vous rejoindrai. Entre-temps, Dimitri sera libéré et amené ici.

Tatiana laissa échapper un sanglot et se jeta dans ses bras pour le remercier. À chaque fois qu'elle manifestait son amour pour Dimitri, l'estomac de Grigori se tordait de crainte de ne plus jamais revoir sa propre femme. Pour elle, il resterait fort. Il ne pouvait pas échouer. Il n'y survivrait pas.

– Sur le chemin du retour, après mon rendez-vous, un homme me glissera des billets de train pour Vaskela. Puis deux voitures nous attendront pour faire les derniers kilomètres jusqu'à la frontière finlandaise. Je n'en sais pas plus pour l'instant, mais Mikheil avait écrit *Natasha* sur la note. Je sais qu'elle a de la famille en Finlande... Je suppose qu'elle saura quoi faire.

– Ça paraît trop facile..., murmura Tatiana.

– Ça ne l'est pas. La principale difficulté va être de quitter l'appartement et rejoindre la gare de Finlande sans encombre. Nous sommes sous surveillance quasi constante. Mikheil a mentionné une diversion, et je... Bon sang ! C'est de la folie. Si cela échoue, nous finirons tous fusillés. Je ne peux pas me permettre de vous faire courir un tel danger. Et puis même si Mikheil a tout fait pour assurer ses arrières, je ne peux m'empêcher d'imaginer le pire... Et si...

– Mikheil est loin d'être idiot, il ne serait pas l'une des étoiles montantes du régime ni un membre éminent du RKKVF sinon. Il est même pressenti pour devenir le directeur adjoint de la Commission d'État pour l'électrification de la Russie ! Il n'aurait jamais pris la peine d'organiser notre évasion, s'il n'était pas certain que cela fonctionnerait ! C'est toi-même qui me disais qu'il ne laissait jamais rien au hasard, du plus simple détail mécanique à la plus complexe formule mathématique.

Grigori serra les dents. Tatiana avait raison. Ils suivraient le plan élaboré par Mikheil. N'avait-il pas toujours eu une confiance aveugle en son ami ? Ce dernier n'avait-il pas prouvé sa valeur en évitant le pire à sa famille lorsqu'il était présumé mort ? Après, il s'entretint avec Natasha, dont les traits lui semblaient plus marqués que dans ses souvenirs. Désormais débarrassée de son arrogance et de ses toilettes outrancières, elle lui apparaissait chaque fois plus sage et plus jolie. Il avait bon espoir qu'une fois en France, elle parvienne à trouver un homme capable de lui faire oublier l'échec de son premier mariage. Natasha lui confirma qu'un de ces oncles avait fui en Finlande à la fin de 1917, juste avant la guerre entre la Finlande et la Russie bolchévique. Elle ignorait où il s'était réfugié, mais ne doutait pas de le retrouver.

Grigori se rendit comme convenu à la réunion du comité de Petrograd, et présenta à plusieurs membres du RKKVF et du commissariat à l'industrie le secret de ses performances. Il parvint tant et si bien à masquer l'angoisse qui lui tordait l'estomac que le commissaire au commerce et à l'industrie, Leonid Krasin en personne, vint le féliciter pour son travail admirable. Quand Grigori lui rendit sa poignée de main, il ne pensa qu'à la Finlande. Comment faire taire cette angoisse constante du faux pas, omniprésente et étouffante ?

Plusieurs heures plus tard, lorsque la voiture le déposa devant l'immeuble de sa famille, un homme le bouscula si violemment qu'ils en furent tous deux projetés au sol. Grigori le sentit glisser des papiers dans la poche de son épais manteau. L'inconnu fut aussitôt tiré en arrière par les cerbères chargés de la surveillance des Meletski, puis insulté, frappé et enfin, abandonné sur le trottoir. L'homme disparut dans la pénombre en titubant, comme l'ivrogne qu'il feignait d'être. Grigori garda sa main droite crispée dans sa poche et monta les marches quatre à quatre. En entrant, Dimitri, amaigri et fatigué, était assis sur le canapé, Tatiana somnolant sur son épaule et leurs enfants jouant autour. Grigori fit un signe à Dimitri et s'enferma avec lui dans le bureau pour lui faire part des informations dont il disposait. Le train partait dans une heure et demie. À pied, ils pouvaient être à la gare en vingt-cinq minutes. Cela leur laissait donc le temps de rassembler les quelques effets personnels de valeur qu'il leur restait. Ils devaient voyager léger.

Un des « domestiques » frappa à la porte du bureau et leur donna les laissez-passer et de nouvelles instructions. Des hommes feraient irruption dans l'appartement, simulant un cambriolage, assommeraient les gardes, emporteraient Grigori et sa famille avec eux dans un camion qui les déposerait à la gare quinze minutes avant le départ du train. Grigori et Dimitri rassemblèrent le plus discrètement possible quelques affaires, et comme prévu, une demi-heure plus tard des hommes aux visages largement dissimulés par des foulards noirs s'introduisirent dans l'appartement. Après avoir calmé les enfants, la petite famille descendit, escortée par les inconnus, comme s'il s'agissait d'une prise d'otages. Le peu de considération avec laquelle ils furent poussés dans le camion inquiéta Grigori. Et si le plan de Mikheil avait mal tourné ? Heureusement, lorsqu'il vit par la petite fenêtre les lumières du pont se refléter sur la Neva à peine givrée, il sut qu'ils étaient sur le chemin de la gare. Il s'imprégna une dernière fois de la vision de sa belle Saint-Pétersbourg, sa triste Petrograd, cette ville autrefois éblouissante de vie et de lumière. Son destin l'attendait dans un monde qui n'avait pas tourné le dos à la liberté et à la joie, songea-t-il. Des images de quelques moments d'allégresse lui revinrent, auprès de sa sœur et de sa mère, lors d'une de ces réceptions, dans l'un de ces fastueux palais. Des lustres gigantesques éclairaient la grande galerie parée de dorures et de boiseries, la musique s'élevait au rythme des valseurs grisés, la soie frôlait le taffetas et le satin dans un bruissement sourd étouffé par les rires et les conversations futiles. Tout semblait si facile à l'époque, entre deux semestres à Oxford, dans la jeunesse et l'insouciance. La voix d'un des agents de Mikheil le tira de ses pensées. Il était temps de débarquer du camion pour rejoindre la gare à pied, profitant de l'ombre pour rester à l'abri des regards. Malheureusement, une fois dans le hall, ils repérèrent plusieurs officiers de la Tcheka installés devant les quais. Le train partait dans quinze minutes. Soit ils passaient, soit ils mouraient. Natasha attrapa le bras de Grigori, l'air terrifié.

– Qu'allons-nous faire ? chuchota-t-elle.

– Tenter le tout pour le tout, répliqua Grigori, les yeux rivés sur les soldats.

Ils s'avancèrent vers la file de voyageurs qui attendaient, comme eux, de savoir s'ils pouvaient ou non poursuivre leur chemin jusqu'aux trains. Devant eux, trois hommes et une femme étaient particulièrement agités. Quand vint leur tour de montrer leurs papiers, le ton monta et la conversation s'envenima. Alertés, deux soldats quittèrent leur position pour prêter main-forte à leurs collègues. L'un d'entre eux attrapa le bras de la femme et l'éloigna de ses amis. Visiblement, ces derniers n'apprécièrent guère le geste et bousculèrent les soldats autour d'eux pour la rejoindre et l'extirper des mains de l'officier. Des coups de sifflet retentirent et d'autres membres des forces de sécurité accoururent, brandissant leur matraque comme un sabre. Ils tentèrent de contenir les quatre rebelles en les rouant de coups. Des plaintes indignées s'élevèrent de la foule. Impressionnée, la fille de Tatiana poussa un cri et éclata en sanglots. Aussitôt, Dimitri fit mine de s'avancer pour intervenir, mais Grigori lui barra le chemin.

– Ce n'est pas notre combat. Plus maintenant. Nous devons y aller.

De neuf, ils n'étaient plus que trois à vérifier les identités et semblaient plus absorbés par le spectacle sanglant qui se déroulait sous leurs yeux. Les cris de rage et de douleur se mêlaient aux pleurs des enfants et Natasha resserra son étreinte autour du bras de Grigori. L'agitation eut raison de la diligence des officiers restants qui expédièrent le contrôle. Ils eurent quand même droit à quelques questions, mais les réponses n'intéressèrent que peu leurs interlocuteurs et tous purent accéder aux quais. Quelques minutes plus tard, le train s'ébranla et chacun put recommencer à respirer normalement.

Arrivés à la petite gare de Vaskela, aucun comité d'accueil en uniforme ne les attendait. Ils trouvèrent facilement le convoi qui leur ferait traverser la frontière. Si tout se passait bien, la Finlande ne serait que la première étape d'un long voyage vers un monde meilleur.

Après des heures de route, ils s'arrêtèrent devant une maison aux allures de petit château. Natasha se rua dans les bras de son oncle, seul membre de sa famille ayant eu le bon sens de fuir la menace communiste. Alors, Grigori comprit qu'ils étaient sauvés. Dans les larmes et la joie, ils fêtèrent leur liberté jusqu'aux premières lueurs du jour.

31

Décembre 1919

Joséphine observait la couverture de son livre, *Le Deuxième Front*, dans la vitrine d'une librairie. Si ses premiers romans avaient connu un succès relatif, *Le Deuxième Front* avait suscité l'intérêt d'un grand nombre de lecteurs. Désormais, elle était invitée à plusieurs comités et salons pour faire part de ses observations, de ses aspirations et de ses convictions. La société était en train de changer après ces longues années de guerre. De plus en plus de femmes s'inscrivaient au baccalauréat, les bancs des universités se remplissaient peu à peu de jupes plissées et de bottines à talons. Les suffragettes redoublaient d'efforts pour faire entendre leur voix, et à leurs côtés, Joséphine se démenait pour servir la cause. L'Association pour le droit des femmes occupait la majeure partie de son temps, mais lui offrait une légitimité et une influence nouvelles.

La jeune auteure avait présenté Angélique à Maria Vérone, la présidente de l'Association pour le droit des femmes, et l'une des premières, et non des moindres, avocates françaises. Séduite par l'esprit vif d'Angélique, Maria lui avait promis qu'une fois son barreau passé et réussi, elle l'introduirait aux associés des plus grands cabinets parisiens spécialisés dans les droits des femmes. À vingt-six ans, Angélique s'apprêtait à entrer dans le cercle fermé des pionnières. Joséphine sourit. Elle comprenait désormais la fierté que ressentait Éléonore en reconnaissant ses tenues sur des inconnues.

À midi, elle rejoignait Angélique et sa mère au prestigieux Café de la Paix. Elle remonta l'avenue de l'Opéra, les yeux rivés sur le majestueux monument. Lorsqu'elle pénétra dans le restaurant, elle repéra aussitôt les silhouettes des deux femmes. Quel bonheur de voir sa mère ainsi, les yeux pétillants d'une joie contenue, son visage émacié et légèrement ridé, éclairé d'un sourire de Mona Lisa ! Elle paraissait rajeunie, comme animée d'un nouveau souffle. Joséphine se réjouissait que sa famille se reconstruise après des années de conflits silencieux.

– Mère, Angélique ! les salua-t-elle en les embrassant sur les joues.

On la débarrassa de son manteau et de ses gants, puis un serveur les accompagna à leur table.

– J'ai vu une femme lire ton livre dans un parc ce matin, annonça sa mère d'une voix qui trahissait sa fierté.

– Et vous, l'avez-vous lu ? intervint Angélique.

– Oui. Par simple curiosité. Mais je dois avouer qu'il est intéressant de voir tout ce que ces femmes ont accompli. Après tout, en l'absence des hommes, il fallait bien quelqu'un pour le faire, sinon le monde se serait arrêté de tourner.

– Ah, ma chère mère… On ne vous changera pas ! s'exclama Joséphine tout sourire.

– Vous m'avez déjà bien assez changée comme cela. J'ignore toujours pourquoi Dieu a souhaité que, sur trois filles, deux décident de suivre le même chemin que les hommes.

– Au moins, si Dieu nous a bel et bien invitées à suivre cette route, c'est qu'il n'a que faire des paroles que ses représentants terrestres lui attribuent, railla Angélique en portant son verre de vin à sa bouche.

– Angélique !

– Quoi ? C'est vrai ! Pourquoi ce mouvement féministe ne peut-il être l'œuvre du vrai Dieu, pas celui que les intégristes façonnent à leur image, mais celui qui souhaite mettre fin à cette mascarade d'inégalité entre les sexes ? Les Hommes avec un grand H ne naissent-ils pas tous libres et égaux ? Les femmes ont les mêmes droits que leurs pairs.

– Angélique, je pense que la patience de notre chère mère a ses limites. Je me trompe ? assura Joséphine en plongeant ses yeux dans ceux de sa mère.

– L'âge t'assagit, ma fille. Mais je me demande ce qui a bien pu manquer à votre éducation… Enfin… Bon, Joséphine, comment va Édouard ?

– Il se porte à merveille et il a décidé de s'adonner entièrement à la peinture. Non seulement cela lui permet d'expier ses démons, mais il est vraiment doué.

– Je sais que ton héritage y suffirait amplement, mais en attendant, s'il ne perce pas, comment va-t-il subvenir aux besoins de votre foyer ? s'inquiéta Lucienne Lacombe.

– Ses premières expositions ont attiré les yeux experts de certains collectionneurs. Non sans un petit coup de pouce de la part de Charles.

– Ah… Bon, dans ce cas… Je n'aime pas forcément cette idée, mais… Et toi, Angélique, quand comptes-tu me présenter un fiancé respectable ?

– Je… Je…, paniqua l'intéressée en cherchant le regard de Joséphine avec inquiétude.

– Laissez-lui le temps de devenir avocate et nous en reparlerons.

– Il serait pourtant grand temps d'aborder ce sujet, Angélique n'est plus dans sa prime jeunesse et…

– Et je me suis mariée à trente et un ans. Il m'aura fallu attendre quatre années de plus pour attendre un enfant.

– Comment ? demandèrent Angélique et sa mère de concert, après un court silence, manquant toutes deux de s'étouffer.

Heureuse de l'effet de cette déclaration, Joséphine laissa passer de longues secondes avant de répondre.

– Je suis enceinte de quatre mois et demi.

– C'est une merveilleuse nouvelle ! hoqueta Angélique en se levant de table pour l'étreindre.

Joséphine chercha le regard de sa mère et fut surprise de voir son visage rougi par l'émotion. Quand Angélique l'eut libérée de son étreinte, Joséphine passa la main par-dessus la table et la posa sur celle de sa mère. Cette dernière la saisit aussitôt et y exerça une pression, plongeant ses yeux embués de larmes dans ceux de sa fille. Sa joie et sa fierté émanaient de chacun de ses regards et de ses gestes. Elle était au comble du bonheur. Sa mère, qui avait failli se laisser dévorer par la haine et la rancune, embrassait désormais le cours des événements, choisissant d'accepter plutôt que de lutter, choisissant l'espoir plutôt que l'apitoiement. Joséphine était fière de sa famille. D'Angélique comme de sa mère ; de Marthe, qu'elle apprenait à connaître un peu mieux avec les années, comme de son père auquel elle avait fini par accorder son pardon, heureuse de le voir se consacrer entièrement à sa femme. Et puis il y avait Édouard, son merveilleux mari au visage meurtri, à l'âme tourmentée et au cœur tendre. Le père de son enfant, le seul homme qu'elle ait jamais aimé et qui ait le courage de l'aimer en retour. Sa vie ne ressemblait en rien à celle qu'elle s'était imaginée quinze ans auparavant, mais pour rien au monde elle ne l'aurait échangée.

32

Janvier 1920

Ce matin, Éléonore reçut la visite de Carlotta Velázquez, autrefois Villers. Désormais âgée de trente-huit ans, elle n'avait presque pas vieilli depuis l'été 1912 où elle avait sollicité son aide pour échapper aux griffes de son mari. Depuis son divorce et l'emprisonnement de M. Villers, Carlotta était retournée en Espagne, venant de temps à autre aider Mlle Guérin, l'ancienne maîtresse du père de Joséphine, à l'orphelinat et écoutant ses conseils pour monter un établissement similaire en Espagne. Elle entretenait une correspondance régulière avec Éléonore, mais c'était la première fois qu'elle revenait à Biarritz. Entre rires et larmes, les deux femmes se retrouvèrent, heureuses de voir que même si le monde s'était métamorphosé depuis l'avant-guerre, certaines choses demeuraient inchangées. Éléonore lui proposa de lui faire visiter l'atelier. Si Carlotta était désormais son amie, n'avait-elle pas été une des premières clientes à avoir foulé le sol de Leonora, dix ans plus tôt ?

Inspirée par son expérience chez Coco Chanel, Éléonore avait fait de la petite boutique une véritable maison de haute couture, destinée à cette même clientèle aisée qu'elle accueillait à ses débuts, proposant des tenues et des accessoires aussi élégants que remarquables. La patte de Chanel s'immisçait dans plusieurs de ses modèles, si bien qu'elle devait parfois les reprendre et les retravailler pour apporter sa propre marque de fabrique. Cette année, la mode s'annonçait festive, libre et joyeuse ; et sa collection d'hiver et de printemps s'en imprégnait jusque dans les ourlets. Carlotta observa avec envie la robe de soirée d'un des mannequins. Autour d'elle, quatre autres femmes déambulaient dans la pièce, à la recherche de leur bonheur, aiguillées par les vendeuses de Leonora.

– Cette robe est magnifique, murmura-t-elle, incapable de détacher son regard du modèle en satin noir au drapé inspiré de ces toges antiques.

– Essaie-la, lui proposa Éléonore.

Carlotta accepta avec enthousiasme et les deux amies se dirigèrent vers le salon d'essayage. La décoration avait été refaite depuis 1912, mais Éléonore n'oublierait jamais le moindre détail de l'ancien décor où Grigori et elle avaient partagé leur premier baiser. Chassant ces pensées douloureuses de son esprit, elle se concentra sur sa conversation avec Carlotta.

Après cette visite rafraîchissante, Éléonore s'enquit du travail des couturières rassemblées dans l'atelier du deuxième étage. Ces années passées à travailler pour Coco Chanel constituaient un précieux enseignement dont les applications portaient déjà leurs fruits. Pour ses couturières, il s'agissait sûrement de la meilleure formation possible. Toutes travaillaient désormais avec une rapidité et une efficacité inégalées ; cousant, brodant, ornant chaque vêtement comme s'il était unique. Suzanne contrôlait les opérations en magasin et Amaia dirigeait l'escadron de couturières à l'atelier. Dans quelques mois, Suzanne partirait à

Arcachon, où elle superviserait la réouverture du magasin dont les travaux venaient de se terminer. Elle se rendrait ensuite à Deauville, où une troisième boutique allait ouvrir. La fièvre expansive reprenait peu à peu possession de l'esprit meurtri d'Éléonore. Contrairement à son père, sa rage de vivre était trop forte pour laisser la douleur étouffer son feu intérieur.

Quand elle eut terminé sa visite auprès de ses troupes, elle s'enferma dans son bureau pour se plonger dans les rapports comptables et l'état des stocks de Leonora. La pénombre gagnait peu à peu la jolie pièce aux murs recouverts de livres. Il était temps de rentrer chez elle pour retrouver sa fille adorée. Sa petite Tatiana avait tant grandi ; à un an et sept mois, elle se carapatait et criait à tout-va, avec une vigueur impressionnante. Ce fut d'ailleurs le son de sa voix qu'elle entendit en premier en pénétrant dans le hall de sa villa où Tatiana trottinait entre les meubles, cherchant à tout prix à éviter sa nourrice, qui semblait au bord de la déflagration tant la petite regorgeait d'énergie. À peine Éléonore débarrassée de son manteau et de son chapeau, la petite lui sauta dans les bras en s'écriant :

– *Ama ! Ama !*

– Oui, ma chérie, je suis là, lui murmura Éléonore en la prenant dans ses bras et couvrant sa tête de baisers.

– Je ne sais pas d'où vient son énergie, mais elle n'a pas arrêté de courir dans tous les sens. J'ai l'impression qu'elle tient ça de toi ! remarqua Leandro en entrant dans le hall.

– Oh, tu as pu te libérer ? s'étonna Éléonore en s'approchant de lui avec un sourire.

– Oui, j'ai laissé mon associé s'occuper des commandes aujourd'hui. Le restaurant n'était pas très rempli, je n'avais pas besoin de m'éterniser.

– C'est une excellente surprise. Je suis contente de te voir.

– Moi aussi, quand pars-tu pour Arcachon ?

– Demain matin, tôt. Est-ce que tu penses pouvoir passer de temps en temps pendant mon absence ?

– Oui, je devrais même être en mesure de venir tous les jours. Je me suis arrangé.

– C'est vrai ? Oh, merci beaucoup ! s'exclama Éléonore en embrassant rapidement sa joue. Et ce soir, tu restes dîner ?

– Tant qu'à faire, oui, opina-t-il en révélant un sourire que des années au bagne avaient laissé jauni et irrégulier.

Le garçon à l'air juvénile qu'elle avait épousé avait laissé place à un homme au regard mélancolique. Leandro avait changé. Quand elle avait recroisé son chemin des mois plus tôt, il lui avait raconté chaque étape de son évasion. Sa sortie de Guyane, ses périls en mer et son arrivée en France avec ses deux camarades de route, happés par la fièvre de l'enrôlement, sous des noms d'emprunt. Ils étaient venus grossir les rangs des poilus. Leandro y avait perdu son bras gauche, et par la même occasion ses rêves d'une carrière en cuisine. L'un d'entre eux n'avait pas survécu, l'autre était rentré avec lui au Pays basque, et tous deux avaient racheté un restaurant en faillite à Bayonne. Leandro était un soldat décoré, qui avait fait la fierté d'un pays dont il avait clamé ne pas venir. Leandro Gastambide s'appelait désormais Leandro Cuevas, et c'était un orphelin d'Andalousie naturalisé par la force des événements, récompensé de la croix de guerre, vétéran de la Grande Guerre. Aux yeux du monde, Leandro Gastambide était mort en tentant de s'échapper du bagne de Saint-Laurent-du-Maroni. Éléonore avait été partagée entre l'angoisse et le soulagement en le revoyant. Elle ne savait pas comment il prendrait l'annonce de son mariage, de son récent veuvage et de l'existence de sa fille. Contre toute attente, il avait accueilli chacune de ces nouvelles avec calme et compréhension, lui offrant même des condoléances dont elle décela la sincérité. Peu à peu, il s'était immiscé de nouveau dans sa vie, reprenant le rôle d'ami qu'elle lui préférait à celui de mari. Il s'occupait d'elle et passait du temps avec Tatiana, il venait parfois accompagné de son associé, dont Éléonore était persuadée qu'il cachait un sombre passé qu'elle aimait mieux ignorer. Pourtant, l'ancien bagnard s'avérait être un invité charmant, aux manières un peu bourrues, mais à l'esprit aussi vif qu'aiguisé. Un bon partenaire en affaires. Si Leandro avait changé, il gardait toujours à l'égard d'Éléonore cette tutelle protectrice quasi patriarcale qui l'exaspérait.

– Tu veux que Monique la porte ? demanda-t-il en désignant d'un geste de la tête la nourrice à bout de souffle. Tu dois être fatiguée après ta journée. Et je ne peux malheureusement pas…

– Je peux porter ma fille, Leandro. Dans dix ans, je ne dis pas ; mais pour l'instant, elle est aussi légère qu'une plume, répliqua-t-elle en réprimant un soupir agacé.

– Tu ne veux jamais rien faire comme tout le monde, n'est-ce pas ?

– Je ne vois pas ce qu'il y a de choquant à ce que je porte ma fille. Je l'ai à peine vue ce matin et je ne la verrai pas la semaine prochaine, alors je profite de chaque instant possible avec elle. D'autant qu'elle devra bientôt aller au lit, la petite chipie, rajouta-t-elle en chatouillant le nez de Tatiana avec le sien.

– Pas là, *Ama* ? Partie ? demanda la petite, ses yeux bleus soudain brillants de larmes.

– Oui, mon cœur, je dois m'en aller, mais je reviendrai si rapidement que tu n'auras pas eu le temps de dire ouf. En attendant, je vais te lire une histoire ce soir, et nous jouerons ensemble demain. Ça te va ?

– Cendrillon !

– Va pour Cendrillon, allez, va te préparer et je te rejoindrai ensuite, lui promit-elle en la déposant au sol et en l'embrassant une dernière fois.

Quand la petite eut disparu dans l'escalier, suivie par sa nourrice, à peine remise de sa course précédente, Leandro intervint :

– Tu ne devrais pas avoir à travailler, Éléonore. Ton Russe ne t'a-t-il donc rien légué ?

Éléonore fit volte-face et le fusilla du regard. Dans ces moments, elle revivait les premiers mois de leur mariage, ceux qui avaient lentement mené vers le désastre.

– Combien de fois dois-je te le répéter ? Juridiquement, Grigori est porté disparu, pas mort. Et quand bien même, je n'ai pas besoin de son argent pour subsister. Quant à mon travail, je le fais car j'aime cela.

– Ne t'énerve pas, voyons. Je sais bien que tu aimes ce que tu fais, et que tu es très douée. Ta collection est magnifique. Je dis juste que tu devrais peut-être ralentir le rythme, la place d'une mère est aux côtés de ses enfants, pas le nez enfoui dans un livre de comptes.

– Tu n'as jamais rien compris, souffla Éléonore, résignée. Et tu n'es plus mon mari.

– Non, c'est vrai. J'essaye seulement de faire ce qu'il y a de mieux.

– Ce qu'il y a de mieux selon toi n'est pas forcément ce qu'il y a de mieux pour moi. Tu aurais dû retenir la leçon depuis le temps.

Leandro la fixa quelques instants et elle lut du désir dans son regard. Il aurait aimé remonter le temps et changer le cours des événements. Il souhaitait la récupérer, elle le savait. Une partie de lui devait encore l'aimer, et parfois Éléonore, dans un élan égoïste, souhaitait qu'il l'aime encore. Sentir les bras d'un homme la serrer avec une force protectrice lui manquait. Elle se sentait seule, abandonnée, livrée à elle-même dans ce monde qu'elle aurait voulu arpenter aux côtés de Grigori. Elle rêvait d'un instant d'oubli. D'un tourbillon de tendresse où le passé se mêlerait au présent, où une brume amoureuse envelopperait sa conscience et l'autoriserait à piloter ce doux rêve nostalgique. Que se passerait-il si elle ouvrait la porte de sa chambre à Leandro dans l'espoir d'y voir rentrer Grigori à la place ? Rien de bon. Leandro avait déjà assez souffert à cause d'elle. Si elle lui laissait croire qu'un futur existait quelque part pour eux deux, il perdrait ce qu'il restait de son pauvre cœur. Et elle, sa raison.

– Peut-être que je ne souhaite pas retenir cette leçon, articula Leandro en détournant le regard.

Il se dirigea vers la salle à manger et Éléonore lui emboîta le pas. Elle décida de changer de sujet.

– Vous avez enfin terminé la salle du haut ? demanda-t-elle en sirotant un verre de vin.

– Oui, depuis le début de la semaine. On ne l'a ouverte que pour le dîner pour l'instant, elle va plaire, je le sais. Le décorateur que mon associé a déniché a fait un travail magnifique. Il faudrait que tu viennes voir.

– Avec plaisir.

– Je travaille sur de nouveaux plats avec le chef, je suis sur la bonne piste et je ne doute pas de trouver un mets qui saura ravir les papilles de nos clients.

– Tant que tes clientes peuvent encore rentrer dans mes robes, lança-t-elle en riant.

– Tu es impitoyable.

Ils rirent tous les deux, comme au bon vieux temps. Éléonore partit coucher sa fille et, une fois le dîner terminé, le chauffeur d'Éléonore raccompagna Leandro devant son appartement bayonnais. Elle alla embrasser sa fille avant de sombrer, elle aussi, dans les bras de Morphée. Cette semaine à Arcachon s'annonçait mouvementée : si tout se passait comme prévu, la boutique ouvrirait ses portes en février. Son rêve prenait peu à peu la forme qu'elle souhaitait lui donner. Leonora renaissait de ses cendres, et elle avec.

*

Arcachon était une jolie ville balnéaire au charme cossu, propre à ces lieux de villégiature qui s'étaient construits autour de l'affluence des têtes couronnées. Au fil des années, ces nobles à la santé déclinante eurent écho des bienfaits de l'air iodé et du sel marin, réputés pour guérir les maux. Les villégiateurs débarquèrent, plus nombreux à chaque saison. Quelques jours après son arrivée, alors qu'elle profitait de la douceur printanière en se promenant le long de la plage, elle croisa Gabrielle Chanel. Ravie, Éléonore la prit aussitôt dans ses bras. Elles ne parlèrent pas de Boy, mort dans un accident de voiture quelques semaines auparavant. À la place, elles échangèrent sur leur passion commune, partageant leurs anecdotes respectives, les idées qu'elles s'autorisaient à se révéler, les projets qui les attendaient, leurs pronostics sur la saison à venir… Le soir venu, après de nombreux verres et le regard perdu, Gabrielle se confia :

– En le perdant, je me suis perdue. Tant qu'il vivait, une partie de son cœur m'appartenait encore, même si je n'aurais jamais pu le posséder tout entier. Malgré ça, il a été assez égoïste pour emporter avec lui ma capacité à aimer.

– Et pourtant, tu garderas cette rage de vivre jusqu'à ton dernier souffle.

– J'ai toujours pensé que je n'avais pas besoin d'aimer

pour être heureuse, que mon indépendance et ma passion pour la couture me suffiraient… Mais maintenant, je réalise l'ampleur du manque. J'aurais beau enchaîner les amants, je doute de retrouver quelqu'un comme lui.

– Certes, mais… Nous trouverons notre bonheur autrement. Et puis, c'est parce que notre cœur souffre que nous avons besoin d'avancer, de conquérir, dans l'espoir d'oublier, ou tout du moins, d'accepter. Un jour, nous serons en paix. Même seule, la vie vaut la peine d'être vécue. Ne serait-ce que pour y laisser notre empreinte.

Gabrielle hocha la tête et leva les yeux vers le plafond sculpté de la grande salle du Casino de la Plage avant de reprendre, plus sereine :

– Jusque-là, je n'avais pas peur de la mort ; maintenant, l'oubli me terrifie. Je ne veux pas être oubliée, Éléonore. Je ne veux pas d'une pierre tombale où le temps polira le nom qui y est inscrit, si bien qu'il tombera dans l'abîme comme des milliards d'inconnus. Si mon nom ne peut pas vivre par ma lignée, alors il perdurera par ma marque.

– J'ai toujours admiré ta conception des choses. J'ai depuis longtemps de l'ambition, mais je dois avouer que si Grigori avait survécu, je reste persuadée que mes priorités auraient changé, confessa Éléonore en fixant le fond de son verre vide qu'un serveur se hâta de remplir à nouveau.

– Je sais. Comme tu l'as dit, c'est parce que ton cœur souffre que tu as cette fièvre de la conquête. Moi, je l'ai toujours eue. Et puis, tu es quelqu'un de fidèle, une amie sur qui l'on peut compter. Je me considère comme bien trop opportuniste pour avoir de véritables amis. J'utilise les gens pour parvenir à mes fins… Je suis heureuse que tu ne travailles plus avec moi, car tôt ou tard, nos caractères respectifs auraient brisé cette amitié qui nous unit.

– Moi aussi, j'en suis heureuse. Quoi qu'il en soit, tu m'avais manqué. Par ailleurs, ne te méprends pas, tu es une amie sur qui l'on peut compter. D'ailleurs, il faut que tu reviennes à Biarritz dès que tu en auras l'occasion.

– Oui… Je le ferai, opina-t-elle dans un souffle. Tu ne reviendras pas à Paris, je me trompe ?

– Pas tout de suite. Je suis bien trop attachée à Biarritz. Qui sait ? Si Leonora prospère, peut-être m'installerai-je non loin de toi, à un numéro pair de la rue Cambon.

– Ce serait une déclaration de guerre, tu le sais.

– Une guerre qui ravirait tant les curieux que la publicité qui en découlerait serait la plus belle des victoires.

Gabrielle pouffa en vidant son verre d'un trait.

Les jours qui suivirent cette rencontre, Éléonore et Gabrielle ne se quittèrent plus avant le départ de Gabrielle pour Venise. Profitant de la brise matinale pour marcher les pieds dans l'eau, déambulant dans les petites rues encadrées de bâtiments et de maisons ravissantes, buvant un café sur l'une des terrasses les plus en vue et s'enivrant le soir venu au casino peuplé de riches étrangers venus profiter du calme de mi-saison. Malgré le but professionnel de ce voyage, Éléonore eut, grâce à Gabrielle, un nouvel aperçu de la légèreté oisive qui régnait parmi les villégiateurs. Alors, quand vint le temps de rentrer à Biarritz, la perspective de retrouver sa routine ne lui parut plus si agréable. Seule la joie de revoir Tatiana la fit se presser sur le quai de la gare d'Arcachon.

À peine descendue du train, elle se précipita vers la voiture de Peyo, son chauffeur et maître de maison. Elle sauta dans le véhicule et, les cheveux au vent, profita du court trajet qui la reliait à sa villa. Il était trois heures de l'après-midi et Tatiana se lèverait bientôt de sa sieste. Elle décida de se reposer quelques minutes au salon. Quand elle entra dans la vaste pièce élégamment décorée, elle ne s'attendait pas à voir Leandro avachi dans le canapé, un verre de whisky à la main et le regard perdu dans le vide.

– Qu'est-ce qui ne va pas ? s'enquit Éléonore en s'approchant de lui.

Il sursauta et tourna vers elle ses yeux voilés par ce qui ressemblait à de la culpabilité et de l'effroi.

– Oh, tu es rentrée ?

– Oui, on est samedi, Peyo ne t'a-t-il pas prévenu lorsqu'il est parti me chercher ?

– Non… Enfin, peut-être…, marmonna-t-il en regardant ses pieds.

– Tu es ivre ? s'énerva Éléonore en s'emparant de son verre pour le poser sur le rebord de la cheminée, et il ne fit preuve d'aucune résistance.

– Si seulement… Oh, mon Dieu, Éléonore ! Je voulais ne rien te dire, mais j'en suis incapable… Je ne sais pas comment t'annoncer cela !

– De quoi parles-tu ?

– Si je te le dis, tu vas me haïr à nouveau…

– Dis-le-moi, bon sang ! Dis-moi que Tatiana va bien ou je…

– Ta fille se porte à merveille, l'interrompit-il en plongeant son regard inquiet dans le sien. Cela ne la concerne pas. Ou du moins pas directement.

Éléonore le fixait avec inquiétude.

– Parle ! le pressa-t-elle.

– Avant, promets-moi que nous resterons amis. Je ne supporterais pas de te perdre une nouvelle fois.

– Oh, Leandro… Je ne suis pas cruelle, tu sais. Ce ne peut pas être si terrible.

– Si c'est trop tard, alors oui, c'est terrible, lâcha-t-il en se levant du canapé sans prévenir et en passant sa main dans ses cheveux en désordre. Quelqu'un est passé à la villa tôt ce matin. Quelqu'un qui te cherchait et… Je l'ai éconduit.

– Eh bien…, commença Éléonore, soulagée. À moins que ce ne soit la reine de Serbie en personne, je ne vois pas ce qu'il y a d'irrattrapable. Ce n'est pas si grave, pas besoin de te mettre dans un tel état.

– Je te parle de ton mari, bon sang !

– Mon mari ?

Une sueur glacée parcourut son dos, et elle se laissa tomber dans le fauteuil le plus proche.

– Oui, ton mari.

– Mais il est mort…, hoqueta Éléonore, les yeux pleins de larmes.

– Si je me fie aux photos que j'ai vues de lui, il est bel et bien vivant. Et il te cherche.

Les lumières du salon dansaient sous le rideau de larmes qui lui voilait les yeux. Son cœur battait à tout rompre, et elle ne parvenait plus à avaler sa salive tant sa bouche lui paraissait sèche. Elle perdait pied, cette réalité n'avait plus de sens, elle ne maîtrisait plus rien. Une chaleur raviva son cœur et elle sut qu'elle aurait dû s'écouter et ne jamais perdre espoir en Grigori. Il était vivant, et elle allait le retrouver. Elle entendit une voix froide et tremblante, et comprit qu'il s'agissait de la sienne.

– Où est-il ?

– Je ne sais pas… Je…

– Quc lui as-tu dit ?

– Que tu n'habitais plus à Biarritz et que…

Elle ne lui laissa pas l'occasion de finir sa phrase ; se dressant sur ses pieds, elle le gifla de toutes ses forces.

– Sors d'ici, je ne veux plus te revoir.

– Éléonore… Je…

– Ne me répète pas encore que tu es désolé ! Tu me l'as déjà dit à maintes reprises quand j'ai dû vivre sous l'opprobre de tes actions impardonnables ! Tu n'es pas méchant, mais tu agis avant de réfléchir, et tes intentions ne sont pas toujours bonnes. Ne m'avais-tu pas dit que tu souhaitais divorcer pour m'offrir une chance de refaire ma vie ? Et quand cette chance s'offre à moi, tu préfères la balayer du revers de la main ! Tout ça parce que tu avais espoir que je reviendrais vers toi ? Nom de Dieu, Leandro, en quelle langue dois-je te le dire ? Je ne t'ai jamais aimé comme une femme aime son mari. Je t'aimais comme un ami. Pourtant, un ami ne serait pas capable d'une telle trahison. Alors, va-t'en.

– Je… Je n'ai pas réfléchi. Je…

– Sors d'ici !

À cet instant, elle le haït du plus profond de son être. Elle entendit ses pas s'éloigner et ses paroles, prononcées avec détermination.

– Je le retrouverai, Éléonore, je réparerai ma faute.

Cette phrase n'appelait aucune réponse. Leandro ne savait faire que ça : tenter de réparer les pots cassés et échouer là aussi. Elle ne pourrait pas compter sur lui pour retrouver Grigori, elle devrait s'en charger elle-même. Peut-être un jour parviendrait-elle à pardonner à Leandro, mais pas tout de suite. Pas tant que… Pas tant qu'elle n'aurait pas retrouvé Grigori. Grigori était vivant. Vivant mais inatteignable. Éléonore pleura toutes les larmes de son corps et lorsque Monique lui amena Tatiana, ses sanglots redoublèrent, intarissables et inconsolables. Si Leandro avait dit vrai et qu'il s'agissait bien de Grigori, sa fille venait peut-être de perdre sa seule chance de rencontrer son père.

33

Grigori se sentait perdu. Il n'aspirait qu'à retrouver les bras de sa femme. La serrer contre lui, avec la béatitude d'un homme enfin en terre promise. Rebâtir une vie, libérée des chaînes de celle qu'il avait quittée, vierge de l'emprise de son père, de celle des Bolcheviks. Une vie d'homme libre, telle qu'il l'avait toujours rêvée. Malheureusement, ce rêve s'effondrait de nouveau. Éléonore Meletski n'habitait plus à Biarritz, lui avait dit l'homme, sûrement un domestique, à la porte de son ancienne villa. Grigori l'avait assommé de questions, dans l'espoir d'obtenir quelques informations. L'inconnu avait affirmé qu'elle était partie peu après l'armistice. Elle s'était peut-être installée à Paris. L'homme semblait mal à l'aise et triturait nerveusement sa manche vide, alors Grigori avait décidé de l'épargner et pris congé, le cœur brisé, le moral sapé. Dévasté, il était rentré à la villa de campagne que lui avait prêtée un aristocrate russe ayant fui aux États-Unis.

Quand il rejoignit sa sœur dans le jardin, elle l'enlaça aussitôt et le berça, le temps de voir son regard empli de chagrin apaisé et de nouveau serein. Tatiana lui apprit qu'elle s'était rendue avec Dimitri à l'hôpital où était soignée Natasha, et que cette dernière semblait se remettre peu à peu de son infection pulmonaire. Depuis leur arrivée chez l'oncle de Natasha, où ils demeurèrent bloqués deux semaines par de violentes tempêtes de neige, la suite de leur périple s'était avérée plus éprouvante, et bien moins rapide que voulu. À la fin du mois de décembre, ils parvinrent enfin à reprendre leur route vers la France. Ils embarquèrent à bord d'un navire commercial au confort sommaire, firent escale à Londres avant d'emprunter un dernier cargo pour Calais. Ils arrivèrent la deuxième semaine de janvier. Natasha avait montré les premiers signes de fatigue à Londres, puis son état s'était empiré au point qu'ils faillirent rester à Calais le temps de son rétablissement. Contre toute attente, elle avait refusé, arguant qu'elle pouvait bien survivre à quelques heures de transport supplémentaires si cela signifiait arriver une bonne fois pour toutes à leur destination finale.

Peu après leur départ de Bordeaux, la pauvre femme fut prise d'une quinte de toux si puissante qu'elle peinait à respirer. Ses poumons la brûlaient et la douleur l'assommait. Trop inquiets pour continuer, ils s'arrêtèrent à Dax où Natasha fut immédiatement prise en charge à l'hôpital. Grigori et Piotr la veillèrent toute la nuit, angoissés. Heureusement, le lendemain, le médecin leur affirma qu'elle était en bonne voie de guérison. Tombant de sommeil mais rassuré, Grigori prit la direction de Biarritz, le cœur battant, dans l'espoir de retrouver sa femme. Du moins, le pensait-il. À l'évidence, Éléonore n'habitait plus dans sa jolie villa, cette maison dans laquelle il espérait passer le restant de ses jours à ses côtés. Devait-il abdiquer devant cette nouvelle si décevante ? Devait-il prendre le premier train pour Paris dans l'espoir de retrouver sa trace dans la Ville lumière où il avait fait d'elle son épouse ? Il n'avait rien oublié de leur mariage. Paris resterait à jamais associé à la période la plus heureuse et la plus libre de sa vie… Ce bonheur fugace ne pouvait se résumer à des souvenirs, il leur restait une vie entière à partager.

Sous le choc et exténué, il n'avait pas eu la force de continuer ses recherches et le regrettait. Le désespoir lui avait enlevé toute aptitude à réfléchir et agir, si bien que, d'un pas traînant, il était reparti à la gare, le cœur lourd. Après sa discussion avec Tatiana, il se rendait maintenant compte de sa stupidité. L'homme qu'il avait interrogé n'en savait vraisemblablement rien ! Il ne pouvait se fier à un seul témoignage pour tirer des conclusions somme toute hâtives ! Au contraire, il devait se rapprocher de la famille Lacombe, partir à la recherche du père d'Éléonore, eux lui indiqueraient sa nouvelle adresse. Était-elle plus proche qu'il ne l'imaginait ? À Bayonne, peut-être ? Ou dans la boutique que Mlle Chanel avait ouverte ? Quelqu'un devait forcément être au courant, après tout, elle était devenue une figure incontournable de la cité balnéaire !

Après une longue nuit d'insomnie, il décida de retourner à Biarritz. Il revêtit un costume bon marché, le seul qu'il avait pu acquérir, et se fit déposer à la gare où il prit le premier train. Comment envisager de vivre sans elle ? Il commencerait par son ancienne boutique, dont les nouveaux propriétaires auraient sûrement quelque information à lui fournir. S'il rentrait bredouille, il se rendrait à la mairie et chercherait le père d'Éléonore. Rien n'était perdu, pas encore ! D'un pas hésitant, il se fraya un chemin parmi les passagers qui empruntaient les marches de la gare du Midi et se dispersaient sur la place de la Liberté. Il prit la direction de la rue Mazagran et compta chaque maison, jusqu'à ce qu'il aperçoive, au loin, la jolie bâtisse de deux étages où résidait autrefois sa femme. Quelle ne fut pas sa surprise lorsqu'il nota, au-dessus de la vitrine, une enseigne flambant neuve annonçant d'une écriture élégante : Leonora, maison de couture. Il poussa la porte de la boutique et y pénétra. Sa vision se brouilla, et ses pensées se bousculèrent. Elle était là, il le savait. Une vendeuse l'interpella, mais il se précipita vers le hall où se trouvait la cage d'escalier. Manquant de bousculer une couturière qui descendait, il continua de monter les marches, malgré les plaintes des employées outrées. Il déboucha sur ce qui ressemblait à un autre hall d'exposition, consacré aux accessoires. Tout avait changé, il ne reconnaissait plus l'agencement des pièces, certaines semblaient même avoir disparu, alors il décida de les ouvrir toutes à tour de rôle. Découvrant ainsi plusieurs couturières à la mine ébahie, à moitié cachées par des mannequins ou des machines à coudre, il referma la porte et se précipita vers une autre qui, à son grand désarroi, donnait sur un salon d'essayage où une matrone d'un certain âge poussa un cri furieux. De retour dans le hall, le monde s'arrêta.

– Qu'est-ce que c'est que tout ce raffut ? demanda une voix féminine autoritaire en provenance du deuxième étage.

Éléonore était là, devant lui, plus belle que jamais. Ses cheveux coupés au-dessus des épaules, ses traits juvéniles, assagis par le temps, durcis par la vie. Jamais elle ne lui avait paru plus femme qu'à cet instant. Ses yeux s'agrandirent aussitôt et ses genoux manquèrent de se dérober, si bien qu'elle dut s'agripper de toutes ses forces à la rampe. Il était là. Devant elle. Dans ce costume bon marché qu'il portait pourtant avec cette élégance dont lui seul avait le secret. Ses cheveux noirs grisonnants aux tempes, ses yeux bleus humides d'une émotion qui les engloutissait tous les deux. Dans un tourbillon d'étoffe, une enjambée désespérée, ils se jetèrent dans les bras l'un de l'autre, sans laisser la moindre hésitation se frayer un chemin dans leurs esprits comblés. Leurs corps se cherchèrent, leurs bouches se trouvèrent, leurs âmes se complétèrent. Au beau milieu du palier, ils s'embrassèrent avec passion, et se serrèrent si fort qu'ils faillirent en perdre le souffle.

– Viens, lui souffla Éléonore à l'oreille, soudain consciente des regards ravis et surpris que lui jetaient ses couturières, ameutées et attendries par le spectacle de ces retrouvailles.

Elle le tira par la main vers le deuxième étage où elle l'amena dans ce qui avait été autrefois sa chambre et abritait désormais son bureau. Grigori regardait autour de lui, ébahi et surpris.

– Où vis-tu maintenant ? demanda-t-il à brûle-pourpoint.

– Dans ma villa… Celle-là même où mon imbécile d'ex-mari t'a renvoyé d'où tu venais car il entretenait l'espoir de me reconquérir.

Grigori resta silencieux, un pli soucieux entre ses sourcils, frappé par une vague de jalousie et de déception sans égale. Heureusement, par ses mots et sa sincérité, Éléonore l'apaisa aussitôt.

– Je ne savais pas comment te retrouver et avant de venir ce matin, j'ai écumé tous les hôtels de la ville, dans l'espoir de t'y voir. Il n'y a jamais eu que toi, Grigori. Il n'y aura jamais que toi. J'ai cru mourir quand j'ai appris que ton navire avait été torpillé.

Grigori posa ses mains sur ses joues mouchetées de taches de rousseur.

– J'ai cru que je ne sortirais jamais de cet enfer, murmura-t-il en la fixant dans les yeux, la voix tremblante. Il ne s'est pas passé un jour sans que je pense à toi.

– Moi non plus, tu n'as jamais quitté mes pensées, conscientes comme inconscientes. Où étais-tu ? Que t'est-il arrivé ?

– J'ai été tantôt capturé par les Allemands, tantôt par les

Bolcheviks avant de devenir esclave de leur régime pour mieux m'échapper… Le périple m'a amené à Dax et je…

– Tu n'es pas obligé de tout me dire maintenant, tu me raconteras tout cela en détail plus tard ! Je suis si heureuse… Je n'ai pas de mots… Je te pensais mort !

– J'en suis désolé… Ce n'est pas faute de t'avoir écrit, mon amour…, avoua-t-il, l'air abattu.

Devant son regard déchiré, Éléonore sentit son cœur se briser. Par quel enfer était-il passé, lui aussi ? Qu'avait-il vécu, en plus de cette guerre, pour rassembler dans son beau regard tout le malheur du monde ?

– Je sais que ce n'est pas de ta faute ! Oh, que je suis soulagée de te voir vivant face à moi ! Dis-moi que tu n'es pas un autre rêve ! Dis-moi que tu ne te volatiliseras pas au réveil !

– Non, je serai à tes côtés pour toujours maintenant. Je ne partirai plus. Plus jamais.

Le visage baigné de larmes, Éléonore souriait tant qu'elle en avait mal aux joues. Alors sans quitter les yeux, tout aussi humides, de Grigori, elle lui avoua :

– Mes rêves vont devenir réalité, notre fille va rencontrer son père. Son père dont elle sait déjà tout mais qu'elle pensait parmi les anges ! Comme elle sera heureuse !

Grigori eut le souffle coupé. La pression qu'il exerçait sur les joues d'Éléonore se fit plus forte sous le coup de l'émotion, et il laissa retomber ses mains le long de ses épaules avant de l'attirer à lui pour l'emprisonner dans une étreinte désespérée.

– Une fille ? s'étrangla-t-il. Notre fille ?

– Oui… Elle a un an et sept mois. Elle est magnifique, avec le même regard bleu que son père. Elle est si vive, si pleine d'énergie !

– Comment s'appelle-t-elle ?

– Tatiana. Je… J'ai pensé que…

Il la pressa un peu plus fort contre son torse et déposa une pluie de baisers sur son front et le sommet de son crâne.

– Qu'ai-je fait pour te mériter ? Je t'aime tellement. Et j'aime tant notre fille alors que je ne la connais pas encore.

– Ça ne saurait tarder.

– Piotr sera ravi d'apprendre qu'il a une sœur.

– Il est là ?

– Oui. Ma sœur et ses enfants aussi. Elle brûle de te rencontrer.

– Et moi donc…, hoqueta Éléonore en enfouissant sa tête dans sa chemise pour y respirer son odeur, cette même odeur qui lui prouvait qu'il était bel et bien là, devant elle, avec elle et pour elle.

– Je ne voulais plus croire au bonheur… Pourtant, nous voilà tous les deux. Enfin réunis et pour toujours. Tout ira bien, maintenant. Ce ne sera peut-être pas facile au début, mais je nous sais capables de tout surmonter.

– Oui. Nous allons enfin former cette famille dont nous rêvions avant la guerre.

Elle s'arrêta pour s'arracher à son étreinte et le fixer dans les yeux, ne lâchant pas ses mains.

– Je ne voulais plus y croire, moi non plus. Mais tu m'as trouvée, murmura Éléonore. Une fois de plus, tu n'as jamais abandonné.

– Surtout pas avec toi, ma belle bécasse, répliqua Grigori, comme il l'avait fait dix ans auparavant, bien loin d'imaginer que leurs destins, victimes des embruns de l'imprévu, seraient emportés dans le tourbillon impitoyable de la marche de l'Histoire.

Remerciements

Merci à Nathalie Six d'avoir cru en ce livre dès sa première lecture, de m'avoir aidée à le compléter et à le corriger, et de m'avoir donné envie d'aller jusqu'au bout, de tenter le tout pour le tout.

Merci à Maëlle Guillaud pour sa confiance, ses précieux conseils et pour avoir fait de ce rêve une réalité.

Merci à ma famille, notamment à mes parents qui ont vu ce livre naître et prendre forme au fil des mois. Merci à Claire de m'avoir écoutée en parler pendant des heures et des heures et d'avoir toujours cru en moi. Merci à Philippe, Cassie, Loïc, Sylvie et Louis pour leur soutien et leur engouement.

Merci à mes grands-parents d'être mes premiers fans.

Merci à Constance et Léo qui ont donné vie à mes personnages, lors de la première lecture pseudo-théâtrale d'un manuscrit encore en construction.

Merci à Aurore et Léa, qui m'ont vue noircir plus de lignes pour ce livre que pour notre mémoire.

Merci à Lydiane, Héloïse, Amandine, Clarisse, Diane, Batoul, Élisa, Marine, Mathilde, la team London et tous les autres qui m'ont accompagnée lors de cette incroyable aventure.

Merci à tous mes collègues de HelloFresh pour leur soutien et leur bienveillance au quotidien.

Et enfin un merci posthume à toutes les personnes qui ont un jour vécu sur cette terre et dont j'ai emprunté le nom et l'histoire, notamment Coco Chanel, Antoinette Chanel, Jean « Jeanty » Fourneau, ou encore Igor Sikorsky.

Composition : Nord Compo
Impression : Firmin Didot
Éditions Albin Michel
22, rue Huyghens, 75014 Paris
www.albin-michel.fr
ISBN : 978-2-226-46972-4
N° d'édition : 24740/01 – N° d'impression : 168600
Dépôt légal : mai 2022
Imprimé en France